酷威文化
图书 影视

（下）

沉香灰烬 著

江苏凤凰文艺出版社

目录

章节	标题	页码
第十一章	谋逆	257
第十二章	射杀	285
第十三章	新妇	309
第十四章	结亲	335
第十五章	作罢	367
第十六章	过年	403
第十七章	继母	423
第十八章	认下	451
第十九章	心思	477
第二十章	提亲	501

第十一章 谋逆

第十一章 谋逆

玉柳胡同长兴侯府。

夜色已深，长兴侯府房檐下挑起了羊角的琉璃灯笼。已经入秋，正堂外的石阶落满了槐树的黄叶，一个穿程子衣的中年男子带了四个侍卫过来。

他做了个手势，侍卫站到了石阶两侧。男子咳嗽了几声，往石阶上走去。门外站着一个书生打扮的人，跟他低声说："侯爷在里面和萧先生说话。"

男子也压低声音道："是从睿亲王那边传来的消息，事出紧急，我怎么也得告诉侯爷一声，魏先生还是帮我传一声话吧。"

书生想了想，才扣了门扉进去。出来之时向男子点了点头，男子面露感激之色："明早请魏先生去胡同口喝咸豆浆。"魏先生小声道："还豆浆呢，我看咱们连侯府都出不去。"

长兴侯的声音从里面传来："刘州你先进来。"

刘州忙向魏先生作了揖，急急地往正堂走。一看不仅长兴侯、萧先生在，就连老侯爷都坐在太师椅上，也不知道在商量什么事。必定是有什么大事要发生了。

长兴侯身材高大，眉毛细长，五官却十分英挺，穿着一身麒麟补服。刘州一看心里就"咯噔"一下，这在府里本该换常服的，怎么还穿着官服。那肯定是刚从宫里回来，连衣服都没来得及换。

老侯爷放下手中茶盏，慢慢道："你说从睿亲王那里传来的消息，究竟是什么？"

刘州一一请安后，拱手答道："萧先生让小的一直看着睿亲王，本也没什么异常，只是昨天从宝坻来了一批丝绸，却悄悄送进了睿亲王府。老侯爷不知，睿亲王每月从宝坻定期地买丝绸回来，他在城西的盐井胡同有两家丝绸铺子，丝绸一般是直接送去盐井胡同的。"

长兴侯眉头一皱："说这些乱七八糟的做什么，那丝绸究竟是什么东西？"

刘州道："是小的啰唆了。小的让睿亲王府里咱们的人悄悄看了，是整整两车开刃的大刀长枪。看锻造工艺，应该不是凡品。"

他这话一出，萧岐山和长兴侯都面色一变。

长兴侯低声和老侯爷说："看来萧先生分析得确实有道理。睿亲王昨日找了北城兵马司指挥和左金吾卫商议,我今日进宫时,看到殿前值守的侍卫都是生面孔。他如今又运送了如此多的兵器,应该是有打算的。"

老侯爷哼了一声:"他竟忘了当年是怎么被先皇收拾的,如今眼看皇上病重,竟然起了这等心思。"

老侯爷站起来在正堂里走了两圈,沉思不语。长兴侯也不敢说话,等到老侯爷站定了,问了萧岐山一句:"萧先生怎么看?"

萧岐山正在看博古架上一个紫竹笔筒,闻言转回目光,微微一笑:"老侯爷也知道,睿亲王如今虽然掌了几分兵权,却难敌长兴侯府。他能说动北城兵马司指挥,另外四城指挥却没有办法,何况金吾卫大多是皇上的亲信。我看睿亲王如果想谋逆,恐怕还有几分难度。您倒不如暗中不动,等到他发难的时候一举将之拿下,斩草除根。"

长兴侯点了点头,深以为然,睿亲王根基尚浅,根本不能撼动长兴侯府。而他对睿亲王所掌兵权,也很有意见,一个连沙场都没上过的亲王,仅凭几句轻巧话就能拿到兵权,对他这种一辈子征战的人来说,实在看不过去。

老侯爷却想了片刻,他原本打算找其他四城指挥使商量,将谋逆的人统统拿下。但是这样一来未免打草惊蛇,他们手中证据不足,就这样抓睿亲王,恐怕也抓不到把柄。何况延平王那边关系还僵着。

正如萧岐山所说,如果不在其叛乱的时候拿下他,怎么能斩草除根呢?

老侯爷吩咐长兴侯:"虽说如此,我们却也不能只坐着,你暗中都布置好,谨防睿亲王突然发难。"

长兴侯点点头:"儿子知道。不过父亲,限儿如今也在参与此事……"

老侯爷皱了皱眉:"他的身体没好完全,平日帮着做些别的就罢了,这样的事可不准他插手。跟着他那个李先槐又是我从四川带出来的,怕把他带到歪路上,我亲自来说他。"

萧岐山叹了口气:"也是我无能,这么些年也没把他治好。"

老侯爷摇摇头:"先生这是什么话,要不是你,限儿恐怕连五岁都活不过。这些年你待他如何得好,我还能看不到吗。"

萧岐山听后笑笑,久久没说话。

几人商议完,老侯爷亲自去找了叶限说话。

听完后叶限沉默片刻,才说:"祖父,您平日让我多管侯府的事。如今这样的大事却不要我管,我实在不懂。"

老侯爷道:"你父亲性子太直,你却偏偏相反,太精于算计……"心思太多,想的也太多,以至于心比天高,命比纸薄,这是容易折寿的。他也是听了萧岐山的话才想明白。

要叶限参与这些，老侯爷也是无奈。长兴侯府就只有一个男丁，除了叶限，谁还能来承担呢。

老侯爷声音一振："别的也就算了，这涉及动刀动枪的事，你却万万不可参与。"

叶限没有说话。

老侯爷看叶限这样子，就知道这事要是不说清楚，叶限是不会罢休的。他叹了口气："事关睿亲王勾结金吾卫谋反，连北城兵马司都牵涉其中。此事非同小可，你切不可乱来。"

"谋反？您怎么知道的？"叶限想到了顾锦朝说的那些兵器。

老侯爷自然不会继续回答他的话："这些日子你就好好待在书房练字，不准出府去。"

老侯爷吩咐叶限的侍卫好好看着叶限，离开了书房。

叶限自然不会老实待在长兴侯府，他觉得顾锦朝肯定有什么话没跟他说，他想去问问她。

锦朝等人刚从适安搬到了大兴祖家。

锦朝住在西跨院妍绣堂，穿堂过去就是顾澜、顾漪所在的怡香院，顾汐则和二伯的另一个庶女顾忻同住沉霄院。

锦朝看过院子，就要去和冯氏请安。

她跟徐妈妈说："顾澜和顾漪还挤在一个院子，我住这儿已经不错了。您把倒座房布置成暖房放花草，再清一间出来做库房，后罩房就让青蒲她们住着。您和佟妈妈住西梢间。"

徐妈妈应"诺"，锦朝想想又吩咐道："等会儿祖母应该会派人过来，带你和佟妈妈去祖家各处看看。你多准备些银裸子送给领路的婆子，把祖家的情况打探清楚。"

徐妈妈笑笑："您且放心吧，奴婢都是明白的。"

锦朝心里很放心，徐妈妈跟着外祖母和母亲久了，这些事自然没有问题。

青蒲服侍着她梳了发髻，只簪了一对并蒂莲瓣银簪，着淡蓝色八吉纹褙子，素净又端庄地去了冯氏所在的东跨院。

冯氏先喊了罗姨娘过去说话，锦朝去的时候罗姨娘正从冯氏的屋子里出来，看到锦朝便给她行了礼问安。锦朝看她面色微红，心中暗想着冯氏肯定跟她说了子嗣之类的话，毕竟父亲如今除了两个通房丫头，只有罗素一个姨娘，两个通房丫头都是要喝汤药的，不能诞下子嗣。

她沉思了片刻，才跨进西次间。

冯氏坐在黑子螺母罗汉床上，穿着沉香色暗宝相花纹褙子，左手腕上盘着串菩提珠，长得慈眉善目。

"是朝姐儿过来了。"她笑着让锦朝过来，并让服侍的大丫头松香端杌子给锦朝，"妍绣堂你看着可还喜欢？要是缺什么，尽管和祖母说。"

锦朝自然什么都不能缺，她笑着道："我是看什么都喜欢的。如今回大兴了，孙女也每日来晨昏定省，伺候您老人家，也好尽尽孝道。"

冯氏欣慰道："你是个孝顺的。你大堂姐出嫁，怜姐儿又是个不懂事的。别的庶女更是算不得事儿，你来伺候祖母，祖母心里也是高兴的。"

这时候顾澜和顾漪也收拾妥当，过来给冯氏请安了。

冯氏看见顾澜和顾漪进来，眼皮子都没抬一下，伸出手端起小几上的粉彩白瓷茶杯慢慢啜饮。

顾澜和顾漪行了跪拜礼齐声说："祖母安好。"却没听见冯氏叫她们起来，两人维持着跪拜的姿势动也不敢动。顾锦朝心知冯氏这是要给庶女立威的，自然也不敢说话。

冯氏放下茶盏才说："起来说话吧。"

锦朝见顾澜穿了件靛青柿蒂纹上襦，茶白的综裙，她来得很匆忙，发髻有些凌乱。冯氏也看见了，就悠悠地道："这是澜姐儿吧？"顾澜回道："孙女正是顾澜。"

冯氏淡淡地说："看样子也是没把我这老婆子放在眼里的，前来拜见我，怎么连头都不梳，还只穿了上襦。你在顾家没学好规矩吗？"

顾澜暗自咬牙，她的马车最后到祖家，自然需要多整理一会儿。听木槿回来说顾锦朝已经来东跨院了，她才匆忙赶来。心知自己要是来迟了，别人恐怕又有话来编派她，但是她没有想到，要是真想挑一个人的错，哪里会有挑不出来的呢。心中念头几转，顾澜再次跪下来，眼眶微红道："祖母恕罪，孙女是急着出门，才绊了一跤乱了头发。是孙女唐突了，祖母教训得是。"

她这样认了错，冯氏反而找不到话说她了，就"嗯"了一声让她起来。心想倒真是个聪明的，长得也不差，可惜是个庶女，姨娘又是那样的人，要不也是个不得了的。

顾汐最后来拜见。随后二夫人和五夫人带着顾怜过来。

顾怜像只小鸟一样扑进冯氏怀里，娇声喊："祖母。"又说自己中午吃了乳粉菱糕，"嬷嬷的手艺不如祖母的好，不够甜。我吃了一块听说堂姐妹们来了，就来东跨院看看。"

冯氏搂着顾怜，笑着点她额头："你可不要吃太甜了，等过年及笄了，就要嫁去姚家。到时候人家姚公子嫌你太胖可如何是好。"

顾怜撇了撇嘴："他才不敢呢。"姚文秀待她如珍宝般小心翼翼地，每月都送东西过来。

周氏笑着说："半点规矩都没有。"然后要她见过顾锦朝，"给你大堂姐问安。"冯氏笑眯眯地看着。在冯氏心里，顾锦朝虽然名声不好，但终归是嫡女，而且是通州纪家的外女。顾怜当然应该和顾锦朝交好。

顾怜向锦朝屈身行礼问安，又朝顾澜眨眨眼："我好久没见过二堂姐了。"

冯氏见此情景有些不高兴。

锦朝都看在眼里，心里知道冯氏这是不想顾怜和顾澜交好。冯氏似乎更希望她和自己要好，可惜顾怜不喜欢她。不过冯氏这样宠爱顾怜，怕会害了她。梦中顾怜嫁到文华殿大学士姚大人家后，拿捏不好家事，时常回顾家哭诉。到最后把自己身边的大丫头开了脸送到丈夫床上，也没能挽回姚公子的喜欢。那大丫头生了庶子，反倒得势了。

锦朝不动声色地看了一眼顾怜的丫头，这丫头穿着胭脂色的比甲，藕荷色的襦裙，戴了一只蝶恋花的银簪子，生得雪肤娇嫩，唇红齿白。她记得这个丫头的名字叫兰芝。

冯氏顿了顿，而后又拉了锦朝的手跟她说："如今府里主中馈的是我和你二伯母，你五伯母是有身子的人了，不能操劳。你来我这儿多学一学，祖母好好教导你。"

锦朝站起身谢礼，看了一眼五伯母的肚子，她穿着宽松，并不明显。她心里却是蓦然一惊，原来，五伯母这时竟然怀着孩子。

她还记得顾锦贤恸哭失声的场景。

周氏笑着和顾澜说："你和漪姐儿就和我学着规矩，只求不行差踏错就好了。"

冯氏点点头："正好明儿就是重阳，府里是搭菊台赏菊的，我听说朝姐儿擅侍弄花草，可要好好帮衬着你二伯母。老五媳妇，你就准备重阳糕和茱萸。"几人都应了"诺"。

说了一会儿的话，冯氏乏了，于是众人都退下。锦朝先回了妍绣堂，刚刚迁家，她还有许多的事要做。

今儿是第一天搬过来，晚膳自然是要一起吃。不过锦朝几个都在守制，就在东跨院的宴息处摆了几桌素斋吃了。等吃过了晚膳，周氏又来找锦朝，让她去看看菊花台搭建得如何。

锦朝累了一整天，看过菊花台后，回了妍绣堂，一直睡到第二天卯正，青蒲挑了帘子来叫她，她才醒过来。

今儿是重阳节,要早起。这已经是入秋的时候,锦朝看着隔扇外,天还没有亮堂,只听见小丫头窸窸窣窣的扫地声。青蒲怕外面冷,给她披了一件天碧色的素缎披风。

祖家的下人比适安家里起得更早,锦朝一路从西跨院走到外院,都是问安的声音。周氏和叶氏也是早早起身,正看着下人把重阳糕从厨房抬到正堂。五色九层的菊花糕,上面还放着两只面羊,寓意登高。

周氏笑眯眯地拉她过去:"陪我去看看早膳准备得如何了。"

两人正说着话,有丫头匆匆来报:"五夫人,世子爷来了。"

叶氏正忙着指挥小厮切重阳糕,听着就皱了眉:"不是说不能出门了吗,怎么还过来了。"

周氏笑着说:"定是想你了才来看看的,你且去吧,这儿我照应着。"叶氏是长兴侯的嫡女,在顾家的地位超然,冯氏都要礼遇她几分。

叶氏这一去就是小半天。一会儿人都陆陆续续到了外院正堂,要准备喝菊花酒了,叶氏才带着叶限过来。叶限身后还跟了数十个穿着胖袄的侍卫,分列到了正堂外面。冯氏十分亲热地和叶限说话:"世子爷来得正好。"又让松香端一块重阳糕给他。

叶限穿着件天青色玄纹的襕衫,眉心却微蹙着。他看了一眼落座的女眷,很快就看到了顾锦朝。顾锦朝心里"咯噔"一下,她可没有忘记,今天是重阳,只有四天的时间了。叶限这个时候来顾家,难不成是有什么要事和她说?

叶限只吃了一口重阳糕,就跟叶氏说想去走走。他走不过一刻,采芙就过来悄声在锦朝耳边道:"小姐,世子爷在妍绣堂等您,说是有话要和您说。"

叶限也是,竟然这样偷偷摸摸的,这又是在祖家,要是被别人看到了她怎么说得清楚。锦朝低声问采芙:"有别的人知道吗?"

采芙小声道:"您放心,奴婢请世子爷在西梢间等着。除了咱们的丫头,没有旁人看到。"

世子爷特地吩咐了此事一定要隐秘,采芙知道世子爷和自家小姐似乎在商量什么事,自然也很慎重。

锦朝离了席就往妍绣堂去,叶限坐在西梢间里等她,开了窗扇看外面的西府海棠。

锦朝跟采芙说:"去给世子爷端一杯菊花茶来。"

叶限听到她的声音,侧过头说:"我不要喝茶,你不用麻烦。"

锦朝笑着说:"菊花茶清火明目,世子爷可以喝一盏。你这样把我从筵席上叫下来,究竟有什么话要和我说?"

叶限哼了声："我都不怕，你怕什么。"指了指自己对面的圈椅，示意她坐下。

他能怕什么？他可是长兴侯世子爷，极有可能成为兵部尚书的叶大人。

锦朝虽然腹诽，却也坐了下来。

叶限才跟她说："你还记得你说的那批兵器吗？那批兵器出现在睿亲王府，让萧岐山派的人看见了。我祖父告诉我，睿亲王联合了北城兵马司指挥使和金吾卫谋反，他们打算按兵不动，等到睿亲王发难再拿下他。"

锦朝面上不动声色，心中已是非常惊讶了，叶限竟然肯和她说这些。谋逆这样的滔天大罪，谁知道都不得了。她问道："世子爷，你告诉我这些做什么？"

叶限笑了笑："刘州是萧岐山的人，我早就发现了。按照我祖父的个性，他肯定会听萧岐山的话，按兵不动。萧岐山设的这个局，我实在看不明白。"他看着顾锦朝不再说话。

顾锦朝这才明白过来，叶限恐怕是觉得她隐瞒了什么东西，没有说给他听。

自己确实有所隐瞒，但是她隐瞒的那些话，叶限也不该知道。不过叶限的话，倒是让她思索了一下，后来被冠上谋反罪名的可不是睿亲王，而是长兴侯。这中间到底发生了什么？

锦朝突然有了一个想法，难不成……根本没有任何人意图谋反？

睿亲王故意给长兴侯制造谋反的假象，在皇上驾崩的那天进了皇宫。长兴侯听了消息后带兵去围剿睿亲王，却反而被扣上了乱臣贼子的帽子，又被睿亲王斩于刀下，便是后来证明了清白，那也是人死不能复生了。

而在这中间起到重要作用的正是萧岐山。

锦朝脸色微变。

叶限也看到了，心里更是肯定顾锦朝有话没和他说。

她站起身，窗外的西府海棠已经开始落叶了，如今是多事之秋，她也不好置身事外。锦朝想了片刻，才跟叶限说："萧先生肯定是暗中投靠睿亲王了，他出的主意多半是顾应睿亲王的。我看睿亲王未必是谋反，说不定是设了圈套让你们钻。世子爷听我一言，凡事都不要轻举妄动，也不要相信谋逆之言。萧先生的话……更是一句都不能信。"

叶限沉默了一下，顾锦朝不想把话说明白，肯定有她的苦衷。但是她说的这些已经够清楚了，睿亲王是不是真的要谋逆，这事还有待考虑。要想知道萧岐山究竟在下什么棋，还要看睿亲王的动作。

过了好久，他才淡淡地说："我小的时候不爱说话，更不喜欢出门，师父就从山里捉了狸猫和野兔的幼崽陪我玩。他还会草编蚱蜢、蜻蜓。夏天的时候从山上摘山楂给我做糖葫芦，带我去河里捉鱼，他从石子下摸出的河蟹只有铜钱大小，炸着吃很香。有一次我被蛇咬了，他很着急，我从来没见他这么着急过，他亲自帮我吮了毒，自己却差点死了。"

锦朝听着叶限说话，没有出声。

萧岐山是陪他长大的，这样的情分，怎么可能浅得了呢。

叶限的侧脸有种淡淡的光辉，如玉的秀美。他垂下眼眸继续道："我以前一直和师父住在贵州，读书认字都是他开蒙的。我一直觉得他是难得的好人，甚至还嘲笑过他的善举。这样的人，他为什么非要报仇呢？我竟然从来不知道，他能狠心到这个份上。"

锦朝低声道："人心隔肚皮……"似乎也只有这句话能安慰他了。

叶限站起身，对锦朝笑了笑道："这些话，我当没说过，顾大小姐也当没听过吧。"

外面等着的叶限亲信很快帮他挑开帘子，又亲自给他披了披风。两人随即消失在妍绣堂。

锦朝松了口气，随即又觉得怅然若失，叶限最后那句话，分明是要和她生分的。也好，她从此后就在祖家生活了，叶限再像以往一样和她往来频繁，恐怕会惹人诟病。

过了会儿顾德昭过来找她，看了妍绣堂的布局，很是满意："你看，你祖母还是待你不薄的。"

顾锦朝笑着点头："父亲怎么离席了，可喝过菊花酒了？"

顾德昭淡笑着说："你五叔那个性子，哪有不缠着别人喝酒的。我要不是守制，也能灌他个底朝天的。我是听说你离席，以为你不舒服才来看看的。下午你祖母要带着大家去宝相寺所在的东韶山登高赏秋，你要是不舒服，我就和你祖母说一声，不去就好了。"

锦朝觉得冯氏还有一点做得很好的，她待嫡子庶子都不分伯仲，兄弟之间是很恭敬的。

父亲回了祖家果然比在适安好，至少这里有人陪他喝酒下棋，谈论诗词政事。渐渐的，他也能从母亲的死和宋姨娘的事中解脱出来，至少不会想着以宗教作为寄托了。

锦朝道："女儿这才来祖家，也不能任性行事，父亲觉得呢？"

顾德昭哈哈大笑："行，父亲不让朝姐儿任性了，你来陪父亲喝一杯酒吧。"

又带着她回到外院，见过了顾家二爷和五爷。顾锦朝抬头看了一眼，二爷顾德元和父亲长相相似，不过更稳重些，眉宇之间很冷淡。五爷顾德秀笑眯眯的，人却长得俊朗，玉树临风的。

难怪叶氏会嫁给他了。

席间顾锦潇在和顾锦贤说话。二爷还有一对双胞胎的庶子，年龄只在五六岁的样子，穿着同样的福禄寿夹袄，长得胖乎乎的。顾德元看到两个庶子，跟锦朝说："两个孩子在这儿也不方便，正好麻烦侄女带他们去宴息处里。"宴息处里是女眷吃席的地方。

锦朝点头应"诺"，照顾慧哥和瑞哥的嬷嬷把他们抱起来，跟在锦朝后面去了宴息处里。

"去父亲那桌吃酒，正好带两个堂弟过来。"锦朝笑着和大家说。等把孩子放下来，两人一致地走到冯氏面前先请了安，然后才和二夫人请安。

二夫人笑了笑，抱过慧哥和冯氏说话："您看，慧哥又长胖了。"

冯氏不冷不淡地"嗯"了声，招了慧哥和瑞哥过去，笑着问他们话，两个孩子都回答得乖巧有礼。冯氏看到他们新穿的夹袄，问道："这夹袄可真漂亮，是你们母亲给你们新做的？"

瑞哥懂事些，忙道："母亲说天冷了，给我们做了新衣裳，怕冻着我们。"

这还没到冷的时候，就迫不及待地把做的夹袄穿上，分明是想讨巧的。锦朝看他们说话小心翼翼的样子，感叹庶子也不容易，小小年纪，说话比顾怜还得体。

叶限回了玉柳胡同后，在书房里静坐了很久。

晚上高氏叫叶限过去。叶限漏夜前去，还没来得及给高氏行礼请安，高氏就冷声让他跪下："你祖父说不让你出门，你倒是好，携令李先槐带你去顾家。我问你，你是不是去见了顾家那个大小姐？"

叶限顿了顿说："母亲多思了，儿子只是去看看长姐而已。"

高氏气得手都在抖："你以为我不知道，我让许侍卫偷偷跟着你呢。顾锦朝刚从适安搬到大兴，你就眼巴巴地去看人家，还躲到了人家的闺房里去。你说，你是想害了她的名声，还是想害了你的名声。"

高氏出身书香门第，最是重视名节声誉了。

叶限抬头看着高氏。

当时他和李先槐察觉到有人跟着，但是两人都以为是萧岐山的人，并没有理会。没想到高氏还派了人跟着他。

高氏笑了一声："我倒错了，你怎么能坏了顾家小姐的名声呢。她这样的人……这样……"高氏一时没想到该怎么说，"这样的人。你这是要坏自己的名声啊。你长姐还是她伯母，你这样作为，可是要你长姐在顾家人面前抬不起头吗？"

"我原先觉得你任性妄为，却也没想到你定要和顾锦朝扯上关系。母亲的话你是听不进去了？非要气我你才甘心是不是？"高氏想到儿子一向都是油盐不进，心中更是气急。他父亲和祖父这些天忙成这样，他倒好，还跑到人家姑娘的闺房里去了。这要是被别人看见怎么得了。

叶限还是没有说话，他的确是去见了顾锦朝，这没有什么可辩驳的，他更不能把那些乱七八糟的事说给母亲听。这些习惯都是跟父亲学的，长兴侯从来不让官场上的事烦扰高氏。

高氏自己气了会儿，见叶限跟锯嘴葫芦一样不吭声，指着正堂外面的青砖让他去跪："跪两个时辰，然后去书房抄《诗经》，这几天除非我发话，不然你休想离开这儿。"

叶限皱了皱眉，如今正是要紧的时候。他要是被困在高氏这儿，萧岐山的事该怎么办。高氏这儿可不比他的聚风堂，能够让他任意出入。"母亲，孩儿抄书倒是无所谓，但是孩儿有要紧事要做，恐怕不能待在您这儿。"

高氏哼了声："叶家还不至于要靠你当家。好好给我待着。"

叶限略一思索，就道："如此便算了，孩儿写字惯用那只墨竹的狼毫笔，母亲请之书帮我送过来吧。"他走到正堂外，一展衣袍干净利落地跪下来，一声不吭。

高氏看着更是气恼，叶限这脾气也不知道谁能管得了。她挥手让语芹去找之书拿毛笔，还能有什么办法，管不住也要管，总不能让叶限翻天了。

萧岐山住在长兴侯府的关月阁，小厮把他书房的竹帘换成了蓝色细布的帘子，又帮他烫了一壶酒，切了一碟卤熟的鸭肫片、煮咸栗肉，剥了一盘干落花生。萧岐山刚和老侯爷商议了回来，秋天露重，解下披风后他就喝了杯酒，问小厮："刘侍卫来过没有？"

小厮忙道："晌午过来了一次，您不在他又走了。"

萧岐山笑笑："那就去请他过来，好酒不喝可惜了。"小厮应"诺"去请人，不一会儿刘州就挑开蓝细布的帘子进来，吸了吸味道笑道："先生好雅兴，这等阴寒的天里喝烧酒最好了。"

萧岐山给他倒酒，指了指那碟鸭肫片："春兴胡同的卤味，味道奇香。"

刘州哈哈一笑："那家卤味收摊最快，我倒是想吃很久了。"又压低了声音道，"和先生说正经的事，世子爷今天去了顾家，带着李先槐神神秘秘的，属下一路跟着，看他进了人家小姐的闺房。您说，都这个时候了，世子爷这番行径是不是有什么古怪？"

萧岐山闻言笑笑："顾家大小姐貌美惊人，没什么奇怪的。"叶限请他来燕京，不就是给顾锦朝的母亲治病的吗。萧岐山说："我是看着他长大的，原以为是能干出一番事业的，却没想到他还年轻，英雄难过美人关啊！"还是那样一个徒有脸皮的草包美人。

任叶限再怎么铁石心肠，人家顾家小姐还是要百炼钢化成绕指柔。

萧岐山心里除了觉得好笑，还有些失望。

刘州不再继续说了，而是坐下来和萧岐山吃酒，说京畿内发生的趣事。两人都喝得醉醺醺的，刘州脑中浑浊不清了，突然舌头打结地问他："先生……我一直都不明白，长兴侯待你这么好，你心里就没有犹豫过？"

萧岐山知道他这是喝多了，不然平日可不敢这样和他说话。

他看刘州都要趴到桌子上去了，才淡淡地说："成亲王当年功震四海，平定蒙古吐谢图汉叛乱、漠南察哈尔叛乱，百姓爱戴。朱厚深却对成亲王起了杀心，虏获他的妻儿，逼得他不得不起兵造反。他为国为民，有功无过，却换来这样的下场……什么睿亲王、长兴侯的，哪有成亲王的十分之一。"

"成大事者，向来都要无情无义的。"萧岐山又喝了杯酒，笑了笑。叶限就是这个性格，他一向深以为忤，所以给叶限治病的手段，他都是要保留几分的，不然怎么会十数年都没好完全。

如今万事俱备，只等东风来了。

锦朝也还想着长兴侯家的事。

采芙进来给她梳洗，她卯时三刻就要去冯氏那里服侍早膳。

过了会儿徐妈妈进来，行了礼低声和锦朝说："小姐让奴婢打听的事，都问清楚了。"

锦朝想了解一下顾家几房的大体情况，公中的产业是谁在打点，内院事宜又是谁主管，免得去了冯氏那里服侍的时候一问三不知。

徐妈妈道："祖家的产业并不多，奴婢盘算了一下，如今您手里夫人的嫁妆和物件就能抵上顾家的财产了，还不算咱们老爷手里的那些。这些东西一向是被太夫人握在手中亲自打理的，内院的事太夫人也插手，但名义上是五夫人协管，不过如今五夫人有孕，就是二夫人管得最多。而二爷、五爷都是不插手这些的。祖家如今只有二表小姐一个嫡女，其他庶女都不出挑。"

锦朝笑了笑："难怪冯氏待我亲热呢。"她手里的东西虽然不算少，但是只相当于一个中等的世家，顾家的产业和她相当，那是有些捉襟见肘的。不过看祖家这派头，可是数倍于他们在适安的。

徐妈妈淡笑："要说祖家的财产实在少，不过开销倒是大，有时候一年入不敷出，还要拿了府中的东西变卖。世家大族的，总是有个排场在，里子面子都要好看才行啊。"

锦朝继续道:"书香门第的传世之家,经商上面总是不好,这也没有什么奇怪的。"读书人自诩身份高,是不屑于做商贾之事的。例如开金银楼放印子钱,做酒楼茶寮,他们会嫌这些钱太掉身份。

他们如今回了祖家,吃穿用度也在祖家的开销里,父亲那点俸禄能顶什么事。说不定冯氏还会不时让顾德昭拿钱出来贴补,而父亲肯定是不会拒绝的。

锦朝想来想去觉得头疼,还是由父亲去吧,他们受了祖家的保护,总不可能什么都不付出。

她到了东跨院时,冯氏刚起床,正由松香服侍着梳了小攥,抹了桂花头油,那黑色的小攥梳得十分油亮。冯氏的脸映衬着水银镜子,难免显得刻薄了些。

锦朝请了安,冯氏慢慢地说道:"你先帮我磨着墨。"冯氏有早膳过后抄一卷佛经的习惯。

锦朝应"诺"去了书房,冯氏进过早膳才来,却又不急着抄佛经,而是盘坐在大炕上闭目养神。她睁眼看了锦朝一眼,才说:"女子站姿,好看才是第一要紧事。你不要敛首含胸,把背脊挺直,腰身绷紧,哪里会不好看呢。"

锦朝抿了一下嘴唇,磨墨的时候自然是要低头弯腰的,那样笔直地站着怎么能磨墨。

她道了一声"是",站直了身体。

过了大半个时辰,冯氏才让锦朝过来给她洗手焚香。锦朝松了口气,那样站着一直不动也确实挺累的。

冯氏抄过佛经,顾家的老爷、夫人、孙辈就要一一过来请安了。这时候冯氏让她站在一旁给自己端着青釉白瓷的茶盏,等人过来行礼,锦朝也要一一还礼。她也渐渐摸出冯氏对众人的态度。冯氏对大长孙顾锦潇是最看重的,问了他许多课业上的事。她最疼爱的是顾怜和顾锦贤,别的庶女来请安,那都是淡淡地应一声。

二夫人送了上一月公中花销的账目过来,冯氏看了直皱眉。

二夫人看了忙说:"四弟家迁过来,又恰逢重阳。这开销多了些也是正常的。"

冯氏说:"那也没有多四成的道理,就是怜姐儿请的绣艺师父,束脩是三十两,那绣艺师父上个月可是没有过来的。再说你四弟过来,那东西也都是府里库房的,怎么还有两张梨花木小几的价钱?"

说来说去不过都是小头,二夫人听了有些急:"绣艺师父没来,却也不能不给银子,哪是怜姐儿不愿意学,梨花木小几是府里缺的。四弟来家里总归是添了许多东西,母亲仔细看看。"

冯氏有些不高兴了:"还怕我老婆子的眼睛出问题不是?你再回去核算核

算，也别总拿着你四弟的名头说花销的事。"

二夫人不敢再说什么，拿了册子应"诺"下去了。

冯氏在顾家的威严是无人敢挑衅的。

二夫人退下后小丫头过来通传，说顾澜过来请安。

顾澜一来，锦朝就解脱了。冯氏指挥着顾澜做这做那，不仅要帮着端茶倒水、捏肩捶腿，连剪花枝这样的小事都让她去做。顾澜万分无奈，却也只能去做。冯氏见锦朝在一旁闲着，笑笑说："你要是觉得闷，就去院子里走走，午饭之前回来就好了。"

相比之下，冯氏对她算是温和了。

锦朝行了礼沿着抄手游廊出来，这时候已经是秋意渐浓，蝉噤荷残了。

锦朝看见顾澜在给贴梗海棠修剪花枝，木槿就站在旁边，却又不敢帮她。顾澜在适安那是娇生惯养，从小比顾锦朝这个大小姐都还受宠，这样的事她怎么会做，纤长莹白的手指牵扯着花枝，却一不小心被贴梗海棠的刺划伤了。

她痛叫了一声缩回手，就看到顾锦朝正站在游廊的另一头看着她。

顾澜把手掩到袖口里，笑着道："长姐怎么出来了，莫不成是来看我笑话的？"

顾锦朝慢慢走过去，温和地道："澜姐儿这是什么话，不过是祖母让我出来走走，说东跨院的景致好。长姐怎么会看二妹的笑话呢。"

顾澜收了笑容，平静地道："长姐，妹妹如今的样子，可全是拜你所赐啊。你放心，妹妹心里把你的好记得牢靠，日后必定要奉还的。"她声音一低，又曲了身行礼。

锦朝觉得好笑："二妹这样的习惯正好，什么事都能推到我头上，可是我让你出来剪花枝的？"说着不理顾澜，就这么离开了。

木槿看着顾锦朝带着青蒲离开，才和顾澜说："小姐，咱们以后该怎么办啊？"

顾澜想起搬到祖家后一系列的事，气得手指发抖，咬牙低语道："这一个个的，不过是看着我没有依靠罢了。顾锦朝也是个落井下石的。"

木槿听得难过，小姐如今也是艰难。

顾澜想起自己在二夫人那儿受到的冷视，二夫人周氏可不像冯氏会让她做这做那。她是完全相反，顾澜去她那儿坐着，她就让丫头泡一壶茶给她。顾澜那茶一直从有色喝到没色，一天也差不多过了。

她带着一肚子茶水回到怡香院，顾汐又来找顾漪，两姐妹在房里说体己话，屋子里很热闹。她一个人坐在屋子里看着两个刚留头的小丫头，有气都撒不出来。

顾澜一直到晚上才回了怡香院，又听到西厢房那边传来热闹的声音。她一个人进了东梢间，想到留在适安疯癫了的母亲，也不知道顾锦朝派的人会不会对她不好，都入秋了，她有没有缎袄可以穿。她想了一会儿不禁悲从心来，躲在被子里小声哭起来。

锦朝回到妍绣堂的时候，雨竹正在和绣渠踢毽子玩，看到她回来了，两个小丫头忙屈身行礼。采芙和白芸还在廊庑下做女红，她们在做手炉套、昭君套，还有丫头们自己的棉袄，准备过冬的时候用。

锦朝进了书房。

徐妈妈在书房等着，给她看从古井胡同曹子衡那儿送过来的账目。有一些要她来拿主意的大事，她也要过目了才能做。曹子衡不仅做了上一月的账目，还把前几年的账目都看了一下，给锦朝拟定了大致的发展。

锦朝觉得曹子衡说得十分精妙，给徐妈妈看了："是个明白人，您照着他说的这些做。"

按照册子上说的，上月入账有八百两银子，以后每月还能多些。她一年凭母亲的东西赚的钱，就有一万多两银子。而冯氏今天算顾家的账目，入账不过六百余两，开支却是七百多两。

锦朝看着这本账目，久久没有说话。母亲虽然不在了，但是母亲留下的东西还好好地护着她，只要她有这些东西在手，在祖家也是有倚仗的。

顾家的嫡女一般是一个管事婆子，一个一等丫鬟，两个二等丫鬟。锦朝却有两个管事婆子，丫头们的月例也比祖家的多，吃用更是要好些，这都是锦朝的私账支钱。没伸手向冯氏要，冯氏也不会管。

锦朝望向窗外，夜色刚近，一轮月亮挂在天空，屋檐下的青狮驼灯也才被点亮，灯光隐约。

她喃喃地说了句："明儿就是寒露了……"

鸿雁来宾，菊有黄华的时候。

佟妈妈原先是庄稼人，对节气很敏感，笑笑说："要是在乡下，就是种麦、摘花、打豆场的时候。"

锦朝没有说话。

明天就是九月十三了，正好是寒露的节气。皇上在巳时一刻驾崩。长兴侯夜闯禁宫被斩于刀下，长兴侯府一夜衰败，五伯母受辱的开始……

也不知道，叶限能不能护住他们。

锦朝叹了口气，她能帮的都帮了，剩下的事却不是她能插手的。

第十一章 谋逆

高氏正在给叶限做冬袜。他手脚容易冰凉，要把冬袜做得厚厚的才好，她又在收边的时候用细密严实的针脚缝边，做得十分漂亮整齐。

高氏把做好的冬袜放在笸箩里，抬起头来觉得脖颈酸痛，一旁的丫头忙帮着按摩。

"他还在书房里抄书吗？"高氏问道。

丫头恭敬地回答："正抄着呢，世子爷的书童带了一盒福橘、柿饼过来，说是顾家那边送过来的。"

叶限已经在她这儿关了好几日了，高氏不许他跨出院门一步。什么李先槐之流请示了数次要见叶限，高氏也都把人统统撵了回去。叶限是长兴侯世子爷，是他们的主子，但也是她的儿子，要服她管教。

高氏看到隔扇外连绵不断的秋雨，又有些心疼叶限。书房里只放了一张贵妃椅，她上次去看他，叶限这样高个子的人蜷缩在椅子上，身上只盖着单薄的被衾，书房的窗户又开着，屋子里十分冰冷。她回到房里又让丫头送了手炉和棉被过去。

高氏想了很久，才让丫头把东西收起来，她准备去看看叶限。

叶限则把福橘下的字条拿出来，展开看了一眼，又揉作一团放进衣袖中。

之书小声说："李护卫说是快马加鞭送过来的，估摸一个时辰之后就会传出来。侯爷那边已经入宫去了，恐怕要下午才能回来。萧先生在厢房那边没有动静。"

叶限没有说话。

字条上只有四个字：巳时驾崩。

这四个字，传递了无比复杂的讯息。当今皇上酒色亏空，身体不好是早几年的事了，前段时间更是重病在床，才让张大人有了整治朝廷，清除反对党羽势力的机会。但是无论如何，他的死讯也来得太突然，还是在长兴侯府内忧外患的时候，实在雪上加霜。

皇上驾崩，讣告会在午时贴到奉先殿，随即京师戒严，不鸣钟鼓，而后官员陆续穿孝进宫哭灵。全城服丧二十七日，天下服丧十三日。

这实在是个好时机……叶限想到了睿亲王谋逆一事。如果他要想有所动作，趁着官员和三品以上诰命进宫哭灵的时候，就应该动手。这时候宫里最是鱼龙混杂。

他沉思片刻后跟之书说："告诉李先槐，派人注意睿亲王府。还有萧岐山那边，就是有个小厮想出去，都暗中给我拘起来审问一番。"

之书应"诺"，提着篮子往外走时正巧遇上前来看人的高氏。他笑着行礼问安。

高氏看了一眼他手上的篮子。

之书打开给高氏看："夫人，这是今年的塘栖福橘，还有柿饼和龙眼，您要不要尝尝？"

高氏不再疑心，让他赶紧走："这些东西不是燥热就是性凉，以后少拿给世子爷。"

之书尴尬一笑，行了礼离开。

高氏进了书房，看到叶限在认真地练字，她让丫头把她熬的一盅蜜枣煲羊肺汤放在旁边的小几上。叶限给她请了安，又继续练字。高氏看叶限写字还跟个孩子一样，一笔一画十分端正，字迹更是工整隽秀，说道："你都练了一上午了，喝了汤再写吧。"

叶限早闻出是羊肺所熬制的汤，他不喜腥膻："孩儿不渴，母亲不用担心。"

高氏正欲说什么，却有丫头过来通传说外院的大管事要找她，有要紧的事要说。

高氏心中一紧，大管事一向只找长兴侯说事的，这次找到她，必定是发生什么不得了的大事了。她嘱咐语芹监督叶限喝汤，自己忙带着丫头婆子出去。

而皇上驾崩的消息，很快在京城的勋贵圈子里传开。午时奉先殿发了讣告，昭告天下。

整个燕京无论王公贵族、官员庶民，很快都知道了这事。

帝崩，这是国丧。

一会儿五夫人被冯氏叫过来。

冯氏让她坐在罗汉床上，握着她的手说话："这世上的事，也是说不准。圣上驾崩得太突然，也不知道宫中的人如何了，你母亲是封的一品诰命，肯定是要进宫哭丧的。我想着长兴侯府也没个主事的，不如你回去看看，也托人回来告诉我一声，让我老太婆心里安稳。"

五夫人心里明白，冯氏这是让她回去打探消息的。她起身行了礼道："母亲放心，我这就回去看看。"

锦朝在旁没说话，她其实很想让五夫人不要回去。在接下来的几天内，长兴侯府会乱成一锅粥，连叶限都要花许久时间清理长兴侯府混乱的势力，何况是五夫人，也不知道会有多凶险。

冯氏脸上的忧色藏都藏不住，但凡天子驾崩，哪儿有不动荡的说法。

五夫人很快收拾了东西回长兴侯府。冯氏连账本都看不进去了，跟锦朝说："陪我去外面走走。"锦朝应"诺"，扶着冯氏的手出了书房。

其实她倒是觉得冯氏不必担忧，这朝堂之上的事自有顾二爷处理，冯氏此时照顾好内院就够了,但她没有插话的余地。

锦朝望着开得正好的簇簇黄花,心中还想着宫变的事。

待到秋来九月八,我花开后百花杀。

也正是这时候了。

长兴侯携着高氏从皇宫里回来,刚解下额上黑色的角带,就问她去见皇贵妃时说了些什么。

皇贵妃是长兴侯的胞姐。

高氏和长兴侯低语:"圣上虽立了皇后娘娘所出三皇子为太子,但是太子如今才十岁,即便登基也是被张居廉挟政。皇贵妃娘娘是替皇后担忧。再说皇上生前立了不少妃嫔,除了皇后、皇贵妃、贤妃有出,别的都难免要殉葬。她也是心中难过。"

长兴侯想了想道:"明儿你再进宫的时候,也去见见皇后娘娘。有我压制着张居廉,谅他也不敢真的挟天子以令诸侯。"皇后和皇贵妃的关系一向不错。

虽说都是人间至尊了,但是皇后不过妇人,太子也还是孩子。这样的孤儿寡母,在如今的情况下也是束手无策,任人鱼肉。

两夫妇又说到了叶限的事,高氏提及了顾锦朝:"去了人家的闺房,他实在不像话。这些天我都拘着他练字。那顾家大小姐是什么样的人,他竟然一点都不避讳!"

长兴侯也头疼他这个独子的性格:"他任性妄为惯了,也该好好管教了。"

正说话,这时候有丫头过来通传,说刘侍卫有急事来报。长兴侯整理了衣襟,去了花厅见他。

刘州脸色凝重如霜:"侯爷,睿亲王府那边有动静了。"

长兴侯脸色一肃:"睿亲王终于按捺不住了?"

刘州颔首继续道:"睿亲王府傍晚时偷偷派出一队护卫,去了西城兵马司。我们随即跟从,发现睿亲王从东环山带了重兵前去宫内,已经过了承天门了,恐怕此刻已经进了午门。"

长兴侯勃然大怒。"皇上刚死,他竟然就敢带禁军闯皇宫,他这是想逼宫不成?"他吐了口气,问刘州,"老侯爷那边知会了吗?"

魏先生道:"知会了,老侯爷说马上就过来。"

长兴侯听了点头道:"去把萧先生请过来。"

萧岐山很快就过来了,听了之后面色也不太好。

"睿亲王要是逼宫成了,恐怕长兴侯府会接连被殃及。不过以我之见,睿亲王所带之兵并不精锐,最多能对付金吾卫和兵马司,锦衣卫里高手众多,睿亲王恐不能拿下。怕只怕他有什么我们不知的底牌。"

萧岐山说得很是犹豫。

长兴侯听了冷声道："我征战沙场这么多年，冲锋陷阵，要打要杀就痛快些。他睿亲王不过是养在皇城里的废物，还想带人逼宫。我看他能不能过我这关。"他沉声道，"魏先生，你立刻召集德胜关的铁骑营兵马，随我一同入宫。"

老侯爷这时候刚过来，听了儿子的话脸一沉："你这样闯禁宫，也不怕被人诟病。"

长兴侯叫了声"父亲"，说："如今这时候，儿子也顾不得这些了。"

老侯爷冷哼一声，又对刘州说："侯爷带铁骑营去皇城的工夫，你赶紧去请兵部尚书赵寅池，让他带旗牌调集五军营和三千营前去。"

赵寅池曾是老侯爷的副将，后来平定倭患有功，又精于行兵指挥，年过五十做了兵部尚书。老侯爷请赵寅池过来，不仅是要帮衬长兴侯，还是要给长兴侯定个说法，免得他闯禁宫日后被御史诟病。

刘州应"诺"去了。

隔扇外雨一直没停，叶限撑开看了一眼院中，高氏的几个得力的婆子丫头都不在。

母亲应该是在父亲那边。

灰墙顶上却突然冒出一个戴着斗笠的脑袋，看着院子里没有什么人，纵身一跃踩到了倒座房的窗沿上，几步下到了院中。两个婆子守在院子外小声交谈，丝毫没听到声音。

那人压低了斗笠，往书房快步走来。

叶限看到李先槐，心中就有了不好的猜测，他这样偷摸翻墙进来，肯定是有大事发生了。他打开了隔扇，那人闪身进书房，门又很快合上。

李先槐进来之后摘了斗笠，就着世子爷递过的披风擦了擦满身的雨水。他个头中等，一张方正的脸，眼睛却细长，说话带着浓浓的四川口音："世子爷您不知道，刘州那个龟儿子，老侯爷让他去给兵部尚书赵大人带信，他骑马出门跑去了明照坊喝酒。小的就派宋四去给赵大人送信，但估摸有点赶不上。"

叶限皱了皱眉，李先槐说话总是不着边际。

"究竟是怎么回事，你从头到尾说。"

李先槐才拱了手，把长兴侯要调集铁骑营去攻打睿亲王的事说了。

"小的听下属一说就着急了，睿亲王这摆明就是鸿门宴。和萧游勾结了要陷害咱们，偏偏小的知道的时候侯爷已经出门了，小的就赶忙找人跟踪刘州，他果然没去找赵大人。小的等不及之书给您送信，就亲自来跑一趟，世子爷，您快想想办法吧。"

叶限一听长兴侯带铁骑营进宫，也是脸色一肃，想不到睿亲王这么快动手。

萧游和睿亲王勾结，制造逼宫的假象。等长兴侯带着兵马到紫禁城，肯定反而被睿亲王诬陷一个逼宫的罪名，到时候父亲可就百口莫辩了。睿亲王这个时候，联合金吾卫斩杀了父亲，那也是合情合理的。

叶限心思转了一圈就有了主意，既然如此，他还不如将计就计。

"你让宋四给赵大人送信，怎么请得动他，你亲自去跑一趟。萧游那边也要派人看着，不能让他出去了。"李先槐忙应"诺"，眼见世子爷提步往外走，他也忙跟上去。外面下着雨，世子爷竟然就这样走进雨幕中。

他又回书房拿了披风小跑着跟上去："世子爷，您好歹披件衣裳。"

门口两个婆子也看到叶限出来，忙站起来："世子爷，夫人吩咐您不能出去，何况还下着雨。"

叶限看了她们一眼，轻轻地道："带我去找夫人，不要多问，耽误了时辰我就杀了你们。"

两个婆子被吓得噤了声，世子爷平时虽然不正经，却从不曾说过要杀谁的话。他要说，那肯定就是真的要杀。他从不吓唬别人。

李先槐眼看着世子爷走远，只得把披风系在自己身上，赶紧到外院牵马去找赵大人。

高氏在长兴侯那里，本就坐立不安的。老侯爷先回去歇息了，她做针黹也不能静下心，不时地让丫头挑帘子看长兴侯回来没有。

长兴侯没有盼回来，却看到她儿子一身雨水地进来。高氏大惊："你这是做什么？不是在书房里练字吗？"她高声喊外面嬷嬷，要把叶限送回去。

叶限说："母亲，您现在就随我入宫，带我去见皇贵妃。"

高氏瞪大眼："你这孩子，说什么傻话，你去见皇贵妃做什么。如今宫里正乱着，你不要跟着添乱就好了。"

叶限知道高氏的性子，他十分平静地道："母亲，我现在要去皇宫救父亲。如果时辰晚了，恐怕父亲有性命之虞。孩儿虽说一向随性，但这些事上可从来没玩笑过。"

高氏看着自己的儿子，一时间愣住了。

雨丝细密绵软地飘下来，皇城里五步一哨，十步一帆，处处都结着丧。皇极殿匍匐于青白石须弥座之上，周围汉白玉石栏，黄琉璃瓦重檐庑殿顶，枋下浑金雕龙雀替，端华而森严。殿内停灵，有锦衣卫、金吾卫重兵把守，内里传来宫人缥缈的哭声。

细雨无边无际，羊角琉璃的宫灯光华淡淡。

长兴侯坐于骏马之上，身着盔甲，身后跟着一群着黑色重甲的行兵，呈扇形列于御道。周围是将他们团团围住的金吾卫和神机营官兵。

长兴侯抬头看着站在汉白玉石阶上的睿亲王，雨水沿着冷冰冰的头盔流到他脸上。他嘴唇紧抿，眼神沉稳，显示着令人胆寒的坚决。

睿亲王身穿麻衣，戴黑色角带，长得高大，面容祥和。他笑吟吟道："长兴侯以万钧之势闯宫门而入，可是想逼宫？本王见你着实没有忠臣之心，皇上尸骨未寒，你竟然做出这样的事，不怕为天下人所不齿吗？"

长兴侯一生不擅钩心斗角，他的智慧都穷尽在了行兵打仗上。但是看睿亲王的穿着，再看早已经准备好包围自己的神机营，他也能隐隐猜到是怎么回事了。

他平静地道："睿亲王心里明白，究竟谁才是乱臣贼子。以此手段来斗争，实在太过小人。"

神机营指挥使就站在睿亲王旁边，叹了一口气道："侯爷这又是何必呢，睿亲王和我说您要谋反，我是千万个不信。谁知您今天真的带铁骑营闯进皇城，您本已经是极福极贵的身份了，何必冒天下之大不韪，非要谋逆篡位呢？"

长兴侯冷哼一声："谋反？如果我真要谋反，你觉得你区区神机营挡得住吗？如果我真要谋反，当年何必平定成亲王叛乱。你明明就是和朱载献沆瀣一气，要置我于不义之地。"

睿亲王闻言冷笑："侯爷这话轻巧，难不成是我和指挥使拿刀逼着你闯禁宫的？我们如何能置你于不义之地。你谋逆还要找如此多借口，实在让人看不下去。"

不管他是不是要谋逆，只要睿亲王认为长兴侯谋逆，那他自然就是谋逆的。

睿亲王向神机营指挥使使了个眼神，藏匿在六方须弥座下的神机营士兵，举起了手中的弩弓。

夜色模糊，又下着小雨，长兴侯眼睛一眯看着远处的黑影，低声道："圆盾阵。"

他身后训练有素的行兵立刻持着圆盾合拢，严丝合缝。

睿亲王脸色顿时难看起来，伸出手一挥，冷声道："攻！"

无数锦衣卫、金吾卫、神机营士兵持长枪攻上，神机营副指挥使更是拿过自己的长刀与长兴侯打斗起来。神机营副指挥使也是从刀上面滚出来的，刀法狠辣刁钻。长兴侯穿重甲不宜近战，竟被打得退了好几步。

他看到远处还有无数神机营的官兵从凝祺门和昌泽门涌进，心中一沉。他只带了两千人，对方却不知在这皇城之内藏了多少人，就是用车轮战，也能把他们打死了。

刘州去请的赵寅池却还没有来。

小雨细密下着，皇后的凤辇过了宁寿门，经西庑房旁到了御道。

太监喊了声"皇后驾到"，皇后的声音传出来："这是在干什么，在皇上停灵的皇极殿前面，竟然也敢动刀动枪，都是些什么人？"皇后的声音一出，打斗的官兵也都停下来。

睿亲王看到皇后过来已经愣住了，他特地让人关了宁寿门，就是不想等着太监宫女去通风报信，怎么皇后还是知道了？他和神机营的指挥使忙从石阶上下来，神机营副指挥使是个直肠子，看到皇后来了也没停手。直到被皇后厉声喝止："都给我停下来，不然统统拉去午门砍头！"

他才狠狠瞪了长兴侯一眼，收刀退到神机营后面。

睿亲王和指挥使与皇后请了安。长兴侯也上前请安，却看到站在凤辇旁边的叶限，大为吃惊，心里却涌出复杂的情绪。

既然长兴侯闯禁宫已是既定了，叶限只能请皇后帮忙让此事换个说法。他和高氏一起由玄武门入紫禁城，高氏是诰命，以皇贵妃的名头入了宫门，皇贵妃听闻也如此事重大，连忙带他们去见皇后娘娘。叶限和皇后说了几句，皇后起了重视之心。

对于皇后来说，损失了长兴侯一派的势力是最麻烦的，皇亲有睿亲王，朝堂有张居廉，没有一个能护着她和太子的势力，恐怕日后会被这些老狐狸生吞活剥。她也不是完全不知道。

睿亲王看到叶限站在凤辇旁边，心里暗咒一声。长兴侯家这个世子一向都让人不省心，不知道他是如何得知的消息，还把皇后请来了。

谁不知道皇后性格一向柔和，最不愿意卷入争斗之中。

他忙拱手道："回禀皇后娘娘，微臣也是听说长兴侯意图谋反，才在皇极殿布下埋伏。长兴侯夜闯禁宫，又是在皇上刚刚驾崩的时候，其行迹实在让人怀疑啊！"

站在旁的叶限笑了一声："睿亲王这话轻巧，你如何听说侯爷谋反的？侯爷要是真想谋反，岂不是早带了铁骑营包围皇城，还用得着和你神机营的人纠缠，你这可是欲加之罪啊！"

睿亲王冷道："欲加之罪？长兴侯带精兵闯禁宫可是事实。不然深更半夜，他是出来闲逛的不成？"

皇后长得白净丰腴，也穿着守丧服制，头上戴一顶明珠冠，黑色角带。她听后慢慢地说："睿亲王此言差矣，长兴侯是本宫请来的，怎么能算是私闯呢？倒是你睿亲王，勾结神机营、金吾卫、锦衣卫，挟兵自重关闭宫门。我倒是不知了，这皇宫如今是以我为尊，还是以你为尊？"

睿亲王脸色微变，干笑着问道："不知皇后娘娘请长兴侯过来做什么，这样深更半夜地带着重兵闯宫门，也实在容易让人误会吧。"

皇后冷笑道："好你个睿亲王，我想请谁过来用得着你过问吗？"

睿亲王一时语塞。

这时叶限身边悄无声息地出现了一个矮小的汉子，正是李先槐早先派出去的宋四。他身材瘦小，早年又练过缩骨功，走哪儿都十分方便。他低声和叶限说："世子爷，李护卫带着赵大人到午门外了。"

叶限轻按下手示意他知道了。

这个时候赵寅池进来，不过只是能保下父亲，他要是想让睿亲王不得翻身，那就得让他做点大事，才能名正言顺地杀了他。

叶限看着睿亲王道："王爷和神机营两位指挥带着人在皇极殿外埋伏，行迹恐怕更可疑吧。您说我父亲谋逆，这谋逆的究竟是谁，您心里最是有数了。我父亲要是真想谋逆，怎会带这区区两千人，光是一个神机营就能打得过了，何况还有锦衣卫呢。可别谋逆不成反被灭杀了。"

睿亲王将军不成反被叶限反咬一口，心中恼怒道："好你个叶限，你可不要血口喷人。"

话说到这里，他的声音却突然顿住了。

睿亲王心中出现一个极为疯狂的想法！

正如叶限所说，现在神机营听从于他，锦衣卫和金吾卫的指挥他都是相熟的，而且东环山还有他的私营。长兴侯只带了两千人，如果这个时候把长兴侯拿下，他再携令皇后和太子，那谁还能管他呢。到时候整个天下都要听他的，长兴侯和张居廉又算什么东西。

如此好的时机，为什么他不趁机谋逆，反而要帮张居廉那个老贼铺路，替他清除长兴侯呢！

睿亲王心里有些埋怨萧游，他只想着算计长兴侯府，怎么就没想到谋逆这一层，亏他还是成亲王的幕僚。等到他当了皇帝，谁还能阻挡他呢。

睿亲王嘴角浮出一抹冷笑："世子说得对，长兴侯区区两千人，怎么打得过神机营和锦衣卫呢。"他暗中还埋伏着弩箭手。

神机营两位指挥使听他这话，心中暗道不好。帮着他对付长兴侯是一回事，帮他逼宫就是另一回事了。谋逆者非名正言顺，几个能有好下场的。偏偏如今他们跟睿亲王是一条绳子上的蚂蚱，就是今天不帮着睿亲王，恐怕等长兴侯回去了，也不会放过他们。

皇后听着这话，皱紧了眉头："睿亲王这是什么意思？"

睿亲王轻慢地看了皇后一眼，冷冷地道："您急什么呢，微臣这就给您看看。"

他低声说了句："两位，如今是箭在弦上不得不发，你们帮我这一次。事成之后，我许你们侯爷的爵位。"

神机营两位指挥使对视一眼，便指挥身后的人围攻而上，将长兴侯人马连同皇后一起团团围住。拥护睿亲王，他也是有皇室血统的，总归有个说法，还不如为了富贵放手一搏。

皇后大惊失色，她可没想到睿亲王胆子这么大，竟然真的敢谋反。

她惊慌地看了叶限一眼，她也不过是长期位于高位，一遇到危机就乱了分寸。

叶限示意其少安毋躁，对身后的人说："去把皇极门打开。"

两军缠斗不休，皇极门却在沉闷中缓缓打开。细雨飘零，门外夜雾中却出现无数模糊的黑影，正是兵部尚书赵寅池坐在骏马之上，身后跟着五军营和三千营的无数将士。

赵寅池冷冷地道："朱载献，你好大的胆，竟敢勾结神机营和锦衣卫谋逆叛乱！你当我们五军营和三千营不存在了？"

话音刚落，他身后无数将士立刻放出浩荡的应和声，一阵阵如浪潮般，声势浩大。

睿亲王看到赵寅池来了，脸色大变。赵寅池怎么会在这个时候带着人过来。他什么时候把五军营和三千营的人集结起来的？

赵寅池很快下了马，行兵立刻如潮水般涌入皇极门，从两边包抄将神机营和锦衣卫的人团团围住。神机营和铁骑营还在缠斗，长兴侯已经砍死了好几个神机营的人。三千营和五军营加入战斗之中，局势立刻呈现压倒性的反转。长兴侯冷冷地看了一眼站在神机营中的睿亲王，手中的长刀再次挥向神机营的官兵。

赵寅池走到皇后面前跪下，沉声道："微臣前来救驾，娘娘受惊了。"

皇后勉强一笑："你来得正好。"她一生顺顺当当的，刚才可当真是吓到她了。

叶限看了一眼正在负隅顽抗的神机营众人，和赵寅池说："睿亲王勾结神机营意图谋反，实在是其心可诛。大人可不要手下留情，要将之斩杀殆尽才好。"

他的语气十分柔和。

赵寅池立刻拱手道："世子放心，一个都跑不掉。"

睿亲王怒吼道："叶限，一定是你！你……"他话没说出来，就被突出包围的长兴侯一刀砍中后背。睿亲王根本没穿铠甲，这一刀就砍穿了他的胸膛。睿亲王看着自己胸口冒出的银白的刀尖，不可置信地瞪大眼。

长兴侯抽出长刀,睿亲王就倒在地上,血渐渐蔓延出来,他睁大的眼睛再也合不上了。

看到睿亲王倒下,两个指挥使也害怕了。刚才不过凭着一股劲头想谋逆,如今睿亲王死了,他们还能怎么办?神机营的人也起了退却之心,招招下去都有破绽,很快就被铁骑营的人生擒。余下的被三千营和五军营围到角落里,再没有反抗之力。

擒贼先擒王,杀了睿亲王,就等于削弱了他们的精神力量。

长兴侯看着战局已定,便收回了长刀向自己的儿子走过来。

他脸上带着微微的笑容,盔甲上甚至还有鲜血。

叶限很少见到父亲的脸上有这样赞许的笑容,他对自己总是很威严。

长兴侯想给儿子一句赞许的话,但他还没有走近,就看到叶限脸色大变,似乎大声说了句什么,他还没听清楚,就觉得自己心口一凉,他低头一看,发现是一截箭头。

他瞪大眼,又缓缓抬头,然后整个人轰然倒下。

周围铁骑营的兵立刻冲上去,把长兴侯抬起来,声音一片混乱。

皇后看到长兴侯中箭,花容失色,这究竟是谁暗中放箭?她忙向身边的太监喊:"快去传御医过来!"

太监应了"诺"往太医院跑去。

赵寅池上前指挥官兵把长兴侯抬到月台之上避雨,再解开他身上的重甲。

雨丝飘下来,叶限的脸上全是雨水,显得苍白极了。他慢慢朝长兴侯走过去,紧咬着嘴唇,手握得近乎颤抖。

长兴侯紧闭着眼,帮他解开盔甲的将士满手的血。叶限则看着那截箭头,父亲穿的是重甲,寻常的箭头不可能穿得过。

那是一支自己惯用的特制箭头,箭柄上有个小小的叶字篆书。随即赶过来的李先槐也看到了,脸色变得十分难看,长兴侯中箭,箭却是世子爷用的。

这事要是传出去,恐怕会引起人无数的猜测。

他低语道:"世子爷,现在这箭也不敢拔出来,要是让别人看到了,您恐怕说不清楚,究竟是谁这么狠。"

还能有谁呢?叶限心里很明白,除了萧游,还能有谁会这样缜密。他已经料想好了无数种可能,长兴侯要是成功被神机营指挥使斩杀,那么事情很顺利。要是神机营打不过长兴侯,他还留了后手,安排了人用叶限的弩箭暗中伏击。他这真可谓是一招比一招毒辣!

叶限抬头看了一眼周围,阴沉道:"把皇极门、宁寿门全部给我封起来,谁都不准出去。长兴侯家出了叛徒,谁能把他抓住,重重有赏!"

铁骑营的人立刻把皇极门、宁寿门关上。又有人去皇极殿里端了灯笼火把出来，五军营和三千营的指挥使立刻指挥官兵开始搜查须弥座，东、西庑房，捉了许多藏匿的弩箭手出来。

　　李先槐也不得不佩服叶限，他当场指出叛徒存在，让人捉拿，这就洗脱了自己的嫌疑。要是以后追问起来再说，难免就有掩饰之嫌，这样大方说出来，反而不会让人疑惑。

　　御医很快就赶过来了，长兴侯被抬进皇极殿中医治，生死未卜。

　　李先槐想和叶限说什么，却看到他望着黑沉的夜色，紧抿着嘴，脸色是从未有过的平静和冷漠。他顿了一下，便把那句话咽了下去。

第十二章

射杀

第十二章 射杀

萧游半夜被外面喧哗的声音惊醒，披着件道袍走出厢房门，发现是刘州回来了。厢房外守夜的小厮蜷缩在廊庑下，睡得死死的。

刘州手里提着细颈的青瓷酒壶，笑着跟萧游说："我看这夜先生也睡不踏实，特地从明照坊给您带了壶黄米酒回来。还切了熟牛肉和烧鹅，我陪您喝两盅吧。"

萧游让他进来，又关了隔扇。两人坐到了炕上，刘州从怀里掏出还热乎的纸包，萧游拿过茶杯倒酒。

萧游喝了口酒才说："老长兴侯也真是精明，留了心眼请兵部尚书帮忙，你可真去赵寅池府上了？"

刘州大笑："我出门后就去了赵寅池府所在的明照坊，在坊市里遛圈子，还在黄老酒肆里多喝了几杯。算着时辰睿亲王也该把长兴侯诛杀了，才去赵府通传的。他在皇极殿埋伏神机营六千人，锦衣卫两千人，暗中还有弩箭手。要是这样都还拿不下长兴侯，也真是太无能了。"

萧游笑着摇头："睿亲王本就是无能，要不是有我们帮着，他能说得动神机营？"

刘州叹了口气："今晚过后，长兴侯府恐怕就要开始衰败了，世子年少，身体又羸弱。不过说到世子，我倒是想起在黄老酒肆遇到的人。您猜，我遇到了谁？"

萧游眼皮都不抬："我可不想猜，你不说就罢了。"

刘州得意扬扬，忍不住跟萧游说："我遇到一个从顾家放籍出来的小厮。不是大兴这个顾家，是原来顾郎中的适安顾家。他和我说了不少他们大小姐的事——就是世子进人家闺房那个。"

这种市井之内传话的人多了，大家对达官显贵的家事又出奇地感兴趣，一点都不奇怪。

刘州有些急："您可别不信，这人真是从顾家放籍出来的，他们老爷迁家，原来许多下人都放了。"

"他说他们那个顾大小姐啊，也是个厉害的人，为了防止姨娘争宠，帮她父亲选妾。后来她母亲死了，她把这个争宠的姨娘赶到偏院里，还逼人家削发

为尼。那姨娘还怀着孩子呢，孩子都让她弄没了，人也变得疯疯癫癫。啧啧，世子要是真喜欢这样的，恐怕娶进门没几天就要上房揭瓦了。"

刘州也不管那小厮说的话有几分夸大，一股脑都说给萧游听了。

他没想到萧游听了他的话，脸色却凝重起来。

萧游觉得这事不对，他突然想起顾锦朝曾经问过他，他所开的药物有什么相生相克的东西，她怕姨娘误食了。难不成，那个时候顾锦朝根本不是让他救姨娘，而是想害那个姨娘？

萧游又想起刘州所说，世子爷进了顾锦朝闺房的事。他一时不明白这两者之间的关系，但是越想越觉得不对，既然顾锦朝是如此心机深沉之人，那叶限去找她做什么？他不知道，但是有一点是肯定的，他们绝对不是在谈情说爱。

叶限做出这种举动，意味何在？萧游这样一想，冷汗都要冒出来了。他怎么忘了，叶限身边的李先槐武功超群，谁能在他们背后跟踪而不被发现呢？除非，是他们刻意让他知道的。

萧游突然站起来："刘州，这事不对。你……你快去皇城看看，睿亲王若是事成，会打开宫门。若是事败，定会宫门紧闭。"

刘州十分疑惑："先生可是想到什么不对的，睿亲王这时应该已经斩杀长兴侯了，您不要担心。"

萧游瞪了他一眼："你快些去，要是迟了，小心咱们小命不保。"

萧游也希望是自己多虑了，他在心里安慰自己，世子爷只不过和顾锦朝说话而已。怎么可能这么巧呢，一个深闺大小姐，再厉害又如何，难道还能知朝堂的事吗。

刘州也被萧游吓得怔住，不过萧先生说的总是有他的道理，他忙站起来收整好，再次出了门。

萧游在房里刚踱步了一圈，就看到刘州灰溜溜地回来了。

"先生，不用去了，长兴侯回来了。"

萧游脸色一白，刘州连忙说道："您别担心，他是受了重伤被抬回来的，世子爷请您去给侯爷医治。"

萧游松了口气，那就是说计划还是成功了一些。

他脸色稍霁，问刘州道："那谋逆之事可有结果了……成了吗？"

刘州摇摇头小声道："不知道，我看跟着侯爷的侍卫个个都有伤，许是杀出重围的，您还是快去裕德堂看看吧，晚了恐怕世子爷起疑心。"

萧岐山让小厮进来收拾了药箱，往长兴侯所在的裕德堂去。

裕德堂里灯火通明，不断有小厮丫头端着铜盆出入，正堂、厢房、倒座房都有铁骑营重兵把守，密不透风。高氏、从顾家赶回来的叶氏，还有老侯爷，此刻都站在西次间里。东梢间不断有太医出来，个个都脸色凝重。赵寅池站在廊庑下和叶限说话，随即赵寅池离去，叶限跨进了西次间。

老侯爷双眼通红，偏偏又是铁血汉子，流血不流泪，硬逼着没掉一滴水。高氏却抱着叶氏小声哭着，叶限看着家里老人妇孺，一时间没有说话。

长兴侯家，到了他该担担子的时候了。

魏先生脸色凝重地进门，道："萧先生过来了。"

叶限道："快请先生进来。"他又向外走迎上萧游，神情悲伤道，"先生来得正好，快帮父亲看看。睿亲王实在过分，竟然在皇极殿外埋伏父亲，父亲突围之际还中了箭，如今实在危急。"

萧游按手，温和安慰他道："你不用着急，有师父在呢。"

叶限领着他进了东梢间，长兴侯正躺在红木拔步床上，床帘用银勺钩着。他面色苍白如纸，一看就是失血过多的样子。

床边还站着两个太医，长兴侯胸口的箭已经取出来了，他们正在包扎。

萧游神色一敛，上前几步搭上长兴侯的脉门。两个太医便退到旁边。

萧游闭眼细听长兴侯的脉搏，而后放开长兴侯的手，又解开他的衣襟看伤口，和叶限说："这箭用得蹊跷，应该是淬毒的。不过幸好偏了一分，没伤到心肺，你替我取药箱里的银针来，用火淬烤。"

萧游的医术毕竟超群，长兴侯经他医治后很快止住了血，气息也平稳多了。

萧游心里很犹豫，长兴侯没死，那睿亲王就不算是成功清除长兴侯势力，他恐怕还要继续在侯府待下去，自然要尽力医治长兴侯的伤。他要是把长兴侯治死了，老侯爷恐怕不会放过他。

"且等着，要是两天之内伤势不恶化，侯爷的命才算保住了。"萧游和叶限说，"我开一副益气补血的方子给侯爷，应该能好得快些。"

叶限担忧地看了一眼长兴侯，感激地低语道："多亏了先生，不然父亲恐怕有性命之虞。"

萧游叹了口气："你我师徒，说这些实在太客气。"

萧游去了书房写药方，叶限脸上的神情立刻平淡下来。过了会儿李先槐进来，和他说道："小的已把刘州等一干人拿下。赵大人过来说，皇极殿那边也都处理好了，谋逆的神机营指挥使和官兵全部抓进大牢，皇后娘娘那里留下了五军营的人守着，睿亲王留在东环山的私营也被铁骑营收编了。"

叶限颔首道："知道了。"

两人从东梢间出来时，萧游已经写好了药方。他浑然不知远处的一切已经

平息,睿亲王党势力一夜之间被铲除干净,余下那点小鱼虾,也是翻不起风浪的。

萧游把药方拿给叶限,说:"按这个方子煎药服,这个方子配了膏药外用。"

叶限接过方子,让管家过来照着方子去抓药,又和萧游说:"这大半夜的,也是麻烦先生了。您不如先回去歇息吧,我恐怕还要守着父亲的。"

萧游叹了口气,看叶限还是有些阴郁,说道:"你也睡一会儿,可别把自己累着了。"

叶限勉强笑了笑:"您放心,徒儿记得。"

萧游转身往门外走去,他也确实有点累了,还是先回西厢房睡一觉,再说明日的事吧。

叶限看萧游走到了院子的青石径上,手伸向李先槐淡淡道:"把弩箭给我。"

李先槐愣了一下,世子爷什么意思?

他解下自己腰间的弩箭弓放在叶限手上。

叶限举起了弩箭弓,随意地瞄准了萧游的后背。

弩箭破空疾驰,声音尖锐。萧游觉得后背一凉,不可置信地回过头,他瞪大了眼,努力看着廊庑下站着的叶限,他的徒儿正面无表情地看着他,手里拿着弩箭,眼神却冰冷又残酷。

他张了张嘴:"不……不可能……"叶限怎么敢杀他,叶限怎么会杀他呢?

后面质问的话还没来得及说出来,他嘴中就涌出鲜血。因为失血他踉跄着倒在地上,看到周围的铁骑营官兵,竟没有一个上前过问。他睁大眼睛一直看着叶限,好像从来就没有看清楚过他这个徒儿。

他还是错了,叶限才是真正狠的那个人啊!谁有他这份果决,前脚还请他给长兴侯治病,后脚就敢放箭杀人。

萧岐山很不甘心,他努力想走到叶限身前,和他再说些什么,但是手脚并用使劲,也站不起来。

最后,他再也挣扎不动。

叶限看着他师父的尸体渐渐不挣扎了,表情竟也淡淡的,低声和侍卫说:"拖出去埋在乱坟岗吧,就当叶家从来没有过这个人好了。"

而此时已是星宿西沉,天空泛起深蓝,能隐约听到薄暮的梆声了。

卯正起床时,天还没有亮。

锦朝坐在妆台前的绣墩上,青蒲帮她梳头。

"奴婢在西梢间里给您寻了炉子和手炉出来。天气渐渐冷了,等您以后从太夫人那儿回来,就可以暖暖手。"青蒲放下篦子,拿了一支紫檀木的簪子帮她绾发。

锦朝"嗯"了声,和她说:"你们若是觉得冷了,也去私库找被褥,就不必和我说了。"

青蒲应了"诺"。梳好发髻之后采芙端了一碗山栗粥、一碟煎果子酥和糟银鱼进来。吃过早膳之后青蒲随着锦朝去了东跨院。

太夫人今天起得比往常早些,西次间都亮起灯了。顾二爷身边服侍的管事正站在廊庑下面,垂手静立,锦朝看到他不由得缓下了脚步。顾二爷这么早就来找冯氏,必定是有大事要商议的。

锦朝想到了长兴侯府的事。

等到她走到廊庑下,管事给她行礼问安,一旁的松香进去通传。

她很快就进了西次间,一看不仅顾二爷在,自己的父亲竟然也在里面。冯氏坐在罗汉床上,左手盘着菩提珠子,看到顾锦朝进来,笑着拉她坐在自己身边:"咱们朝姐儿竟然都来了。"又侧头和顾德昭说,"她是个乖巧的人儿,每日不到辰时就过来伺候我,循规蹈矩,做事又勤快麻利,我可是十分喜欢的。"

锦朝笑笑道:"祖母是夸赞我了。"她能感觉到冯氏的手心冷冰冰的,有种涂抹香膏之后的腻。

顾德昭看着自己的女儿,有些责备地道:"祖母夸了你那就是你的好,可得要受着。父亲让宝坻的掌柜给你新做了几件缎袄,连带着你外祖母捎给你的糕点,一并送到你的妍绣堂去。"

锦朝道了谢,心里却想着父亲实在不该在冯氏面前提这些,这该私下和她说的。

果然冯氏听了这话之后面色就不太好。

当年顾德昭要和纪氏结亲的时候,她和纪吴氏闹得有点僵。

顾德昭似乎也觉得自己说那话不妥当,咳嗽了几声,又说:"替朝姐儿制冬衣不过是顺便,主要还是给母亲也做了缎袄,怜姐儿、澜姐儿几个都是有的。如今府上的下人也都要做冬衣了,我也就一并吩咐宝坻的掌柜做了。母亲要是请别人做,难免人家会多赚。在儿子那里做自然分文不取。"

冯氏脸色好了不少,难免要说顾德昭几句:"你开个成衣铺也是做生意的,母亲怎么好占你的便宜,下次可不要如此了。"却也没说要给银子的事。

在冯氏看来,顾德昭回了顾家,那他的财产自然也是顾家的了,不过是她不好开口让顾德昭拿出来罢了。毕竟顾德昭现有的财产,多半是纪家帮衬才有的。但是顾德昭一家在顾家吃用,要是不拿点钱财出来,她又实在心有不甘,顾德昭能这样不吝啬,自然是好的。

顾二爷却突然开口道:"既然如此,我和四弟就先走了。长兴侯爷病重,您可记得下午去探望一番,也好好安慰一下五弟妹。"

冯氏点头说:"我省得,你们还要进宫哭灵,就先去吧。"

顾二爷和顾德昭离开之后,丫头才陆续地捧了薏仁粥、酥蜜饼、黄饼和一碟拌的新嫩黄瓜丝上来。锦朝服侍着冯氏吃过早膳,又替她剥了一颗塘栖福橘。

冯氏靠在大迎枕上,半眯着眼睛似睡非睡。

锦朝却想着顾二爷说的事,长兴侯受了伤,他没有死。而且看顾二爷的反应,如果长兴侯背负了谋逆的罪名,那肯定是避之不及的,但他还要冯氏前去探望。那就证明长兴侯府算是躲过这一劫了。

也不知道叶限是怎么救下长兴侯的。

锦朝什么都不知道。

她想了想,伸手替冯氏揉着太阳穴,轻声道:"我看祖母还累得很,不如先去小憩。二伯和父亲这么早就来找您说话,您恐怕也没休息好,父亲也不说注意些。"

冯氏没有睁开眼,眉间的紧绷放松了许多,她缓缓道:"事情紧急,也不能怪你父亲。昨夜睿亲王谋逆被侯爷斩杀刀下,侯爷又受了重伤,这事还是你五伯母连夜让人送信来说的,可放松不得。祖母也想休息,不过下午要去京城,这府里的事只能现在处理了。"

睿亲王谋逆被杀?

锦朝有些不可置信,被扣上谋逆罪名的,不是长兴侯吗?怎么变成了睿亲王谋逆被杀?

睿亲王陷害长兴侯不成,自己反而丢了性命,实在是让她觉得蹊跷。

难不成是叶限做的?这样借刀杀人的手笔确实像他。

锦朝不由感叹这些人心机谋略之深。朝堂政斗的事确实太复杂,瞬息万变,饶是她能得知先机又怎么样,要是和这些人作对,恐怕也只有败北的份儿。

她不再想叶限的事,看冯氏确实太累,不由说:"祖母还是去睡会儿,今天不如就让二伯母先过来帮衬着。您下午要去京城,路途上更是劳累的。"

冯氏想想倒也真是,下午还要出门呢。于是冯氏让嬷嬷去叫了二夫人过来,松香则服侍自己休息。

锦朝去了书房。冯氏虽然休息了,她也没有就此离开的道理。

二夫人来得匆忙,耳边只戴了一对莲子米大小的南海珍珠,再无别的饰物。

二夫人处理内院事宜很是娴熟,看样子是没少帮着做。

不一会儿顾怜过来了,和二夫人撒娇说了会儿话,就靠在二夫人身侧,随手拿书案上的砚台玩。

二夫人说她:"怎么还靠着母亲,坐没坐样的。把你祖母的砚台放好。"那一方澄泥砚是原先太老爷亲手雕刻，冯氏平日都不要别人碰。

顾怜撇了撇嘴，又拉着二夫人的手道："女儿的被褥薄了，昨夜一直没有睡好。"

二夫人听了心疼了："罗嬷嬷怎么也不跟我说一声，快让母亲看看。"又要拿手探顾怜的额头，生怕她有个头疼脑热，哪里还记得她不守规矩的事了。

锦朝坐在高几旁的红漆圈椅上看闲书，闻言看了两人一眼，又垂下眼看她的书。二夫人精明能干，为人处世又圆滑，只有在教养顾怜上最糟糕。她大堂姐顾锦华也是端重温和的人，怎么顾怜就成这样了。

顾怜避开了母亲的手，脆生生地道："女儿倒还没有什么，澜姐儿才是可怜呢！她自己私库里又没有东西，府里还没给她分。昨夜睡觉都是丫头把冬日穿的缎袄搭在她身上睡的。不像某些人有大家宠爱，自己手里东西又多。反正女儿心里是可怜她，觉得过意不去。这姐妹之间的，总要有情分。"

锦朝听后抬起头，看到顾怜正冷冷地看着她，心里觉得有些好笑，顾怜这些话什么意思，想帮顾澜出头吗？顾澜对她做的那些事哪里像是姐妹之间的了，她还要不计前嫌，甚至不计较母亲的死，顾澜缺什么东西，自己就给她送什么去不成？

这话肯定不是顾澜让顾怜说的，她才没那么笨。

果然二夫人听后脸色一沉，问顾怜："这些话，是你自己想说的，还是澜姐儿跟你说的？"

顾怜还以为自己说那些，母亲会同情顾澜呢，谁知道她的脸色反而不好看了。她嗫嚅了一下，说道："是女儿自己想说的，澜姐儿实在可怜。"

二夫人却不信。她疼爱幼女，顾怜和顾澜说话做伴，她都睁一只眼闭一只眼放过了。但是顾澜要是敢拿她的女儿当枪使，那就别怪她不留情面。

二夫人让罗嬷嬷把顾怜送回去，又走到锦朝身边，笑着跟她说："怜姐儿不懂事，你可别把她的话放心上，伯母那儿有一盒干果，等一下送到你那儿去。"

顾锦朝自然不在意顾怜的话："二伯母不用多说，怜堂妹还小，不懂事，容易被别人诱导了，想必这些话也不是她想说的。二伯母可不要怪罪了她，免得伤了怜堂妹的面子。"

周氏一边在心里想顾锦朝懂事，一边又不满顾澜，竟然敢这样教唆顾怜。这几天她没给顾澜立规矩，她就当自己是好欺负的不成。

顾锦朝却是没事人，下午冯氏去了京城，她就闲了下来。刚好顾漪和顾汐要做缎袄，请她去帮着看花样，锦朝带着擅绣工的采芙和白芸过去，却看到怡香院的院子里跪了一众的大小丫头。

深秋里的青石板冰冷极了，木槿带头跪着，眼眶通红，顾澜房里几个小丫

头也小声哭着。顾澜所在的正房却房门紧闭。

看到顾锦朝进来，顾汐探出头伸手招她过去，样子神神秘秘的。

锦朝进了西厢房，屋子里烧着炉子，暖烘烘的，顾汐和顾漪的丫头都在里头，帮着量裁布料。

顾汐拉锦朝坐在大炕上，让丫头帮锦朝盛一碗热热的桂枝甜汤，小声跟她说："长姐你刚才没过来，可是吓死我了，从来没见二伯母这么生气过。"

顾漪性子愈发的沉稳，闻言握了握顾汐的手道："可别危言耸听，不过是惩治丫头而已，要是往外说出去，让二伯母听了心生罅隙该怎么办。"

顾汐笑笑："二伯母怎么会听了去呢。"她缩了脚坐到大炕上，小声跟锦朝说，"下午申时左右，二伯母带着一众的丫头、婆子来怡香院，还抱着被褥和棉衣。二伯母说是给二姐送的，二姐还很高兴呢。谁知二伯母转脸就变了色，把二姐房里的丫头统统罚了，说她们伺候不力，二姐缺东西也不来禀报一声，要她们跪到天黑才准起来。二姐听到后气得手都抖了。"

顾漪也无奈，只能挥手让满屋的丫头先去西梢间。虽然下人都是一直跟着她们的，但听了难免不好。

顾汐根本没注意，小脸红彤彤的，继续说："这还不算完呢，二伯母还罚了她们的月例银子。本来二姐手头就紧，平日吃喝都非常讲究，私下里经常托人从外面买东西，这下手头可拮据了。"

锦朝倒是不知道顾澜从外面买东西的事。顾漪对这些事最清楚，就接着补充："这还是咱们来大兴之后开始的，二姐原来在府上吃穿用度讲究，但那时候咱们月例都是十五两，父亲也从来不缺什么，她的花销多些就不打眼。如今来了大兴后，月例只有五两，二姐还要像原来那样开销，可不是撑不住了。"

锦朝也没有在意过月例银子，这么一说她才知道顾家的月例这么低。

她就问顾漪和顾汐她们的月例够不够用，顾漪笑道："咱们又不要什么，府里分的东西都有得多，哪里有用得着月例银子的地方，长姐可不要多想。"

锦朝笑着点头，却暗想回去后也和徐妈妈说一声，看她们是不是缺什么。

二伯母这样借题发挥，哪里是要惩治丫头，分明是拿捏顾澜的。这样下来顾澜屋里的丫头知道顾澜好拿捏，恐怕也不会如原先听话了。

顾澜所在的正房什么声音都没有，院子里只有小丫头啜泣的声音。

长兴侯府重兵把守，出入都会被仔细盘查。

高氏和叶氏衣不解带地照顾着长兴侯，叶限则开始审问刘州等一众人。

刘州等人收押刑部，刑部侍郎郭谙达与长兴侯家交好，动了极刑逼供。拷问出睿亲王和张居廉暗中有勾结，而且张居廉肯定在谋害长兴侯的事上出了不少力。但都是口头的证词，张居廉是个成精的人，不可能给睿亲王留下丝毫能威胁他的把柄，他们也不能仅凭几句话就奈何张居廉。

最后刘州等人皆按谋逆论了罪。

老侯爷则被皇后娘娘召见进宫了。如今长兴侯重伤，能暂时总领铁骑营的就是老长兴侯，铁骑营算是半个叶家的私兵，里面的将士小旗很多曾是老侯爷的部下。皇后娘娘这是被睿亲王吓到了，手里要抓着什么救命稻草才舒心。

老侯爷回来就叫了叶限去书房说话，面色凝重："张居廉如今和陈彦允等人控制内阁，他们稍有动静，朝廷都要震颤。陈彦允原先又是詹事，太子一向听从于他，恐怕咱们是动不了他们的。"

叶限想了很久，才说："等三日哭灵过了，太子就要和内阁协政。司天监选定了新皇登基的黄道吉日，届时我们要是不掌握实权，恐怕长兴侯家举步维艰。"他顿了顿，却很坚决地说，"祖父，我想入仕。"

老侯爷很久都没有说话。叶限离开书房去看了父亲，父亲还在昏睡中。

叶限从父亲那里出来，走在回廊上，看到深秋的湖泊上飘着淡淡的水汽。

他突然想去见见顾锦朝，不管怎么说，他想和顾锦朝说一声，毕竟她帮自己这么大的忙。

李先槐跟在世子爷身旁，看着他更加瘦削苍白的脸，心里一阵不忍。世子爷身体一向不好，这样折腾着怎么得了。

叶限说让他备马，他还愣了一下。等他想说点什么的时候，看到世子爷已经往影壁的方向去了，他只能暗骂了自己一句，又去给世子爷备马。

锦朝刚从二夫人那里吃了晚膳回来。

二伯母请她去西跨院一同用晚膳，也算是赔顾怜话的不是。顾怜却一个晚上都委委屈屈的，不时拿眼睛瞟锦朝。

锦朝暗想顾澜蛊惑别人的功夫倒是一流的，原先蛊惑顾锦荣，现在就是顾怜。她好像挺会挑人下手的嘛。

她回来后不久二夫人送的干果就到了，是一个六格的圆木盒子，描红涂黑样了精致。里头放了桂圆干、荔枝干、葵瓜子、香榧、杏仁、糖渍梅子六样吃食，满满的一大盒，也是难得的东西。

锦朝让徐妈妈挨个拣几样送给顾汐和顾漪。

佟妈妈又进来给锦朝看父亲帮她做的缎袄，都是素净的花样，用的是素缎、细布这样的料子。其间还有个缂丝的手炉套，锦朝觉得料子太贵重，收进了私库中。

事毕后锦朝梳洗了，脱了发簪窝在炕上准备把上午未看完的书看完。

临窗的大炕烧得很暖和，锦朝窝在炕上，就着炕桌放的松油灯看一本讲金

石点评的书。

这时候佟妈妈进来了,脸色有些古怪。

佟妈妈行了礼道:"小姐,长兴侯世子爷来找您了。"她顿了顿道,"悄悄过来的,现在在花厅等您,您要去见吗?"

叶限这个时候过来找她?锦朝有些奇怪,上次他向自己道谢,她还以为世子爷是要划清界限的。这要是让别人看见了,她跳进黄河也洗不清了。

佟妈妈看她没说话,小声地道:"奴婢斗胆想说一句,天都是半黑了,您要不就歇下吧。"

长兴侯世子爷这半夜偷偷来见大小姐,实在是不妥。

锦朝沉思了片刻,还是决定去见叶限。

他总不会这个时候莫名来找她,应该是有要紧事要说。

她只绾了简单的发髻,让采芙陪着她去花厅。

叶限背手站在花厅的亭子里,冷冷的月辉落在廊柱上,他的身影有些伶仃,却站得挺拔。

花厅里只种了一排冬青树,暗处站着叶限的侍卫。

听到锦朝徐缓的脚步声后,叶限转过头,手微微一指,让她坐在花厅摆放的绣墩上。

锦朝才看到叶限秀美精致的脸有些憔悴,脸色更是苍白,眼下有淡青,这些天他应该是没一夜睡好的。

叶限没出声,锦朝也不说话。过了会儿他才说:"我从京城出发的时候才未时,没想到到这儿已经这么晚了。"他顿了顿,"本来没想这么晚来的。"

锦朝"哦"了一声。腹诽他就不会算好时辰吗,还用什么没想到这么晚当借口,他不是十分聪慧吗?

叶限却垂下了眼帘不再说话。

锦朝连发簪鬓花都没有戴,这样一身素净又随意的,总让他有种她洗尽铅华的感觉。连她如春日海棠的容色都淡雅了下来,好像就和平日里不一样似的。更显得亲近了几分。

叶限过了好久才说:"睿亲王和萧游勾结,设计想陷害我长兴侯家谋逆之罪。我们将计就计,把谋逆的罪名栽到睿亲王头上,他被我父亲当场斩杀了。"他寥寥几句陈述完,说得很平淡,锦朝却能感受到那种扑面而来的血腥之气。

"我本以为大局已定了,但是有人暗中放箭,重伤了我父亲。"叶限笑了笑,"用的是我特制的箭头。想将父亲的伤栽赃到我头上,你猜这人是谁?"他把藏在袖中的箭放到石桌上,箭身刻着一个小小的叶字隶书,箭头相比一般的箭更锋利，却乌沉沉的不起眼。

这是伤长兴侯的箭？锦朝不知道他给自己看这根箭的用意是什么。但是叶限说的话却很容易猜，整件事都是萧游在暗中策划，能想到这样一石二鸟的法子，又能轻易接触到叶限随身之物的，除了他还能有谁呢。锦朝突然想到叶限跟她说，当年他和萧游生活在贵州的事。

竟然有这样狠毒算计的师父。

锦朝想了想，轻轻地道："世子爷既然收起了箭，那就是事情都处理周全了。原先的情分自然不用理会了，权当过眼云烟吧。"

叶限叹了一声："也只能是这样了。"他看向顾锦朝，她坐在绣墩上，素色的挑线裙子在月色下显得格外朦胧，连脸都有点淡淡的光辉。"我只是想谢你一声，你日后若是有需要我帮忙的地方，尽管开口说，我不会拒绝。"

锦朝笑了笑："世子爷放心。"她帮助叶限，是不是也存着这样的心思。她和别人一样，都想讨好这个人，不同的是别人是知道他的身份，她是预测到了他的未来。

既然话已经说完了，锦朝起身行礼道："世子爷其实知道的，这些事总都是要过去的。夜深露寒，世子爷还是去找个客栈住一晚再回京城吧。"她委婉表达了一下自己要先走的意图。

叶限把石桌上的箭收进袖里。

锦朝等着他说话，过了好久才听到淡淡的声音响起："是我亲手杀了他。"

锦朝心中一震，却也半点没有表现，屈身后带着采芙离开了花厅。

叶限看着顾锦朝离开了花厅。

他的脸色很不好看，其实他已经有些支撑不住了。睿亲王陷害父亲的那一晚，他淋了一夜的雨，接下来几天都没有休息好，已是身心俱疲。如今还奔波百里来见锦朝，他的脑子里浑浊一片，身子都有些虚晃。

他将身子靠在廊柱上，慢慢从衣袖里拿出一个青花白瓷的细颈瓶，倒出两粒鲜红的药丸服下。刘州说过，他常年服用的药丸里含有朱砂。古时道士常用其来炼丹，但是《本草经书》早已有注，朱砂是有毒的，短期服用并无大碍，长此以往却是不得了的。

难怪他的病这么多年都好不了。

侍卫见他不适，忙上前道："世子爷，您脸色不好，是不是……"

叶限摆摆手道："倒是不碍事，我们现在就回京城。你明天去东交民巷请御药房的吴德莲过来。"吴德莲擅辨药，药味一经他鼻就能闻出七八分。他这种药丸自然是不能再吃了。

一行人又用了攀墙的三抓钩，无声无息地消失在顾家内院里。

锦朝回了妍绣堂，却一整宿都没睡好。她靠在黑漆描金的拔步床上，看着床顶的承尘思索，叶限今日来见她，是带了护卫的。那么这只能说明，长兴侯家的情况还很危急。原来仅是一个叶限，就能完全反转局势。

她帮了长兴侯家，其实也是帮了自己。至少父亲的官位从此是稳当了，张居廉党也不至于猖獗到把持朝政。但是她心里还有一事未解……

长兴侯家曾经被扣上了乱臣贼子的帽子。叶限究竟是怎么洗脱长兴侯家的罪责的？锦朝有些好奇，不过凭他的手段，恐怕不是什么良善之策，一如他曾做过的那些凌迟之刑一般。

锦朝和叶限熟稔了，倒是觉得此人不坏。不过但凡聪明之人，总是比旁人想得更多，想做的事更容易达成，世俗能束缚他们的就少了。叶限这个性子，很可能又变得和原来一样。

她想了一会儿就觉得头疼，叶限以后如何，关她何事？她说的话叶限莫不成会听？

锦朝微不可闻地叹了口气，让青蒲吹了灯，才慢慢睡了。

第二日冯氏还没回来，二伯母照例请她去吃午膳。

二夫人的院子在西跨院东边的娴雅堂，旁是顾二爷几个姨娘同住的常安阁，顾怜舍不得离母，冯氏也疼爱她，就让她和二夫人同住。

二夫人身边的妈妈来请锦朝进来，又笑着道："堂小姐来得巧，几个姨娘还在里头说话呢。"

站在正堂外穿蓝绿色比甲的丫头帮锦朝打了帘子，锦朝进去的时候果然看到几个姨娘在，还有慧哥和瑞哥。顾怜在和她的丫头兰芝说话："用鹅黄的绢花来配那支嵌蓝宝石的婴戏纹金簪好，红色太土气了。你还不如澜姐儿会打扮呢。"把兰芝推到一边，自己配了花给二夫人看，笑着问，"娘亲，这样好不好？"

二夫人已经看到顾锦朝来了，笑着请她坐下："正盼着你过来呢。"

几个姨娘在这儿连说话的身份都没有，行过礼后纷纷告退了。

母亲不搭话，顾怜有些委屈。锦朝看到红漆描金的罗汉床上放着好几个首饰盒子，绢花、簪子、花钿、耳环什么的摆了许多。那些样式精巧极了，锦朝都少见到。

顾家也确实是宠顾怜了。

"怜姐儿这些东西倒是十分好看，那花钿更是各式各样，我还没见过这样精致的。"锦朝坐在锦杌上，笑着奉承了几句。

顾怜不说话，慢慢地收拾她的东西。

二夫人笑着道:"她那点东西,只是拿出来显摆罢了。听说姚家二公子几天后要过来,递了拜帖要请教你二伯父制艺,这不就挑上了首饰嘛。"

即便是定了亲,女子和男子也很少见,这是有点不合规矩的。不过二夫人并不在意,恐怕已经习以为常了。

锦朝笑了笑:"早闻文华殿大学士家的二公子一表人才,又知书达理。怜堂妹倒是有门好亲事,不过怜堂妹长得可人,又是个心思恪纯的,自然是郎才女貌。"

好话有谁不愿意听的,顾怜紧绷的脸松了许多。

要说她不喜欢顾锦朝,除了澜姐儿说她心狠手辣,欺辱庶女外,还有她自己心里的不满。本来大姐出嫁后,顾家只有她一个嫡女,谁都要夸她宠她的,现在顾锦朝来了,祖母由她服侍,连母亲都对她赞不绝口。之前母亲让她喝一碗天麻猪脚汤,她嫌腻味不肯喝,母亲急了还说她一句:"你锦朝堂姐都是没母亲的人了,样样懂事听话。你再瞧瞧你,都要嫁入姚家了,还这样的小性子,白白让我心里着急。"

顾怜觉得很委屈。顾锦朝没有母亲了关她什么事,母亲说她懂事听话,她又不听话?她越想越觉得自己可怜,跑去找顾澜说了一通。顾澜还安慰她:"二伯母是关心你呢,其实我长姐没了母亲,也事事不容易,你不要和她计较。你看她如何待我,我搬到顾家,就把我房里的丫头全换了,她房里御寒的被褥多得是,给丫头都不会给我……我也不想和她计较的,要是事事都和她计较,那可是要累死的。"

顾怜听了也觉得有道理,如今对着锦朝的应承,也能应一声,说:"堂姐客气了。"

几人说了会儿话,二夫人喝了口茶道:"一会儿子有头有脸的丫头婆子都要过来,你把这里搞得这么乱,我还怎么见她们。"于是让顾怜把东西收进她所住的西梢间里。

一旁的丫头帮衬着收拾,人都去了西梢间。

不一会儿内院的大丫头和管事就陆续过来,顾澜也跟着过来了。她穿着一件新制的淡粉菱花纹缎袄,外面套着麻衣,眼眶下是淡青,头发却梳得整整齐齐的圆髻,还配了两朵指甲大小的珠花。

没想到顾锦朝也在这里,顾澜表情有些惊愕。但随即就笑起来,轻柔地给二夫人、锦朝行礼。

二夫人盖上茶杯,什么话都没说。顾澜略一咬下唇,说了句:"二伯母安好。"

　　二夫人这才抬起眼皮，冷笑道："这才在我这里伺候多久，现在就学会耍懒了？都辰时过了才来。也是我不好啊，澜姐儿身子娇贵，我哪配您伺候呢，不如我去回禀了太夫人，就说是我高攀不起。"

　　顾澜脸色一白，周氏这也太过分了。

　　她屋子里的丫头跪了一下午，都是行动不便了，给她打个水都要老半天，哪里有不迟的。

　　周氏这是设了连环的套子，等着自己钻呢。顾澜微抬头一看，发现顾怜不在这儿，以往她来，顾怜都是在的，周氏就不至于难为了她。恐怕她是真的生气了，也怪顾怜，她不过着重描述了一下自己生活的凄惨，顾怜就眼巴巴要为自己去求东西，反倒是弄巧成拙。

　　她忙说："二伯母多虑了，是我昨个没睡好，才起来晚了。我一心想着伺候您，怎么会耍懒呢。"

　　二夫人"哼"了一声。过了会儿，她把目光放在顾澜的缎袄上，冷笑起来："这圣上刚驾崩呢，天下缟素的时候，你竟然还穿着这种颜色花纹的冬袄。咱们顾家是书香世家，你二伯、你父亲都是两榜进士，你这样不守规矩的事传出去，人家还不参我们一本。你倒是招摇好看了，我们如何是好？"

　　锦朝在旁听着，心里暗自感叹，这位二伯母一番话说下来，罪名给顾澜安了个遍，实在厉害。难怪把顾二爷和众小妾拿捏得稳稳当当的。不过她乐得在旁看戏。

　　晚上在冯氏那里，顾锦朝帮着整理多宝阁上的账簿。

　　老太太本来是该含饴弄孙的时候，偏偏没有适龄的嫡孙可以教，让她教养那两个庶出的，她又看不上。整天的没事做可不只有注意着这些了。

　　锦朝看到一尊青黄釉福寿长生纹陶梅瓶下面还压着一摞账簿本子，似乎是刻意压在下面的。账簿上写了"三河""祥云"几个字。

　　父亲在三河有一个酒楼就叫祥云楼，那是最赚钱的一处地方。

　　她拿开了陶制梅瓶，翻开账簿看了看，果然是父亲的东西。

　　锦朝心里闪过很多念头，父亲把这些交给冯氏，那现在就是冯氏在打理这些东西了。

　　他们回了祖家，父亲名下的东西理应成为顾家财物的一部分，这都是无可厚非的。

　　锦朝把梅瓶放回去了。

　　第二天她再过去，看到父亲也过来了，冯氏在书房里和父亲说话。顾锦朝站在廊庑下，能隐约听见谈话的内容。

"三河那家酒楼，开得实在不妥当。虽说银钱进得多，但你可是两榜进士，你二哥又是金都御史，怎么好做这样的买卖。你回去仔细想想，要我说那儿不如开一个玉石的铺子，或者书斋……"

等到顾德昭出来，才看到锦朝在外面。他便笑着道："你祖母跟我说你送了她一幅麻姑献寿的苏绣，我看你的绣艺又精进了。"

锦朝行了礼道："给祖母做的东西，总要用心些才是。我还给父亲做了一顶六合帽，等您有空了，便来我这里试一番吧。"

她想和他说说三河那家酒楼的事。这家酒楼虽说是父亲的，但里面的掌柜、厨子可都是纪家给的。她不太想让父亲把祥云楼改成什么书斋，那儿本来就是个繁荣的地界，做玉石铺子和书斋怎么合适。冯氏是太在乎家族荣誉了，难怪顾家越来越坐吃山空。

锦朝怕把父亲的东西也搭进去。而且里面的人跟着纪家做了一辈子了，如今到了父亲手上，要撵人家回去吗？

顾德昭听了顾锦朝说给他做帽子，心里很高兴。"那正好，我头上这顶也旧了。"以前纪氏也常给他做帽子，因为天一冷了他就容易犯头风。

锦朝笑了笑，和父亲告别后进了书房，冯氏正在和松香说话，看到锦朝过来了，伸手就招她："朝姐儿来得正好，快陪我一起去西跨院吧，姚大学士家的二公子姚文秀来拜访了，咱也去看看。"

原来是姚二公子来了。

冯氏换了一件褙子，让顾锦朝扶着一起去了西跨院。

姚家二少爷拜访过了顾二爷，正在宴息处里喝茶。顾怜也坐在一边，看得出是盛装打扮过的，嫩黄色流云百蝶纹对襟夹袄，内穿藕荷色上襦，脸上仅描淡妆，眉心贴了一枚翠钿，衬得整个人都十分的水灵。

姚文秀则长得眉清目秀，笑起来时更觉俊朗，身量也长，穿了一件青灰色的直裰。

冯氏进了宴息处，几人都给她请安，冯氏先介绍了顾锦朝，姚文秀便对着她颔首一笑，目光在她身上停了一刻才移开。冯氏又拉着姚文秀说话，问他母亲近况如何。顾锦朝站在冯氏身后，心想面上看这姚文秀倒真是样样出挑的人，他恭敬地回答冯氏的问话，一点也没有仗着身份轻狂。

冯氏和姚文秀说了会儿话，请他去花厅吃些点心。这是要让他能和顾怜说几句体己话，顾怜却觉得十分害羞，提了裙子往外走，说自己稍后过来。冯氏宠溺地道："这孩子竟然还羞臊了。"

姚文秀笑道："顾二小姐这是端重的性子，心思单纯呢。"

冯氏也觉得自己看大的孙女那心性是没得说的，单纯又惹人怜爱。

一行人去了花厅，丫头很快捧了茶点上来。

这时候顾怜才过来，是拉着顾澜的手过来的，羞羞答答地走在顾澜身后。顾澜穿着荼白色绣缠枝纹的褙子，淡青色的挑线裙子。乌发轻绾，只戴了一支白玉兰花簪，一对明月耳铛。要是顾怜是娇俏可人，顾澜就是清秀雅致，更有几分风韵。她本就适合这样素净的打扮，生生地把旁边盛装的顾怜比下去了。

"给祖母请安了。"顾澜屈身行礼，姿态如弱柳扶风。

顾澜一抬头，看到一个穿青灰色直裰的俊秀男子背着手朝她们微笑。好一个翩翩佳公子！

姚文秀几步上前来，请了顾怜和顾澜坐下，又让旁站的小厮拿锦盒上来。他给顾怜带了东西过来，是一对羊脂白玉雕成的镇纸，雕工精湛，玉质温润竟无一丝杂质，是难得的宝贝。

"家父听闻我要来，便从库房里找了这一对镇纸出来，说送给顾二小姐读书写字用。我是不知顾家竟还有两位堂小姐在，礼没有备全，实在失礼了。"

这话说得十分妥帖，顾怜小声回了句："那你替我谢过伯父吧。"

顾怜的话说得太不妥当了，冯氏笑容一僵。随即让人把东西收起来，又问姚文秀要不要多住几日。

姚文秀道："本是要在大兴的聚石阁找一方好砚台，多住几日也好。"

顾澜理了理耳边散下的青丝，柔声道："聚石阁的砚台的确齐全，我曾偶然从那里得了一块冰纹的黄石砚，是墨子石的材质，下墨如油如漆，十分难得。"

姚文秀打量了顾澜一眼，才淡笑着说道："顾家这位堂小姐还对砚台了解颇深，黄石砚本就难得，其中以墨子石最珍贵。择日有空倒是想请堂小姐拿出赏玩了。"

顾澜被他这样一看，觉得脸上有些发热，心里莫名发紧。她总觉得姚文秀看自己的那一眼，是有什么意蕴更深的东西在里头。

顾锦朝在旁听着心里咋舌，顾澜不是一向最不喜欢读书的，怎么还能知道砚台如何如何了，她书房里的书落的灰可是一层一层的。再看她那动作，那脸色，分明就是一副小女儿的姿态。

顾锦朝又看了一眼姚文秀，却发现他看着石桌底下，他的对面正对着的是顾澜。锦朝不动声色地转身喝茶，果然在石桌下看到顾澜从挑线裙子里，微露出来的一双小巧的缎子鞋。

这位姚家二公子，倒真是个懂得欣赏雅趣的，竟然偷看人家小姐的脚。

冯氏正小声地和顾怜说话，并没有注意到顾澜。

说了一会儿话，大家才陆续离开。顾二爷在宴息处给姚文秀摆了一桌筵席，请他过去。

顾怜和顾澜回了二夫人的娴雅堂,她拿出姚文秀送自己的那对羊脂玉镇纸仔细看,心里欢喜得不得了,嘴上却难免要抱怨几句:"送这样的东西过来,女儿家多识字不好,祖母都只让女先生教了我《三字经》和《千字文》发蒙,送一对镇纸我怎么用得上。"

顾澜就说:"那姚家公子更是不俗的,别人送女子珠饰,他却送了你一对镇纸。也不愧是姚大学士的公子啊,你得了这样一个好夫婿,可不要再抱怨了。"

顾怜听了笑起来:"是他求了伯父说要娶我,我才勉强答应的。"却让丫头去顾二爷的书房拿了一刀澄心堂纸过来,她日后也要多练字,不能让姚公子看低了。

顾澜还想着姚文秀看她的那一眼,满目含笑,就像多深情一样。

顾怜那样的有什么好喜欢的,恐怕人家姚公子也未必把她放在眼里吧。姚公子是文华殿大学士的公子,又长得风姿出众,谈吐不凡。这样的夫婿却是顾怜的。怎么样样好的东西,都是顾怜的呢?

锦朝傍晚回了妍绣堂,采芙在小厨房里帮她做了一碗红豆甜汤,放了几勺蔗汁,喝起来格外香甜。锦朝想着等一下父亲下了六部衙门还要过来,恐怕会饿,又用甜汤给他煮了一碗甜汤汤圆。

顾德昭下了衙门过来果然还没吃饭。

吃过一碗热热的汤圆,顾德昭和长女围着火炉坐下来。顾德昭关切了几句,问她在冯氏那里如何。又跟她说:"你祖母一向是性子强的,但是待你还是没得说。有些稀罕的东西,怜姐儿都没有,就先给了你。她向来只是不太会疼人,你习惯就好了。"

锦朝没说话,冯氏待她自然是好,至少比她苛待的那几个庶女好多了。但是冯氏待她的好,和外祖母待她是不一样的,冯氏待顾怜那才是真的好。

锦朝让青蒲把那顶六合帽拿过来给顾德昭,顾德昭接过之后沉默了一下。

锦朝和他说起三河铺子的事:"我在祖母那儿看到祥云楼的账簿,您手下那些东西,都是祖母管着吧?"

顾德昭想了想才说:"咱们毕竟是回了顾家的,父亲手里这些东西也不算多,就当咱们一家的花销了。回了顾家之后,你祖母也是样样没有亏待过我们的。"

锦朝笑了笑:"父亲这话说的,我也不是觉得这东西不该拿出来,但是您也不能完全就放手了。祖母在生意上完全不懂,咱们家哪些铺子赚钱,哪些掌柜用得好,还是您心里清楚。铺子赚了钱毕竟还在公中,咱们也不算是独占了不是。"

顾德昭听长女这么说,也觉得有道理,可是冯氏那里他都把东西拿过去了,

总不可能伸手要回来。

顾锦朝继续道："就说三河那家祥云酒楼吧，本是个繁华地界，开酒楼是最好。要是依了祖母的性子，想换成书斋什么的，又能赚什么钱呢？那里头的掌柜、管事、厨子，都是从纪家跟着过来，给咱们做了一辈子的人，要是不开酒楼了，他们的生计怎么办呢？"

其实顾锦朝心里还有个想法，这些东西的账本在冯氏那里，收益她管着。但是房契田契什么的肯定还在父亲手里，冯氏把酒楼换成书斋，里头的人不就换成她的了，还怕握不住一间小酒楼？

顾德昭当然没忘记，这些人原先是纪家的。这些铺子要是没有纪家的照拂，能是如今的样子？总不能让人家老仆心寒了。

顾德昭点了点头："朝姐儿说的我都明白，只是如今再去要这账簿也不好。"

锦朝笑笑："却也不必要回来，您只需盼咐掌柜做两份账面，一本送到祖母那里，一本送到您手里。但凡有什么大决定，都写了信给您，让您来决定。平日里的收益，就每月都入顾家的公中，您看是不是这个理？"

当初父亲刚离开顾家的时候，身上又有什么东西？

顾德昭听后十分赞同，连夜去找冯氏商量，三河那个酒楼还得开下去。

这样几天过去了，入了十月中，到了可以除下国丧服的时候。

冯氏就在东跨院摆了膳斋，顾家一家人都去吃个筵席，也算是过了这场国丧。

锦朝帮着操持了膳斋，冯氏不喜吃肉，平日爱食豆腐和蔬菜。她在自己暖房里培植了韭黄、嫩黄瓜、扁豆，都长得水灵灵的，一桌素的筵席做得十分精巧。冯氏很喜欢，还赏了锦朝一对梅瓶。

姚家公子也到了要离开顾家的时候，顾怜依依不舍，在筵席上都不怎么活泼了。

锦朝布置了菜色出来，看到顾怜拨弄着碗里的嫩豆腐，撒娇一般和冯氏说："锦朝堂姐这些菜做得淡，我都吃不下了，想去水榭走走。"

姚家公子刚才说要往水榭去散步，顾怜这才坐立不安了。冯氏没说什么，颔首让她去了。

锦朝往席位上看了一眼，不仅没看到姚家公子，还没看到顾澜。

她突然想到顾澜对着姚公子忸怩的神态，便先没有入席，招过雨竹跟她说："你沿着这条小路，去水榭转转，要是看到姚家公子了，回来和我说。"

雨竹一溜烟儿跑了，锦朝才进了席位开始吃饭。

雨竹这一去却是很久，姚家公子都送走了，她才偷偷摸摸地回了妍绣堂，头上还沾着一根枯草。她回来后就说口渴，采芙帮她倒了一大杯热茶，雨竹咕噜咕噜喝下去了，才和锦朝说话。

"大小姐，您猜我看到什么了？"雨竹眉飞色舞，"咱们二小姐遇到了姚家公子，和他在凉亭说话呢。我听不清说的是什么，估摸着是说学问吧。然后二小姐脚下一滑，姚家公子就搂了二小姐的肩一下，不过很快就放开了，但是姚家公子神色可不自在了。后来堂小姐过来，三个人有说有笑地走了。"

锦朝听得嘴角一抽，凉亭铺的可是木板，顾澜是怎么滑了的？姚家公子还搂了她的肩？顾澜这狡滑得不容易啊！

小雪节气过后的第二日就下了初雪。

十一月初三，新皇登基，改年号为万德。大赦天下，普天同庆。

锦朝听到后沉默了片刻。那些动荡，便这么过去了。

既然是新皇登基的好时候，冯氏就在东跨院摆了酒请阖府众人去吃。叶限也从长兴侯府过来探望冯氏和五夫人。过了筵席，冯氏请了叶限去东跨院吃茶，锦朝在旁服侍冯氏。

外面初雪未融，有丫头拿着笤帚扫着台阶上的雪，院子里新梅初绽，开得热热闹闹的。西次间用厚厚的帘子隔着，里头烧着暖暖的炭火，倒是不觉得冷。

冯氏问了句："宫里头的太医都伺候着，侯爷的身体应该无碍了吧？"

叶限却没有先答话，而是解下自己身上的石青缂丝灰鼠皮斗篷，随手递给了一旁的顾锦朝，并跟她说："摊开在火炉上烘烤一会儿，小心些，可别点着了。"

冯氏愣了愣，这才反应过来，叶限是把顾锦朝当成丫头了吧。

冯氏还没给叶限介绍过顾锦朝，毕竟顾锦朝是姑娘家，实在不适合给世子爷介绍。但是世子爷这也是糊涂了，顾锦朝的衣着打扮可都不像个丫头。

顾锦朝拿着他的斗篷有点哭笑不得，但是瞧他动作十分自如，好像就是在使唤丫头一样。

五夫人正在喝虫草乳鸽汤，听到叶限说的话僵了一下，差点被汤水呛住了。她把汤盅递给丫头，才笑着说："你倒是奇怪了，平日里见过一面的侍卫都记得清清楚楚。去年你可是见过你表侄女的，怎么今儿就不认得了，还想使唤人家。"

听五夫人这么一说，冯氏才想起年前的事。

叶限侧头看顾锦朝，顾锦朝穿着一件淡青色柿蒂纹缎袄，石蓝色月华裙，照样是寡淡的装束。她捧着自己的斗篷，却垂着眼帘不和他对视。他淡笑道："长姐这么说我才想起了，是有这样个人。"

冯氏笑道："她是你姐夫四哥的长女，才从适安回来不久，在我身边学规矩呢。"

叶限和锦朝见了礼，就不再理会她了，而是和冯氏说起话来："父亲的身体是没有大碍了，不过少不了要调养几年，您不用担心。"

五夫人笑了笑："母亲您还不知道呢，长兴侯家如今是咱们世子当家了。他还在大理寺谋了寺丞的职，如今每天都要去大理寺处理公事呢。这才几天的工夫，就敢指使他表侄女做事了。"

冯氏听了也十分惊讶，寻常的世家弟子，那最多能谋金吾卫或是宗人府的差事。像大理寺这样的地方，可是非两榜进士不能入的，也不知道叶限是怎么进去的。

锦朝在旁听着，心里叹了口气。果然叶限还是进入了大理寺。

她抱着他的斗篷左也不是右也不是，干脆退到一边，帮叶限烘他的斗篷去了。斗篷烘干后她走出西次间，让叶限的书童帮着抱好。院子里有婆子在摆几盆四季海棠，她见摆放的位置不对，过去说了几句。

没过一会儿，叶限就从西次间里出来了。

五夫人还在里面和冯氏说话。

叶限披好了斗篷，感觉到斗篷里面温热舒适。顾锦朝肯定是帮他烘过斗篷的。

等婆子搬完花盆出去了，顾锦朝才看到叶限站在廊庑下面，正瞧着她不说话。

叶限一张脸陷在毛茸茸的皮毛之间，明明是十分秀致清俊的长相，现在看来竟然有几分孩子气。

她走过去行礼道："世子爷怎么站在外面，天冷着呢。"

叶限却说："你烘的斗篷不好，边角烫掉了一块皮。你怎么做这点事还做不好？"他把自己斗篷的一角拾给顾锦朝看，果然有铜钱大小的地方皮毛烧焦了。

顾锦朝根本没有注意到这点烧焦，她想了想笑道："是我手脚粗笨了，要不是世子爷记性太差，把我当成丫头使唤，您的斗篷也不至于坏了。您要是气不过，不如我赔您一件？"

叶限笑了笑："你还计较上了。行了，我才懒得和你计较。我看冯氏不是好相与的人，你以后要是有难处，可以写信和我说……"他刚说到这里，守在外头的侍卫就进来了。

"大人，魏先生请您一去，说是御药房那边的事。"

叶限一脸平淡地应了声，随即和顾锦朝告了别："我腊月里会过来的。"

他带着人走出了东跨院。

锦朝愣了愣，叶限为什么要和她说他腊月里还要过来。他能过来又如何？

锦朝想了一会儿也没明白过来，却有小丫头来找她，说冯氏找她去说话。

冯氏是想让她以后就不用来了："你在我这儿伺候着，算算也两个多月了。我看你的行走端坐样样都是好的，以后就不用天天来伺候我了，祖母也别耽误了你做别的事。"

锦朝行礼谢过冯氏："即便不来伺候您，我也每日来给您请安。"

冯氏和五夫人笑道："瞧这丫头，我说是个懂礼的吧，哪里还用得着我再调教，这一言一行都是挑不出错处的。"说完又让外头的嬷嬷进来，从自己的库房里挑了几匹素缎、一对拳头大的鸡血石、一串小叶紫檀佛珠送给顾锦朝。

锦朝再次谢了冯氏。

第十三章　新妇

第十三章 新妇

等顾锦朝傍晚回妍绣堂的时候，徐妈妈早在院门外等着她了。徐妈妈从衣袖里拿出一封信递给她，说是通州纪家那边来的信。

这个时候，外祖母有什么事找她？锦朝心里有些疑惑。

锦朝回书房拆开信看了，外祖母先问了她近况一番，又跟她说起纪粲的婚事。

陈家那个小姐前月就及笄了，只因在国丧里，才暂时搁置了这件事。如今国丧过了，两家自然就开始谈论嫁娶事宜了。因是早定下的婚事，完成了纳征、请期，就是亲迎了。

外祖母说亲迎定在十一月十九日，喜帖随后就发过来，虽说锦朝在守制不能参加筵席，但总要过来祝贺她四表哥几句，见见她四表嫂，所以让锦朝先准备准备，去通州住一段时间。

锦朝得了信十分高兴，先去外院禀了父亲。

顾德昭也很是喜悦："行，你先去通州住着，等父亲拿了喜帖再过来。"

顾德昭让李管事进来，准备吩咐锦朝的行程。

锦朝和他说随礼的事："父亲，女儿打算送四表哥两块端砚，一对云凤纹赤金烛台。送新嫂嫂一对金草虫头面，还有一支满池娇金挑心簪子。您觉得如何？"

顾德昭笑她："这哪有你随礼的说法，都由我来送便好了。"

他送是他的，四表哥成亲，锦朝自己也想随一份礼。她说了自己的礼，那是想父亲准备的时候别送重了。锦朝笑道："管您送不送，我都是要送的。只是祖母那里，父亲还要多说几句。祖母和外祖母之间有罅隙，您也是知道的。"

顾德昭点了点头，冯氏和纪吴氏不对盘，那不是一日两日的事了。

和父亲说过之后，顾锦朝就去了东跨院，和冯氏禀了这件事。正巧顾锦朝不必在她面前伺候了，冯氏也点头肯了，还让茯苓找了一对点翠的镯子给顾锦朝随礼。

锦朝这次去纪家是打算常住，最起码也要住上个把月，她打算带佟妈妈、青蒲和采芙去。几个不能去的小丫头都很沮丧，她们从来没去过通州，这次就算到了京城之外的大兴来，都没有走出去看过。听说通州的宝坻、三河、香河

这几个地方,都是十分繁华富庶的,也不知道是什么样子。

采芙就答应给她们带通州有名的腐乳回来。

丫头婆子把锦朝日常用的,要打赏人的东西都用箱笼装了运上马车。收拾了大半天才做好。

等到第二日一大早,马房的人套了马,小厮们再把箱笼都搬上车,马车就往通州去了。

而在纪家那边,也开始准备起来。

纪吴氏早让婆子收拾了栖东泮,换了被褥和厚绒帘子,抬了火炉出来。而府里也开始张灯结彩了,大舅母更要开始忙着拟定人数发喜帖,布置新房。筵席和亲迎的事就是二舅母管着。

大舅母宋氏拿了一支毛笔,一边问纪吴氏的意见,一边在红纸上拟定名字。

"保定那边,还有你父亲两个堂兄,虽说这几年来往不多,但也不要淡了。你都拟定在名单里。"纪吴氏想了想,"给他们布置一桌席面,和老二媳妇说一声。"

宋氏点了点头,还想问问这两个堂兄具体的名字,就看到丫头进来通传。

顾锦朝到了,人就在外面。

纪吴氏脸上一喜,忙让丫头叫她进来,又训斥跟着过来的婆子几句:"我说过人到了影壁就要叫我,怎么等表小姐过来了才说的。"

婆子忙道:"这是表小姐吩咐的,说您忙着四少爷的婚事,她自己过来就好。不让奴婢们回来通传。"

宋氏笑了笑:"朝姐儿这是孝顺您呢,您可别气了她。"

纪吴氏不过嘴上说说,怎么会真的生气了。等到顾锦朝进来,忙拉着她的手让她坐在烧得暖和的临窗大炕上,丫头又立刻捧了手炉过来。

锦朝还没行礼,只能笑着道:"外祖母,您怎么也得让我给您行个礼吧。"

纪吴氏忙着端详自己的乖外孙女,看她是不是瘦了,哪里顾得上她行礼了。她看了一会儿就心疼了,虽说锦朝气色比原先好多了,但脸颊还是瘦削的。纪吴氏记得锦朝可是吃得胖的,她十二三岁的时候,脸颊就是嘟嘟的,十分粉嫩可爱。

"这下巴尖得能凿破纸了。"纪吴氏挺不满意的,"可是那冯氏待你不好?"

哪里有什么好不好的,她不是冯氏亲孙女,冯氏没苛待她就是不错了。锦朝不想让外祖母担心,就笑着说:"是祖母说要教导我规矩,我每日去伺候她,有时候顾不得吃饭才瘦了。您可别多想了,孙女是父亲的嫡长女,她不会待我不好的。"

纪吴氏可不相信，她帮锦朝焐着手，又盼咐宋氏："朝姐儿的东西，你替她拾掇放好。拟定名单的事，再回去问问大爷和二爷，看看他们同僚好友有没有要请的。"

锦朝不好意思麻烦大舅母，说她自己收拾也行。宋氏就笑笑："朝姐儿好好陪着你外祖母说话，你外祖母高兴了，我也就是真的高兴了。"说罢收了东西出门。

纪吴氏让丫头去关了西次间的门扇，又把一旁的斗篷解下来替锦朝围拢，还说她的脚："你鞋袜穿得单薄，脚肯定是冰凉的，把脚抬上来埋在被褥里，这大炕烧得热乎。"

这是不合规矩的，女儿家该端坐有姿。

锦朝却笑着把脚缩起来，问纪吴氏四表哥的亲事如何了，她有没有相见过陈家那位二小姐。

纪吴氏跟她唠家常："陈家二小姐我见过一次，还是在她小时候了，模样看着干净，听做媒的徐夫人说是个美人。你四表哥的婚房已是差不多了，等把挂落和漏窗再换好，我就带你去看看。他现在整日都在书房里练字，连你二表哥拉他去宝坻都不肯去。都是要成亲的人了，害羞起来连门都不敢出，怕他那些好友问他话，你二表哥和三表哥都因此笑他。"

纪吴氏又说："你嫁到蓟州的大表姐纪眉也要回来，约莫就是几天后了，要抱谊哥儿回来。你大侄子可就找着玩伴了，他现在才三岁呢，跟你小时候一样喜欢上蹿下跳的，谁都管不住。"

因为关着隔扇和门，西次间里光线便不好了，婆子还点了蜡烛。锦朝就这样和外祖母对坐着，听她说话。

顾锦朝喜欢听外祖母讲这些事。

这让她想起更小的时候，外祖母带着她住在田庄里。夜里外头下着雨，里头点着灯，外祖母抱着她坐在大炕上，她跟外祖母讲童稚的趣事，讲得不清楚了还要用小指头比画，把外祖母都逗笑了。

锦朝问外祖母那个徐夫人的事："她那个女儿现在可找到婆家了？"

纪吴氏叹了口气："就算她现在心气儿不高了，也找不到合适的人家了。上次还说了个翰林院检讨，竟然不知怎的人家也没同意。眼见着这姑娘虚岁就要二十了，徐夫人急得上火，还找上了宛平那个罗家。"

纪吴氏示意锦朝，她是知道这个罗家的，做过皇商，燕京里的商贾大户就这么几个，罗家就是其中一个。但是罗家名声太差，那个长子更是扶不上墙的烂泥，这是众人皆知的事。

纪吴氏好奇顾锦朝怎么问起这个人了，她一向都不管不关己的事。

顾锦朝也不知道自己为什么要问,许是同情呢。要是再嫁给罗家长子,徐姑娘这辈子也没什么指望了。

两人说了会儿话,纪吴氏便让顾锦朝先去休息。她从大兴过来,舟车劳顿,也该休息下了。

纪吴氏想了想,让丫头去叫纪尧过来。

顾锦朝问起徐静宜的事,是不是也有点担心自己的婚事了?再过没多久,她就十六了,可还没有人去顾家给她提过亲。身份低了顾家看不上,身份够了又嫌弃锦朝的名声,恐怕她心里也艰难。

纪尧正帮着看香河的账簿,如今纪吴氏把大半的事都交给他做了,这才有了空闲,能和儿媳妇、孙辈唠嗑。不过可是苦了纪尧了,他如今算是半个掌家的,身边却连个帮衬的人都没有,近身伺候他的都是小厮,又没个贴心的。

"你锦朝表妹刚过来。"纪吴氏让他坐下。

纪尧的心情有些复杂,听到纪吴氏说顾锦朝过来了,他第一个感觉竟然不是厌恶,而是有种喜悦和奇怪的不安。她是来参加四弟的亲事吧,但是也没见她在祖母这里。

纪吴氏见他不说话,叹了口气道:"你锦朝表妹的生辰是十一月二十八日,她就要满十六了。祖母如今也想通了,儿孙自有儿孙福。你要是喜欢她,等纪粲的婚事过了,就去顾家提亲吧。你若是不喜欢她,祖母就不强求了。朝姐儿再不济,嫁个寒门举人,或是世家庶子,那还是可以的。"

纪尧听到纪吴氏竟然这样说,抬头有些惊讶地看着她。祖母这是什么意思?

祖母的意思是不强求他娶顾锦朝了?

纪尧一时不知该说些什么,知道不用娶顾锦朝了,他心里不是喜悦,反倒有些失望。

他明白纪吴氏的手段,其实在此之前他心里已经想好了,除了顾锦朝,纪吴氏是不会让他娶别的人了。他甚至还想过要怎么娶她,自己要是去顾家提亲,顾锦朝会高兴吗?

他原先一直想着和她划清界限,也不知她会不会答应自己。

要是真的成亲了,两个人就住同一个院子好了。一个睡东梢间,一个睡西梢间,西梢间里要阴冷一些,就由他睡。即便是不喜欢,相处起来也应该没有问题吧。

顾锦朝是个温和又喜欢安静的人,但是喜欢养花,她原先在纪家的时候,还特别喜欢抚琴。她的琴就放在自己的书房里好了,靠着窗放,窗扇外种着一株西府海棠,她抚琴的时候就能够看到了。她原来好像不喜欢身边人少了,总是要一大群丫头婆子围着，那就多安排几个丫头伺候。

纪尧有些时候就想这些事，想着想着，觉得好像娶顾锦朝也不是什么难事，说不定还会很好玩，她曾经在暖阁里，给祖母烤蟹壳黄烧饼呢。他后来又吃了一次，但都不如她做的好吃。

纪尧顿了顿，说："祖母，我并不是想拒绝这门亲事。"

纪吴氏摆摆手，无奈地笑着："原先是我这个老太婆自私了，总不能为了外孙女，就罔顾我亲孙子的意思。你也不必顾及着我，要是不喜欢就直接说了，也免得祖母白费了心思。"

纪尧一时间不知道该说什么，又怕纪吴氏真的就把这件事给否了。他站起身来，声音紧紧地："孙儿也没有不喜欢她，您上次问我，我也是考虑过的。总之您放心，等过了四弟的喜宴，我即刻就来告诉您。"

他这次连告退都没有，快步走出了西次间。

纪吴氏看着纪尧的背影，嘴角却渐渐浮出笑容。

宋妈妈在一旁看着，也笑着道："咱们二少爷，对表小姐也是有情谊的。平日里多守礼的人，这连告退都忘了。二少爷又向来在各大掌柜面前说一不二，什么都难不倒他，竟然也被您逼得哑口无言，还是太夫人高明。"

纪吴氏抚着手上一串菩提珠，慢慢说："他就是这样的性子，巴着他的东西不想要，什么东西不属于他了，偏偏就开始喜欢得不得了。倒也不是我激他，他从小和锦朝一起长大，总是有情分的，我还有不知道的？明儿让纪絮跟着纪尧去宝坻一次，总要帮着看他房里添置的东西。锦朝也随着一起去吧。你下去挨个说一声。"

宋妈妈应"诺"下去。

锦朝睡了一会儿起来，竟然看到隔扇外的天已经黑了，叫了青蒲进来问时辰，又说："怎么也不叫我，这都该过饭点了吧？"

采芙应道："已经过戌时了，宋妈妈来了一次，见您睡着就让我们不要叫您起来。小厨房都备下吃食了，都是些您喜欢的，水碟肉、红烧鲈鱼、烧香菇，还有拌嫩黄瓜丝。"

锦朝道："我可吃不下这些，端一碗白粥即可。"采芙应"诺"出去。青蒲则伺候锦朝起床，帮她披了一件斗篷，跟她说宋妈妈传的话："您就在炕上坐着，奴婢跟您说一声，宋妈妈过来说，要您明日陪四表少爷去宝坻。您整日在纪家待着也不好，不如去宝坻转转，还能给四表少爷参谋参谋，也是不错的。"

锦朝听说纪尧也要去，就明白纪吴氏的主意了。

锦朝有些哭笑不得，这是白费她老人家的力气了。或者她该和外祖母说一声，总不能一直拖累着人家纪尧，他如今虚岁都十九了。

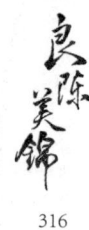

第二日一早,纪吴氏亲自过来叫锦朝起床。

锦朝看到纪吴氏拿起一支金步摇蝶恋花的簪子看,吓得忙道:"外祖母,我正在守制呢!"

纪吴氏笑她:"急什么,像要吃了你似的。外祖母还能不知道你在守制。"把那只金步摇放下,又选了一对玉莲瓣花给锦朝簪了,再配上牙白色菱花纹缎袄,石青色八幅月华裙,鹅黄色缠枝纹革带。这样打扮,颜色既淡雅又相宜。

左看右看差不多了,纪吴氏才让锦朝带着青蒲出门。

纪尧、纪粲两人都在等着她了。

马车驶出了纪家,一路朝着宝坻去。宝坻和三河相去不远,再远些就是武清了,和顾漪定亲的杜家公子就是武清人。

宝坻是通州最繁华的一处地界,官道修得又宽又平整,两旁林立着各种店铺、庙宇和歇脚的茶寮。现在是新皇刚登基的时候,街市上人头攒动,挑脚夫、叫卖的小贩、穿着褐短衣的衣夫、挎了竹篮的农妇……

锦朝挑开一条缝隙看着外面,她上次来宝坻还是十二岁的时候,记忆已经模糊不清了。她隐约记得这条道过去就是运河,运河十分繁荣,码头停靠着很多船只。卸货的伙计、记账的先生,人流来往多得数不清,而旁边就是纪家最大的一个货行,从船上卸下了的货物,就进了这个货行里。

那条拱形的石桥上,有卖剪刀的、卖面人儿的、卖卯榫箩筐儿的,还有一个做葱糖的。

锦朝和纪粲说道:"我还记得小时候,四表哥偷偷带我来宝坻,吃了一包葱糖。"

纪粲想了想,笑着说:"表妹这是记岔了,带你来的可不是我,是二哥。那次你们一个下人都没带,就从家里溜出来,祖母听说后都要急死了,派人到处找,等二哥带你回去,祖母哄着你睡下,二哥就被罚跪了两天的祠堂。"

锦朝只记得有个孩子,牵着她一直走在桥上。两个孩子热热闹闹的,但是究竟是谁,她却一点都不记得了。她问纪尧:"二表哥,我还连累你被罚跪了?"

纪尧摇头,笑了笑道:"是我带你出去的,怎么会是你连累我呢。"

他一直记得这件事。

那是锦朝五岁的时候,她长得白白嫩嫩的,又梳着丫髻,像观音座下的童子一样可人。小锦朝听身边的丫头说了葱糖制作如何好玩,心里想极了,非要亲自去看看。她那个时候跟着纪尧一起读书,揪着纪尧的衣袖就不放手,非要逼着他带自己去看。

纪尧被她说晕了头,就只带着她和钱袋,从偏门溜了出去。

他要带她去看做葱糖的手艺人，他当时信誓旦旦地对锦朝说。

纪尧那个时候也才七岁多，两个孩子在通州乱转，竟然也没被人牙子给拐去了。他们走累了就坐在运河边，看着船来来往往的，纪尧有点怕了，但是小锦朝很开心，她觉得很新奇，一点儿都不怕。

纪尧在桥上找到了卖葱糖的，他买了一包给小锦朝，她吃了，觉得特别好，一块都没有给他。

纪尧带着她一边往家里走，一边问她究竟是什么味道。小锦朝吃完了最后一块，连话都没跟纪尧说。

两人回到纪家后，才发现家里已经乱成一片了，到处找他们。纪吴氏沉着脸哄了小锦朝回去睡觉，然后亲自拿过藤条抽了纪尧一顿，赶他去祠堂罚跪。纪尧跪得很委屈，他不是想出去的那个，也不是吃糖的那个，但他就是被打、被罚跪的那个。他在祠堂里跪了小半天，却倔强得一滴眼泪都没掉。

纪尧那个时候就开始不喜欢顾锦朝了，他觉得这个表妹又霸道又讨人厌。

如今再想儿时的事，他倒是不讨厌顾锦朝了。他从来没做过这么大胆的事，他似乎还能记得，两个孩子手牵着手，晃晃悠悠走在桥上的场景。

纪家的马车前头会挂镂空的银香球，行人看到会远远避开。过了运河，马车再一转弯，沿着青石道往上去，就是店铺聚集的古兰坊。

看到纪家的马车前来，早有纪家酒楼的大管事出来迎接，请三人进了二楼雅座，随即就有伙计端了一壶松子杏仁泡茶上来，另摆了蜜糕、干落花生、酥鱼、蟹黄蒸包等茶点。虽说锦朝是陪纪綮过来，但实则她最多能坐在这儿看看窗外的景色而已。就是想去看看，那也必定是一大帮婆子侍卫围拥着，十分不便。

大掌柜又要和纪尧说事，两人就站在一盆美人松后面。纪尧背着手站得笔直，凝神细听，吩咐大掌柜说："都是要进入腊月的时候了，材料多备些也是应当，再加上府里的筵席，鱼唇、鲍鱼类的东西不能缺了。你拟定了单子，明日就给我看。"

大掌柜十分恭敬地应"诺"下去，不一会儿有个小伙计上来："东家二少爷，三少爷正在外头聚山居看东西，听说你们在这儿，让我过来说一声，他们随后就过来。"

锦朝记得上次看到纪昀的时候，他们正要去拜访一个国子监的学正。

纪綮跟她说："确实是去拜访张先生回来。也不知怎么用了这么久，都两个多月了，我看他就是去打秋风了。一会儿等他上来，你可以好好嘲笑他一番。"

纪尧却有些犹豫，和纪昀一起的可还有两个世家公子呢，顾锦朝似乎要回避一下。

还没等到他说什么，那边纪昀一行人就上楼了。

三人就带了几个书童，风尘仆仆的。

"接到祖母的信，我就赶回来了。"纪昀笑着道，"怎么能错过你结亲呢。刚好看到聚山居有几块新的砚台，我去挑了一块做你的贺礼。"

纪粲气得瞪大眼："你要不要脸啊。"聚山居是他名下的书斋，纪家的几个少爷，在那儿买东西都不付钱，一向是记账。从来没有人还过他一笔银子。

随后上来的安松淮却笑了："都是要成亲的人了，还对兄长这么不客气啊。"

纪粲红了脸："那他也得把欠我的银子还上才行啊。"

安松淮的目光却落在顾锦朝身上，看着她坐在窗边，端着茶杯安安静静地喝茶，眼睛还看着窗外楼下人来人往的古兰坊。茶杯升腾的水雾氤氲，她垂着细长的眼睫毛，脸如莹玉一样水嫩。

纪昀和他说了句话："这位就是我二哥。"安松淮跟他说过，想见见纪尧。

安松淮这才回过神，暗骂自己一声，人家姑娘不说话，那就是要避嫌的意思。他怎么还看人家。

他随后和纪尧见了礼："上次来也没见一面，倒是可惜了。"纪尧在世家公子里很出名，他十二岁的时候就跟徽州商行的大掌柜对账，笔笔流利清楚，心算得比旁边拨珠子的账房还快。那时候徽州商行的大掌柜都被他逼得冷汗直冒。

安松淮虽是举人，但他对士农工商那一套嗤之以鼻。在他看来，纪尧这样的才是真正的聪明人。那个北直隶经魁的陈玄青，不过是会读书的木头罢了。

纪昀正想说陈玄青。

"不是跟在咱们后头吗？怎么一转眼就不见了。"

安松淮收敛心神，管着自己不再看向窗边，微笑着说："说他穿得太寒碜了，他还不听。这不，刚才咱们陈七公子进门的时候，就被楼下的伙计拦下来了，以为是从哪个旮旯来的穷秀才。"

纪昀哭笑不得："你看到都不帮帮他。"正要下去带人上来，就听到陈玄青说话的声音。

"我这身衣裳还是张先生所赐，哪里寒碜了。"陈玄青的声音一贯的平淡温和。

顾锦朝叹了口气，这不想见的怎么一个接一个地上门，偏偏还不能避开。

陈玄青的布鞋踩在楼梯上，又轻又快。等他上来了众人才看见，他穿了一件青布棉袍，用木簪子结髻，显得十分朴素，身后连个书童都没跟，人长得高又清瘦，看着果然像个寒门秀才。

纪尧得知这就是大名鼎鼎的陈家七公子，陈三爷的嫡长子，也仔细打量了一番。陈玄青虽说穿得不起眼，但是他气质如远山温润，人长得十分俊秀。这种气度也不凡，像是没经过世俗的书香世家少爷。

陈玄青笑着和纪尧见了礼，目光一转却看到旁边喝茶的顾锦朝，笑容一滞。

他抿了抿唇，觉得自己根本就不该上来。

纪尧却请了几个人落座，安松淮就说起这几月的事情。那张学正的家可不是好找的，人家可没有住在什么胡同巷子里，而是住在通州潮县的一座山上。山路陡峭难行，四周又荒无人家，山顶倒是有个香火不旺的小寺庙，张学正的居所就靠着这个小寺庙。

他们递了陈三爷的名帖，学正十分热情地招待了他们，听说陈玄青是北直隶的经魁，还要拉着他讲时文。广义本就是国子监课程里最深奥的一门，张先生或是给他们开席讲课，或是带他们去群山深处游历，风餐露宿的。他和纪昀好歹是带了书童去的，陈玄青却孑然一身，连衣裳破了都要向张先生借。

这才成了现在这副穷秀才的样子。

几人说过话，陈玄青开口道："不如去楼下看看古兰坊市的东西，我见街上都摆出过年用的灯笼和炮仗，十分热闹的样子。"

纪粲就说："这有什么好看的，等元宵的时候你到古兰坊市来，那个灯会才热闹呢。"

纪粲见顾锦朝一直不说话，就冲她笑："表妹，你说是不是？"

陈玄青是想避开顾锦朝的，纪粲这么一说，他反倒不好开口了。

锦朝本来是眼观鼻鼻观心的，听到纪粲说起，想了想说道："小时候常来，现在都不太记得了。不过灯的样式是最多的，路上摆着蟾蜍灯、芙蓉灯、绣球灯、雪花灯。再大一些的，也都十分精致，有'师婆灯'绘挥羽扇降邪神；'刘海灯'绘背金蟾，戏吞至宝；'青狮灯'绘驮无价奇珍。"

锦朝手指摩挲着茶杯杯沿慢慢地说着。安松淮听得很认真，还要和顾锦朝说话："虽说都是好看的，不过我最喜欢青狮灯，小时候还得过一个，挂在院子里点了一个月呢。"

纪尧看了安松淮一眼，安松淮和顾锦朝说话的神情太认真，语气却有些小心翼翼的。他觉得有些奇怪，这个安松淮好像非常在意顾锦朝一样。

既然遇到了纪昀三人，他们也就没有多耽搁时间，买好东西之后就回了纪家。

回家后也恰好，宋氏的长女纪眉回来了。顾锦朝很久没见过自己这位表姐了，笑着和她见礼。宋氏和纪眉说得热切，刘氏难免就被冷落了，就帮淳哥儿

整理着他一个大匣子装的玩具,一边小声地和他说话。

纪吴氏让刘氏吩咐仆人端点心上来。

淳哥儿没有人说话了,忽闪着大眼睛,瞧着锦朝的手。

他三步并两步,从炕的一端爬过来。

顾锦朝被他吓了一跳,她觉得这孩子胆子一点都不小,而且十分聪明。纪安淳扯了她的袖子道:"锦朝姑姑,淳哥儿想要你的镯子玩。"

宋氏被纪安淳的话吓了一跳,忙对锦朝说:"朝姐儿可别理会他,这孩子惯见着什么好玩的,都是想要的。"让旁边照顾他的嬷嬷把孩子抱到一边去玩儿。

顾锦朝今天戴了一只缠丝银镯子,三络银丝交织缠绕,十分精致。锦朝自然也不介意这一只镯子,便笑笑:"给淳哥儿玩会儿也是无妨的,舅母别怪淳哥儿,孩子还小,正是什么都喜欢的时候。"

淳哥儿拿到她的银镯子后,转身往回爬去。宋氏说道:"亏你不嫌弃他。"锦朝觉得淳哥儿的性格十分独特,好像喜欢什么,眼里就只瞧着这样东西。

等她又端起茶杯喝茶了,淳哥儿却拖着他一个装玩具的大匣子,哼哧哼哧地到锦朝面前来。锦朝正诧异呢,他却打开自己的匣子,十分大方地道:"锦朝姑姑,我有可多的宝贝了,你选吧。"

纪眉笑着道:"三哥的孩子还是个懂规矩的,知道要回礼呢。"

锦朝看着他满满一匣子的东西,苦笑道:"淳哥儿的东西,姑姑就不要了。你都收着吧。"

纪安淳想了会儿,撅着屁股在他的匣子里翻来翻去,他喜欢的一匹小木马,一只布老虎,一块巴掌长的小剑。他犹豫了好久,最后选了一颗画着关公像的木珠送给锦朝。

"是我从过年的灯笼上挖下来的。"他把木珠塞到锦朝手里,很郑重地道,"送你了。"

宋氏和纪眉都笑起来。谊哥儿从纪眉的怀里探出头,不明白大家在笑什么,却也跟着笑起来。

顾锦朝不再推辞,把淳哥儿回礼的东西收进衣袖里,也很郑重地说:"姑姑觉得很好看,那姑姑那只镯子就送给淳哥儿了。"纪安淳听了笑起来,又哼哧哼哧地把他的玩具匣子推回去了。

晚上纪尧来给宋氏请安的时候,看到纪安淳在玩一只银镯子。他想起早上的时候,顾锦朝手上也有这样一只镯子,便问宋氏纪安淳手上的镯子哪儿来的。

宋氏就把纪安淳要镯子的事说了一遍:"你们哥几个,都不如淳哥儿胆子大呢。小小年纪,一副小大人的样子。"

纪尧笑了笑。顾锦朝竟然会把镯子拨下来给孩子玩,她的性子倒真是柔和多了。

宋氏叹了口气，说起纪眉的孩子："倒是你长姐的谊哥儿，虽说长得好，却十分怕人。"

纪尧也看过了谊哥儿，是不如淳哥儿聪明。他说起纪眉今天下午来找他的事，纪眉说想在蓟州开一家香露铺子，想问问他开香露铺子有没有什么注意的。"我看长姐一点都不懂香露，却着急着开铺子，说不定是手头紧了，才想开铺子赚钱。她毕竟是我长姐，我也不好说什么，但您却要劝她几句，香露铺子如今大多都开，能开好的有几个？她以为制得好了买的人便多，却不知最要紧的还是多结识世家贵族，扩展人脉才行。"

香露毕竟不是一般人家用得起的，纪眉的初衷是好的，但想得太简单了。

宋氏觉得心中发冷："眉姐儿嫁的时候，可是一百五十担实实的嫁妆，怎么会手头吃紧呢。"纪眉嫁的是蓟州于家的嫡子，于家原先做过蓟州的都转运盐使同知，十分富庶。当初求娶纪眉时也十分有诚意。又想到刚才纪眉说话时，隐隐透着对婆婆的敬畏，更让她难受了。

宋氏点点头，让纪尧先回去："我会和你长姐说清楚的。"

女儿是嫁出去的，过什么样的日子是夫家说了算，只要不是太过分，哪有她插手的余地。

纪尧也是知道这个道理的，他想了想说："如果长姐非要开铺子，倒不如开个货行，替纪家转货就是。不用投入太多银钱，只需招得人手就够了。"这样下来，就是纪家在接济她。

宋氏点头应了。

纪尧最后看了一眼纪安淳手上的镯子，离开了宋氏的院子。

纪尧走在青石甬道上，看着不远处的东跨院。栖东泮有一株落叶的槐树，是顾锦朝小的时候种的。

他不知怎么想起了纪吴氏说的话，如果他不愿意娶顾锦朝，那她总还是可以嫁给寒门秀才，或是世家庶子的。但是谁就能料到，她嫁的是个什么样的人呢？这个丁家的嫡子，还是纪家精挑细选的呢，最后还不是没有善待纪眉。纪眉好面子，在娘家人面前都不好说出口。

那顾锦朝呢？她从小就是那样倔强的性子，受了委屈更不会吭声了。

顾锦朝被婆婆压制了；丈夫给她脸色看了；在背地里忍不住纳小妾养外室了，他只要想到这些事，就觉得不能忍受。顾锦朝这样骄傲倔强的人，谁会这样欺负她？

他从小就不敢欺负她，却要一个外人来欺负了去。纪尧心里十分混乱。

等他回到自己的院子之后，又看到纪昀来找他。纪昀的脸色很慎重，拉他

坐在圈椅上："二哥，我要和你说一件事。"

纪昀心里确实很着急，这事和安松淮有关。

安松淮第一次看到顾锦朝的时候，纪昀就觉得这人心里有鬼，因为他看顾锦朝的眼神都不正常，自己出言提醒了，原以为安松淮不会再如此了，谁知道今天故态重发。等几个人私下相处，他就把安松淮狠狠骂了一顿，说他都是定亲的人了，怎么还能这么不收敛。

谁知道那安松淮听完后委委屈屈，却又不以为然地道："不过是定亲而已，只要没娶进门，那能算得上数吗？"

就这一句话，把纪昀吓得魂飞魄散。去他个安松淮，好歹还是举人呢，做起事来怎么比市井上的泼皮还泼皮。他要是敢撺掇家里人去退亲，又去向顾锦朝提亲，他非打死他不可。

但是他仔细一想，觉得这事虽然荒谬，但是安松淮做得出来。他们家不像纪家教养严格，安松淮他祖母、太祖母就他一个乖孙，他是独苗啊。他就是闹腾着想要相公主，他们家的人也肯定跑前跑后为他求娶公主。安家在燕京也是说得上话的，要真想为他家独苗娶顾锦朝，完全是可以的。

纪昀觉得自己应该和纪尧说一声。不是早就定下的亲事吗？怎么纪尧到现在都没去提亲？虽说顾锦朝在守制，但他好歹先把亲事定下来啊，这样安家的人还有什么话说。

纪尧听后面色也不好看。

那个安松淮，一看就不是什么正经公子，整日的走马斗鹰，正事不做。他瞧上了顾锦朝，心里竟然还有了退亲的主意，这是个不负责任任性妄为的人。能让他去求娶顾锦朝吗？

纪尧站起身来，想了很久。这事不能再拖了，他决定向顾锦朝提亲。娶她就娶她，他认了。总比让安松淮之流打主意好。

而锦朝自然不知道这些，她正在栖东泮进晚膳呢。

她和纪吴氏讲淳哥儿的趣事，纪吴氏听后也是哈哈大笑："这孩子精着呢。知道用木头玩意儿换你的银镯子，以后也是个会赚钱的。"

纪吴氏又跟她说喜宴的事。

"明天喜帖就发出去了，到时候参加喜宴的人就陆续来了。纪粲的新房也差不多了，明儿咱们去看看。要是有什么不好的，你帮着添置添置。"

要说给纪粲添置东西，锦朝自然没什么可添的，只能是凑个热闹而已。

等到了第二天，烫金的喜帖陆续送出去了，纪家又开始最后的准备。府里张灯结彩，隔扇、漏窗上贴着剪纸，处处挂着红纱灯笼，下人也都换了绛红色比甲或是棉袍。

　　锦朝帮着纪吴氏封红，红纸包了银裸子或是十两一张的银票，用来赏给有头脸的丫头婆子，或是来请安的小孩子。这些天从保定过来了不少纪家的旧亲戚，还有燕京里头和纪家交好的商贾大户，纪家大爷、纪家二爷的同僚。宾客盈门，热闹非凡，得多准备些封红才行。

　　等到了亲迎的前一天，纪粲一行人换了衣服，下人们用大红金漆催妆盒子抬着整猪整羊，去宛平陈家催妆。纪粲别扭得很，却被纪昀、安松淮几个联手弄上了马。

　　而纪家开始搭棚、试灶，宴请前来道贺的亲朋好友。

　　顾德昭就是这个时候过来的。他带了礼金五百两，另有一座红珊瑚盆景，一对羊脂玉如玉。在回事处随了礼，他又和纪家大爷说过话，就来拜见纪吴氏。

　　纪吴氏看到他就想到纪氏的死，自然没有什么好脸色。

　　顾德昭的神情讪讪的，因他在守制，最多就穿了件褐色的直裰表示。看到锦朝也在旁和刘氏说话，并不怎么搭理他，难免觉得寂寥。

　　最后还是小厮过来叫他，说大爷请他过去吃酒，他才起身道别。临走前和顾锦朝说："吃过了酒，你也不必着急回来，但也得赶在腊月之前。"他又顿了顿，"好好孝敬你外祖母。"

　　顾锦朝和他道别："您去和大舅吃酒吧，刚好能帮衬一下。"许多宾朋非富即贵，纪家也不得不慎重，偏偏纪家的男丁不多，纪粲和纪昀还去催妆了。如今就纪家大爷和纪尧在外院招待着。

　　顾德昭刚出了东跨院，徐夫人就带着徐静宜过来了。

　　纪吴氏让丫头端杌子过来，十分热情地拉过徐夫人的手说话："正想着你什么时候来。一会儿咱们就在这儿开个席面，也免得去西跨院挤着。"徐夫人也随着笑了笑，但却难掩愁容。纪吴氏又看了一眼徐静宜，却瞧着她眼眶红红，似乎是哭过的样子。

　　纪吴氏声音低了些："宜姐儿这是？"

　　徐夫人叹了口气，觉得实在不好说出口："还不是为了宜姐儿的婚事，听说那罗家嫡子是个不检点的，房里的丫头全是开了脸的。这也算了，昨天他家马车走清风坊路，前头有个人挡了他的车没来得及让。那罗家嫡子冲出马车就是一顿鞭子，把人打得半条命都没了。"

　　顾锦朝闻言抬起头，原来徐家是知道罗家这些事的。知道了还把女儿嫁过去，那分明就是走投无路了。

　　徐静宜在旁坐着，眼泪忍不住往下掉，却半点声音都没有。她自己也觉得失态，转身拿帕子抹眼泪。

纪吴氏早知道这罗家嫡子是个什么样的人,也觉得有些无奈:"他们家那样的,那根本来就是歪的,长出来的苗子正不了。老姐儿要是听我一句,嫁了谁都不能嫁罗家的人。"

徐夫人也是止不住地哭:"没办法的事,宜姐儿再不嫁,只能在家里当老姑娘了。她又没有个嫡亲的弟弟,以后我老了谁给她撑腰?老姐儿你不知道,如今到处都传我们宜姐儿是性子恶劣,这才一直找不到婆家。我去和罗夫人说话,她那样子好像还是他们家吃亏了似的。"

坏就坏在徐夫人没生个儿子,徐静宜想终身不嫁都不成。

徐夫人说到这里就抹了眼泪,又笑着说:"今儿是老姐儿家的喜庆日子,我怎么说起这些来了。"

纪吴氏有些无奈,和锦朝说道:"不如你陪宜姐儿去外面走走,我和徐夫人说几句话。"

现在西跨院正是热闹的时候,锦朝也想出去走走,就挽了徐静宜的手,笑着说:"宜姐姐不如随我去西跨院看看,那边搭了棚子。咱们去得好了,还能捞上些吃食。"

徐静宜对着锦朝点头一笑,低声道谢。

她长得一张白净脸皮,虽说五官不够好看,但笑起来还是很温和的。

锦朝没怎么见她笑过。

两人带着丫头去西跨院,正是开席的时候。二舅母请她们去花厅小坐,端了核桃粘、花生粘上来。徐静宜望着外头人来人往的场景,不觉有些出神。

二舅母笑着说道:"今天做的是燕窝席,有两种口味。咸的是火腿丝、笋丝,加鸡汁炖出来的;甜的就用冰糖炖,或者蒸了鸽蛋在其中。你们要是想吃,我便叫人端了过来。"

有的宾朋提前几天过来,每天吃到的席面都不同。有些人家也会每天做不同的席面,但是像纪家这样大手笔,直接做了这么多的燕窝的席面,却是相当少见。

二舅母叫人端了两碗甜燕窝上来。

徐静宜夸这碗燕窝做得极好,入口嫩滑,甜而不腻。

顾锦朝看着花厅外面,大舅正在和一个人寒暄,那个人看着有些脸熟,她应该是认得的,但一时半会儿想不起来。看大舅对此人十分恭敬,那人的衣着却像个侍卫,大舅再怎么不济,也有个府同知的官位,怎么会对一个侍卫如此恭敬?

顾锦朝便问了二舅母一句,二舅母道:"是陈家过来的人,好像是陈阁老的侍卫。宰相门前七品官,这些人可是得罪不得的。"

他们说了几句话,大舅的脸色突然慎重起来,又找了二舅过来,两人一起往前院走去。

应该是有什么了不得的人要过来了。

二舅母挽了锦朝的手,笑道:"不如带你去看看你四表哥的新房,总在这里坐着也是无趣。徐家小姐不如也去看看?"

徐静宜却是笑着摇头,她去也不合适,在这里坐一会儿便好了。

顾锦朝还没有去看过纪粲的新房,只听外祖母说布置好了。留了婆子在这儿陪着徐静宜,便跟着二舅母去看纪粲的新房了。

纪粲的新房就在纪家大爷旁边,一处三间七架的院子。院子里窗扇、廊柱重新刷了黑漆,装了挂落,还换了隔扇。漏窗外植了一株开得正好的蜡梅花。丫头婆子在院子里忙碌着,布置贴了大红喜字的灯笼。

锦朝跟着二舅母看了东梢间,里头休整一新,放了张堆漆螺母千工拔步床,大红四喜如意纹的床帘,挂着鎏金莲花朵带五足银薰炉。西次间大炕上铺着翠蓝四季团花喜相迎缎褥,两把东坡椅,多宝阁上放着各式各样的花瓶盆景。

"这个是陈家的嬷嬷,过来帮着布置的。"二舅母指了指穿绛紫色缎子比甲的婆子,婆子给锦朝行了礼。

这婆子手上戴着竹节纹赤金的镯子,谈吐不一般,应该是陈家二小姐的乳母或是管事婆子,过来帮衬着装饰新房。一般装饰新房都是按照自家小姐在娘家的习惯摆放东西,免得住过来不方便。

这婆子正好有话和二舅母说,拉了她去一边。

锦朝就带着青蒲出了正堂,外面又下起了小雪,廊庑外的花草树木落了一层毛茸茸的雪。青蒲把手中的暖炉递给锦朝,看着外面下的小雪有些发愁:"这雪是要下大的样子……"

锦朝摇头:"还是不用手炉了,西梢间里应该烧着炉火。正好去里面看看,也能取个暖。"西梢间是书房,纪粲的习惯便是一到冬天,书房里总是暖烘烘的,他喜欢看闲书。锦朝有几本讲金石品鉴的书就是从他那儿拿的。

锦朝跨入了书房,里头果然点着炉子。书房中有一张书案;几个放满了书的多宝阁;临窗放着一张长几,摆着香炉和一个景泰蓝花瓶;墙上还挂着一幅画,画的是群山连绵,江流东去,十分大气。

"奴婢看这幅画真好,想不到除了三表少爷会作画,四表少爷的画作也如此出色。"青蒲和锦朝说道。

锦朝笑了出来:"这可不像是四表哥所画,让他看书还成,让他动笔可就头疼了。"

她还记得纪粲原先的西席先生是个从翰林退休的老学究，一生教出过无数个举人，他曾说过纪粲"聪明有余，勤奋不足"。纪粲经常挨先生手板，不过打得再多都没用，字还是写得一般，画画更是平平了。

锦朝看了一眼旁边的题字：会当凌绝顶，一览众山小。用的是读书人常用的台阁体，工整有力，浑然大气，没有几十年是练不出来的。想必是他从哪个老学究那里求来的画。

锦朝看了之后轻声道："画虽然大气，但这种'会当凌绝顶，一览众山小'的气魄，若是放在普通读书人身上，却显得太虚浮了，我看倒还不如一幅墨竹图来得清雅。"

她说完这句话，就听到身后传来轻微的咳嗽声，似乎是男子的声音。

锦朝闻声回头，才发现大舅、二舅正在自己身后。大舅前面还站着一个穿蓝灰色直裰，披着玄青色羽绉面鹤敞的男子，他的腰上配了一块和田墨玉坠儿。

他人长得高大，背手站着，极其俊朗的长相，带了几分儒雅，这种儒雅连年岁都模糊了。

他脸上带着一种微微的笑容，温和的目光落在顾锦朝身上。这目光却让锦朝浑身一震，好像她心里什么东西都被这个人看透了一样。

明明长得如此清雅，怎的目光却洞悉一切，要把人心都层层剥开。

等顾锦朝再看这个男子的脸时，却觉得十分熟悉。

原来此人正是当今的户部尚书，东阁大学士陈三爷。

前几月才血腥洗平了范川一党，亲自监斩许炳坤的陈大人。

刚才咳嗽的就是纪家大爷，他笑着道："陈大人，这位是我家侄女，也不知怎的在这里。小女儿家的不懂事，陈大人可要见谅了。"他忙向顾锦朝使眼色。

顾锦朝过了片刻，才屈身行礼。大舅没有向她介绍陈彦允，因为她身份不够。

陈彦允看着顾锦朝，依旧微笑着。顾锦朝正要行礼退下，却听到他意外出声，声音低沉，却又很柔和："无妨。"

纪家大爷便道："那请陈大人去宴息处说话吧。"他让身后的小厮去沏一壶万春银叶，又虚手一比，请陈彦允往宴息处去。随后，他低声对顾锦朝说："朝姐儿，去和你外祖母说一声。"

陈彦允这样的身份，仅仅是他出面还远远不够。

顾锦朝应"诺"，却觉得大舅刚才说的话有些奇怪，即便她无意进了纪粲的书房，他也不该说"小女儿家的不懂事，陈大人可要见谅了"的话来。

顾锦朝仔细看那幅登高图，"会当凌绝顶，一览众山小"的题字下，还盖着一个红印，刻的是竹山居士。

陈彦允，字九衡，号竹山。

这幅画是陈彦允所作。她刚才竟然批评陈三爷的画，还被人家全听了去。

顾锦朝也觉得自己冷汗都要下来了。她刚才说"会当凌绝顶，一览众山小"虽然大气，但放在普通读书人身上，却显得虚浮。但作画的人可是陈三爷。

能在而立之年进入内阁的，陈三爷是第一个。如今满朝文武，分属于张居廉一党的，谁敢小觑了陈三爷。对于他来说，一句"会当凌绝顶，一览众山小"算什么？

青蒲见顾锦朝不说话，小声问道："这位陈大爷也不知是什么来历，表老爷竟然这样慎重。小姐，不如咱们先去和太夫人说了这事。"

顾锦朝也觉得奇怪，不过是陈二爷的庶女出嫁而已，犯不着陈三爷亲自来一趟。他为什么要来纪家？

锦朝一边往东跨院走去，一边想陈彦允的事。

其实这个人她真的不了解，她熟悉陈三爷，说不定还没有熟悉陈玄青身边贴身丫头的程度深。他们以前就没什么交集，印象中他好像是一个不太爱说话、性子挺温和的人。

他和叶限不一样，如果叶限是把开锋的剑，他就是收鞘的刀，连锋利都是不动声色的。

从某种程度来说，和陈三爷打交道比叶限困难多了，因为谁也不知道他一张温和的脸皮下面藏着什么。

锦朝觉得自己那两句话，从某种程度来说，也算是一种夸奖吧。人家陈三爷一个朝廷大员，内阁学士，也不会跟她计较那两句话的。想过之后便觉得安心了些。

她回去和纪吴氏说了陈三爷来过的事，纪吴氏也十分慎重。

"不过是个庶女成亲，陈三爷怎么会突然过来。"他可不是什么闲散老爷，而是内阁大学士，如今正是新皇登基，改朝换代的时候。纪吴氏想着忙下了罗汉床穿鞋，又叫了宋妈妈一起去西跨院的宴息处。

锦朝也想去看看，她对于陈三爷，心中始终有个疑问。

她跟在纪吴氏身后去了西跨院，等到了宴息处，她从偏门进去，在偏门的幔帐下听着。

幔帐半遮半掩，能看到宴息处里除了大舅、二舅、纪尧，还有催妆回来的纪粲等人。旁边还坐着大舅的顶头上司，通州府知府温大人，以及三河知县孙大人。有几个脸孔陌生，但是看官服上的补子，那也该是四、五品的官衔，众星捧月般围拥着陈三爷，而陈三爷坐在右下的第一个位置慢慢喝茶。

见了纪粲,他颔首道:"你岳丈在陕西被雪灾拖累,不能回来,托我过来看看。"

纪粲平时挺机灵的人,跪下的时候诚惶诚恐,结结巴巴地喊了句"叔父"。

陈三爷"嗯"了一声,让身后的侍卫端了个红漆托盘上来,说是给纪粲见礼。锦朝才认出这个侍卫就是刚才院子里那个,她想起为什么觉得这个人眼熟。这个侍卫是陈三爷的左膀右臂,好像是叫陈义,这人走路无声无息,呼吸绵长不间断,是个很厉害的练家子。

纪粲接过后都不敢看是什么,就端着东西下去了。

刚好纪吴氏进来,陈三爷才站起身,拱手向纪吴氏道:"老夫人身体安好,家母不便出门,让我捎话来问一句。"

纪吴氏让他坐下,笑着说:"阁老客气。您堂堂二品大员,怎么和我一个婆子见礼。"

陈三爷左手摸捻着一串奇楠沉香珠,笑得十分和煦:"您是长辈。"

纪老太爷在世时和陈三爷父辈的交情很深。

旁边温大人笑着接话道:"阁老实在是重情义,等过了喜宴,下官想请您去寒舍小坐。如今这宝坻的运河河堤需要修葺,下官递了好几道折子,都没什么音讯,所以想问问阁老的意见。"

陈三爷换了个姿势坐着,左手摸捻珠串依旧没停,却没有开口说话。

宴息处一时间什么声音都没有,大家都不由自主地看向陈三爷。

温知府这才觉得自己失言,自己的折子上到内阁,没被批下来肯定是有什么问题的。他这样当面就提,陈三爷会怎么想。一时间额头也是冷汗密布,忙道:"便是不说这些,也想请阁老去小酌几杯。下官刚从山东得了一坛子秋露白。"

陈三爷抬头看着他,微笑道:"修葺河堤的事,下放给工部司川郎中,我也不甚清楚。"

温知府当然识趣地笑笑。

朝堂上的事,纪吴氏这样的妇人插不上话。等温知府不说话了,才笑着道:"阁老这一路过来也是劳顿了,老身已在厅堂布下筵席,请阁老赏脸临席。"

陈三爷道:"烦劳老夫人费心了,我稍后就要回京城,还是改日吧。"说着又叫旁坐着的陈玄青过来,"等喜宴过了,你要尽快回国子监。开年参加春闱,可不要耽误了。"

陈玄青拱手行礼:"父亲放心,儿子的箱笼都先让书童搬去国子监了。"

陈三爷颔首,站起身向纪吴氏道别,一旁的陈义帮他披上一件灰鼠皮的斗篷。温知府、几个穿四五品补子的官员忙跟着人出去,大舅和二舅倒是落在了后面。众星捧月般围拥着送去了影壁。

顾锦朝心事重重地回到栖东泮。

她一直有个问题没想明白，陈三爷为什么想娶她？

就算他要娶的是继室，那整个燕京的世勋贵族，谁不想铆足了劲儿把自家小姐嫁给他。能嫁入陈家，那就是一步登天了。别说她这样德行不好的丧母长女，就是永阳伯小姐、武定侯嫡女，哪个是他娶不得的？

她百思不得其解。在此之前，她根本就没和他见过面，甚至在嫁给他之后，她也不怎么和他见面。

两人同房似乎也是寥寥无几。大部分时候，陈三爷一个人住在自己的院子里，身边只有小厮和侍卫伺候，几个姨娘也是难见到他。

顾锦朝能清晰知道陈玄青的事，却一点都不记得陈三爷的。毕竟梦里两人基本没有什么正式接触，后来陈三爷就在平定匪患的时候死在了四川。

既然也不是图她这个人，他娶她究竟是为什么呢？

顾锦朝正在思索的时候，纪吴氏从影壁回来了，刚歇下喝口茶，就跟她说起陈彦允此人。"他也实在厉害，当年参加北直隶乡试是解元，后来中了榜眼，直接赐了翰林院编修的官职，二十岁的时候进了詹事府，今年才而立，竟然已经是内阁阁老，二品大员了。在门外候着他的侍卫，全是千户营的人，个个身手不凡。"纪吴氏不胜唏嘘，"想当年在陈家太爷那个时候，他们陈家还和我们纪家比肩，如今却是我们高攀人家了。"

锦朝笑笑："哪有什么高攀不高攀的，我倒觉得那样的家就未必好。还是外祖母的日子舒坦，有儿孙孝敬呢。"

纪吴氏说她："亏你嘴巧了，等后天新嫂嫂来拜见，看你还能说什么好话。"

顾锦朝笑嘻嘻地帮纪吴氏斟茶。

第二天便是亲迎，新娘的轿子从宛平一路抬到通州。纪家爆竹声声，锣鼓喧天，跨过钱粮盆，纪棨射了轿门，新娘下了轿子，随即就是拜堂，由傧相扶进新房。

顾锦朝是不能去筵席的，只能坐在东跨院和徐夫人、徐家小姐说话。徐静宜的性子很好，远比养在深闺的世家小姐多见识，也是个喜欢侍弄花草的。锦朝和徐静宜说得也投缘。徐静宜看着顾锦朝，总有几分同病相怜的情绪在里头，因此待她也格外柔和。

顾德昭喝了一杯酒就退席了，到东跨院来找顾锦朝。锦朝看着他手里拿着一个大红色四喜如意纹的香囊，正在四下张望，就喊了他一声。他看到锦朝便走过来,把胀鼓鼓的香囊给她。

锦朝打开一看,发现里面装满了桂圆干,便问父亲:"您给我这个做什么?"

顾德昭眉眼都染着几分笑意:"父亲帮你拿的,你以前参加喜宴,都喜欢吃桌上的桂圆干。"

锦朝哭笑不得,她都这样大了,父亲还这般哄她。顾德昭觉得锦朝不是特别高兴,就问她:"你不喜欢桂圆干了?"他有些忐忑,怕记错了长女的嗜好,"我记得你是喜欢的,还有葡萄干……"

锦朝说:"女儿是喜欢的,您就特地过来给我这个?"

顾德昭点点头,又笑起来:"想到你又不能上席,父亲帮你拿了。"

两人正说着话,有一个人轻快走来,声音柔和地道:"朝姐儿,怎的这么久都不过来?"

是徐静宜,久久不见锦朝过来,自己来找了。

她还没走近,看到一个穿藏蓝色直裰的英俊男子站在锦朝对面,就踟蹰不前了。

锦朝让顾德昭先离开,她朝徐静宜走去,把香囊中的桂圆干分给她吃。

顾德昭朝徐静宜点头微笑,才提步离开东跨院。徐静宜脸色微红,小声问顾锦朝:"这人是谁,怎的出现在东跨院了。我昨天还在西跨院的筵席上见到过他呢。"

锦朝还记得昨天带徐静宜去过西跨院,看徐静宜脸色淡红,心中有些诧异,徐静宜这神态有些不寻常啊。她语气却很平常:"他就是我父亲,也是个有趣的,特地从筵席上摸了包桂圆干给我送来。他昨日应该在西跨院帮忙的。宜姐姐见着我父亲了?"

徐静宜颔首道:"我想再回东跨院,却不知道路。他请了婆子带我回来的,想不到竟然是你父亲。"

徐静宜拿了一颗桂圆干放进嘴里,不再说此事了。

顾锦朝留了个心眼,徐静宜称顾德昭为"他",而不是"伯父",目光又有所避闪。她可记得徐静宜为人最是落落大方,就是她丈夫死在窑姐儿肚皮上,罗家的人去把尸体抬回来的那天,她也是直面所有人探询的目光,平平稳稳处理丈夫的后事。

这位徐家小姐,是不是对她父亲有点意思?她父亲长得也算清秀俊朗,而且也不老。

顾锦朝心里有些不舒服,却又觉得这事很正常。徐静宜要说真对顾德昭有什么想法,那是不可能的,充其量只是一些好感。这样的事很平常,况且两人恪守礼节,连话都没说一句。

顾锦朝却对此事存了心思。

第二天卯时刚过，新嫂嫂过来给纪吴氏奉茶。

屋子里很热闹，锦朝想透口气，就从西次间里出来走走，却看到纪尧在抄手游廊上来回走动。

她犹豫了片刻，打算绕道回栖东泮。

纪尧却出声叫住她。

顾锦朝不知道他要做什么，转身微笑行礼问："二表哥有事？"

纪尧不说话，顾锦朝觉得他看着自己的目光有点奇怪。

纪尧过了好久才从袖中拿出一个锦盒，放到她手里："你那只镯子给了淳哥儿，这是送给你的。"

顾锦朝掂量了一下，就猜出里头也应该是只镯子。她苦笑道："二表哥，我也是淳哥儿的姑姑，你不用分得这么清楚。"纪尧也是，她送纪安淳一个镯子，他都要还给自己不成？

纪尧却怎么也说不出口，这只镯子他挑了好久，觉得是样式最别致的一个，并不是因为想补偿她那只镯子的。但平日里的伶牙俐齿好像都不管用了，他只能干巴巴地说一句："你收着就是了。"然后进了正堂。

顾锦朝觉得纪尧有点莫名其妙。

她只能收了镯子回栖东泮。

纪尧这些天一直在忙纪粲的婚事，连自己下定决心的事都没有和纪吴氏说。他来找纪吴氏，就是想和她说这件事。

刚好陈暄等人退下了，看到纪尧过来，纪吴氏召他去坐。

"难得见你自己过来。可是有什么事要问我的？"纪吴氏笑着问他。

记得纪尧刚开始管铺面那会儿，每天都忙得焦头烂额，整日往她这儿跑请教问题。等到他上手了，就再也不往她这儿来了。

纪尧坐下来，竟然觉得自己有些紧张："不是，我是来跟您说一声，我决定娶锦朝了。"

纪吴氏一时没有反应过来，十分惊讶地看着他。

他嘴角露出一丝笑容，说："您帮我找好媒人。"顿了顿，又补充道，"我想越快越好。"

纪吴氏大喜过望，却又严肃地看了纪尧一眼，问他："你可想好了，要是中途反悔，别说你锦朝表妹，我老婆子可不会放过你的。"

纪尧苦笑："祖母，怎的锦朝就是您亲外孙女，我就不是您亲孙子了？"

他下定决心的事，什么时候改过？

纪吴氏这是关心则乱了。

纪吴氏便笑笑："我自然是知道你的。"她眉眼间都是笑，精神都好了许多。

她把宋妈妈叫进来，说明日就要去拜见永阳伯夫人："她们家原先和顾家是邻里，关系本就好。伯夫人身份地位都不一般，我请她去给你说媒，你觉得如何？"

纪尧想了想，道："给四弟做媒的通政使徐大人的夫人还在府上，不如就请了她去。"

纪吴氏直看着自家孙子微笑，看得纪尧也不好意思了，把目光转向一旁。

"哪有你这样急的，谁还会跟你抢不成。"纪吴氏从没见过自己听话懂事的二孙子如此急迫过，心里反倒是觉得好笑了。给陈暄提亲是一回事，给朝姐儿提亲那是另一回事。这可是急不得的。

纪尧也觉得自己过于急迫了，咳嗽了一声："那就烦劳祖母了。"

他行礼准备退下。

纪吴氏道："和你母亲说一声，她一向不赞成这件事，你是知道的。"

纪尧的脚步顿了一下，却没有回头看。他觉得自己再修炼十年都比不上祖母，她心里什么都是通透明白的，偏偏就是不说。她只等着看，然后洞察别人的心思。

纪吴氏喝了口茶，心里已经开始盘算要准备什么聘礼了。刚好朝姐儿许多东西都在她这儿，嫁妆都不用搬来搬去的。想着她就喜上眉梢，以后朝姐儿可以在纪家一直陪着她了。

这时候吃了酒席的宾客要陆续离开了。

安松淮和陈玄青要回国子监去了，临行时来向纪吴氏辞别，纪吴氏给了他们一百两银子的仪程。

安松淮四处看去都不见顾锦朝，心里十分失望，正是依依不舍的时候，却被陈玄青拉着快步走出东跨院。

安松淮抱怨道："急什么，有什么东西追着你咬不成。"他本来是打算再见一面顾锦朝的，等他明年下场考过春闱，就要正式迎娶江阴侯的嫡三女了。到时候就是桥归桥、路归路的事。

陈玄青知道安松淮心里在想什么，他那神情就是瞎子都看得出来。其实每次见到顾锦朝，他心里的感觉都很复杂，陈玄青知道顾锦朝对他有特殊情愫，他手上那块疤就是她咬了留下的，平日别人问起，他向来只说是被养的猫咬伤的。他还记得书房里那个咬着唇怒瞪他的少女，明艳得十分鲜活。偏偏她对自己那种纠缠不休，蛮不讲理，让他觉得十分厌烦。

现在顾锦朝似乎不再纠缠他了，他心里松了口气。

陈玄青整了整自己的衣裳:"你倒是无所谓,我明早可是要到国子监应卯的。你要是不走就自己留这儿吧。"他大步流星地往影壁走去,安松淮嘟囔几句书呆子,才跟上前去。

第十四章 结亲

第十四章 结亲

等过了纪粲的喜事,顾锦朝就回了大兴。

顾锦荣也写信说要回来了。

顾锦朝第二天去找二伯母,顾锦荣要回来,那总要先安排了住处。

二夫人指了靠一棵槐树,一片池塘的鹤西堂出来:"旁靠着就是你祖母的小佛堂,冬暖夏凉……"

她正和顾锦朝说话,采芙却匆匆挑帘子进来了,先向二夫人行了礼,随即笑着跟顾锦朝说:"小姐,您说晌午要给太夫人送川贝羊肺汤去呢,奴婢见着没有川贝了,来向您支银子使去。"

各房各院的小厨房,都是用了自己的月例开支,但是这些开支一向是徐妈妈在管,根本不用锦朝理会。

采芙应该是有要紧的事要跟她说,不然不会到二夫人的娴雅堂来。

顾锦朝向二夫人笑笑,跟着采芙出来,外头刮着寒风,草木都光秃秃的,天气冷得刺骨。

采芙低声跟锦朝说:"小姐,就是刚才,顺天府通判王大人的夫人到府上来拜见太夫人,想为她嫡长子向您提亲。东跨院那边一传过来,我就赶紧来向您说了,怕耽误了事。"

顾锦朝眉头一皱,怎么突然有人来向她提亲,还是顺天府通判的嫡长子。

如果要向女子提亲,一般都会请了德高望重的人来。这王夫人自己来向她提亲算是怎么回事?再说她名声也实在不算好,来提亲的估计也不是什么好人家。这事恐怕有猫腻。

顾锦朝立即对青蒲说:"给二伯母回一声话,就说我有急事,下午再来拜见她。"

青蒲应"诺"回去。

她边往妍绣堂走边对采芙说:"这事徐妈妈知道了吗?"

采芙点头道:"徐妈妈已经知道了,写信给罗掌柜打听这个王大人的事。不过这个王家嫡长子的事很多人都知道。"

她跟顾锦朝说:"奴婢也是听说的,王大人这个嫡长子,是个脾气暴烈的。他身边有个通房丫头,曾经为了争宠,偷偷断了避孕的汤药。等这个通房丫头有了身子,被王大人知道了,就叫王少爷过去骂了他一通。这个王少爷回房就把怀孕的丫头打死了,一尸两命。王少爷不仅打死了这个丫头,还把丫头的尸体放在正堂上让他身边的丫头都来看,说谁要是不听话,就是这个下场。本来这种丑事是传不出来的,王少爷这番作为,可不是人人皆知了。王大人为这事气得跳脚,偏偏王夫人是个护子的,说本就是这丫头不听话,打死了又能如何。"

顾锦朝才隐约想起,她原先是听说过王少爷此人的。他之前因为性子暴烈,一直没说到亲事。后来娶了个寒门小户的女儿,没熬过一年就难产而死。他母亲张罗着又娶了继室,他继续折腾人家姑娘。后来他母亲也心寒了,要他和自己的庶弟分家。因为家产纠纷,他竟然挥拳打向自己的老母亲。他母亲都年过七十了,没多久就一命呜呼,他庶弟就找了官差来抓他。

她说这门亲事怎么找得到她身上呢,原来是这个王少爷。

采芙小心翼翼地看顾锦朝,问她:"小姐打算怎么办?"

还能怎么办,她自然是不能嫁给这样一个人的。父亲那边应该不会同意,不过冯氏那边很难说。她如今已经十六了,有人上门提亲,而且身份也不算低,冯氏肯定会先考虑。

但是王夫人是自己上门来提亲的,这已经算是不重视了,冯氏心里肯定会不舒服。

顾锦朝决定先去探冯氏的口风。

她让采芙去端了给冯氏熬的汤,放在食盒里送到东跨院去。

东跨院西次间隔扇紧闭,守在门口的嬷嬷见到她,尴尬地笑笑:"堂小姐今天来得格外早,太夫人还在里头吩咐事情呢。"

顾锦朝看到门口站着两个穿沉香色比甲的陌生丫鬟。

她淡淡道:"不碍事,我站在这儿多等些时候就行了。祖母是在里面见五伯母吗?"

听到这句话,冯氏自然装不下去了,让茯苓出来喊她进去。

"你在外头也是冷得很。"冯氏让茯苓接过她手里的食盒,笑着跟她说,"这位是顺天府通判王大人的夫人,你也见个礼。"

王夫人坐在一旁的锦杌上,她穿一件青织金团花纹绒衣,戴一对金福寿掩鬓,南海珠子籀,一身的贵气逼人。旁边还站着两个衣着不凡的婆子。看到顾锦朝进来,早把她从头到尾打量了一遍,笑了笑:"这位就是你们大小姐?"

顾锦朝屈身行礼。

冯氏笑着说:"是老四家的长女,人规矩懂礼,长得又好,我都放在身边舍不得让她出阁。"

王夫人嘴边却划过一丝笑容，什么舍不得让她出阁，是根本没人来给她提亲吧。

顾锦朝心里"咯噔"一下，冯氏这句话，那就是觉得王夫人这门亲事还可行的。

她仍然笑着，心里却想得飞快，看王夫人的样子，似乎觉得这门亲事很勉强。

她是不是正好可以利用这点，推了这门亲事呢？

冯氏心里也在想这件事。

今天一大早王夫人就来了，带了几个点心盒子。顾家和王家的来往并不多，冯氏还很惊讶。请了王夫人在西次间说话，才听到王夫人直言不讳提起，是要替她的长子求娶顾锦朝的。

冯氏觉得这个王夫人做事不妥当，她心里是没把顾锦朝当回事的，但就算再不把人家当回事，那该有的礼数总不能少吧。请个德高望重的说一声有什么难，竟然是她自己亲自来的。

但是抛开这点不说，这门亲事还是不错的。

那个王少爷是性子不好，打死过丫头，但那不是年纪还小吗，等他娶了亲，自然知道收敛性格了。顺天府通判嫡长子的身份不低，配顾锦朝是够了的。

其实最重要的是，顾锦朝的名声也不好，不然也不会都要十六了还没定亲。这样拖下去不是办法，要是有了合适的人家，能定了亲就稳妥了。先把顾锦朝嫁出去，三房其他几个姐儿的婚事才更好说。再者她们怜姐儿可是要嫁给文渊阁大学士家的嫡子，要是让别人说有顾锦朝这样一个未嫁的堂姐，始终是不好听的。

所以王夫人虽然态度不太好，冯氏也是笑脸相迎，想着这门亲事能定就定下来吧。

等顾德昭下衙门回来，还要和他说一说。

吃过午膳之后，王夫人就说要回去了。冯氏挽留她："咱们两个平日来往不多，说不定以后是要做亲家的。你不如多住几日，我也好和你说说朝姐儿的好。"

王夫人笑了笑："府上还有事，我是非回去不可的。不过老夫人您也别犹豫太久了，要不是有说媒的老姐儿担保着，我还不想来你们顾家提亲呢。你家姐儿早有恶名在外，其实配我们攒哥是勉强的。不是我胡吹，我们攒哥要是想挑，那好的还多得是，我是看着你们顾家书香门第的面子。"

冯氏忍了一上午了，听到这句话差点憋不住。又不是她求她来提亲，摆这个不阴不阳的样子给谁看。这是要提亲的样子吗？就差没指着她的鼻子说这是施舍了。

好的多得是，那你找好的去啊。你儿子那点破事谁不知道，还跟她拿乔。

想着顾锦朝毕竟没有人上门提亲，想着怜姐儿，以后顾家几个孙辈的婚事，冯氏还是忍了下来，这些事多商量商量，能成则成吧。

用过了午膳，冯氏让茯苓送王夫人出垂花门。

而罗永平正好在京城管刚开的苏杭罗缎铺，接了徐妈妈加急的信，忙让下头的人去打听清楚了，回信过来时才过了晌午。采芙又忙过来东跨院给顾锦朝看。

王大人还是个穷翰林的时候就娶了王夫人，一直未曾有孕。等年过三十纳了几房小妾，生下来的却都是女孩。王夫人三十多了好不容易才抱了王瓒这么个儿子，宠得没个章法，王瓒才成了现在这个样子。

而在向她提亲之前，王夫人已经张罗着为她儿子找了许多门亲事，个个都是身世好德行好的，人家自然也瞧不上王瓒，当然没有一桩谈成了。

王夫人其实一直在世家嫡女里挑肥拣瘦，想为她儿子扒拉一个金疙瘩出来，可惜别的金疙瘩看不上她儿子，不然她才看不上顾锦朝呢。

顾锦朝见冯氏不说话，就如常服侍她喝羊肺汤。但她心里想着王夫人提亲的事。便不是王夫人上门提亲，她也该考虑自己的婚事了。

她不打算嫁到陈家的，也不想再见到陈玄青，更不想回到陈家那个复杂的环境中。

外祖母还想着让纪尧娶她，但是顾锦朝想到纪尧和永阳伯府四小姐，她也不想强人所难。

退一步想，她手里有大笔财产，除了母亲的嫁妆，她自己的私库也不少。要是不顾及身份，嫁一个世家庶子或是寒门秀才，也是挺好的。

顾锦朝已经下定了决心，等把王家这门亲事拒了，她也可以自己留意着，看看有没有合适的人选。

当然，无论怎么说，要先把王家的事应付过去。

看冯氏的样子，估计也有点不满王夫人。

顾锦朝喂冯氏喝完了羊肺汤，才问道："王夫人平日也不和咱们来往，怎么今日特地来看您？"

冯氏看着顾锦朝，心想再怎么说也是嫡孙女，她待顾澜可以不好，但她要是待顾锦朝不好，难免会被人觉得厚此薄彼。

冯氏让她坐在自己身边，微笑着道："祖母也不瞒你，王夫人是来给你说亲事的，她想替他们家嫡长子求娶你。祖母还没有决定下来，等你父亲下了衙门回来，我去问了他的意见，再找你二伯母、五伯母商量一番。"

顾锦朝面露惊讶，随即才低声道："那个王少爷，孙女是听说过的，脾气暴烈，还曾打死过丫头。"

冯氏点点头，又按住她的手道："你不要担心，祖母会为你考虑妥当的。这事要是谈不稳妥就作罢了，要是谈稳了，你也别着急。你要是嫁过去，王少爷可不敢动你一根毫毛。少年心性，哪里有不张扬的，等年岁再长些就收敛了。你二伯父小时候也是个暴烈的性子，现在不也是十分沉稳吗。"

王瓒不敢？王瓒连他老母亲都敢挥拳相向，还有什么不敢的。顾锦朝心里暗想。

她叹了口气："说是来提亲，但王夫人连个正经的媒人都没有请。虽说孙女在外名声不佳，但王夫人此举，岂不也是不尊敬咱们顾家。"

冯氏听到这句话，刚压下去的气又有些涌上来："王夫人确实过头了。你不用管，他们家要是真想娶你，那也不是这么简单的事。我们朝姐儿又不是找不到人嫁了，非要凑上他们家去。"

王瓒又不是什么好东西！

顾锦朝抹了抹眼睛，眼眶红红的，低声道："祖母，不瞒您说，朝姐儿宁愿嫁个寒门秀才，也不想受这份气，王瓒要真是个好的，也不会到如今都没有定亲。再说那王大人虽说是顺天府通判，但毕竟是升官无望了。王少爷至今都没有考中举，不学无术，这样的人家怎么会长久下去。我倒是无妨，以后可别拖累了两个堂兄啊。"

顾锦潇和顾锦贤也要参加明年的秋闱。

冯氏听了皱紧眉，她原先只想着几个姐儿的婚事，还没想到自己几个孙子的仕途。要真如顾锦朝所说，王瓒以后举业无望，打着顾锦朝的旗号来拖累顾家怎么办？

她差点仅凭着眼前的富贵嫁了朝姐儿，坏了顾家百年基业。

等顾德昭下了衙门回来，冯氏就去找他商量此事了。

顾德昭听得直皱眉："母亲，这样的亲事可万万应不得。那王瓒是个什么样的人，即便我想嫁朝姐儿，那也要找一个正正经经的后生。再说王夫人来提亲，就连个说媒的都没有请，实在不看重朝姐儿。"

冯氏点了点头，主要是顾锦朝的一席话，让她也觉得这门亲事不妥。

"我也知道，想着还是回绝好了。不过朝姐儿的婚事，你也不能不打算着。"

顾德昭笑了笑，道："您放心，我一直留意着呢。就算不是富贵人家，也要给她找个德才兼备的后生才是。"

而王夫人过来给顾锦朝提亲的事，也传到了顾家几房的耳朵里，顾澜也知道了。

顾澜有点吃惊，又问丫头："祖母同意了吗？"

丫头摇头道："奴婢看不太可能。"

顾澜想了想觉得也是，毕竟那王公子不是什么好人，要是顾锦朝真能答应就好了。

大兴的贵族圈子就这么大点，提亲的事没多久就传开了。顾锦朝的亲事，纪吴氏一直让大兴店铺的掌柜关注着，消息一传出来，就有掌柜派了伙计赶紧送信给通州纪家。

纪吴氏听说王夫人去顾家提亲，一口茶水差点喷出来。

宋妈妈忙给她拍背。缓过劲儿来后，纪吴氏摆手道："快让二少爷给我过来。"

这个王家也不知道抽什么风，怎么想起去给锦朝提亲了。那王瓒什么样的人，也配得上他们朝姐儿。癞蛤蟆想吃天鹅肉，什么东西，也不看看自己几斤几两重。

想到掌柜传话说王夫人上门提亲，连个正经的媒人都没有请，那顾家竟然还没有一口回绝，纪吴氏就气得肝疼。她放在心尖儿上的人，有拿给他们顾家这么作践的吗！

本来还请了永阳伯夫人，打算过几天就上门去的。如今得赶紧着，别让顾家的人把锦朝卖了她都不知道。

纪尧听了消息，立刻就过来了。纪吴氏几句话就讲明白了："也不和他们顾家讲什么规矩了，你先行一步往顾家去，拜见你姑父。我立刻就去永阳伯府，等后天就上门提亲去。"

纪尧沉声应"诺"，出门径直让小厮帮他牵一匹马。

夜色弥漫开，纪尧骑着马出了纪家。他又想起那日，他牵着小锦朝出去玩，她一点都不怕，晃着小脚坐在河边看船。

他心乱如麻，也不知道顾锦朝现在如何了。听说要嫁给王瓒，她会不会害怕呢？她从小就什么都不怕，胆子大得很。

之前他们一起在香河的田庄里，自己疏远她，她说那样自嘲的话："二表哥不喜欢锦朝，我是知道的，你不用帮我，我不会和外祖母说的。"

纪尧想去和她说清楚，其实他是喜欢她的。即便只是遵了纪吴氏的命令，他也会认了。有什么认不得的，死撑着要面子有什么好的，他就是想一直护着她，哪管别人什么的。

一个王家嫡长子，还是那样的名声，有什么资格娶她？

纪尧紧抿着嘴唇。

疾驰的马跑过官道，朝大兴而去。

顾锦朝听闻冯氏找了两位伯母去说话后，东跨院就一点动静都没有了，心里知道这桩亲事成不了了。她松了口气，却没有真的安定下来。她的亲事始终是一桩大事，总要解决的。

青蒲过来吹了灯，替她掖好被角。锦朝睁着眼睛看了一会儿承尘，才慢慢睡过去。到了大半夜的时候，她被外面窸窸窣窣的声音惊醒，顾锦朝起身披上狐裘斗篷，打开隔扇一看，外头下起了大雪。

雪太大，压断了院子里一株槐树丫。屋顶、台阶已经积了厚厚的一层雪，夜空里只见着无数的碎琼乱玉飘舞着，茫茫的看不清院门。

睡在隔间里的青蒲听到声音，忙点了烛起来看："小姐怎么起来了，这下着大雪，可冷着呢。"

顾锦朝道："你看外头有灯亮起来了，不是府里有什么事，就是有人来了。"

一宅之隔就是外院回事处。

但是这么大的雪，谁会来呢？顾锦朝是觉得有什么事发生了，她想等着看看。

青蒲看到外院果然亮起灯笼。看着雪下得大，她转身进了西次间，不一会儿抱着手炉出来，还拿着锦朝的缎袄给她换上。顾锦朝看了一会儿，不见有声音传来，灯光却一直没有熄灭。

她让守夜的绣渠去外面看看。

不一会儿绣渠回来，跟她说："奴婢看到府门开了，听说是有人来拜见。递了名帖给咱们老爷，好像是纪家的人。"

顾锦朝皱了皱眉，这样冷的雪夜，纪家谁会过来？难不成是有急事？

锦朝看了一眼天，此时已经是半亮了。她沉吟片刻，吩咐青蒲去打水来梳洗，她想去外院一看究竟。

纪尧也没料到半夜下了这么大的雪，等他到顾家的时候，手都冻僵了。他递了名帖，又被回事处管事请去倒座房小坐，烤了炉火后，冻僵的手才渐渐恢复知觉。顾德昭听了丫头的禀报，随即请纪尧到他的书房来。

顾德昭见纪尧那件灰鼠皮的斗篷上全是雪，让小厮拿下去烘干。他请了纪尧坐下，亲自给他端了碗驱寒的姜汤："表侄可是有什么急事，冒着这么大的风雪过来。"

纪尧握着茶杯许久，才跟顾德昭说："姑父，实不相瞒，侄儿是想来求亲的。"

顾德昭十分惊讶："求亲？"

他差点就想问，我好几个女儿呢，你是想来求谁的？他可没听过这样求亲

的,大半夜冒着风雪过来,是有多急?婚事又不会长翅膀飞了,至于这么着急吗。为什么不找好媒人,选了日子上门来说亲啊。

顾德昭本来还以为是纪家出了什么事,如今听纪尧一句求亲,半天反应不过来。

纪尧继续道:"侄儿想求娶锦朝表妹。祖母已经找了永阳伯夫人做媒,后天就能上门了。侄儿漏夜前来是想和姑父说清楚,不要让锦朝表妹嫁给王瓒。"他顿了顿,道,"我想见一见锦朝表妹。"

顾德昭还是没有回过神。

他说什么?他要娶锦朝?

顾德昭干巴巴地问:"你……你听说了王夫人来求娶朝姐儿的事,所以前来求亲的?"顾德昭想了想,难不成是纪吴氏为了给朝姐儿解围,才请了纪尧过来提亲?但是王家的亲事他们已经决定不答应了,纪尧这又是何必呢。

他想跟他说清楚,却又听到纪尧说:"这也不是侄儿贸然决定的。"他从十三岁知道这件事,就一直在想了,纪尧笑了笑,"我想先和锦朝表妹说几句话,您看行吗?"

顾德昭看着李管事带纪尧去了内院,才突然站起来。

水莹被他吓了一大跳:"老爷,您怎么了?"

顾德昭却笑起来:"我还在担心朝姐儿的婚事呢,这有什么可担心的。你快些给我找件袄子来,我要去见太夫人。"纪尧说要娶顾锦朝,这是再好不过的事。

纪尧一表人才,品行出众,多少给纪尧提亲的媒人踏破了纪家的门槛,偏偏纪尧没一个应的。朝姐儿要是嫁给纪尧,那也是风光无限的事情。

那王瓒算什么东西,连和纪尧相提并论都不配。

顾锦朝在外院的路上,遇到了迎面走来的纪尧。

天刚蒙蒙亮,顾锦朝看到他的乌发上、衣襟上落着雪,嘴唇冷得没了血色。见到顾锦朝走过来,纪尧便站定了看着她。

顾锦朝几步上前,问道:"二表哥,怎么是你来了?"

她皱着眉,没等纪尧回答就继续问:"这么大的雪……是不是外祖母有什么事?"

值得纪尧冒大雪而来的,她只能想到纪吴氏了。顾锦朝心里一凉,外祖母年纪大了,难不成是突然……应该不是吧,祖母身子康健,并没有什么病痛的。

纪尧看着她,却笑起来。

锦朝披着件白狐狸皮的披风,脸陷在毛茸茸的领子里,头上还戴着兔儿卧。

她的脸白皙如玉，剪水秋眸映着雪天的微光，十分的安宁，却又有点困惑。

他这么着急着过来，不就是想看看她是否安好。看到了，就觉得自己心中安稳下来。

"祖母没事，"他说，"锦朝表妹，我来是有别的事要和你说。"

既然外祖母没事，顾锦朝就放心了。

她请纪尧去暖阁稍坐，总不能站在漫天的雪里头说话。

锦朝让采芙给纪尧端了热茶上来，暖阁里不仅温暖，角落里还摆着几盆山茶花，温雅如春。纪尧喝茶不语，顾锦朝心里就开始狐疑。如果不是外祖母有事，纪尧冒着这么大的风雪过来干什么？

顾锦朝看到他乌发上浸了雪水，湿漉漉的。他握着茶杯的手这么久都是苍白的，手背经络微鼓。

纪尧沉吟片刻才道："锦朝表妹，我听说了王夫人为了王瓒来向你提亲的事。"他顿了顿，继续道，"王瓒那样的人可是嫁不得的。顾家若是想让你嫁了他，那才是离心离德。"

难不成是外祖母为了她的亲事，让纪尧特地过来的？

顾锦朝心里暗想，还是让纪尧和这件事撇清吧，她的亲事也不能总连累着纪尧。

锦朝点头道："二表哥说的话我也明白，不过姻亲的事自有父亲和祖母看着，你不用担心。"

纪尧望着她，声音又低又急："他们是不是想让你嫁给王家少爷，顾老夫人那样的人，肯定不会管你嫁过去后好不好。"那句话在心头转了又转，纪尧才突然说出口，"不用他们管，我来娶你。"

顾锦朝愣住了。

纪尧却坚决了起来："我来娶你，你就不用嫁给王瓒，也没有人会说你闲话了。"

他冒着这么大的雪，从通州来大兴，难不成就是为了跟她说"我来娶你"的？

顾锦朝哭笑不得，纪尧这么急着上门，应该是外祖母得知王夫人提亲的事，怕她受了委屈，才让纪尧过来提亲的吧？这实在是不必啊。

她顿了顿，才道："二表哥这话且慢说，其实我都是明白的，二表哥受制于外祖母，提亲估计也是无奈之举。你不用为难，我亲自和外祖母说明此事。王瓒的事你们也不用担心，顾家并没有打算应下这门亲事。"

纪尧笑了笑："锦朝表妹，你想错了。"

他原先不愿意娶顾锦朝，等到如今他真的上门求娶了，顾锦朝却不愿意答

应了。

他料到了这样的情况,却一点都不急,跟她说:"我要是不愿意,在路上下大雪的时候,就会找个驿站歇下,等明早再过来了。我冒着风雪而来,不过是想先来和你说一声。"

纪尧微笑着看她,他对着自己的目光从来没有这样过,信誓旦旦,满目柔和。他如今的意思……是说他是自愿想娶自己吗?顾锦朝被自己的猜测吓到了。

顾锦朝看到过他这样的目光,他看着永阳伯府四小姐的时候,就是这样的神情。

顾锦朝有点迷茫了,之前纪尧分明还很厌恶她,为什么就愿意娶她了?

她还没有说什么,纪尧就站起身。"等后天,祖母请的媒人就会来提亲了。"他满目都是笑意,"再来见你就于礼制不和了,我要先回去了。等你除服了,我就娶你过门。"

他不等顾锦朝说话,就挑帘走出了暖房。

顾锦朝目瞪口呆,他竟然一点都没容她说话。等她站起身出去,才看到纪尧已经走出了院门,雪地里留下一行斜斜的脚印,很快就被大雪覆盖了。

顾锦朝回到暖阁里,怔怔地看着隔扇外的雪。丫头们已经起来了,有的在扫台阶上的积雪,有的在西梢间和小厨房里进进出出,忙着点炉子热水。

顾锦朝在想纪尧的事,她没想到纪尧是真的想娶她。

如果她要嫁人,纪尧自然是最好的选择,他的德行十分好,她嫁过去之后又有外祖母庇佑,保她平安无虞。但是她心里始终还有罅隙,觉得纪尧应该如那场预知梦一样,成为永阳伯府四小姐的丈夫,她的表兄。她那样落魄,他还常托了自己的妻子来看她。

她对他并无什么男女之情。

顾锦朝有些犹豫了,如果不嫁纪尧,她还要找什么合适的人选呢。

纪尧冒着这么大的风雪来,她怎么好拒绝这样的心意。再说,就算她能拒绝,祖母呢?父亲呢?

这么多年,她遇到这样两难的境地实在太多。

顾德昭却立刻去和冯氏说了纪尧想求娶顾锦朝的事。

冯氏也是大喜过望:"幸亏没打算应下王家的亲事。"虽说顾家和纪家有隙,但顾锦朝要是能嫁给纪尧,她也是高兴的。纪家的家世可一点都不差,还有纪家大爷这个五品的府同知在,那王家相比之下算什么东西。

要是这门亲事能成,他们也能趁机和纪家修好关系。

和纪家搭上关系对于顾家而言是有利的,别的不说,那店铺营生就会好很多。

冯氏心里一转,就觉得这门亲事简直是绝妙。

等到第三天永阳伯夫人上门的时候,冯氏就在宴息处见了她。永阳伯夫人穿着一件淡紫兰花刺绣粉红对襟褙子,藏蓝的马面裙,用的是赤金嵌紫瑛石的发簪,典雅又不失庄重。言语之间也是十分柔和,几句话就说明了来意。

"和老姐儿是老交情了,又是顾家邻里,算是看着朝姐儿长大的,窃以为更说得上话些,我就冒昧来当这个媒人了。纪家二公子是朝姐儿表亲,人是没得话说,德才兼备,身侧也是干干净净的,连个通房丫头都没有。咱们朝姐儿呢,也是个温恭谦和的性子。老姐儿是有福气的,这一家子儿孙满堂。不过孙女的亲事还得劳烦你多费心,要是觉得这门亲事尚可,我便去回了纪家的话。"

永阳伯夫人话说得妥妥帖帖,冯氏听下来心情舒畅。

拉了永阳伯夫人进午膳,下午又看了菊台找二夫人、五夫人去陪着打马吊。冯氏最后笑着跟伯夫人说:"我总得和孙女商量一番,等几日后再回伯夫人的话。"

永阳伯夫人很满意地回去了,虽说亲事冯氏没有直接应下来,她却是觉得八九不离十了,就让身边的婆子把话传给纪吴氏去。

而永阳伯夫人上门提亲是特意遵了纪吴氏的吩咐,搞得十分高调,为的就是打王家的脸。

果然没两天大兴的世家贵族都知道了,不仅如此,还传到了京城的贵族圈里去。

王夫人气得在家里砸了自己最喜欢的描金粉彩茶杯。"我前脚去提亲,后脚就有人迫不及待上门,这不是生生打我的脸吗?让我们攒哥儿怎么自容!"说着又愤愤不平,"那纪家二少爷也是个脑子烧坏的,怎么看得上顾锦朝,要不是有表亲这层关系,我看这门亲事成不成得了。"

也再不提要去顾家,等冯氏答复的事了。王夫人觉得自己脸都丢尽了。

天大寒,下着鹅毛大雪,叶限刚从大理寺出来,身上还披着一件貂皮的斗篷。紫禁城外城到处都落满了雪,再远些就是明黄的瓦檐还有朱红的宫墙。

魏先生接过他手里装茶的紫砂小壶,请他坐在挂宝蓝色菱纹厚帘子的马车里,车夫扬了鞭子,马车就往玉儿胡同走去。

魏先生在紫砂小壶里斟了热水,重新递给叶限。"世子爷,您暖着手。"他跟叶限说道,"雪下得这么大,再加上今年收成不佳,山西那边灾情严重,听说已经饿死几万人了。户部侍郎上了折子到内阁,首辅随手放在一旁。那陈大人拿起看了一眼,也没有管。山西布政使袁仲儒原先和范大人是好友,唇亡齿

寒的。虽说是朝堂斗争，但张大人这番行径也实在过了，山西重灾区近五十万的人，总不能半点不顾。"

叶限摩挲着他的紫砂小壶，好像没听到他说话一样。

魏先生本以为他要说什么，却没有听到叶限回话。这事本是他同窗好友，任右春坊中允的马景昌所说，还说皇上年不过十一，诸事都是张大人把着，要是没人敢出来冒头，他可真称得上是独揽大权了。长兴侯府是世勋贵族里头最荣勋的一家，要是长兴侯府都不打算管，还真是没人压得了张大人了。

大冷的天，魏先生身上竟然一阵一阵地发汗。

他觉得自己还是不该和世子爷说这事。

魏先生又忙道："和世子爷闲谈几句灾情，眼看着这雪越下越大了，也没有要停的意思。昨日李侍卫说去回春坊喝酒，却看到回春坊连酒寮子都没开，他可是气得好歹。"

叶限反而笑了笑，淡淡回道："我一个小小的大理寺丞，哪里管得了这种事，那张居廉都是老成精的人了，轻重缓急能有不知道的？山西那边的灾情本就和范川儿子贪银案有关，谁敢去管那就要准备好接烂摊子。张居廉心里明镜一样，用得着别人操心吗。"

张居廉对袁仲儒不满已久，奈何找不到机会收拾，袁仲儒也是个老狐狸，防得滴水不漏的，可惜那再厉害的人，防得过人祸，总是防不过天灾的。眼下有个这么好的机会，张居廉非趁这个时候把袁仲儒整死不可。不仅如此，他还要找人背黑锅，把自己稳稳当当地洗脱。

叶限懒得理会这些事。

不过父亲身边这个魏先生，实在不堪大用。虽说是个智囊，但看起局势来，还没有大字不识的李先槐来得透彻。叶限有点厌烦这种人，好像做什么事都要跟他解释一样。

他啜了口茶，不再说话。

魏先生讪讪地应了，让马夫把车往右侧门赶去。右侧门是武官常走的，叶世子爷不讲这些规矩。按照他的身份来看，应该是走右侧门，按照他的官职来看，该走左侧门。世子爷是怎么高兴怎么走，全看心情。

叶限突然看到了帘子外一闪而过的青帷马车，马车外挂着一盏银鎏金花犀纹的羊角灯，正往左侧门去。

他想了片刻，便吩咐车夫："走左侧门去。"

马车快了些，和那辆青帷马车堵在了左侧门门口。

驾车的是个方脸络腮胡的汉子，手如蒲扇般。眼看着这辆车从右侧偏过来堵了门，便粗声说道："这家车夫，是怎么驾车的。你们本是走右边的，怎么跑来堵我们的路。"

车夫也是个会说话的，立刻还嘴道："咱这马车本就走在路上，你是后头才跟出来的，怎么也有个先来后到。你这是抢咱们的道，还好意思说吗？"

汉子怒瞪了他一眼，正想说什么，却听到马车里传来低沉又柔和的声音："胡荣，让世子爷的马车先过去吧。"

叶限听到这个声音，才让魏先生挑开帘子，有些意外道："原来是陈大人的马车，失敬了。"

一只修长的手挑起细布窗帘，只见一个戴乌纱帽、穿绯色盘领右衽袍、腰间系犀革带的男子坐在车内，此人正是户部尚书陈彦允。陈三爷看了一眼叶限身后的侍卫，随即笑道："有何失敬之说，世子先来先走，我随后就是。"

叶限看了一眼马车之内，嘴角也出现一丝笑容："陈大人日理万机，我不过小小大理寺丞，如何能给陈大人添麻烦呢。"

"我公事已毕，却也无碍。"他笑着虚手一请，就放下了帘子。

胡荣随即把马车赶到旁边，让叶限的马车过去。

车夫得知自家世子爷拦下的是当朝权臣陈三爷，就是天大的胆子都吓破了，有些不安地回头看叶限。

叶限眼神冷了下来，面上却笑着说："陈大人让我们，还不快过去。"

陈彦允的马车内用的是深蓝色潞绸垫子，内里连火炉都没有，更别说另外什么东西了。眼看着年关将近，内阁的事务肯定不少，陈彦允却这样早地离开了，他要去做什么？

叶限望着炉火沉思。

如今内阁里除了张居廉和陈彦允，还有武英殿大学士何文信、文华殿大学士姚平、谨身殿大学士王玄范和华盖殿大学士梁临。除了次辅何文信和姚平算是中立派，其余两人多少都和张居廉有牵扯。

让陈彦允亲自去做的事……叶限不由想到了山西布政使。

胡荣看着长兴侯世子爷的马车出了侧门，低声和陈彦允道："三爷，这叶大人虽是世子爷，但毕竟只是正六品的大理寺丞，怎得还有我们让他的道理。"

陈三爷不甚在意，淡漠道："不过是让个路而已，这位长兴侯世子确实是后生可畏，可惜还是太年轻了。"他面露疲倦之色，揉了揉眉心吩咐道，"出承天门后去户部左侍郎郑蕴府上。"

胡荣应了"是"，才又扬起鞭子。

叶限回到长兴侯府上，先去看了自己父亲。长兴侯在那次宫变之中虽是保全了性命，却伤及了根本，养了几个月了，还是只能在宅院内活动。他穿着一件很厚的绸袄，在书案前练字。

长兴侯见到叶限回来，把毛笔搁到了笔山上。叶限跟他说了山西灾情的事，长兴侯想了许久才问他："你觉得魏先生不可用？"

叶限笑了笑："您倒是可以用着，反正不能放在我身边。"他看到自己父亲穿得臃肿，想到原来冬天再冷，他都只穿两件单衣，心想父亲也畏寒了。

长兴侯点点头。"就你主意多，肚子里弯弯肠子绕不清楚，和你外祖父一样的个性。"他挥了挥手，"你想要哪个幕僚就找去，我才懒得管你。"

叶限觉得长兴侯那些幕僚没一个能用的。他找了李先槐过来："侯爷那些幕僚都要放出去，你每人给二百两银子的仪程。"

李先槐早看那帮整日文绉绉正事不做闲着养鸟的幕僚不爽了，听着十分高兴。"放出去正好！"他想了想，又对叶限说，"对了，世子爷，您还记得原先您去见过的那个顾家小姐吗？"

叶限当然记得。李先槐提起顾锦朝做什么？

他看了李先槐一眼："你要说什么？"

李先槐抓了抓脑袋，嘿嘿地笑起来："您知道，我没事儿就好喝两口。昨天我不是去回春坊吗，酒寮子没开张，就去了老金家的酒楼，那老金家酒楼就是顺天府通判的亲家，说他们家表少爷想娶顾大小姐。说得绘声绘色的，还说是他们表夫人亲自去提亲的。"

叶限还没听他说完，就皱紧了眉头："把话说清楚，谁去顾家提亲了？"

李先槐就说："还能有谁，那个臭名昭著的王瓒呗。就他们王家人把这狗东西当个宝！小的想着您和这位顾大小姐来往颇多，和您说一声。不过您也别想多了，这个王瓒的母亲前脚去提亲，后脚那个顾大小姐的表哥就随着去提亲了。搞得王家现在没脸没皮的，他们亲家伙计都到处说这事……"

叶限的脸色不好看起来，他这段时间忙得不可开交，没想到顾锦朝那里出了这么大的事。

王瓒，那是什么东西，凭什么去向顾锦朝提亲？还这么不尊敬她，让自己的母亲直接上门。顾锦朝这个表哥又是什么人，怎么也凑热闹上门提亲去了？顾锦朝这是要定亲了？

叶限阴着脸吩咐道："幕僚的事先别管了，你现在就去把这件事查清楚，那个什么王瓒，顾锦朝表哥，查到祖上八辈去。"

李先槐被自家世子爷吓了一跳。世子爷这是怎么了，那个顾大小姐究竟是何方神圣，怎么世子爷这么关心她的事，连查人家表哥祖上八辈的话都说得出来。

叶限看他站着发愣，声音压低了："你要我请你去？"

李先槐听到这句话,火烧屁股一样蹿起来:"世子爷稍等,小的这就去了。"

冯氏找顾锦朝过去说话,谈及了纪尧提亲的事。她笑着拉住锦朝的手道:"你这个纪家表哥,一表人才不说,品行也极好。何况你们还有青梅竹马的情分在,你外祖母找了永阳伯夫人来提亲,也是给足了我们脸面。我和你说一声,你若是愿意这门亲事咱们就应下来了。"

顾锦朝闻言心中苦笑,可见人人都觉得,她应该应下这门亲事,偏生她过不去自己心里那道坎。想了片刻,跟冯氏说:"我原只是把二表哥当成表哥,并无这方面的意思。这事来得突然,您不如等我再想两日。"

冯氏点头应了:"伯夫人正好大后天会再过来,到时候咱们就定下这件事了。"

顾锦朝应"诺"退下,走出东跨院时正巧遇上前来给冯氏请安的顾澜和顾怜。

两人向顾锦朝屈身行礼后,顾澜看着顾锦朝的眼神有些诡异。

顾锦朝微笑道:"澜姐儿这是怎么了?"

听说纪尧家请了永阳伯夫人来向顾锦朝提亲,顾澜心里不痛快,愤愤不平的。为什么顾锦朝就有纪家这样的外家,为了她的亲事,连自己嫡孙的亲事都可以搭进去,为了给顾锦朝一个荣华体面,还让永阳伯夫人来提亲。但她的外家就是宋家那样的人家,母亲病重了,他们连来看一眼都做不到。她的亲事,她的未来要去哪里谋求。

想到被留在适安,得了失心疯的母亲,顾澜心里就五味杂陈。

顾澜随即笑道:"二表哥来向长姐提亲,二妹这是高兴的。外祖母为了你的亲事,也实在是费尽苦心了,连二表哥都发动了。你要是嫁去了纪家,可不是荣华富贵的享不尽了。"

顾锦朝也明白顾澜的意思,她也没有和顾澜解释的必要。她笑了笑道:"澜姐儿真是替我高兴,我就放心了。荣华富贵不敢说,平安无虞才是最要紧的。"

顾怜只是在旁哼了一声,并不说话。被二夫人训斥一顿之后,她想开了,对于这门亲事,她心里是有些不屑的。纪家再有钱,那也不过是个商贾之家,就算有个任府同知的纪大爷在,放在他们这些世家面前,这个官职也实在不够看的。士农工商,纪家从地位上就低了他们顾家一头。

不过是个纪家的人来提亲,瞧着祖母他们高兴的样子。纪家可连姚家的一根指头都比不上。

顾怜想到二夫人跟她说过的话:"你又何必和你大堂姐比呢。你要这样想,你大堂姐就是再好,你祖母再怎么喜欢她,又怎么比得过喜欢你呢。"二夫人意味深长地道,"你觉得你祖母为什么喜欢你呢?只是因为你在她膝下长大吗,当然不是,还因为你是和姚家公子定了亲的。你是咱们顾家小姐里最荣华的一个,你大堂姐、二堂姐,以后嫁的肯定不如你十分之一的好。你要把心放宽些,何必和她们纠缠这些小事呢,你以后的荣华富贵她们都是要羡慕的。你看看你五伯母,她哪里比娘好了,她为人处世远不如娘亲,为什么你祖母更喜欢你五伯母呢?那还不是看着她长兴侯嫡女的身份,这个身份咱们谁都惹不起。看她怀个孕,就跟揣了金蛋一样谁都宝贝着,就是怀孕,谁有她那样娇贵的,连晨昏定省都让你祖母免了。"

顾怜听了母亲的这一番话,再回去仔细想想,觉得果然是如此。

她以后是什么身份,她以后是姚家的正室嫡妻,她公公是文华殿大学士兼礼部侍郎。以后姚文秀举业有成,是要入朝为官的。顾锦朝呢?她嫁给自己表哥就顶破天了,更别说她表哥很可能不是自愿的,是她外祖母逼着人家来娶她的。她和顾锦朝计较,那是失了自己的身份。

所以随即她就揽了顾澜的胳膊,笑着说:"二堂姐,咱们还要去给祖母请安呢,快些进去吧。"

她们进去后,顾锦朝则回了妍绣堂。

第二天是她十六岁的生辰。

冯氏吩咐厨房给顾锦朝做了一碗长寿面,又送了她生辰礼。二夫人送了她宝象花拣妆;五夫人送了她一对墨玉手镯,是极好的碧墨,在光下能呈现出通透浓艳的碧色。顾锦朝拿着这对墨玉手镯,心中感叹长兴侯家果然财大气粗,这样的东西竟然送了她作生辰礼。锦朝和两位伯母正陪着冯氏在屋子里说话,有小丫头过来禀报,说是堂少爷从适安回来了,马车刚到影壁,正要过来给冯氏请安。

冯氏喜出望外。"这孩子,我也是好几年没见过了。"她和顾锦朝说道,"也不知道那余家的族学如何,一会儿子来我得好好问问他。"冯氏对孙子的喜欢是最真切的,顾德昭的儿子,想来读书方面应该不差吧,要是能再出一个进士光耀顾家门楣,那可就是再好不过的事了。

顾锦朝笑了笑:"您放心,余家老太爷曾经做过帝师呢。"

她这句话刚说完,就看到顾锦荣在众小厮、婆子的围拥下过来了。他穿着一件狐狸皮袄,戴着顶六合一的瓜皮小帽,裹得严严实实的,脸上带着笑容。先向冯氏行礼问安,又一一见过两位伯母和顾锦朝,还偷偷向自己的长姐笑了笑。

冯氏揽着顾锦荣左看右看,真是喜欢得不得了:"这孩子长得好,清秀干净的，身量也长，以后肯定长得比他父亲还高。你在余家族学那边觉得如何，读书上可还尽心？"

老太太最关注的无非举业一事。

顾锦荣恭敬地答道："余家几个先生都是学识渊博的，孙儿求知若渴。读书上孙儿还是用心的，除了记挂长姐和父亲，别的方面都是好的。"

冯氏对孙儿很满意，上下打量着他，笑了又笑。

给冯氏请安之后，锦朝陪着顾锦荣去了西跨院厢房。顾锦荣住在最东边，西边还有顾锦潇和顾锦贤。国子监也是前几天刚结束课业，两人也正好在西跨院里。

顾锦荣的厢房是二夫人打点的，书房里放着书案、长几、两把东坡椅，临窗放着个青釉蓝底珐琅的梅瓶，另有个半旧的紫竹笔筒，插着一把大大小小的毛笔。锦朝道："等你把东西归置了，就去给父亲、两位伯父请安。还有两位国子监读书的堂兄也不要忘了，他们长你许多。"

顾锦荣笑了笑道："几月不见，长姐怎么话多了起来。"

纪氏去世后，他的一切就是长姐在管了。在适安这几个月，处处都是长姐安排着，他的冬衣、被褥、吃食，甚至是御寒的护膝这类东西，她都给自己安排得十分妥帖。顾锦荣早眼巴巴想着回来看她。幸好她在大兴也过得好，人并没有清减，他看着就放心了。

顾锦朝道："你倒还嫌我啰唆起来……"她看着锦荣和母亲有几分相似的脸，拂了拂他皮袄上的雪，"那我不多说了，你记得一会儿到东跨院，再去给祖母请安。"

顾锦荣笑嘻嘻地不要她走："我还没问长姐的事呢，听说你要和二表哥定亲了？"

锦朝摇头："八字还没有一撇的事，你从哪儿听说的？"

顾锦荣却避而不答，一本正经道："二表哥人好，配得上我的长姐。"他拉着锦朝的胳膊，又央求道，"我想吃长姐原先做的云子麻叶果糕，您做了给我好不好？"

锦朝觉得顾锦荣变得跟个孩子一样，她点头允了。顾锦荣去见了父亲、伯父等人后，就迫不及待到顾锦朝这儿来，跟在她身后眼巴巴地转悠。要她在果糕里多放糖，山楂糕里要加葡萄干和桂圆干。

小厨房本就错不开身，锦朝又嫌他话多，没多久就赶他去书房坐着。

小厨房里徐妈妈在帮她的忙，问顾锦朝："大小姐，那纪家表少爷的提亲，您觉得如何呢？"

顾锦朝不自觉地笑了笑："我能觉得如何呢。"想到纪尧看着自己信誓旦旦

的温和眼神，她什么拒绝的话都说不出来。她还是听之任之吧，如果这门亲事能成，也只能算是顺应天意了。

而长兴侯府那边，李先槐刚到适安把纪家的底子摸清楚了回来。按照世子爷所说，他往人家祖宗八代上查去，还把纪尧给摸了个一清二楚。等到他回来的时候，叶限正在书房里和老侯爷说话。

两祖孙在书房里密谈山西布政使袁仲儒的事，又说到范川的贪银案。老侯爷很赞成叶限的做法："先皇驾崩，你父亲受了重伤，长兴侯府正是需要休养生息的时候，这些乱七八糟的咱们就暂时不插手了。"

叶限若有所思。

老侯爷看了自己孙子一眼，慢慢说道："你上月刚满十六吧，寻常世家的少爷，这个时候就算没有娶亲也早就定亲了。我看你的婚事还没个着落。"

叶限看了自己祖父一眼，挑眉"哦"了一声，慢慢地道："孙子不急。"

老侯爷说他："你当然不急。"叶限这么懒的性子，他急个屁。那是自己心里挠心挠肺地急着。老侯爷清了清喉，随即说："我和你外祖父商量过了，我觉得武定侯嫡长女尚可，你外祖父则觉得武英殿大学士何文信的嫡次女尚可。你回头和你母亲商量一番，看到底选了哪个，好请了你外祖父上门提亲。"

老侯爷不喜欢文人，对身为翰林院掌院学士的亲家更没有好感。说是商量，其实是两人商量商量着就意见不合，吹胡子瞪眼的不欢而散了。

高大人嫌武定侯嫡长女连开蒙的《三字经》《千字文》都没有读过，太没底蕴。老侯爷则嫌弃武英殿大学士的嫡次女性子太文静了，死沉沉的。

叶限沉默了，祖父说的这两个无疑都是世家女子中的翘楚。武定侯祖上是跟着开国皇帝打江山的将军，荣宠百年不衰。武定侯的嫡长女才十四岁，美人胚子的名声却已经传开了。

而武英殿大学士的嫡次女不仅长相出众，难能可贵的是出身书香世家，才学不凡。刚及笄的时候，提亲的人就踏破了何家的门槛，但是何家一直都没有看上眼的。

他作为长兴侯家的世子，理应承担让长兴侯家继续繁荣昌盛的重任，娶一个门当户对，能够对他们家有所帮助的妻子。

叶限突然想到了顾锦朝。

他名义上是顾锦朝的表舅，身份地位差别实在太大。他能求娶世家女子中的翘楚，因为他是长兴侯世子爷。那么顾锦朝呢……她以后就要嫁给她表哥了？嫁了人之后，他也不能随心所欲地去看她，和她说话了。

叶限从祖父的书房里出来，望着黑沉沉的夜色，紧抿着嘴唇。

他是长兴侯家唯一的嫡子，刚出生不久就请封了世子爷。他所做的事不仅代表他自己，还代表长兴侯府，他不可能真的随心所欲。

但他一点都不想娶什么武定侯嫡长女，武英殿大学士的嫡次女，她们怎么能像顾锦朝一样，像她一样……叶限也不知道顾锦朝在他心里是什么。他望着夜色轻吐了口气。

李先槐走了过来："世子爷，您让我去查的东西，都问清楚了。"

叶限无意识地"嗯"了一声，让他继续说下去。

顾锦朝要嫁的人，他总要好好地了解清楚。自己欠她那么大的人情，帮她在亲事上把好关，也是还她一点人情了。

他私心里倒是真希望顾锦朝这个表哥为人不善。他不希望顾锦朝嫁给别人。

李先槐随即道："纪家祖上是贩卖茶叶起家，到了他们太爷那代出了个都转运盐司副使，从此才富庶起来。纪家从官之人不多，有一个捐出来的府同知。但几代为皇商，经通州运河，南北贸易，其富庶的程度着实吓人。他们那个太夫人如今是掌舵人，这些年纪家凡事都不冒头，反倒越做越大。这个纪尧倒也算个人物，不过被身家给拖累了。和他们家老太太背地里不通气儿，暗地做了许多老太太不知道的事。"说到这儿李先槐"嘿嘿"笑了两声，"世子爷还记得原来那个皇商罗家吗？他们家那个长子罗泰。您曾经在六合酒楼看到他，您泼他一身茶的那个？"

叶限想了想，当年他十岁，刚回燕京一年，和高家的表兄出门游玩，在六合酒楼里小坐过。有个长相清秀，身材瘦弱的年轻人因小事和他表兄起了争执，他嫌此人太吵，泼了他一杯滚烫的热茶。这年轻人被烫得大叫，扬言要他出不了酒楼。他们身后的侍卫才指了指叶限跟他说："这位是长兴侯世子爷。"又指了表兄，"礼部尚书高大人长孙。"

这位声称自己是罗家长子罗泰的年轻人顿时说不出话，再被侍卫冷冷地看了一眼，吓得跪下磕头求饶。

"小丑一样的东西。"叶限并不在意，"和顾锦朝表兄有什么关系？"

李先槐就回答道："他们家老太太肯定不知道，这个纪少爷一直和罗泰有往来。老太太为商刚正，从不克扣手底下的人，也不赚昧良心的钱。这个罗家恰好相反，老太太厌恶他们到极点，也一直不要家里的人与罗家往来。不过人家纪少爷有次赏花会，和罗泰认识了，违背老太太的意愿一直和罗泰来往着。"

叶限看着李先槐："你挑重点的说。"

李先槐挠挠头："我去打听的时候，他们罗家那个罗泰的随侍说了许多，想给您说清楚些。他和罗泰往来倒是不要紧，那罗泰是个什么样的人，走马斗鹰也就算了，又常去些勾栏教坊类的地方，哪有不带上这位纪少爷的。不过这纪

少爷也不是真的沉溺于此，随他去了一两次就没去了。"

他声音压低了些："纪尧只点艺妓作陪，洁身自好，但是这罗泰心思也多啊，早想着拉纪尧下水了。就搁纪尧酒里下了东西，纪尧就把那个才十四岁的艺妓破身了。随后纪尧就不再和罗公子来往，他却不知道那艺妓因此有孕，被罗泰找了个院子养下来，打算以后用这孩子拿捏纪尧。"

叶限听得眼皮一跳。人总有少不更事的时候，没犯下大错倒也无妨，不过这个纪尧确实也不聪明，就算是情动破了人家的身，怎么还敢留下孩子给人家拿捏？顾锦朝以后要是知道这个孩子的存在，该怎么是好？这样的人娶了顾锦朝，以后她能好过吗？

叶限深吸一口气："你打听的事都属实吗？"

李先槐看了一眼世子爷，他这还是第一次问自己这样的话。李先槐看上去大老粗的样子，心里比谁都明白，世子爷这么关心顾大小姐的事，原先还特地赶路去看她，要是他心里没点心思那是不可能的。

他想了想说："小的买通了罗泰的随侍打听的，也许这个随侍的话不全对。"

叶限随即说道："无风不起浪，你把这个艺妓找到，让她私底下去和纪家对峙。"这事不能大张旗鼓地传出去，"一定要私底下，看纪家究竟对这个孩子是什么反应，到时候就知道真假了。"不仅能知道此事的真假，他还能知道纪家对顾锦朝的态度。要是他们敢不管不顾把这件事瞒下来，当作什么事都没有去迎娶顾锦朝，这个纪家顾锦朝不嫁也罢。

叶限又想了想，道："快进腊月了，我也好久没去见长姐了。替我准备了东西，我们明天就去拜访顾家。"

这事一定要和顾锦朝说清楚，他不能让她所托非人。

叶限心里又有些迟疑，如果顾锦朝不嫁给纪尧，以她的名声，又能嫁给哪个好的世家子弟呢？

以如今的情形来看，这个纪家最多能荣耀二十年，除非中途没落，不然肯定会受到打压。官商势力做大，对于朝廷来说是不好的，所以罗家在太爷那代之后迅速衰落，反倒是保全自己的好办法。纪家老太太是聪明的，知道财不露白，但是纪家再这么做下去，迟早会出事。

士农工商，老太太有点看不清楚这是为什么，她毕竟眼界不够宽。

而大兴顾家，冯氏这几天则频频找锦朝过来说话，言中大有此事已定之意："眼见着你要是和纪二公子定亲，五月除服就要嫁过去了。祖母这时候多和你说说话，免得你嫁了之后我想得慌。你要是嫁妆上有什么不足的，大可和我老婆子说了，我多给你些添箱。"

顾锦朝笑了笑："祖母不用担心此事，我没什么缺的。"冯氏似乎已经有了把这事定下来的打算，让顾锦朝想说的话也说不出口。她知道自己该屈从于现实，嫁给纪尧，但是她心里始终有疙瘩解不开。

永阳伯四小姐对她的笑容，还有纪尧淡漠的眼神。这些都挥之不去。

不过冯氏突然问起嫁妆的事，倒是让顾锦朝心里一紧。

她不过问还好，等自己出嫁的时候，嫁妆直接就出了顾家门。但是冯氏要是过问起来，母亲留下的嫁妆可实在不少。她出嫁，冯氏有不过问嫁妆的吗？

这是隐晦地跟她提一声，她的嫁妆冯氏是要过目的。

锦朝旋即笑了笑："母亲的嫁妆，我原是打算给锦荣留下一半的。若是事情定下来了，也把册子给您看看。"她来给冯氏看，总比冯氏自己想些有的没的好。

冯氏"嗯"了一声。纪氏是通州纪家的女儿，这嫁妆焉能有不丰厚的道理。平日里顾锦朝的吃穿用度虽然都不显眼，但是她身边的丫头婆子比别的庶女多，也没见哪个吃穿差的。可见她母亲嫁妆丰厚，但是究竟有多少，冯氏却不知道。

顾锦朝随后告退回了妍绣堂，对佟妈妈说："我的私库，母亲的嫁妆原先都是清点过的。你再清点一次上了册子，母亲的嫁妆一分为二，一半要给荣哥儿留下。"她想了想，道，"金银楼的账面不算在里面。"

金银楼账面上流通的银子数额大，这部分钱她以后再给荣哥儿，他现在还小。

佟妈妈应"诺"，带了识字的采芙和白芸去清点东西。

锦朝刚坐下不久，就有小丫头过来通传说，长兴侯世子爷来访了，去了五夫人的院子。

顾锦朝想起了，他说过他腊月会过来。但是此时年岁终，正是要忙的时候。他应该是来看五夫人的吧，五夫人还有三个月就要临盆了。

顾锦朝打发小丫头下去。闲着无事，她就给五夫人未出世的孩子做小袄。她坐在火炉旁边，针黹摆在大炕上，由青蒲帮她配线，绣五福献寿的图案，蝙蝠尾巴上打了小小的络子，十分可爱。

又过了一会儿，雨竹偷摸进来了。

"小姐，世子爷说有话想和您说，现在在西跨院倒座房外头，派了小厮过来传话。"

顾锦朝放下手里结好的络子，皱了皱眉："他可说是为了什么事？"

原先偷摸来见她也就算了，毕竟是为了他父亲的事，如今她是快要定亲的

人了,可不能私下见他。"

雨竹又道:"世子爷说了,他跟五夫人说是要问你养兰草的事,叫您别怕。"

顾锦朝哭笑不得,换了衣服去西跨院倒座房。

叶限正站在挂着冰凌的廊庑下面,看着外面小雪纷纷。顾锦朝远远地出现了,她走得很慢,穿着斗篷,带了经常跟着她的丫头青蒲。

顾锦朝走到廊庑下,青蒲收了伞。

她向叶限行礼问安,帽兜都没有摘下来。

叶限背着手看着她良久。外面下着雪,世界格外安静。

他不说话,突然伸手帮她摘了帽兜。顾锦朝猝不及防,愣愣地看着叶限。他这是做什么?

叶限顿了顿道:"你斗篷不合身,帽兜好大,我看不见你的眼睛。"不等顾锦朝说什么,他随即就道,"我听说你要和纪尧定亲了?"

他长得高,当然看不清了。顾锦朝腹诽,不过他怎么知道自己要和纪尧定亲了?他来找自己,难不成就是为了定亲这事,这关他什么事。顾锦朝道:"表舅问这个做什么?"

叶限觉得顾锦朝没有不愿意的意思,但是她很平静,好像要定亲的根本就不是她一样。他顿了顿道:"我说过我欠你一个人情的,现在我要和你说清楚。定亲的事暂且缓一缓,这个纪尧做的事你可能不知道,先弄清楚了再说,免得你嫁过去后受苦。"

纪尧有什么事她不知道的?叶限为什么来告诉她这些?

叶限继续说:"你这个表哥,在外面有个孩子。我还没完全把事情弄清楚,但估摸着八九不离十。"他顿了顿,缓缓道,"是意外生子,但终归不是什么好事。你放心,我会帮你看着。这事若他真是做了,那你根本不必嫁给他。"

叶限看着她,他等着她说话。

纪尧在外面有个孩子?顾锦朝并不知道,她也并不记得有这样的事。但是叶限这么一说,她倒是想起她曾听到外祖母和纪尧说过话,外祖母在书房里压低声音怒骂他行事不干净,说他对不起纪家。

但后来什么都没有发生。要说最奇怪的事,就是纪家拱手让给了罗家三河的运河通运权。从此罗家商行在三河一家独大,再后来因为这件事,纪家运河商行元气大伤。

但是纪尧那样的人,身侧连个通房丫头都没有,怎么会在外面留下孩子呢?顾锦朝是不肯相信的,她低声问道:"世子爷这么说,可是有依据的?"

叶限叹了一声:"就知道你不会信。你知道通州还有个罗家吗?你这个二表哥曾经和罗家长子交好,罗泰曾带他去过教坊。那时候他被罗家长子拉下水了,和一个十四岁的艺妓有私。我正派了人去找这个艺妓出来,她一直被罗泰藏着。你且等她去纪家对峙,对峙之后就知道了。"

这个女子要是一直落在罗泰手里,以后他指不定要用此人做出什么事来。他许罗家一点好处,让罗泰把这个人让出来,别以后害了顾锦朝。

罗家……纪尧怎么会和罗泰往来呢?

她觉得纪尧做不出这样的事来。别人说这话她可以不信,可是和她说这些的是叶限,是旁人都畏惧三分、将会执掌大权的叶限,他手底下那些人个个都不是简单的。

顾锦朝握紧手,随即道:"您去调查过纪家的事,为什么?"

叶限沉默了一下,当时他听说顾锦朝要和纪尧定亲,心里就莫名其妙地愤怒。连长兴侯府幕僚的事都没管,赶紧让李先槐去调查纪家的事,怕她所托非人。

他轻描淡写道:"我这不是欠你一个大恩情吗。你放心,你的事我都会留心着,不让你被人害了去。"

顾锦朝笑了笑:"那谢谢您了,这事还有别人知道吗?"

"我让李先槐找那个女子去纪家,这些事纪家老太太一直被蒙在鼓里,且看她怎么处理吧。她要是继续瞒下去,当作什么都没有发生过,这样的人家,你是千万嫁不得的。"

顾锦朝行了福礼道:"多谢世子爷了,这些事锦朝自知道处理,还请世子爷避讳着比较好。至于您欠我的恩情,这就算还完了,您可不要再记挂这个恩情了。"

她毕竟是待嫁之身,一直和叶限往来实在不好。

她说完又戴起斗篷的帽兜,和擎着伞的青蒲一起走出了廊庑。

叶限"哼"了一声,却又不知道自己究竟在生什么气。自己欠她恩情,又不是她欠自己恩情,她有什么好避讳的。他名义上是她表舅,她还怕别人说三道四不成。

他正望着顾锦朝离去的方向静默,突然有一个侍卫悄无声息地走过来,低声道:"世子爷,有人跟着咱们过来了。"

叶限问:"谁的胆子这么大?"

"似乎是大小姐身边的丫头,咱们要怎么办?"

长姐果然是不放心他,还派了丫头跟着。

叶限淡淡道:"随她去吧。"

侍卫应"诺",随即替叶限擎着伞,护着他消失在了廊庑之下。

西跨院里,五夫人听了丫头的回话,吓得脸色都白了,低声问她:"你可看

清楚了,世子爷……伸手为堂小姐摘了帽?"

小丫头点点头:"奴婢隔得近,看得真真的。"

叶氏突然想到那天,也是叶限来拜访她,在冯氏的院子里和顾锦朝说了几句话,两个人似乎十分熟络。她闭了闭眼睛,低声道:"他平日里任性妄为也就算了,怎么如此不知轻重。"

他可是长兴侯府的世子爷。

叶氏想起自己当年想嫁给顾五爷的时候,长兴侯府和高家上下的反对,就差没指着她的鼻子说她不孝顺了。还是当初尚且在世的外祖母来劝的:"姝姐儿嫁去顾家,别的不说,凭她的身份至少不会让别人欺负了去。儿孙自有儿孙福,又何必强求呢。"

果然她嫁到顾家之后,顾家上上下下没人敢给她一个红脸,连一向严厉的冯氏都对她赞不绝口。

但她不过是要嫁出去的嫡女,叶限可是以后要袭承爵位的人,怎么可能和顾锦朝有牵连。

她该如何是好,叶氏有些不知所措。

她最后只能吩咐小丫头,这事千万不能传出去,要是被有心人知道后加以利用,那可是不得了的。

她觉得自己也该找叶限来好好说说。

顾锦朝回到妍绣堂后就在书房里写信。叶限说的是一回事,但她自然是信任外祖母的,这事的缘由要给外祖母说清楚,毕竟这事不仅牵扯她,还有个虎视眈眈的罗家。

也不知道叶限是怎么让罗泰把人交给他的。

她想到三河的罗家商行,难不成,罗泰用这个孩子要挟纪家,让纪家交出了三河的通运权?所以后来这件事才被压下来,没有人知道。但是纪尧为什么会和罗泰混到一起?外祖母一向对他寄予厚望,要是她知道纪尧做了这样的事,不知道会怎样地生气……

顾锦朝叹了口气,让徐妈妈把信给罗永平,快马送去通州。

但是马再快,却也赶不上叶限的速度快。他已经找到了这个女子,派人送她上了一辆马车,让人送她去纪家。马车停在纪家门口,便有侍卫去递了名帖,自称是江南吴氏的人,来拜访纪吴氏的。

江南吴氏是纪吴氏的祖籍,这些年少有来往。

纪吴氏正在和宋氏商量聘礼的事,这聘礼得给得十足得多、好才行。正说是用一尊赤金的弥勒佛像打头好,还是用和田玉的观音像打头好,就有丫头过来通传。

纪吴氏还觉得奇怪,这不是逢年过节,吴家怎么会派人到燕京来拜访她?

不过既然有吴氏的名帖,应该也是有说法的,她还是决定在花厅见此人。

她喝了口茶,却见进来的是一名年轻妇人,身后还跟着两个婆子,其中一个抱着个孩子。这年轻妇人十六七的年纪,长得我见犹怜,一双黑幽幽的杏眼宛如含着烟波般妩媚。头发梳了普通的圆髻,簪两朵红绉纱绢花,一点油金耳坠儿,穿了一身并不合身的宝蓝樱花纹滚边缎面褙子。盈盈行了礼:"奴家赵氏,特地来向老夫人请安的。"声音宛如黄莺出谷,婉转动人。

纪吴氏皱了皱眉,这女子虽然做妇人打扮,却自称奴家。看上去实在不是个正经的,她们吴家怎么说也是江南大族,这女子是从哪儿来的?

她淡淡问道:"你们递了吴氏的拜帖,可是从吴家来的?"

女子抬手整颊边青丝,苦笑道:"若不是有吴家的拜帖,奴家可还进不了纪家的门。奴家这是万般无奈了,才会抱着孩子找回来的。"她让婆子把孩子递给她,逗着孩子道,"第一次见曾祖,快给曾祖请安。"孩子才两岁大,茫然地抓着女子的手指,小声地喊:"娘亲……"

纪吴氏看着这个赵氏,皱紧了眉:"姑娘这是什么话,难不成什么野孩子都要往我纪家带不成?你说清了,这究竟是谁的孩子?"

她威严的目光又看了一眼伏在赵氏怀里的孩子,孩子长得白白嫩嫩,确实有几分相熟,像淳哥儿。纪吴氏心里一惊,难不成是纪昀留在外面的孩子?

赵氏却抱着孩子跪下来,轻声道:"奴家三年前曾与纪家二公子有一段露水情缘,因此才有了平顺。本来这两年小的带着平顺,也过得尚可。要不是撑不下去了,也不会带着孩子上门来。"说着便小声地啜泣起来,"不求老夫人留下奴家,只求您给这孩子一口饭吃,别让他饿死了。"

孩子抓着赵氏的衣襟,不肯离开她的怀抱,又茫然地喊:"娘亲……"这赵氏却生生把孩子推开,说:"去你曾祖膝前,平顺要乖。"

纪吴氏气得额头青筋都蹦出来了:"你给我说清楚,这孩子是谁的?"

要说是纪粲,甚至是纪昀,她都相信。但是纪尧是她一手调教的长孙,以后是要继承纪家的,怎么可能在外面留下这么个孩子。

纪尧可马上就要和顾锦朝定亲了啊。

纪吴氏回到书房之后,重重地喘了口气,那赵氏将纪尧如何和她相识,如何有私的事说了一遍。还说事毕之后,纪尧给了她二百两银子。她因此有了身子,不忍打了孩子,才自己带着孩子找地方住了下来。

宋妈妈担忧地看着纪吴氏,她想上前扶她。

纪吴氏一把拂开她的手,低声道:"去……去把二少爷给我叫过来。"

她要问清楚,纪尧是不是真的干过这些浑事。他还想当成什么都没做过,再去娶锦朝回来。

纪尧在涉仙楼被宋妈妈叫过来,见宋妈妈脸色严肃,还有些疑惑:"宋妈妈,何事这么紧急?"他想到了顾锦朝,"难不成是锦朝表妹那边……"

宋妈妈低声叹息:"二少爷,您怎么做出这么糊涂的事来。等一下太夫人问您话,您可不要忤逆她,一切都好好地说,没有什么不能解决的。"

纪尧皱了皱眉:"宋妈妈这话是什么意思?"

宋妈妈顿了顿道:"二少爷,您在外面……是不是有一个孩子?"

纪尧刚进书房,便被纪吴氏厉声喝道:"你跪下!"

纪尧咬紧了嘴唇,沉默不语。

纪吴氏慢慢走到他面前,看着这个跪在自己面前,直着身子十分倔强的孙子,觉得心里一阵阵发凉,他从小就这么犟。她的声音寒冰般冷:"我问你,你是不是和罗泰交好?"

纪尧的表情反倒十分平静:"是,三年前有过。"

纪吴氏冷笑:"你倒是坦诚了。那你好好说清楚吧,你和罗泰一起,是不是整日正事不做,走马斗鹰,往那勾栏教坊的地方凑,还和人家教坊的姑娘有私,留下了孩子?"纪吴氏突然明白了,继续道,"难怪,我说双陆牌九色子这些东西,你从来没接触过,却玩得无师自通。"她连连点头,笑着说,"这是早背着我这个老婆子,和罗泰勾结了啊。你怎么会去找罗泰那样不成器的东西。"

纪尧在听到宋妈妈说那句话的时候,就知道当年的事藏不住了,他也不打算藏。

当年他确实做了错事,但是不包括孩子。

他再怎么糊涂,都不至于在外面留下孩子。

纪尧静静道:"那时候我十五岁,您第一次问我,想不想娶锦朝表妹,我说不愿意,您的脸就沉下来。我第一次知道您的意愿,您想让我娶她,那个时候我心里很不舒服。锦朝表妹是您的外孙女,难不成我就不是您的亲孙了?我很不甘心。"

他笑了笑:"我又想起您平日不要我们和罗家的人交集,我那时候极力想反抗您,才和罗泰有了来往。有一次罗泰在我的酒里放了东西,就是那一次……"

他还没有说完,纪吴氏一个耳刮子抽到了他脸上。

纪尧被打得偏过脸,迅速浮起红痕。

纪吴氏觉得自己心肝儿疼,她忘了物极必反,她对纪尧管得狠了,他就是只兔子也会被自己逼急了。但是这是什么理由?他不想娶顾锦朝,就和罗泰混到一起了？

他究竟是想报复谁，他自己？还是她这个做祖母的？

纪吴氏一生强硬的人，此刻却老泪纵横："你就不是个东西……你、你马上就要和你表妹定亲了，这个时候，我才知道你外头还有个孩子。要不是人家找上门，你是不是准备瞒一辈子啊。"

纪尧闭上眼不说话，嘴唇苍白。

那个时候他也才十五岁，根本不懂得分辨是非。他是被纪吴氏逼急了，同样是纪家的子孙，纪昀可以读书，纪粲可以什么都不用管。他呢？他要背负整个纪家也就算了，为什么还要帮她承担顾锦朝的婚事，帮她弥补教养顾锦朝的过错？

他只是太不甘心了。

过了好久，纪吴氏让宋妈妈把孩子抱进来。

孩子不停地挣扎着说要娘亲，也不要宋妈妈抱，哭得可怜兮兮的，一张小脸全是泪水。

纪尧看着这孩子和自己有几分相似的轮廓，心里很复杂。

纪吴氏低声道："刚看着这孩子，我还觉得像淳哥儿，以为是纪昀留在外面的，却没想到是你。你怎么能这么糊涂，你以后是要支撑纪家的，这一家老小……"

纪吴氏说到这里却说不下去了，喘不过气般停顿。

过了好久，她才无力地叹了口气："这也是我的错……"

她一生强势，也用这个标准去要求她的长孙，要是她懂得变通，也许根本不会有这个结果。

纪尧深吸了口气，随后才低声道："祖母，您别这么说，这都是孙儿的错，怎么能怪到您身上。"

纪吴氏却摆了摆手，好像刚才用尽了她的力气，她只能道："你先下去吧。"

她一直觉得对纪尧严厉，那是为了他好，如今看来自己却是错得太过。她的纪尧究竟是个什么样的人，她突然不敢确定了。朝姐儿让她养成那样，纪尧如今又……

纪尧这才从地上站起来，看了纪吴氏一眼，才往书房外走去。走到门口却听见纪吴氏的话："你先去和永阳伯夫人说一声，定亲的事，暂且放下来。"

纪尧闭了闭眼睛，才低声应了"诺"。

纪吴氏一个人在书房里，掩面低声哭起来。

从纪太爷逝世之后，她就没有这么伤心过。两个最疼爱的孩子都让她教养得失去了原来的样子，她是最想他们好的人，朝姐儿该怎么办？纪尧又该怎么办呢？

那孩子交到宋氏手上，宋妈妈和宋氏说了这孩子的身份，宋氏也是脸色苍白："这孩子……真是尧哥儿的……"

宋妈妈点点头："别人问起，您就说是吴家送过来寄养的。太夫人吩咐，这事不能传去。"

大舅母自然知道，但是纪尧可是她的儿子，是她看大的，怎么可能做出这样的腌臜事来。她喃喃道："这孩子也太不像话，都要娶他表妹了，闹出这样的事情来。"

她不由想起纪尧来跟她说要娶顾锦朝时，笑得十分灿烂的样子，心里一阵阵发凉。

宋妈妈也低低地叹了口气，回了东跨院。

纪吴氏刚接到顾锦朝加急送过来的信，锦朝在其中把缘由说清楚了，更说到了这个赵氏和罗家的牵扯。纪吴氏看完了这封信，随手放在炕桌上，望着隔扇外的天沉思。

宋妈妈进门之后见纪吴氏沉思不语，有些疑惑："太夫人，您这是……"

纪吴氏指了指那封信，让她自己来看。

宋妈妈逐字逐句地读起来。

纪吴氏道："这个孩子，恐怕真不能怪纪尧，他当时应该是有所防备的，不过他年少不懂，这让女子有孕的法子多得是，他是中了罗泰的计了。"吃亏就吃亏在纪尧不懂风月场上的这些东西。

宋妈妈收了信，又问道："既是如此，那您也不要太责怪二少爷了。以奴婢之见，这孩子不如当成没有过，别人也不知道这事，表小姐的亲事也不要耽搁了。"

纪吴氏苦笑："你想得太简单了，这门亲事恐怕不能定下来了。"

宋妈妈觉得疑惑："您不是一直盼望二少爷娶表小姐吗？"

纪吴氏看了一眼她手中的信，淡淡道："且先不说纪尧，你看朝姐儿这封信里，有没有半点对纪尧有情的意思？我反倒觉得她心里是不想嫁的，不过是我的意愿，再加上顾家的意愿，她不能拒绝罢了。我是不想强求这孩子的，你再想想这信是怎么来的，朝姐儿一个闺阁小姐，纪尧连我都瞒得住，怎么可能会让朝姐儿知道了去？"

宋妈妈望向纪吴氏。

纪吴氏继续道："这后面肯定还有个人。罗泰想用这孩子来威胁我们，怎么会轻易放手让赵氏抱着孩子到我们这儿来找说法，但是这个人做到了。吴家远在江南，即便有人知道吴家是我的外家，他们的名帖又是谁可以轻易拿到的？赵氏一个名伶而已，哪里来的吴家名帖？如果此人是想针对纪家，为什么不大张旗鼓闹上门来，而是找了赵氏偷偷上门。这个人又为什么把这些事告诉朝姐儿？你再仔细想想，这人是不是处处维护着朝姐儿？"

宋妈妈一想果然如此，又十分不解："那此人是谁，怎的要护着表小姐？"

纪吴氏摇摇头："我也不知道，但是有这样一个人护着朝姐儿，实在不简单。朝姐儿越发懂事成熟，瞒着我的事也不少，至少她在信里完全没提到此人是谁。里面的水太深，我老婆子是看不懂了。"

她这一生都太过强势了，总是用自己觉得好的方式来对孩子。她不想再干涉纪尧的亲事，也不想强求两人成亲了，这一切且看纪尧会怎么做吧，她只能把自己该做的做了。

她毕竟是老了。

纪尧听了宋妈妈的传话，也一时静默。

他也不知道如果锦朝嫁过来，他该如何面对她，或者让她如何面对这个孩子。

纪尧看着隔扇外的大雪，他静静地想了很久。

锦朝对他并没有多余的感情，他能感觉到，但他原以为两人相处着，渐渐的就能好了。但是出了这样的事，自己还能如常面对她？他心里更不确定的是，自己是真的喜欢她？还是青梅竹马的情分，再加上顾锦朝对他的疏远，让他觉得不甘心呢？

想到祖母那个伤心失望的样子，他心里也十分难受。当初他厌恶顾锦朝到如此地步，借着去三河管理田庄之际，和罗泰私下往来，犯下这等错处。

想到那个孩子稚嫩的脸上满是泪水，纪尧闭上眼睛。

到了晚上，纪尧才去找了纪吴氏。

纪吴氏跟他说："你打算暂且缓下这门亲事也好，我看你们小时候相处起来就是鸡飞狗跳的，说不定也是性格不合的。"说着说着声音柔和了些，"就算亲事不成，你也是她表兄，咱们纪家还是她的外家，这些东西都是不会变的。不过提亲的事本已经和顾家说好了，咱们突然反悔，得找了合适的说法才行。"

不能让两家的颜面受到损害。

纪尧已经思虑好了："就拿我来说吧，我已经过十八了。朝姐儿还要半年才能除服，是我们等不了。"因为守制而不成，这也说得过去，不过是纪家名声上吃亏一点。

纪吴氏点点头,这是最好的说辞了。

不过顾家那边这样的说辞是搪塞不过去的。纪尧孩子的事,对纪家来说也不是什么好事,最好还是不要外传出去。纪吴氏想想就道:"赵氏和那个孩子,都先留下来。"留下孩子,自然是不能让纪家的骨血外流。留下赵氏,则是怕她出了纪家会乱说话。

"孩子就交给你母亲带着,都两岁大了。对外也说是吴家寄养过来的孩子,他毕竟也是你的骨肉,你有空也去看看。"

那孩子胆小不说,又没有规矩,既然是纪家的子孙,可不能是这个样子的。不过孩子年龄还小,多教他好的自然往好的学。渐渐他就会忘了生母了。

纪尧点点头。

"顾家那边……咱们本就是要顶替王瓒的提亲。也不能让他们把朝姐儿看轻了。"纪吴氏想了想,"我亲自去和顾家说。这个冯氏,最在乎脸面了。"

纪吴氏心里拿定了主意,去给锦朝回了信。

锦朝得到回信之后看了,点了烛台烧掉。外祖母说不再强求两人的亲事,她心里松了口气。要是让她面对纪尧,实在也很难。

第十五章

作噩

第十五章 作罢

十二月初二，刚过小寒节气，进入了寒冬最冷的日子。

纪吴氏亲自从通州来顾家，冯氏也笑着相迎："这样冷的天，麻烦老姐儿跑这一趟。"前两日永阳伯夫人带话来说，纪家提亲的事要推迟些，她心里还疑惑着。

看到纪吴氏来访，她心里更是不安了，要不是事态严重，纪吴氏怎么可能亲自上门来。

纪吴氏亲自上门来，那就是先矮了她一截。

纪吴氏则淡笑着："多年不见你，我也是想着老姐儿的。"身后跟着的婆子抬了一尊小叶紫檀木的佛像上来，"老姐儿喜欢礼佛，这尊紫檀佛像虽不算名贵，却也有些年头了。"

冯氏看了一眼这尊紫檀佛像，心里就是一跳。

这样的木质和光泽，千金之数不止。

冯氏又让人去把顾锦朝等人请来拜见纪吴氏，两人进了西次间，关上门说话。

纪吴氏把不打算提亲的事都说清楚了，又说了几句赔礼的话，冯氏一时愣住了。

这亲事不都要说定了吗，怎么说黄就黄的？

纪吴氏又继续说："是咱们原先没有打算好，尧哥儿想早些成亲，朝姐儿却还要守半年的孝期，这日子上等不得。我这老婆子心里也愧疚，要是老姐儿愿意，等朝姐儿出嫁的时候，我来多补贴她的添箱。"纪吴氏又笑道，"老姐儿要是能给锦朝觅得一门好亲事，我可要感激不尽的。"

冯氏这才反应过来，笑了笑说："老姐儿有苦衷，我也能理解。亲事不成，也不伤了两家的和气。毕竟还是亲家，只是少不得锦朝那孩子要失望了。"

纪吴氏不想提亲了，肯定不是因为顾锦朝在守制，要是因为守制，她早就该考虑到了。而且纪尧年过十八还没有成亲，还怕这一天两天的？这其中肯定有隐情，但究竟是个什么情况，纪吴氏不说，她自然不知道。

她做事不喜欢别人来干涉。但是纪吴氏这话说得舒服，也给足了她面子。

冯氏便顺着台阶下了。

纪家这门亲事好，没了确实可惜。但是人家不想再提亲了，她也没有办法。

过了会儿顾锦朝等人过来请安，纪吴氏和锦朝一起去了妍绣堂。

纪吴氏这是第一次瞧她在大兴的住处："虽说不宽敞，但也布置得雅致。她也不算太亏待你。"

锦朝笑了笑，请纪吴氏坐在大炕上说："我刚做了胡桃仁饼，这就给您端去。一会儿父亲和荣哥儿还要来拜见您哪。"

纪吴氏望着她摇了摇头："别麻烦，外祖母不想吃……我这过来，是想和你说说话的。你二表哥的事，外祖母知道你心里自有度量。但你也要小心着，这人帮你做这些，可别是有什么坏的企图。"

顾锦朝摸到纪吴氏手上的薄茧，心道外祖母是个明白人，什么都看得清清楚楚的。

"您不用担心，我都知道。"她想了想又道，"我没见着二表哥过来，还要劳烦您和他说一声，这事不能怪他。您也别想多了，我和二表哥不成，他会有好姻缘的。"顾锦朝安慰纪吴氏。

她和纪吴氏说了好一会儿话。

纪吴氏最后要走的时候跟她说："你的亲事外祖母会帮你看着，冯氏要想随便把你嫁了，那也不是容易的事。"她抬手摸了摸锦朝的头发。

顾锦朝眼眶微热，笑着点了点头。

顾锦朝和纪尧的亲事只能暂时搁浅，幸好两方并没有来得及交换庚帖，定下亲事。这还不算麻烦。

长兴侯府里，叶限刚看完一宗卷。

之书过来服侍他洗漱，嘟囔着说："世子爷，您总在睡前看这些东西，这晚上要是睡不好怎么办。您上次和小的说那起灭门惨案，小的回去整夜都梦到尸首。"

叶限说："我还怕梦不到呢。"把手中的宗卷扔到一边，闭目养神，"都是一帮狗官，这样的案子也能判了妇人下毒杀子，还要上报批了斩首。"他语气有些不屑。

之书小声问道："世子爷觉得那妇人是被冤枉的？"他又没审案子，他是怎么知道的？

叶限点头道："他们怀疑孩子中毒身亡，将内脏浸入水中，肺脏下沉，那说明孩子在出生前就死了的。妇人诞下死婴，却被诬陷毒杀亲子，也是件奇冤之案了。"

之书恨不得把耳朵给堵上，愁眉苦脸地听世子爷说完了，才小声道："刚才李侍卫过来传话，说顾家和纪家的亲事最后没定下来，纪家收养了那个孩子。那个王家的夫人又向通州知府徐大人提亲。"

叶限听了之书的话后沉默片刻，手指轻敲着书案。

纪家是真的放弃提亲，那他们还不算太过分。但是顾锦朝的亲事始终是一个问题，她也满十六了，这个纪尧不行，要是没有合适的呢？他看顾家老夫人也不像是什么好人。

她虽然说不要他管，但他怎么会放手不管呢？

他望着漆黑如墨的夜色，静静地思索着。

过了小寒节气，大雪接连不断地下，北京城里千里冰封，万里雪飘，银装素裹。

顾锦荣知道长姐的亲事不成了，很是觉得可惜。傍晚来找她下棋。

顾锦朝本来就不擅长棋局，顾锦荣让了她三子了，还是走进了死胡同里。夜色寒冷，两人围在火炉边下棋，最后还是顾锦荣放弃了，犹豫一下才下定决心说："长姐，要不我陪你画画吧。"

他的画技很是不佳。

顾锦朝哈哈笑起来，让青蒲端一碗桂枝熟水进来给顾锦荣暖暖胃。

顾锦荣哼了一声："我都还没有笑你呢，你倒是笑起我来了。"他还不是想逗她开心。

锦朝像哄孩子一样安慰他："我知道。你喝了熟水就回去睡吧。"两人年纪大了，总要避讳着。

顾锦荣还要跟她说事："长姐，我想等开年了到国子监去读书。以后还可以每月回来一次。余家族学的先生也说了，我要是先参加春闱，到国子监进学比在余家合适。"

她听后点点头："举业的事，你明天找父亲说明白。我是帮不上忙的。"

顾锦荣就去和顾德昭说了，顾德昭找顾德元商量了这件事。为了不耽误顾锦荣的学业，还是让他去国子监读书好。余家族学如今着重放在两个公子身上，人家可都有举人的功名了，是不太适合顾锦荣。

顾锦朝便派了人去把顾锦荣留在适安的东西取过来。

除此之外，纪家提亲的事大家都当作没发生过，顾锦朝照旧给冯氏晨昏定省。

眼看着年关就要近了，不仅要忙年关的事，还需要忙的是顾怜的及笄礼，她及笄正好在年前。府上都暂时顾不得顾锦朝的亲事，而是要忙着顾怜的及笄礼了。

毕竟顾怜及笄才是顾家的大事，她以后可是要嫁给姚家二公子姚文秀的，及笄礼也要办得风风光光的。

这天早上锦朝去东跨院，冯氏正在和顾怜说她的及笄礼，屋子里还有顾澜、二夫人和五夫人在。

二夫人看到顾锦朝前来，召她过去同坐，笑着说："朝姐儿来得正好，你祖母正说要找你呢。"

顾锦朝行了礼坐下来。

冯氏拉着顾怜的手，笑得十分慈祥："及笄礼之后，你就要嫁去姚家了，这事情可要好好操办。你说你不喜欢咱们给你准备金簪和笄，就依你说的，自己去玉照坊把东西选好。我让你大堂姐、二堂姐陪着你一同去。不过及笄用的礼服褙子，可不能挑三拣四的。"

顾怜脸蛋红红，眼睛却十分水亮，声音又娇又软："祖母，我都知道。您还说这么多。"

冯氏点了点她的额头："鬼灵精，祖母不多说点，你又忘了怎么办。"

冯氏又让顾锦朝和顾澜过来说话："你们两个是做堂姐的，怜姐儿的及笄礼你们可要帮衬着。明儿陪着她去玉照坊一趟，挑些喜欢的物件儿。"又特地招锦朝过去说，"祖母是信得过你的眼力的，好好帮怜姐儿看着。"

顾锦朝本还想由她来说的，她正想借着顾怜及笄的由头出去一次，见罗永平，没想到冯氏自己提出来了。她笑了笑接道："玉照坊里首饰铺子多，我看不如再给怜姐儿添置几身衣裳，我再陪她去德众坊看看，听说那里新开了几家绸庄。"

冯氏点了点头，找了管事婆子进来吩咐事情，明儿要安排多些仆人和侍卫跟着。

顾澜笑着和顾怜说："瞧着时间过得多快，你也要及笄了，不知道赞者可找好了？"她和顾怜的关系好，若是选家里的姐妹当赞者，她肯定要当的。

顾怜点了点头："选了我长姐婆家的三小姐，还有和咱们家交好的樊家六小姐。你到时候来看看，我介绍她们给你认识，她们在燕京可是有头有脸的，还没及笄的时候，就有许多人家上门提亲了，别人可比不得她们的。"

顾澜的笑容僵了片刻，随即在心里自嘲，她怎么忘了，人家冯氏和周氏一心盼望顾怜飞了枝头做凤凰，及笄的赞者肯定也是身份不一般的。不仅是她没有资格，顾锦朝也休想。

况且顾怜这话也有嘲讽顾锦朝的意思，她不是刚黄了亲事吗？

她看了一眼顾锦朝，却发现顾锦朝正在低声和冯氏商量出行的事，似乎一点儿都没有听到顾怜的话一样。

顾怜见顾锦朝一点儿反应都没有，撇嘴拉着顾澜的手，跟她说起及笄礼请了哪家的夫人小姐过来，冯氏又准备帮她购置什么，说得十分热闹。

顾锦朝和冯氏商定好了事情才回了妍绣堂，提笔给罗永平写信说她要去新开的绸庄。

采芙过来帮她掌灯，小声说："给您备下了明儿穿的冬袄。"

顾锦朝"嗯"了一声，写完之后收了信封封蜡。

采芙又继续道："今儿下午怜小姐说话也着实过了些，太夫人和二夫人竟也不说她，奴婢看着真是心疼您。"

顾锦朝笑了笑道："这样的人才不必怕，最是简单不过了。她如今要及笄嫁人了，还嫁的是姚阁老家，你看阖府上下谁敢说她一句，恨不得把她哄得舒舒服服的。别管她就是了，就当没听到。"比这难听无数倍的话她都听过，还怕这一两句不痛不痒的不成？

顾怜这个性子不改，以后嫁到姚家有得她吃亏的。

等到了第二天，顾锦朝打扮得一身清爽到了影壁。

顾锦朝先上了马车，没过一会儿顾澜和顾怜先后来了，领着她们的是冯氏身边的陈永媳妇，一直在冯氏身边伺候冯氏梳妆，特地派给顾怜参考着。上车之后她先给几位小姐行了礼，才催着马车出发了。

德众坊人来人往，这个铺子生意兴旺，往来的达官贵人也不少。

顾怜挑了两匹布，这一合计下来竟然就有九十七两银子，她示意陈永媳妇帮她看看。就是她用钱不节制，这两匹布也着实贵了点，陈永媳妇懂货，能帮她看看值不值得起。

陈永媳妇看了一眼，小声回道："从苏杭运来的罗缎是这个价，咱是没得讲的，二小姐要是嫌贵了，只要一匹就是了，毕竟罗缎咱们府上还是不缺的。"

顾怜才捡了一匹茜红色月季花的出来，四十八两银子，她不由小声和顾澜说："这样的铺子，一年也不知道能赚多少，实在太贵了。"顾澜眼皮子动了动，这里头的东西她一件都拿不起，她可不是顾怜。

顾怜见顾锦朝似乎还依依不舍地挑着，不由笑了笑："堂姐您在这儿慢慢看着，我和澜姐儿去外面逛逛。"顾锦朝拿着一匹鹅黄绣葱绿柿蒂纹的布左看右看，闻言笑着让她们先去："我多看看，随后就过来。"

等她们一离开，罗永平就迎她去里头挑选，并让小厮上了茶，垂着手恭恭敬敬地道："大小姐，您看这铺子如何？"

顾锦朝点点头，罗永平是个脑筋灵活的生意人，这些东西交给他没错。她握着茶杯的手顿了顿，跟罗永平说："我来找你也不是说这店铺的事。"她是来

谋划自己亲事的,既然要嫁,那就要嫁一个她能掌控的人。

她和纪尧的亲事不成之后,父亲觉得很惋惜,已经在看他觉得合适的后生了。顾锦朝也想让罗永平和曹子衡暗中看着,她这边也得找合适的人,不能把主动权放在别人身上,可不能再让王瓒那样的人有登门的机会。

顾锦朝喝了口茶,打算等顾怜她们过来再走,罗永平便下去拿了新罗缎庄的账本给她看。顾锦朝看着窗外,发现有一辆青帷马车驶过干净的青石道,停在了六合酒楼前面。马车车头挂着一盏犀花纹羊角琉璃灯,驾车的是一个高大的汉子。

顾锦朝认出这是陈家的马车,陈家的马车都用了犀花纹羊角琉璃灯,十分稀罕。但是陈家不是在宛平吗,怎么会到大兴来?

这个来大兴的又究竟是谁?

她挑开了蓝色细布的窗帘细看,马车停下来后,那汉子撩开了车帘,一个着灰色大氅、蓝色直裾的男子从车上下来。男子长相俊朗又儒雅,一双眼眸更是幽深不见底。他下来之后大汉立刻放下了车帘,恭敬地请他往六合酒楼里去,一旁有个穿黄褐色程子衣的中年男子迎了上去。

顾锦朝看得眼皮一跳,陈三爷怎么会到大兴来?那穿黄褐色程子衣的男子她也认识,是陈三爷的幕僚江严,常帮着陈三爷办事。她想看得真切一点,又把窗帘挑开了一分。

陈三爷似乎感觉到有人在看,隔着一条人流,往这边看了一眼。

顾锦朝立刻放下窗帘,陈三爷出门一向不喜欢众人围拥,也不带侍卫。他那个马车夫胡荣是个练家子,能徒手劈断碗口粗的大树。但他堂堂阁老,户部尚书二品大员,会闲着无事跑到大兴来喝茶?顾锦朝看了一眼,那六合酒楼面前还停着几辆马车,她招了一旁的伙计过来吩咐了几句,让他去六合酒楼打探一番。

伙计很快就跑去了,不一会儿就回来跟她说:"大小姐听小的细禀,小的们和六合酒楼的伙计时常说话,人都混得熟,小的去问他们却不肯说。小的去看了马车,那作陪的是咱们大兴的郑大人,还有好几辆看着不寻常的。小的猜测,这应该是京城里来的大官。"

这绸庄的伙计倒是机灵,顾锦朝让青蒲打赏了他几颗银稞子。

大兴的郑大人……那就应该是户部左侍郎郑蕴了。

顾锦朝觉得此事不太寻常。

但这朝堂之上的事,和她倒也扯不上太大的关系,她更不想和陈家有什么关联。

顾锦朝觉得她不该多管这些事。

再一会儿顾怜和顾澜两人去看了别的绸庄铺子过来，顾怜瞧了顾锦朝一眼，笑着问："锦朝堂姐选了这么久，也不买一匹罗缎吗？"

顾锦朝称："我出门是没带多少银子的，还是算了吧。"

陈永媳妇笑着道："您可别客气，太夫人说了，您和澜堂小姐的花销她都一并给了的。"

顾锦朝说自己实在也没有喜欢的，三人说了一会儿才踱出绸庄。

陈彦允沿着六合酒楼的楼梯而上，江严跟着他身后低声道："王玄范已经安排人把事情做好了，那司庾主事却不太听话，被郑大人调去了司度。若是东窗事发，即刻就能除去他。"

陈彦允颔首，却微不可闻地叹了一声，才问："那司庾主事现在身处何处？"

江严回道："应该是被看管起来了。王玄范派人去他家谈过了，说得十分明白，若是泄密出去，也不要怪他们心狠。"

陈彦允点头不再说话，他到了二楼楼台之上，早等候在旁的郑蕴拱手笑道："陈大人贵客来迟，等候您多时了。"虚手一指，请他先落入席中。

陈彦允淡笑道："路上遇到犬子，多交代了几句。几位大人来了便先吃着，等我做什么。"

陈彦允解下大氅递给胡荣，席上的除了大兴几个官员，还有同样贵为阁老的谨身殿大学士王玄范。大家向陈三爷行礼，陈三爷又和王玄范见礼。

王玄范笑着说："刚见三爷楼下驻足，看了对面的苏杭罗缎铺，我瞧着门口可有两个出门游玩的世家小姐在，别说三爷了，这样的青春好颜色，谁都想多看一眼。"又叫了小厮过来，让他下去问问是哪家的姑娘，"能进了咱们三爷的眼，肯定是不一般的啊。你们陈家的人，个个都跟不近女色一样。"

陈彦允摸着酒杯，沉声笑道："王大人叫我三爷我可担当不起，论年龄资历，王大人强过陈某许多。"这个王玄范，除了好色的毛病别的都好，他家里的姬妾通房多达三十几个。王玄范一向和他不对盘，两人同在张居廉麾下谋事，有冲突是在所难免的。

王玄范脸上笑容一僵，论年龄资历，他当然一点不差陈彦允，但是内阁之中他却要屈居陈彦允之下。他实在是有点不甘心，要是陈彦允不是张居廉的门生，他能这么年轻就进入内阁？

他随即哈哈大笑，拍了拍陈彦允的肩道："上次张大人听闻满朝文武皆称你为'三爷'，也笑称了一句，可把大家笑个好歹。张大人如此器重你，实在难得啊。"

正说着，刚才派下去的小厮上来回话了："禀王大人，说是大兴顾家的二小姐和堂小姐。"

王玄范问:"哪个大兴顾家?"

随即座上就有人接话:"王大人不知,咱们大兴这顾家出美人啊,那可是远近闻名的。金都御使顾大人的大女儿嫁去了沧州,他二女儿还没及笄的时候,就和姚阁老的第二子定了亲。听说那分出去的顾郎中家,那个大女儿更是难得的容色绝佳,可惜名声不好,提亲的人并不多。"

王玄范笑着问陈彦允:"三爷要是看中了哪个,不如就去顾家说一声,娶回去做个妾还是可以的。"

陈彦允看了王玄范一眼,才笑了笑:"王大人多虑了,我不过是以为见到熟人,才多看了一眼。"

王玄范觉得他那一眼着实有些冰冷。

他想了想,没觉得自己说的哪句话不对,陈彦允的脾气可是出了名的好,但要是把他惹怒了,那也不是好过的。难不成,他还真是看上了那顾家的小姐?

王玄范留了个心眼,打算回去之后把顾家这两个小姐好好摸清楚。

酒过三巡,众人都十分酣畅。

陈彦允几杯酒下去却越喝越觉得清醒,他望向窗扇,外面阳光正好。

他起身朝窗扇走去,想吹吹风,江严连忙上前想扶他:"三爷……"

陈三爷看了他一眼,江严觉得十分惊心,小声问一句:"不如下官找了房给您休息片刻?"

陈彦允摆摆手道:"去叫胡荣过来。"

他走到窗边往外看,下面就是无比繁荣的德众坊,林立的店铺茶楼,积雪铺满了房顶的街沿,阳光照得雪地格外刺眼。刚才那家苏杭罗缎铺前面停了一辆马车,一众仆人簇拥着三个年轻女子上车,那个穿蜜合色折枝纹冬袄、湖色挑线裙子的女子落在最后面,抬手理颊边的发,笑着和身边的丫头说什么,手腕上滑下一只墨玉镯子。

胡荣过来给他披上大氅,小声道:"刚不就是这姑娘在看咱们吗?您看她做什么?"

陈彦允笑着道:"她倒是一点儿都不记得我了。"

上次在纪家,他随着纪家众人去看纪粲和陈暄的新房,就听到顾锦朝评说自己的画:"画虽然大气,但这种'会当凌绝顶,一览众山小'的气魄,若是放在普通读书人身上,却显得太虚浮。我看倒还不如一幅墨竹图来得清雅。"语气十分认真。

他是嘉靖三十一年两榜进士，钦点的榜眼，如今又是东阁大学士，两朝元老，从未曾听到过有人评说他的画作虚浮。他倒是不觉得生气，顾锦朝转身看到他，却被吓了一跳，但并未表现出熟悉之感。

　　想想也是，他们不过两面之缘，顾锦朝那个时候又还小，十三四岁的样子，伸着手在荷塘里摘莲蓬，跟着她的丫头吓得发抖，她却笑得十分开心。这么多年过去了，她怎么会记得只有几面之缘的人呢？

　　胡荣却疑惑地道："您原先见过她？"

　　陈彦允的手指轻轻敲着窗沿，沉思了片刻。

　　原本该无忧无虑地生活在深闺里，等着嫁人之后相夫教子，但恐怕她是不能如愿了。顾家要是离乱，哪里还谈得上安逸生活。政治斗争总是要有牺牲品的，何况顾家又和长兴侯家有牵扯，张居廉不会放过这个机会的。他原本觉得不应该管的，也不能管，但却又于心不忍。

　　实在是不应该啊。

　　他闭了闭眼睛，低声道："你去找了纸笔过来。"

　　顾锦朝上了马车后，青蒲收了轿凳，本来也要上去了，却被一个人扯了扯衣袖，她回头看一眼，却见是一个陌生的矮脚汉子，长得尖嘴猴腮。这人飞快把什么东西递给她，轻声道："给你们家小姐。"他好像没事人一样走开，这过程快得仿佛只是他闲逛了一圈，并没有做什么事。

　　这人是谁？他要把东西给大小姐？

　　青蒲望着那人远去，发现他到了隐蔽之处和一个身材高大的汉子低声说什么，那汉子有几分眼熟。

　　她按了按手中的东西，觉得似乎是一张纸卷，便不动声色地纳入了袖中。陈永媳妇正在和赶车的马夫说话，吩咐他车要赶得稳妥一些，又给了一个银稞子的赏钱。

　　马车这才动起来，一行人跟着马车后面往顾家而去。青蒲手按着这枚纸卷，手心竟然有些出汗。

　　回到顾家才过晌午，顾锦荣就过来蹭饭，说要吃长姐做的荼蘼露粉角。

　　等他吃过了粉角才依依不舍地离开，下午他和顾锦贤约好了在院子里蹴鞠。"他不喜欢读书，大堂兄又不喜动，做这些事总要叫上我陪他，"顾锦荣说，"我晚上还要过来。"

　　锦朝笑了笑："你再来就要把我吃穷了，晚上去陪祖母进膳吧，她可念了你几天了。"顾锦贤原先是和叶限做伴，如今叶限是没空陪他了。

　　顾锦荣说："祖母昨天才把我叫去说话，您不是才让我换了书童吗。她想拨

两个丫头在我身边伺候，我以不需要为由拒绝了，她也没有说什么，不过却拨了身边的一个婆子过来，说照顾我衣食的。"

冯氏相对来说还是很看重顾锦荣的，自然要在他身边穿插眼线。

顾锦朝问他："你觉得这婆子如何？"

顾锦荣想了想，道："还算勤快，不过经常找由头和我说话，偷进我的书房……我不太喜欢，就让她去管灶上的事了，平日里书房的门也都锁着。不过倒真不想她在我那里伺候，总是碍手碍脚的。"

锦朝说："祖母拨了人伺候你，你也不能赶了她回去。不过这拨给你用的人就是你的了，平日里多赏她东西，软硬皆施地拿捏着，她也是会听话的。"她让青蒲去找一对赤金祥云纹的镯子过来，跟顾锦荣说，"你送了这个给她，让她天天戴着。"

顾锦荣接过赤金镯子，却有点不明白："长姐，你送她金镯子做什么？"

锦朝微微笑道："她一个粗使的婆子，哪里见过好东西，锦帛动人心。咱们也不是不要她伺候，只是要她专心地伺候你，别的事可不能做。给了她这对赤金镯子，她随时看着，也能在心里提点自己。"

而且冯氏看了这对金镯子，肯定也会猜疑这婆子被顾锦荣买通，即便不是如此，她心里也会有隔阂。毕竟人是在伺候顾锦荣的，没有放在她眼皮子底下。

顾锦荣才明白过来："长姐放心，我知道了。她要是真的事事说给祖母听也罢，我身正不怕影子斜，随她打探去好了。不过祖母这样防备着我也太过了些。"

锦朝和他说了两句，他才去和顾锦贤蹴鞠了。

锦朝打了个哈欠，倒是觉得困乏了，唤了一声"青蒲"，说："点了炉子，我想午睡一会儿。"

青蒲的手攥得紧紧的，她俯下身小声和顾锦朝说："大小姐，您先别睡。刚大少爷在这儿我一直不方便拿出来，您看看这东西。"她从袖子里拿出一个纸卷递给顾锦朝。

纸卷因为汗渍发腻了，顾锦朝展开一看，不过寸长的字条，就写了"司庾主事"四字，字体是读书人常用的馆阁体，工整干净。顾锦朝合上字条，睡意顿时没了。她问青蒲："这东西你哪儿来的？"

青蒲关了西次间的隔扇，才过来和锦朝说："上午咱们离开德众坊的时候，您刚上了马车，就有个人把这张字条塞给奴婢，说了句'给你们家小姐'。他走到隐蔽之处，就和一个高大的汉子说起话来，那人长了一副络腮胡，要不是奴婢眼尖，肯定还看不到他。"

顾锦朝听着觉得耳熟，想了想就问道："那人是不是上身穿了件蓝布短衣，脚上穿皂色布鞋？"

青蒲点了点头，突然反应过来："对了，好像是咱们在罗缎庄里见到的那个车夫！"

顾锦朝心道果然是陈三爷的车夫胡荣。

胡荣目不识丁，不可能写了字条给自己，何况他根本不认识她。

这字看起来并无特别之处，但其运笔笔力遒劲，没十多年是练不出来的。应该是陈三爷写了，让胡荣交给她的。但是陈三爷写的这四个字究竟想说什么，他为什么要给自己这样的字条？

顾锦朝沉思起来。

司庾主事，就是户部下仓部的主事，父亲任职户部，管的就是仓部司庾。

陈三爷是户部尚书，父亲上司的上司。

但这事无论如何都解释不通，陈三爷和她不过一面之缘，为什么会写了这四个字给她？

他当时看到自己在那儿了？

他这四个字，是想和自己说什么，还是想借自己之口和父亲说什么？

顾锦朝觉得后者的可能性比较大，毕竟陈三爷没必要写这四个字给自己。

青蒲小声地问："小姐，这人究竟是谁，为什么要写这样的字条给咱们呢？"

顾锦朝喃喃道："我也想知道啊……"

她让青蒲服侍她换了衣裳，打算去前院找父亲。户部的事她是不清楚的，如果陈三爷真有什么要紧的要和父亲说，那她必须要和父亲谈一谈。

顾德昭这日正好不用去衙门，正在书房里和顾五爷顾德秀一起下围棋。

小厮通传了，顾德昭让锦朝进来，锦朝屈身向他和顾德秀行礼请安。

顾德昭召她过去说话："你来得正好，看看父亲这棋局，处处被你五叔父堵得死死的。"

锦朝笑着说："父亲又不是不知道，女儿的棋艺实在不好。锦朝找您有事，可否借一步说话？"

顾德昭和顾德秀说了一声，就随着她出了书房。顾锦朝很少来找他，要是来了一般都是要说正事的。因此他也正色问她："你有何事和父亲说？"

锦朝顿了一下，她不知道陈三爷是否值得信任。如果他给的是错误信息，而她因此误导了父亲，反倒让父亲掉进了陷阱之中，那就不应该了。因此她换了个方式问道："父亲，和您共事的司庾主事是谁，您对这个人熟悉吗？"

顾德昭失笑："你问这个做什么？原来那个司庾主事是房山良乡人，你及笄的时候他还送过礼来。不过如今他被调任到司度了，算是司度主事，现在司庾主事还空缺着。"

父亲毕竟是正经的六品官员,他觉得不该和顾锦朝一个深闺女子说的事,都会尽量避讳着。

顾锦朝无奈笑笑,拉了他的衣袖去正堂小坐,让水莹沏了茶上来。

她脸色严肃了许多:"父亲,事情紧急,您好好把这司庾主事的事和我说说。他在您手下做的是什么事,怎么突然调任到司度了?您觉得他有没有不寻常的地方?"

顾德昭用奇怪的眼神看了自己长女一眼,却还是出于信任慢慢说道:"他是管粮仓的,京城几处卫仓、大兴的通仓都是他在看管。如今山西那边闹饥荒,这些粮食都要运去山西赈灾,他要随着钦差去山西,因此调去了司度。要说不寻常的地方,最多是他几日称病未去六部衙门。朝姐儿,你打听这些,难不成是别人和你说了什么?"

顾锦朝听了之后却蹙眉细思起来:"他这几日称病,您去看过他吗?"

顾德昭摇头笑了笑说:"仓部令史十二人,书令史二十三人,计史一人,掌固四人,要是每个人生病父亲都去探望,哪里看得过来呢。不过山西那边饥荒严重,袁大人已经递了好几道折子上去,他不会不知轻重的。父亲不担心他,自然没有去看过。"

顾锦朝听到这个袁大人的名号,就问顾德昭:"可是袁仲儒袁大人?"

顾德昭点点头:"就是那个当年名满天下的状元郎袁仲儒。"

顾锦朝听过此人,他和陈三爷是同科进士,当年陈三爷少年就点了榜眼,袁仲儒那时候三十岁,是钦点的状元郎。后来累官至陕西布政使,和范川交好,如今范川一党砍头的砍头,流放的流放,能够活下来的寥寥无几。袁仲儒那是会明哲保身,又谨慎小心,才活到现在。

这事和袁仲儒有关……顾锦朝眼皮一跳,竟然牵扯进了这样的是非中。

她想了想,和顾德昭说:"您不如去看看他的病情如何了。要是耽搁了山西那边的赈灾可就麻烦了,到时候您也得担一点责任……"

顾德昭欲言又止,顾锦朝今天确实有些奇怪。这些朝堂的事……她为什么要问?

锦朝知道父亲还心存疑虑,但要和他解释字条的由来,别说顾德昭不明白,连她都觉得莫名其妙。她和顾德昭说:"您知道我有个账房曹先生,他原先做过尚宝寺卿家的幕僚。我也是今日出门听曹先生说的,他原先认识这个司庾主事,觉得此人很不寻常。您先去看了再说吧,要是真有什么不对的,您再回来和我说。"

顾德昭犹豫了片刻,才和顾锦朝说:"既然是你说了,父亲就去看看。不过这个曹先生你择日可要找来与我看看。"这个曹先生也是,这些朝堂的事怎么能随意和锦朝说，她知道这些乱七八糟的做什么。

顾锦朝点头允了，看着父亲套了马车出门，她才稍微松了口气。

顾德昭的马车出了顾家，朝着司庾主事家所在的榆树胡同去。积雪堆了几寸厚，路面又结着层冰，十分难行。等到了榆树胡同，才发现占了小半条胡同的孙家黑漆大门紧闭，雀替上挂的两个红纱灯笼被北风不停地吹动。顾德昭下了马车一看，发现门口石阶也没有扫雪。

他亲自上前扣了扣麒麟兽嘴衔铜环。

过了好久，门才"吱呀"一声开了，里头探出一个脑袋，是个满脸褶子的老叟，用谨慎而戒备的目光上下打量了顾德昭，看顾德昭穿了件绒布直裰和绸卦，才缓了缓问："您找谁？"

顾德昭皱了皱眉，问他："你们孙老爷在家吗？"

老叟听了有些不耐烦地说："不在，老爷出门了没回来，您可别来问了。"

他立刻就要合上门，被跟着顾德昭的李管事挡了一下，跟他说："这位是户部郎中顾大人，有公事要找你们孙老爷。他不是称自己卧病吗，你接了名帖去跟他回话，就说顾老爷来了。"递了一张名帖给这个老叟，又随手塞了一锭二两银子。

老叟收了银子，却把名帖退回来，语气好了很多："我小老儿大字不识，也看不明白。既然来人是官老爷，小老儿就多嘴说一句，咱们老爷几日前就没回来了，这话是假不了的。我是亲眼看着他出门的，就再没见着他回来了。咱们府里太太姨娘的都不急，只叫关起门户过日子就行了。"

顾德昭觉得这人莫名其妙，听到他的身份不迎他进去，反而还紧守在门口吹北风。这也就罢了，他目不识丁，难不成府里就没有认字的，找人出来认个名帖怎么了？这孙石涛称病好几日了，又怎么会不在府里？他不在府里，又会去哪儿了？

"你去叫府上主事的出来回话。"顾德昭跟这个老叟说。

老叟却压低了声音："我给您开门，那都是不听吩咐，还敢叫管事过来。看官老爷就不是个普通人，还是赶紧走吧。"说完飞快地关了门，任顾德昭再三叩门也不开了。

李管事道："老爷，这事情确实不寻常，孙主事不在也罢了，怎么这府里的人看着也古怪得很，好像生怕咱们进去的样子。您觉得该怎么办？"

顾德昭轻吐了口气："咱们也没有硬闯的道理，孙石涛说不定是去衙门了，我们去京城里看看。"李管事应"诺"，正要去吩咐车夫，顾德昭却又改变了主意，"算了，他不在府上，肯定也不会在衙门里。去大兴宋陵坊的粮仓看看，

他最近常去粮仓巡看。"

宋陵坊离榆树胡同也不远,在大兴和适安交接的地界上。

马车随即掉头往宋陵坊去了。

顾锦朝和父亲说完了事回来,思量了一会儿,还是从多宝阁上拿了一本《东坡笺注》下来,把那张字条展平整了放进去。这东西轻易动不得。

顾德昭不久就回来了,回来后立刻来见顾锦朝。

顾锦朝远远地看到父亲站在院子里,肩上落着雪,脸色苍白。

父亲来了东跨院,却连给祖母请安都来不及?

顾锦朝心里一紧,快步上前问道:"父亲,您可是有急事?"

顾德昭简直不知道该如何开口,他张了张嘴巴,声音又紧又急:"朝姐儿,你赶紧把曹子衡找过来。大兴的粮仓……粮仓出事了!"

他本想去宋陵坊的粮仓找孙石涛的,等进了粮仓一看,却发现里头鬼影子都没有一个。顾德昭心里觉得不妙,和李管事打开一座看,原本应该装着黍米的麻袋里,竟然塞满了麸皮!

这批粮食马上就要运去山西赈灾了,却出了这样的纰漏。要是等几日后过来搬粮食的人一抬,发现重量不对,到时候他可逃不了责任,即便不杀头,罢官流放也是在所难免的。

顾德昭摸了十多个麻袋,竟然全是麸皮。他后背全被冷汗给浸湿了。这赈灾的粮食要是出了问题,一不小心可会人头不保的。

很快顾二爷得了信,连忙从都察院坐了马车回来。

他脸色肃冷,身后跟着两三个幕僚进了顾德昭的书房。顾五爷早就等在里面了,顾德昭的两个幕僚垂手站着,他则脸色苍白地坐在东坡椅上。

看到自己二哥回来,顾德昭忙迎了过去,小厮抬了一把圈椅过来。

"你把事情从头到尾说清楚,粮仓怎么出事了?"顾二爷沉声问道。

顾德昭这才边回忆边把这事说了,又说起粮仓的情况:"这几个粮仓是孙石涛手底下的仓部掌固看管的,是属通仓。大兴、适安、通州共有通仓三十五个,但是通州的粮仓不到战事是不能开的,而且也是千户在看管。大兴的粮仓才是用来赈济灾民,平定粮价的,属户部看管,你们都察院巡仓御史也属其中。"

"我负责仓庾,大兴的粮仓出事我逃不了责任。而孙石涛就是主事,现在人已经不知所踪了。我去粮仓看的时候,那些看守的仓使竟然还在粮仓旁的寮子里喝酒。我让他们把仓廒全部看了,储粮三十六万石的大兴通仓竟有二十多万石换成了麸皮和陈米!"

顾二爷心里一寒,二十多万石……顾家倾家荡产都填不上这个窟窿。

他沉声道："你当时就不该惊动了这些人，要是事情传出去了，你当即就会被都察院派人直接抓走。"

顾德昭也有些后悔："当时我是又气又急，糊涂了。不过那些人我已经全部看管起来了，他们也怕出事，不敢到处去说的。再过几日，就要开仓运米去山西了。二哥，这该怎么办啊？"

顾二爷也不知道，没好气地说："你问我我怎么知道，你还要和我摘开。我是都察院的人，要是东窗事发了，咱们此时通气儿就会被说成沆瀣一气，到时候别说你了，我也会被拉下水。"

话虽是这么说，但是顾德元也不可能真的放任不管。

他想了想，说："那几个仓使你找来问过了吗？这么多粮食想要背着别人偷运出去肯定是不行的，咱们把人都问清楚了，能摘出去多少就算多少。"

顾德昭点头，找了李管事去问话。

过了一会儿李管事回来，手里还拿着几张文书。

"都问清楚了，仓使说前一月的时候，掌固就拿了有您和孙主事印章的批文过来，说是要换新粮。把里头的旧粮连夜运出了粮仓。"

顾德昭目瞪口呆，一把拿过文书看了，脸色十分难看："我从没有批过这样的东西。今年新粮不足，粮价本就高浮了，运进京师的粮食七成进了卫仓，还有三成放到了通州，根本没有余粮进大兴。"

顾德元听着皱了皱眉："那些仓使难道不知重量不对，连那麸皮都能蒙混过去？"

李管事垂手道："小的也问了，他们说掌固给他们每人发了十两银子，说不要管。他们还以为是上头的勾结了要贪粮仓里的粮食，拿了钱什么都没说。"

"我从没见过这张文书。"顾德昭喃喃道，他从没有见过这东西，但是上面不仅有自己的印章，还有户部仓庾郎中的印章，这又是从哪儿来的？

他的那些东西放在户部衙门里，孙石涛可以撬了柜子挪用。他如今已经不见踪影了……

孙石涛这是要害死他啊。

顾德昭心里很愤怒，除此之外还有十分的恐惧。孙石涛要是不见了，这责任还不是他全部承担着。幸好这事儿发现得早，可能还有补救的办法。要是实在不能解决，他自己上了折子自首，也能从轻发落。但要是等几日之后钦差带人来搬粮食时才发现，恐怕他项上人头不保。

他跟顾德元说："二哥，我从未签署过这份文书，印章定是孙石涛从我那里拿的。恐怕是他自己贪了粮食，想要陷害到我头上来的。"

顾二爷摇摇头："没那么简单，凭他一人之力，根本干不成这事。粮仓出事

牵扯到山西赈灾，咱们就不能这么想。"

山西灾情突发，按理就应该先蠲免和减征赋税，发放赈济银钱，从各地常平仓调粮先支援灾区。但是灾情报上去了，减征赋税的诏令却还没有下来，户部的赈济银钱一拖再拖，明眼人都能看出是怎么回事。

但是顾德昭的情况却有所不同，他和他们一样，身上有叶家的标签。

尽管叶家对他们并无什么实质性的帮助，这说法还是好的。往大了说，长兴侯叶家怎么看得起你区区顾家，人家是把女儿嫁过来了，但是逢年过节，也就是世子爷来看看他长姐，平日里两家来往不多。

但在外人眼中，他们就是叶家派系的人，百口莫辩。

但凡贪墨，都是官员大忌。而且贪污的还是赈灾所用的粮食，这件事要是传出去，顾家哪里还有颜面在燕京立足。到时候顾德昭官职被削不说，连他也会受到牵连。

顾二爷又问顾德昭："你说，是朝姐儿提醒你注意这个孙石涛的？"

顾德昭点点头："她有个账房先生，曾当过尚宝寺卿曹家的幕僚，说是和孙石涛认识。"

顾二爷皱了皱眉，顾锦朝还有账房先生？

顾锦朝刚把曹子衡请过来，先把事情和他说了一遍。

曹子衡听了也是心中一惊："这事实在太大，难得大小姐信任老朽。"他先拱了手，才说，"二十多万石的粮食，孙主事就是想私吞，那也没这么容易。此事牵涉到赈灾，老朽觉得不简单。"曹子衡很快就想到了如今的山西布政使袁仲儒，范大人的至交好友。

再想到朝廷最近的动向，他心里有一个隐隐的猜测。

顾锦朝知道袁仲儒，很快明白这件事肯定和山西赈灾有关。曹子衡说了他的猜测，和顾锦朝不谋而合。

顾锦朝想得更全面一些，赈灾的粮食出问题，不仅能拖延了山西赈灾，还能顺便除去和叶家颇有关系的父亲。

这事要针对的主要还是袁仲儒和长兴侯家，父亲这是被殃及池鱼了。

她让曹子衡先去见了父亲，曹子衡是幕僚，更方便和父亲还有二伯父商量事情。

她则坐在大炕上，一边拿着刺绣的小绷绣汗巾，一边想事情。

二十万石粮食……这个窟窿怎么填得上？即便拿出顾家全部家当都保不起。就算是财力强大到能保下这件事，收购二十万石粮食，那也不是简单的事，这是会造成京都粮价振动的。

叶家应该不会坐视不理，但他们能怎么管？只能在此事事发的时候力保父亲，最多能保下父亲的性命，官职是肯定会被革去的，而且永不续用。

朝堂之事岂容妇人置喙，明面上她是不能做什么的，但是私底下她还是能做一些事的。

顾锦朝觉得最奇怪的，还是陈彦允给她递了字条，他为什么要帮她或者说是帮顾家？他可是张居廉派系的人。

如果明白了陈彦允为什么要帮父亲，说不定能从他那儿找到突破口，保下父亲的官职。

顾锦朝不由忆及，她初嫁去陈家的时候，陈彦允对她还是十分好的。他陪着自己梳妆，陪着自己去给陈太夫人请安。虽说没和她说什么话，但是处处维护，没有人看轻了她。

但这段日子不过月余，他就不再往她这儿来，甚至也不去任何侍妾那儿。干干净净地修身养性，连酒肉都忌了起来。

她偶然看到他左手上盘着一串奇楠沉香佛珠，觉得可能是他开始信佛了吧。如今一看，那串佛珠原来早就在他手上了，竟是成亲的那月取了下来。

陈三爷究竟在想什么，他心里有何打算？如果想帮顾家，为什么不说清楚，仅仅留下"司庾主事"四字？是不是因为他还是张居廉派系的人，而不好把这件事说明白？

顾锦朝觉得头疼。和陈三爷打交道，比和叶限费力无数倍，叶限做事其实很好猜，他想做什么就会这样做，全凭心意。陈三爷呢？他究竟在想什么，他做的这些事是不是有长远目的，她都不清楚。

这个人啊！

她放下小绷，让青蒲拿了清凉油过来。

过了一会儿曹子衡从外院过来，和锦朝把刚才商量的事说了："顾二爷的意思，还是说按兵不动，他们先去找长兴侯说项，看看长兴侯府能不能解决。如果不行的话，就让老爷上陈情表说明，最多是革职查办，要是长兴侯家愿意力保，也许还有回旋余地。"

这也的确是顾家唯一能走的路。

按说陈家的事，她也该知道七八分才是，如今却十分的不确定了。

顾锦朝犹豫了一下，盼咐曹子衡："你暗中打探一下，看看父亲和陈大人是不是有什么牵连，或者是咱们不知道的关系在里头。"

曹子衡一愣："大小姐说的陈大人是……"

锦朝轻吐出几个字："户部尚书陈彦允。"

曹子衡的脸色郑重起来，忙拱手行礼离开了。

吃过午饭，顾二爷和父亲一起乘马车前往京城，去拜见长兴侯。

定国公樊家六小姐由嬷嬷陪着过来了，是要准备着给顾怜当赞者的。冯氏把于明瑛和樊六小姐都安排在客房，派了自己身边的二等丫头去伺候着。

给顾怜祝贺的人陆陆续续地来了，没有人知道顾家即将有一场巨大的罹难。就连冯氏都不知道，她还在和二夫人商量着，要请德音社的戏班子过来唱几天戏。府里一派喜气洋洋，顾怜被冯氏拉着见这个太太、那位小姐，忙得脚不沾地。

锦朝不爱凑这热闹，也不想这时候往人面前钻，要不是冯氏叫她，她连妍绣堂都不想出一步。

下午姚家夫人过来了，众女眷都被叫到东跨院，要给姚夫人行礼问安。锦朝带着青蒲、采芙二人往东跨院去。姚夫人也就是如今文华殿大学士姚平的正妻，姚文秀是她的第二子，这顾怜的及笄礼，她无论如何也得来一趟。

冯氏和姚夫人在宴息处说话。锦朝才走到宴息处外，就看到一众陌生的丫头和嬷嬷垂手站在外面，丫头们或穿着十样锦印花面冬袄，或穿素面锦缎面冬袄，耳垂上缀着小小的金银丁香。嬷嬷们穿着檀色比甲，腕上还套着只手指宽的赤金镯子。面上的表情都淡淡的，来人都不看一眼。

这应该是姚夫人带来的仆妇了。

顾锦朝看了一眼就往宴息处里走，先给冯氏行了礼。冯氏召她坐下，都顾不得和锦朝说话，笑着同正饮茶的妇人道："说到饮茶上面，我倒是更喜欢用松子蜜饯泡水，清淡又爽口。"

锦朝这才看向坐在正宾位的妇人，三十多的模样，穿了件湖蓝色五福捧寿缂丝褙子，戴着南海珠子箍，金笼耳坠。长得白净丰腴，气质不凡。只是眼睛细长，颧骨高了几分，并不显得平易近人。

姚夫人笑了笑说："茶饮多了也是伤身，老夫人用蜜饯泡水喝，倒也是不错。"

冯氏就让丫头上了盏松子蜜饯茶给姚夫人，姚夫人接过之后却放在了一边，问冯氏道："老夫人，这坐了小半天了，你们怜姐儿怎么也没来拜见。"

冯氏道："姚夫人可别见怪，她那是去和樊家六小姐说话了，我派人去喊了，稍后就过来。"

冯氏心里也不由觉得顾怜不知轻重，别的人缓缓不行吗。姚夫人以后可是她婆婆，她要是在婆婆面前落下个不好，以后嫁过去能有好日子过？看着姚夫人也不是个简单的，正三品诰命夫人，人家端得十足十。就是她才能和姚夫人说两句，顾二夫人和姚夫人才算是正经亲家，但也只有坐在旁的冷板凳上喝茶的份儿。

听到丫头隔着帘子禀说二小姐过来了，冯氏心里才算松口气。

顾怜和顾澜一起进来，两人都是精心装扮过的，屈身行礼过后，冯氏让顾怜过去说话。姚夫人的目光在顾怜身上一转，才笑着说："怜姐儿装扮得好看，我上次见你，你还像个小豆丁似的。"

顾怜笑着回道："您上次见着我，还是十岁的时候呢。"

这可是姚文秀的母亲，她要拿出十分好的姿态来面对。顾怜随即又屈身道："怜姐儿想着要见您得慎重，特地回屋换了衣裳过来，因此才迟了些，您可别和我生气。"

姚夫人笑了笑并不说什么，过了会儿才由二夫人陪着，去客房住下了。冯氏一直笑到姚夫人离开，才瞪了顾怜一眼："换不换衣裳有什么打紧的，你也太不知轻重了些。"

幸好姚夫人没有计较。

顾怜委屈地撇了嘴，没有再说话了。

顾二爷和顾德昭递了名帖，还在厅堂里等了一会儿，才等到长兴侯出来。听完他们所说之事后，长兴侯皱眉想了许久，让人去请老侯爷过来一起商量。

老侯爷听后问顾德昭："这次赈灾调集的通仓粮食是多少？"

顾德昭想想回道："先后会送出去五批，共是十二万石。如今粮仓的粮食加起来只有九万石。"

老侯爷又想了许久，才说："我们长兴侯家如今韬光养晦，凡事我都让叶限隐忍些，避其锋芒。这次要是帮了你们，我们叶家势必会和张首辅正面对上。"

顾二爷听得脸色一白，忙拱手道："老侯爷，这些事理咱们也明白。要不是实在没有办法了，也不会求到您这里来，您要是也不管这事了，咱们顾家还真是走投无路了。"

老侯爷淡淡道："我没说不帮。只是这要如何帮，得拿出一个章程来。"

顾家在别人眼中自然算是叶家派系，如果长兴侯家任由顾家倾颓，其他依附于叶家存在的势力会怎么想，难道不会生出树倒猢狲散的想法？

他侧身问长兴侯："叶限呢？我这几日怎么都没看到他？"

长兴侯摇头道："您就别问他了，如今整日整日的在大理寺里，他母亲想让他先去相见何大人家的小姐都找不到人。"叶限最近行事古怪，又找了不少翰林院和六部新进的两榜进士名单看，说要挑了好的给长兴侯家当幕僚，人家两榜进士会给他当幕僚吗？再说这些新入翰林和六部观政的进士也不适合做幕僚，简直不知道他在做什么。

要是叶限在，这事指不定能想出办法来。

老侯爷叹了口气："这事他还是别插手吧，他如今忙的事也多。"

他继续道:"只要孙石涛不出现,你大可把大部分责任往他身上推。长兴侯家在都察院、大理寺都能插手。怕就怕这群人既不把孙石涛放出来,也不让他真的消失。"老侯爷凝重地看着顾德昭,"你明白我什么意思,如果最后孙石涛出现了,但是是自杀而亡,谁都救不了你。而且这种可能性很大。"

顾德昭脸色一白,孙石涛要是死了,那就是畏罪自杀,而所有的罪责都会由他担着。孙石涛要是不死,长兴侯家还能插手大理寺和都察院。他这是在赌运气了。

和长兴侯、老侯爷商量完,顾德昭等人又连夜回了顾家。

顾锦朝已经吩咐好了青蒲,要是父亲回来就叫醒她。青蒲在廊庑下守夜,看到前院的烛光亮起,就进东梢间叫顾锦朝。这时候才半夜,离开烧得热乎的大炕,锦朝才觉得周身发冷。

她穿了冬袄披了件貂皮的斗篷起来,去前院父亲的住处。

顾德昭一天一夜没休息,眼睛熬得通红,俊秀的脸也显得落魄许多。听闻锦朝前来,忙叫了随侍去烧炉火,又责备她:"你起来做什么。"

他刚回来,屋子里冷得跟冰窖一样。

无论怎么说,锦朝比他们多了份先知的优势。她要是知道事情的发展,说不定能想出对策。她坐下来后问父亲:"您和长兴侯谈得如何?"

顾德昭叹了口气,一时沉默。锦朝心里也明白,长兴侯府如今韬光养晦,要是大张旗鼓地帮顾家,先前的努力可算是付诸东流了。估计也只说了些力保父亲的话,要想毫发无损,那是不可能的。

叶家对顾家并不长情,老侯爷更是个心狠手辣什么都能割舍的。

顾德昭喃喃道:"是父亲没用,年近四十了还在郎中的位置上,也不得擢升。如今更是一时大意被人陷害,想要自保都无能为力,还要连累你们跟着受苦。"顾德昭的手放在锦朝的肩上,眼眶发红地道,"朝姐儿,父亲要是真活不下去了,你要好好孝敬你祖母,好好照看着弟妹。咱们家和祖家生分,我都知道,要是我不在了,你们更是要委曲求全了。"

他不在了,冯氏会对他的几个孩子好吗?

他不想锦朝在顾家委曲求全地活着,但是这有什么办法呢。能委曲求全地活下去都是好的,怕只怕顾家倾颓,几代人的努力化为乌有,到时候朝姐儿他们该何去何从?

锦朝如今是极沉稳的性子,看到父亲泫然欲哭的样子,心里也忍不住抽痛,父亲就算有错,那也是她的父亲。

她低声道:"您别急,这事不一定就没有办法了。您先好好地睡一觉,等精神好了再想办法。"

顾德昭点点头，又让她先回去睡。朝姐儿懂事是好的，但是这些事情本就不是她能插手的，她就算再聪明懂事，那也不过是个未出阁的女子。

顾锦朝离去之前问了父亲："开粮仓是什么时候？"

顾德昭愣了一下，才回答道："十二月二十四。"

那就是两天后了。

时间太紧，恐怕是等不得曹子衡打听清楚了。顾锦朝在回去的路上慢慢想着，陈三爷的事要是这么好打探，那也枉为内阁大臣了。

她心里有个更好的主意。她想亲自去问陈三爷。

既然愿意给顾家报信，那他肯定是不想害顾家的。这件事可能很复杂，就算是同为张党势力，彼此之间也有矛盾冲突。例如陈三爷和睿亲王的关系一直不好，两派间彼此有倾轧。

会不会是陈三爷并不是想帮他们，而是想打压他的竞争对手呢？

或者像她原来猜测的那样，陈三爷因为什么渊源，想要庇护一下顾家？

人的恻隐之心是很难说明白的，如果她去问了，陈三爷说不定愿意指一条明路出来。

但是想见到陈彦允，可不是一件简单的事，何况她还是个大门不出二门不迈的闺阁小姐。恐怕只有借口去买东西，才能得以出去了。

锦朝望着承尘叹了口气，才慢慢闭上眼睡去。

第二天她去跟冯氏说自己还有些东西想去购置。冯氏没有多想，就同意了。

徐妈妈拿了对牌。过了晌午，锦朝由青蒲和采芙陪着去了前院，冯氏派了四个侍卫跟着她。出了顾家门，马车一路慢悠悠地往德众坊去。

罗永平早在苏杭罗缎铺子的后门帮她备好了马车，锦朝上车后吩咐他："我这一去就是半个时辰，那几个侍卫若是过来找，就让采芙换了和我相近的衣裳坐在里头。"

罗永平应"诺"，说道："您放心，小的照看着，不会出岔子的。"

顾锦朝只带了青蒲上了马车，车夫一挥鞭子，马车快速朝着兰西坊去。

兰西坊不如德众坊和玉照坊繁华，不过是个青石板铺路干干净净的小集，往来的人也不多。往左就是通向宛平的官道，往前是京城外城。车夫把马车停在一个卖羊肉和烫酒的小铺子外面，又给了店老板一锭二两的银子，告诉他随后就不要再让客人进来了。店老板连声应下。这二两银子顶他一个月的收益。

锦朝手里摩挲着陈三爷给的那张字条，低声吩咐那车夫："你等一下去拦马车，说请三爷喝羊肉汤，再把这东西给他。可记明白了？"

陈三爷看到字条，应该能猜测得到是顾家的人想见他。

如果他不愿意帮忙，或者不想被卷进来，就不会答应过来。

罗永平找的车夫极为机灵，连声应下来。接过字条揣进褐色棉袄袖子里，在铺子外的石台上坐着等。

小铺子里人走光了，锦朝才下了马车进铺子里。里头开着窗扇，放了四张干净的木桌，桌上还摆着碗箸，一碟香油。锦朝坐了靠窗的位置，让店老板上了一壶热茶。

一辆青帷马车行驶在青石道上。

"王玄范也太难缠了些。"江严小声地道。

陈彦允坐在马车上，闭目揉着眉心。

山西赈灾的银子因由户部关着，他自然会定夺。王玄范一个工部尚书，竟以修筑堤防、疏浚河道之名插手户部的赈灾银两，说要先借由挪用。朝中已有老臣对压下赈灾银一事不满，王玄范再这样生事，户部也难免尴尬。但王玄范此举虽然明目张胆，却正中张居廉下怀。

陈彦允没有说话，过了会儿才睁开眼问江严："顾郎中有没有折子上来？"

江严愣了片刻："您说的是司庾顾郎中？"一个小小郎中，怎么入了陈大人的眼了。江严斟酌了下说："下官没见到过顾郎中的折子，这人可是有什么要紧的地方，不然下官回去查证一番？"

二十四日开仓，如果再不递折子，恐怕连命都保不住了。

陈彦允笑了笑："罢了。"

本来他就不应该管。

王玄范的事，他们也不可退缩。不然王玄范惩治袁仲儒有功，张居廉也要对他另眼相看了。陈彦允摸着左手的奇楠沉香珠串，吩咐江严道："工部疏浚河道应该有专门的库银拨下来。他连折子都不上就要用户部的银子，咱们还要帮他一把，你回去找了工部司川罗侍郎上折子。他不是哭穷吗，把他前月挪用工银置办千亩良田的事传出去，不用特意参他一本，最好说给张大人在都察院的侄子听。"

张居廉最恨官员贪腐，王玄范这千亩良田还偷偷买在了香河，就是怕事情传出去了。

江严应"诺"。

陈彦允再次闭目养神，马车却突然停了下来。

江严一个坐不稳，随即挑开帘子问胡荣："你这马车怎么停了，三爷正休息着呢。"

胡荣也气恼。他驾了两匹青骢马跑得也快，面前却突然冒出一个穿黄褐色棉袄的矮脚汉子挡了他的路，要不是他缰绳勒得快，这人就没命了。

胡荣张嘴就骂那拦路的汉子："你这人是想寻死呢！路这么敞亮你非要往这

儿冲过来，你信不信我要是狠点心就辗过去了。"

那汉子作了揖，笑得十分讨喜："小的不过是赶车的，主人吩咐请老爷去喝一碗羊肉汤，就搁旁边老席羊肉汤铺里，不耽误事。"

胡荣皱了皱眉："我们家老爷什么个身份，凭着你想请就能请的，快给我滚开！"他举起了马鞭。

汉子又是笑："您可别生气，我们主人和你们老爷可是故交，您瞅瞅，我这儿还有信物呢。"汉子几步上前，把字条塞进胡荣袖中。

胡荣愣了愣，回头望了江严一眼。江严却看了一眼矮脚汉子，他穿了件黄褐短棉衣，皂色裤子，样子很不起眼。但是这样拦车的胆识却不一般，他向胡荣伸手拿了字条，转身进了马车里。

"三爷，我看这人不一般，您看看这东西……"江严把字条递给陈三爷。

陈三爷慢慢展开字条。

他面上看不出表情，江严不由心里一紧，可别是他判断错了吧，这要是随便接了不相干人的东西给三爷看，他可难辞其咎。江严硬着头皮说："不然下官立刻就打了那人离开。"

陈三爷把字条揉作一团，嘴角露出了淡淡的笑容："既然人家诚心请了……走吧，下去喝羊肉汤。"

江严一愣，陈三爷却率先下了马车。他连忙跟下去，心里还在狐疑那上面究竟写了什么。

羊肉汤铺的门开了，升腾的水汽和灰尘混合在阳光里，随着阳光照射进来。锦朝随即站起身，她看到陈三爷走进来，穿着件绯色盘领右衽袍，腰间系犀革带，正二品的官服服制。他这是刚从户部衙门下来，外面还披了件黑色大氅。身后跟着一个穿赭红程子衣，正看着她的男子。那胡荣却在外面小声和店老板说话，让他回避。

这个穿程子衣的男子，应该是陈三爷身边很得力的一个幕僚，叫江严。

陈三爷看着她，依旧带着儒雅的微笑，那目光却好像要洞悉她的心思。

顾锦朝一时恍惚，她还从没有如此认真地打量过陈三爷。和梦境中相比，他好像年轻十多岁不止的样子。梦里陈三爷去四川前，她偶然看了他一眼，才三十多岁的人，竟然两鬓已有白丝。他何尝这样对她笑过……

顾锦朝上前一步，屈身行礼道："烦扰大人安宁，小女和您在通州有一面之缘，您可还记得？"

陈彦允并没有说什么，而是侧头吩咐江严："去请店家端热水过来，再上一盘羊肉吧。"

天大寒，羊肉正好能祛除寒气。

他才温和地对锦朝说:"不急,你先喝点热茶暖胃吧。"

她出来这么久,这屋子里又没有炉子取暖,脸蛋都冻得微红了。

顾锦朝一时语塞。和陈三爷说话费劲,她还是第一次有所体会。他既不问她是谁,也不问她为什么要找自己,反而熟络地请她喝热茶。不疾不徐,似乎真是一场朋友会晤。

她请陈三爷坐下,自己却站在一旁道:"小女母亲亡故,少沾腥膻,大人见谅。"

陈三爷"嗯"了一声不再说话,过了会儿店家将羊肉和热茶端上来,端东西的手都在发抖。

陈三爷开始慢慢吃羊肉。

一盘羊肉见底了,他才放下筷子。

"你猜到字条是我所写?"

锦朝应了一声"是"。

陈三爷点头。"还敢这样来找我,你应该也不算笨。"他抬起头看着顾锦朝,语气却放得更慢了些,"那你也该知道我是不会帮你的。"

陈彦允刚开始之所以会提醒顾锦朝,那是知道他们没有回天之力。顾锦朝父亲要是发现了粮仓的问题,能上了陈情表认罪,还不至于丢了性命。却没想顾锦朝能猜出是他给的字条,还这样明目张胆来拦他的路。

她的胆子一向都大,让他觉得啼笑皆非。

锦朝屈身道:"如果大人不会帮我,一开始就不会写字条给我了。退一步讲,即便您不帮我,我也只是来谢谢大人。恳请大人告诉我为什么要帮顾家。"

陈彦允叹道:"可见我真是做了件错事。"

顾锦朝听到他这句话,心里觉得有些不妙。难不成此事她猜测得有出入,陈三爷并不是因为和父亲有什么渊源,或是政治斗争才想随手帮他们,而只是动了恻隐之心。但他可是陈三爷,哪里来的恻隐之心这种东西。

想到后来的刘新云贪墨一案,她还有些心有余悸。万德三年,张居廉的外甥,盐运司同知周浒生强占刘新云的次女为妾,并打死了刘小姐的乳母和贴身丫头。刘新云递了折子上去,还没到内阁,就被都察院网罗了贪墨的罪名抓捕。刘新云喊冤,在殿前磕破了头也没人理。

陈三爷力压所有为刘新云上书的折子,更把几个牵扯较深的大臣降职贬谪,再也没有人敢为刘新云喊冤。后其全家流放宁古塔。而周浒生不过是被张居廉罚了一个月的禁足。

"要不是情形危急,我也不会找到大人这里。小女斗胆猜测,大人虽位极人臣,但在内阁并非没有对手。据小女所知,这一直力压赈灾的可是谨身殿大学士王大人，因赈灾一事，大人可被王大人辖制甚多……"这事顾锦朝早有猜测，王玄范和陈彦允不和。而根据曹子衡所说，如今赈灾银迟迟不下，工部却先开始疏浚河道，王玄范更是由此得了张居廉青眼。她心里才有了这个猜测，却并不太确定。

陈彦允依旧笑着，左手开始摸捻珠串起来。他平静地看着顾锦朝，目光却十分锋利。

顾锦朝瞬间觉得手心汗腻腻的，心里不觉有些后悔，这话还是不应该明说，她一个闺阁女子，哪里知道的这些朝廷秘密。

不知道陈彦允心里会如何怀疑她。只是为了救父亲，这些事也顾不得了。

她穿着一件白底淡紫竹叶纹的冬袄，深靛青色的湘裙，人长身玉立的。青丝梳了素净的桃心髻。她低头不语，嘴唇抿得有些泛白，如玉般的小脸在阳光中显得有些朦胧，纤长的睫毛盖着澄澈如秋水的眼眸，明媚动人，海棠娇艳之色。

她穿得太素净，反倒让人觉得可惜。

陈三爷想起她在湖榭里摘莲蓬的时候，穿的是件淡粉洒红樱的对襟褙子，深红绉纱的八幅湘裙。腕上还有一对手指宽嵌白玉的赤金镯子。她随意地坐在亭子边，深红的湘裙垂落在地上，还有一角落进水里。但她丝毫不在意，一边笑嘻嘻地伸长了手勾莲蓬，一边回头和她的丫头说话。

那丫头吓得说话声音都在发抖。

那时候他初入詹事府，仕途不顺，刚为父亲守完孝除服。

他驻足看了一会儿。那少女跟丫头说："你拉着我，还有远一些的我够不到。"

丫头小声道："表小姐，那儿的就算了吧。"

她不听，提了裙角拧干水。丫头只能胆战心惊地拉住她的手，她往亭子外挪了些，皂色绣宝相花的绫鞋踩在了湖畔的石头上。她笑着说："你不准回去告诉外祖母，不然我就跟外祖母说，让她找人牙子把你卖到穷山里，给人家当童养媳，顿顿饿着你。"

她话还没说完，脚下一滑，"扑通"一声踩进了水里。湖水并不深，她踉跄了一下就站稳了，湘裙却全湿透了。她呆若木鸡，气得说不出话来。过了一会儿才说那丫头："你怎么也不拉紧我，这下全湿了吧。"丫头的声音也带着哭腔："小姐，奴婢不要被卖去当童养媳。"

那丫头比她还小点。

顾锦朝气呼呼地哼了一声："你还不把我拉上去。我这样回去，你才真是要

被卖去当童养媳了。"

两主仆很混乱,丫头又忙伸手来拉她。

陈彦允却看得笑起来。他看着时间差不多了,转身走小径离开。身后却传来落水的声音,还有那丫头大声地啼哭:"表小姐,你拉着奴婢啊。这池子怎么掉得下去……奴婢去叫侍卫过来。"

他转身看去,湖面却没有顾锦朝的身影,水面上仅浮着一角红色的绉纱。

他心里顿时一紧,忙往回走去。那丫头已经吓得走不动了,哭得停不下来。看到一个男子从小径走到湖榭旁来,先是惊讶,然后哭着跪地磕头道:"您救救我们表小姐吧,她掉湖里去了。"

他安慰这个丫头道:"你别急,你们表小姐会没事的,现在立刻去找你们太夫人过来,说你们表小姐落水了,多带侍卫过来。"

丫头擦了擦眼泪慌忙点头离去。

他一踩湖畔的石头淌入水中,这水的确不深,往下却有个坑,深不见底。他没有多余的时间判断,屏息后沉入了水坑之中。很快就找到了正在下沉的顾锦朝,他把她抱上湖榭。

顾锦朝实在狼狈,浑身的衣裳都湿了,缎子一样的黑发结成络,小脸苍白如雪,眉眼却精致如画。

救命要紧,他也顾不得男女之防了。好在顾锦朝很快就吐出几口湖水醒了过来。无意识地拉住他的衣袖,小声地道:"不告诉外祖母……不然卖去当童养媳……"

他哭笑不得,只能安慰顾锦朝:"嗯,不说。"

顾锦朝又说:"难受……我头疼,想吐……"

陈彦允接着安慰她:"一会儿就好了。"他拉开顾锦朝的手打算离开,他虽然救了人家姑娘起来,但毕竟有所冒犯。要是追究起来难免会坏了她的清誉。他悄然离去,也就没有人知道了。

顾锦朝却拉着他的衣袖,不依不饶:"不要走……不告诉外祖母……"她的声音却渐渐弱了。

陈彦允无奈地叹了口气,一根根拉开她的手指,从小径离开湖榭。

陈义正在外面等他,看他浑身都湿了,很是惊讶。

"备马车,我们立刻回宛平。"他淡淡地道。

羊肉铺子外面煮着大锅羊肉汤,水汽从中飘进来。

远处依稀传来叫卖声,一路走一路敲的货郎用小棒子敲出叮叮叮的声音。

顾锦朝垂着头看自己挂在腰间绣兰草的蜜合色香囊,心里转过很多个念头。

陈三爷总不至于下手杀自己灭口吧。

陈三爷见她不再说话，觉得她有点怕自己了，不禁好笑："你现在才觉得怕吗？胆子这么大，一个闺阁女子，敢私自出门，还叫人来拦二品大员的马车，请我喝羊肉汤，我还以为你什么都不怕呢。"

顾锦朝觉得陈三爷的语气像训斥孩子一样，但是没有恶意。

也是，她如今才十六岁，对于陈三爷来说，她算什么呢，恐怕连动手都觉得没必要。

锦朝反倒镇定下来，轻声道："陈大人权势滔天，我怕是应该的。我来找您，也确是走投无路了。原以为您是出于自己的考虑，也想帮顾家一把，是我想多了。"

陈三爷温和地一摆手，示意她先别说话："虽说不知你是从哪儿听了王大人的事，不过可不要胡乱揣测。这话我就当没听过，你也不要和旁人说，小心招致杀身之祸。"

他往后靠在了椅背上，不紧不慢地道："我和你父亲是差了一科的进士，你父亲刚进户部观政的时候，曾跟在当时的司度郎中文大人手下做事，文大人和我是忘年交。顾念你父亲的才情一直对他照顾有加，后来致仕回了安徽芜湖老家，去年和我通信，曾叫我多照拂你父亲。"

顾锦朝记得这件事，这个文大人是个老儒，她小的时候还见过。后来文大人致仕了，父亲才转拜了林贤重。

真是因为这个文大人？

顾锦朝对上陈彦允的目光，一不小心就撞进陈彦允深不见底的眼中，她突然后退了一步。

陈彦允却还没说完，声音很缓慢："凭着这等交情，我帮你父亲不死已经够了，再想让我出手帮忙，可是要置我于不义之地的。"

顾锦朝脸色微变，陈三爷这是不愿意帮忙啊。她低声道："陈大人，这话我本不该多说，但这赈灾粮食不仅牵扯我父亲，还有山西几十万的百姓。饥荒之下，人人自危，卖儿鬻女也不稀罕。您是户部尚书，借您之位损害百姓，历史功过又该如何评说。"

顾锦朝这番话说得实在太大胆了。她不了解陈彦允，要说他是个佞臣，他在任户部尚书几年，减轻徭役赋税，国泰民安，从没有贪赃枉法。要说他是个贤臣，为虎作伥这么些年，他真是替张居廉做了不少昧良心的事。

顾锦朝不等陈三爷回话，行了福礼告辞。

陈三爷脸上的笑容终于淡了下来。

虽说这些事他觉得没必要解释，但是看着顾锦朝这样黯然失落的样子，他还是于心不忍。

他握紧了手中的奇楠沉香珠串,淡淡地道:"你才多大,怎么会懂这些呢。平常人看事只能看到表面,好就是好,坏就是坏。但是有些事本身是很复杂的。"

他并不能随心所欲,他也被很多东西牵制着。而政治斗争是一件很复杂的事,诡谲多变,他如果一个行走不慎,很可能会连累陈家百年基业。

顾锦朝想不到陈彦允会对她说这样的话,她沉默了片刻后道:"无论如何,小女也要谢过大人报信之恩。时辰不早了,小女告退了。"

她转身朝门外走去。

陈彦允叹了口气:"你带纸笔没有?"

顾锦朝的脚步顿住了。

青蒲去外面现买了笔墨纸砚进来。

江严帮着陈三爷铺了宣纸,心里还觉得跟做梦一样。今天陈三爷这么好说话?

他悄悄看了旁边坐着的顾锦朝一眼。这少女十分陌生,却格外明艳,他还从没见过漂亮得如此娇艳的少女。正是春深日暖,海棠繁华的光景,简直像幅画般。

三爷对那个字条的态度也有些古怪,他原先应该是见过这名女子的。

顾家顾郎中的女儿。

三爷刚才向他问起顾郎中的事。

不论这女子是谁,江严都对三爷的做法不认同。今晚陈二爷就要从陕西回京述职了,三爷再在这里耽搁下去,等到宛平恐怕就要天黑了。何况这女子张口就是山西赈灾一事,实在不是什么普通的闺阁小姐。

江严觉得这事情有点不妙。

顾锦朝看着陈三爷不紧不慢地磨了墨,蘸墨落笔。

"这信你让你父亲连夜拿去通州,找通仓主事丁永墨。他们自知该怎么办。"

陈三爷想用通州通仓的粮食来填补大兴的空缺?但这要是被发现了怎么办?

陈三爷放下笔,说:"通州通仓粮食储备有七十多万石,只要不是战乱或者大规模的饥荒,是很少动用的。"通州通仓的粮食是国本,看管很严,如果不是动摇国家根本的事是不会开仓放粮的。他顿了顿,继续说:"如今除东南沿海偶有倭患,天下太平,是用不到通州通仓的粮食的。今年这雪下得大,明年收了新粮再入通州通仓,到时候清除的旧粮会进入京城的各大粮食商行,把账目做好就没有人知道了。"

他觉得顾锦朝的目光有些奇怪，又解释了一句："丁永墨是我的门生。不过你要让你父亲注意着，这信他看过之后，要是没有立刻销毁，就要来告诉我。知道吗？"

顾锦朝点了点头，突然问了句："您用左手写字？"

陈三爷笑道："怎么，觉得稀奇吗？"

她不是觉得稀奇，而是心中有种说不出的滋味。她竟然从未注意到他是用左手的。而且用得很自如。

陈三爷写完放笔，江严立刻从袖中拿出一块红绸布包着的刻章递过去。他在信纸上盖了自己的印章，才装进信封递给顾锦朝。

顾锦朝觉得这信封有千斤重，心里却有种不真实的感觉。陈三爷竟然真的愿意帮他们？而且还写了信给她？这信里究竟是什么，他不会写了什么别的吧。

顾锦朝狐疑地打量了信封一眼。

陈三爷觉得好笑，喝了口茶说："不要觉得好奇想打开看，你们要是打开这封信就无效了。丁永墨是认得出来的。"他虽然信任顾锦朝，却不信任她身后的顾家。他们对信封都有特殊的处理手段，是不是打开过一眼就看得出来。

顾锦朝点点头，又行了礼："大人放心，这事定不会把您牵扯进去。大恩不言谢，大人也用不着小女帮忙，但若有需要的，小女和父亲都会倾尽全力帮您。"

陈彦允道："既是帮你，也是帮我自己。没有什么谢不谢的。"赈灾粮食的事王玄范若是没有做好，拖延山西救灾也就无从谈起了，并非对他毫无益处的。他也算是帮黎民百姓一次吧。

"你也不用担保，若是你们把我牵扯进去，陈家会不会遭受牵连我不说，但是顾家肯定是灭顶之灾。"

他淡笑着补充了一句。

江严帮他披上了大氅，他柔声向顾锦朝道别，走到门口却顿了一下，回头看着她问了句："你真的不记得了？"

夕阳西下，外面是青石街，残雪如盖。阳光竟然格外明亮，陈三爷的身影逆着光，神情她看不清楚。

顾锦朝怀疑自己没听清楚，她问："您说什么？"

陈三爷笑了一下，摆摆手不再说什么，转身不见了踪影。

顾锦朝握着手中的信，只觉得糊涂。

不过父亲的事是耽搁不得了，她还是赶快回去为好。

她随即带着青蒲坐马车离开了兰西坊。

顾德昭不可置信地看着自己的女儿。

顾锦朝喝了口茶道:"父亲切莫问为什么,女儿不好把话说明白。您立刻拿着这封信去通州找通仓主事丁永墨,他知道该怎么办。"

顾德昭皱了皱眉:"朝姐儿,这事可关乎父亲的生死啊。这信你是如何得来的,里面又写的是什么?"

锦朝叹了口气。她犹豫了片刻,还是把信的来历说给父亲听了。若是父亲不知这封信的重要性,反而透露了信息给别人知道,那更是不好的。

顾德昭听了锦朝的话,觉得十分惊讶:"竟然是陈大人,你说他是因为文大人的渊源想帮助我?"

锦朝道:"父亲,这事要是让别人知道了,咱们顾家可有灭顶之灾的。"

顾德昭点点头表示他明白。他素日和陈大人并无交集,不过每次见面行礼问安而已,陈大人也一向是颔首而过,连话都没说过一句。知道赈灾粮食的事有了回旋的余地,他心里松了口气,但更多的是疑惑。

眼看天色已经不早了,他没有再多问什么。和顾二爷说了几句之后套马去了通州。

第二日就要开粮仓了。

顾德昭一夜未眠,等事情办妥后回到大兴,先到了锦朝那里。

他喝了口水跟锦朝说:"没有问题,丁主事看完信当即在烛台上烧了。随后连夜找人运粮,这次先运了三万石,把赈灾的粮食对付过去。还有十几万石分多次运完。"

顾德昭还有话没说,丁永墨看了信之后,曾经对他说了一句话。

"陈大人帮您,这是要冒很大风险的。您和陈大人竟关系深厚到这等地步,以前倒是没看出来。"

颇有套近乎的感觉。

顾德昭觉得这事不太对,就算有文大人的渊源在,陈三爷这样帮他也说不过去。通州通仓的粮食一向是最重要的,丁永墨又是个何等人物,三万石粮食一夜之间运完。这些都不是简单的事,要是一个不小心信息透露出去,陈三爷很可能被张大人猜忌。

他觉得锦朝还有事瞒着他,但是想了想,他还是没有问。

长女是个极有主意的人,她瞒着不说总有她的原因。

他吃过点心又匆匆换上公服,乘马车去大兴通仓准备运粮了。

天又下起大雪了。

陈彦允抬起头朝隔扇外看了一眼,雪骤纷纷,铺天盖地。

一旁的小厮捧了盏大红袍上来。陈彦允接过啜了一口，问了句："七少爷来过没有？"

小厮恭敬地回道："来了一次，见您睡着就先回去了，说等下午要过来，请教您制艺上的事。"

陈彦允昨夜和陈二爷商量了很久，回来歇下的时候已经是亥时了。

陈彦允"嗯"了一声："让他不用过来了，制艺上的事去问他三叔公。再把那件白狐狸皮的斗篷给他送去。他书房里虽说不点炉火，但总要保暖。"陈家的孩子不能娇惯，他自己也一向不用炉火，冬天睡觉都是冷炕再加一床薄被褥。

小厮应"诺"去办了。

隔扇外北风卷着大雪，书房里却仅有更漏的声音。

陈三爷放下书卷站起身，走到隔扇旁静静看着大雪纷乱。

厚重的门帘被陈义挑开。他走进来，在陈三爷耳边低声说了句："三爷，京城来人传话了。"

张居廉派人请他过内阁。

陈彦允低声道："备马车吧。"

作为权力最重的地方，内阁看上去着实不太起眼。它位于左顺门内，在文华殿的西侧，往里就是司礼监。

大堂摆了一张长书案，两侧分列六把黑漆太师椅。挂褐色暗纹茧绸幔帐，正上挂了块"有德有典"的匾额，四盏六方绘八仙过海纹的长明灯。如今这四盏灯正亮着。

陈三爷冒着风雪跨进内阁大堂，便有侍卫关了大堂的门扇。他和两位大臣见了礼，才坐到了左首第一个太师椅上。旁边就是脸色铁青的王玄范，正对着穿官绿右衽袍、身材微胖的是华盖殿大学士梁临。

站在长案前的人说了句："彦允，你也该在京中置办个宅子。这雪又大，从宛平来往太不方便了。"

这人穿一件仙鹤纹右衽圆领袍，腰配一品大员所用玉革带。中等个子，眼细长明亮，仿佛是个寻常的老儒。但长眉浓郁，盯着人的样子不怒自威。

陈彦允笑了笑说："下官不爱往热闹的地方凑，觉得京城喧嚷，宛平更清净宜居。"

张大人随即道："你的性子就是淡了些。身边也太清净了。"

他说完这话就随意伸出手，旁边的编修立刻将一支朱笔递到他手上。

司礼监秉笔太监冯程山正坐在旁喝茶，见此放下了茶盏，笑眯眯地道："皇上的意思，咱家也说清楚了。张大人要是无事，咱家还有差事要做就先离开了。"

张大人抬头看冯程山一眼，朱笔在奏章上标注了批红，不紧不慢道："要请冯公公好生禀报皇上，微臣晚上再去看他。"张大人做过帝师，入内阁后才由陈彦允接任。

冯程山笑容一僵，随即拱手离开。

张大人放下朱笔，看不出悲喜地道："大兴通仓已经开仓，如今十二万石粮食已经从宝坻运河运往山西。你户部的赈灾银两也先拨下去吧，先赈灾要紧。"他又对王玄范说，"工部疏浚河流的事先缓一缓，去年收成不佳，朝堂减免赋税，如今国库空虚，实在不是兴修水利的时候。"

王玄范随即站起来，拱手道："下官……孙石涛还在下官那里，要是张大人需要，下官立刻就让孙石涛横尸家中。"

张大人淡淡道："孙石涛自然是要死的，不过怎么死已经不重要了。既然山西的赈灾粮食已经运过去了，区区一个顾家老夫还不放在眼里。"

即便是除去顾家，对于长兴侯府来说也根本无关紧要。

王玄范低声道："此事并不寻常，肯定是长兴侯府暗中帮助了顾家，不然那大兴二十万粮食亏空根本填不上。下官也是疏忽大意了，竟没有派人注意大兴通仓的举动。"

张大人冷冷地看了他一眼："长兴侯能怎么帮顾家？他们能凭空变出二十万石粮食来？况且只是为了顾家，他们还不会动用到千户营卫仓的粮食。这事的确是你的错，你也不用急着认错，正好是要过年的时候，你在家里给我好好想清楚了再来说。"

王玄范不停应"诺"，抬袖子擦汗。

梁临也站起身拱了手："张大人，这事却并非没有回旋的余地，下官倒是有条拙计。"

正是这个时候，江严让侍卫通传了一声，有重要的事要禀报陈彦允。

陈彦允走出内阁大堂，外面天色已经昏黑了，雪还下个不停。

江严递给陈彦允一封信："三爷，出事了。"

陈彦允打开信封一看，随即闭上眼睛深吸了口气。

袁仲儒自杀了。

里面不仅有件作验尸录，还有袁仲儒留下的遗书。

"今晨丫头进书房打扫，发现袁大人就挂在房梁上。等人放下了都僵了，应该是昨晚深夜上吊的。还留了一封遗书。山西咱们的人得了消息立刻就传过来了，遗书也誊了一份。"

袁仲儒知道自己是非死不可的，即便他逃得过这次，也逃不过以后，还不如死了干净利落。

山西灾荒，百姓流离失所，卖儿鬻女更是比比皆是。他在遗书中说自己十分悲愤绝望，因为张大人想让他死，反倒连累了山西几十万的百姓。他试过从陕西、山东的义仓调运粮食，却根本不能解决问题。眼看着灾荒越来越严重，粮食价格一路飙升，甚至已经到了平价的百倍之多。

人固有一死，或重于泰山，或轻于鸿毛。

要他死在政治斗争中，那还不如为了百姓而死。

"听说袁大人死前还和自己身边的幕僚喝酒，曾说'那还不如一死，至少能让张居廉放过山西'的话。"江严的声音压得极低，"袁大人死后，山西太原的百姓闻之啼哭，甚至自发全城披麻守丧，老人孩子都出动给袁大人送葬。派了官兵驱逐都没用。"

"这样死，总比以后死在别人手里体面。"陈彦允静默片刻，吩咐江严，"你先回去把这事告诉二爷。"

他把信放进信封里，转身走进内阁大堂之中。

梁临还在说："水路贯通到永清的时候就可以拦截而下，因船身损坏耽搁……"

陈彦允走到张大人身侧，低声说了一句话，又把那封信递给他。张大人眉心微蹙，却也没说什么便打开信封。梁临和王玄范都看着陈彦允，并不知道发生了什么。

张大人看完之后合上信，依旧看不出喜悲，对梁临、王玄范道："你们先下去吧，这事不必再说了。"

梁临和王玄范面面相觑，最后退出了内阁大堂。

张大人叫了陈彦允说话："既然他已经死了，那就截留漕运，移粟就民吧，也能比运河运送更快些。再从山东、河南、湖广、江西速动用司库银买粮食，运交苏州和浙江巡抚平粜，抑制粮价上涨。尸体就运送回京吧，也让他家人见其最后一面。袁仲儒自缢，要找个能安定民心的说法。"

陈彦允应了声："下官都知道。"他转身准备离开。

张大人叫住了他："彦允。"

陈彦允回头，张大人的目光落在他身上，过了很久才说："我一向是想提拔你的，你应该什么都明白。"

陈彦允笑了笑："自然。"

他心里很明白，张居廉这是有点怀疑他了。

第十六章　过年

第十六章 过年

顾怜的及笄礼一过，马上就要过年了。

府里早早地开始准备起来，摆祭祀祖先的三牲祭品，瓜果熟食。顾怜和姚文秀的婚期也定下来了，开春三月亲迎。因着这层喜事，府里今年过年格外隆重。

青蒲穿着件红色葫芦双喜纹梭布比甲，却好像觉得有点不合适，扯了好几下衣角。看得白芸都笑她："青蒲姐姐，这身新衣裳多好看啊，怎么你还不自在起来？"

青蒲道："小姐都在守制呢，我穿得这样鲜艳，是不是不太好？"

锦朝放下手里的剪纸，笑着说："白芸说得对，穿一身新衣裳就好好穿。毕竟过年是喜庆的时候，咱们要是都穿得素净，别人看了难免会有微词。"

屋里的丫头都笑了。

转眼就到了二十七，曹子衡以老儒西席的身份来拜访顾锦朝。他把年前的账簿给了锦朝。山西赈灾一事中，他曾奉锦朝之命打探陈三爷和顾家的关系，这次过来便是要和顾锦朝说此事的。

锦朝问起他文大人的事。

曹子衡对此人大加赞赏。"是个文学才情都上佳的人，当年陈大人在翰林院当侍讲学士的时候，曾与文大人交情不浅，不过……"曹子衡说，随即面露犹豫之色。

锦朝见此便问道："曹先生有话就说吧，不用顾及。"

曹子衡顿了顿，说："老朽只是觉得奇怪，大小姐说文大人前年曾写信给陈大人，让他照拂老爷。但是文大人四年前就在承德老家病逝了，当时京城还有很多文人特地去吊唁他，老朽记得很清楚。"

锦朝怔了片刻。随后让徐妈妈送他出垂花门。

她坐在花厅里，望着院子里盛开的蜡梅，思绪很乱。

如果不是文大人的嘱托，陈三爷又为什么要帮顾家。就算是为了打压政治对手，他又何必说这席话来掩饰，而且是一句明显有漏洞的话。她只要留了心去查，就知道他说的根本不是真的。

顾锦朝觉得这后面好像藏着一个非常明确的答案，但她却始终想不明白。

陈三爷为什么问她还记不记得？

她该记得什么？

她心里有一个隐隐的推测，但是顾锦朝觉得实在太荒谬。她喝了口茶，正想去西跨院看看顾锦荣，却见到青蒲匆匆走进花厅来。

五夫人早产了。

"五夫人一早起来看过年准备的三牲祭品，但青石路上结了冰，一不小心就滑跤了，当时肚子就疼了起来。太夫人听了信忙让人去请稳婆，结果还没等稳婆来，孩子就生下来了，是个小姐……"青蒲边走边跟她说。

到了五夫人那里。一大帮丫头婆子正候着。五夫人从长兴侯家带出的陪嫁嬷嬷樊氏正在指挥丫头做事，烧热水，找东西，忙得不可开交。

西次间里已经站满了人，冯氏臂弯里抱着褟褓，正笑着和二夫人说话："虽说不是足月产的，却一点都不弱，瞧这脸蛋红润又软嫩，真是看得我心都要化了。"

二夫人招锦朝过去看孩子。才一点点大的孩子裹在褟褓里，只看得到拳头大的小脸，眉眼像谁都看不出来。冯氏却像瞧着个金宝贝："这孩子五官秀气，以后肯定像她母亲是个美人儿。"

孩子正睡着，小嘴动了动。

几个小姐都没见过这么小的孩子，惊奇地围在一起，恨不得能摸一摸。

顾五爷今早和别人骑马去了，得了家丁的信连忙往家里赶，这时候才回来，却站在门外进都不敢进。冯氏抱了孩子给他看，他还畏畏缩缩的，吓得连连摆手，又忍不住要伸过头去看。

大家都笑起来。

府里喜事一件连着一件，阖府上下都喜气洋洋的。

听闻五夫人早产，长兴侯夫人高氏和世子爷第二天就带着人过来了。先去见了五夫人，又抱了抱刚出生的外孙女，才在宴息处见冯氏。

冯氏笑着问了她长兴侯的近况。高氏没答话，而是慢慢道："姝姐儿这是为何早产了，亲家母可要把话说清楚。姝姐儿说是她自己不小心的，亲家母说呢？"

冯氏笑容微僵，随即说："也是我这老婆子的错，老五媳妇月份大了，本不该轻易走动的。恰巧雪天路滑，一不小心摔了跤。亲家母说我什么都是了。"

高氏冷笑："我说的还不是从姝姐儿那儿听的。你这婆婆让她怎么说，她有不听的吗？"高氏一向不喜欢冯氏。

平日里谁不是对冯氏客客气气的，高氏这番话冯氏听着心里不舒服极了。她就算怀着个金蛋，也总要走动的吧。她平日里待叶姝已经够好了，高氏这意思，难不成早产还要怪她。

和她说话的可是长兴侯夫人……

冯氏忍了下来，笑笑不说话。

高氏才道："既然大人孩子都无事，我也就不多问了。亲家母这些也要注意着。"她叫了站在她身后，两个白净丰腴的年轻妇人上前。这两人都皮肤细腻，白里透红，胸脯鼓鼓。"我特意从皇后娘娘那里求了旨，在乃兹府里选了两个乳娘带过来。亲家母觉得哪个合适就留下哪个吧。"

他们顾家又不是穷到请不起乳娘了。冯氏强压着心里的不舒服，回道："侯夫人觉得哪个合适就留哪个吧。"

高氏也不客气，随手就点了穿蓝底淡粉十样锦褙子的乳娘留下。

高氏和冯氏说完话就去西跨院看女儿了，冯氏则脸色阴沉的不说话。

茯苓小声道："太夫人，何必和侯夫人置气呢。再怎么说，五夫人还是您儿媳妇，您要是想拿捏她那法子多得是。"

冯氏吐了口气，沉沉道："话虽如此说……"但是只要长兴侯家还在，叶氏就是长兴侯府嫡女，不仅仅是她儿媳。

茯苓又安慰她："便不说这个，您还多了个孙女呢。"

冯氏脸上的表情才松了些，却叹了口气："终归是个女孩……"她是想抱孙子，毕竟顾家的香火实在不旺，老太爷死前跟她嘱咐过，绵延后嗣，这是家族兴旺的第一大要紧事。五夫人这胎肚子尖尖，她还以为会是个男孩。

可惜了。

西跨院里，五夫人把孩子抱给叶限看，跟他说："你外甥女眉毛像你，以后长大了肯定不好看。"

叶限不以为然："她才多大，眉毛都看不到。再说了，像我怎么会不好看。"

五夫人失笑："行行，瞧你那德行。"她把孩子递给旁边的嬷嬷，问叶限，"你前不久不是一直在忙吗，我叫你腊月过来陪你外甥读书你都不来。"

叶限道："没什么可忙的。我想去走走，一会儿再来看你。"

他能忙什么，还不是想着究竟该给顾锦朝找个怎么样的夫婿，找来找去都觉得不满意，一个个的还不如纪尧呢。顾锦朝又怎么看得上。

但要说顾锦朝究竟配给什么样的男子合适，他自己都没有主意。

叶限走出西跨院，刚好看到迎面而来的顾锦朝。她从私库里找了一对金脚镯，打算送给刚出生的小堂妹。看到叶限走出来，她躲都来不及。

叶限见她往太湖石的方向退了一步，不禁皱眉道："你胆子丁点大，躲我做什么。"

她以为那块太湖石能挡得住她吗。

叶限穿着件宽袖皂边的襕衫,腰间玉带垂落,身上还披着灰鼠皮的斗篷。脸精致秀美,如玉淬般,看着她的神色淡淡的。

锦朝屈身行礼,唤了声"世子爷"。

叶限还是不说话,打量她手里装金脚镯的锦盒,过了会儿才问她:"我昨天才知道,你父亲所管辖的大兴粮通出事了。"他这几天都没有回长兴侯府,还是因姐姐早产,他才匆忙从大理寺回来探望,偶然听父亲说起这事。

锦朝面露疑惑道:"世子爷说什么,我怎么听不明白。"

叶限哼了一声:"你不认就作罢,我和你说过,你要是有什么需要帮忙的,大可来找我。为何你父亲出这么大的事,你说都没和我说一声。"

锦朝便也不瞒他,笑着说:"和您说做什么,长兴侯府也为难。"

他次年就要擢升任大理寺少卿了,如今应该很忙才是。

叶限不再说话,锦朝屈身行礼告辞。

他叫住她:"你表哥的事。"他顿了顿,"我想替你找一门更好的亲事。但是那些在六部观政的年轻进士,不是出生寒微,就是家族太复杂。"一个都不好。

锦朝啼笑皆非:"世子爷多虑了,您虽是我表舅,但我的亲事,您还是不用插手的。"那些年轻的两榜进士,多半是才高气傲,又如何看得上她?

可想而知,他要是找到自己觉得合适的,恐怕要威逼利诱人家答应了。

叶限瞧她笑得十分柔和,心里也不觉一软。

他又懒懒道:"别着急,最后要是没有人娶你……我就娶你吧。"最后一句轻若无声。

顾锦朝听到他这句话吓了一跳。这话是能随便说的吗,他也太口无遮拦了一些,拿她说笑也不能啊。她忍气吞声:"表舅,您可别打趣我了。"

她又叫自己表舅了。

叶限似笑非笑,看不出情绪:"玩笑话,你不要生气。"

顾锦朝只能说:"侄女明白。"

就他敢拿这句话玩笑。

叶限抬头看着顾锦朝走远,目光一动不动。

傍晚五夫人正在给孩子喂奶,一个梳双丫髻的小丫头悄悄走进来,附在她耳边说了几句话。

五夫人脸色大变,问她:"没有别人看到吧?"

小丫头小声道:"就在西跨院往妍秀堂那条水磨石铺的小路上,没有人看到。"

她强压着心中的怒气,低声道:"世子爷正在东次间和侯夫人说话,你去把世子爷给我叫进来。"

这事她不能再坐视不理了。以叶限那个肆意妄为的性子，可别做出什么让两家蒙羞的事，到时候她想管都管不了了。

叶限刚跨进西次间的时候，还心不在焉的。

五夫人看得气不打一处来："刚才说你出去转转，究竟做什么了，你给我说清楚了。"

叶限看着长姐早产后还未恢复的苍白脸色，顿了顿没说话。

五夫人气得语气颤抖："你从小到大，都是这样的性子，我们何时怪过你，拘束过你？你不喜欢读书，外公就不逼你读四书。身体不好却喜欢乱跑，祖父又何尝说过什么。但这事不只是你的事，这还是长兴侯家、顾家的事。你就算再喜欢那个顾锦朝，这都是不行的。她那样差的名声也就算了，还背着人和你见面，可见不是什么贤良女子。以她的身份德行，哪里能配得上长兴侯家世子的身份。"

长姐从未对他如此强硬过，叶限心中反倒升起了一丝怒意。

这话，他的母亲高氏也对他说过。她说顾锦朝给他做妾都不够。

她们就这么看不起她，这么看重长兴侯府的繁荣？

她们却一点都不知道，要不是顾锦朝，可能长兴侯府这时候都化为飞灰了。

叶限淡淡道："长姐，我如今已经是正五品的大理寺丞了。"

五夫人不由冷笑："你是大理寺丞，我就管不得你了是不是？你就算是入阁拜相了，那也是我弟弟。"

她心里对顾锦朝颇有微词。叶限纵然有错，但她一个姑娘家，也太不检点了些。

叶限摇摇头，和五夫人说："长姐，我知道自己在做什么。而有些事，是容不得你们说什么的。"长兴侯家的荣华来自父亲和祖父的骁勇善战。但于他来说，他不喜欢打打杀杀，他更喜欢杀人于无形，他心性凉薄，也更能掌握别人的心思。

他天生适合这些阴谋诡计的东西。

叶限淡淡地道："而我想要什么，也是别人不能阻止的。我要是真想娶她，表舅的身份有何难？你信不信，只要我提出来，顾老太太会眼巴巴把人送到我面前来。我只要随意给她捏造个身份，就能让她风风光光嫁给我。我没做这些，并不是因为我顾忌什么，只是我还不想而已。"

五夫人被他气得说不出话来。

冯氏是个什么样子的人，她当然再清楚不过。她为了顾怜的亲事，连对错都不分了。这个妇人眼皮子浅，心里只有顾家的繁荣。她真能做出这事。

"你就不管长兴侯家了？就算你不听长姐的话，那母亲呢，父亲呢，你把他们置于何地，想要长兴侯家百年基业毁在你手里吗？"

叶限反而冷笑了："要是真按照你们说的来，长兴侯府也早就毁了。"他拿过炕桌上放的琉璃花樽把玩，说道，"长姐，你现在身子弱，要好好歇息着。我明日再来看你。这些话，我当没听过。"

琉璃花樽被随意放在高几上，叶限已经走出了房门。

五夫人想着他刚才说的话，止不住的心惊，却又觉得无能为力。

樊嬷嬷端着碗天麻乳鸽汤进来，看到五夫人坐在大炕上，满脸的泪水，吓得忙快步过来："夫人这是怎么了，这月子里可是不能掉眼泪的。"她拿了锦帕给五夫人擦脸。

五夫人喃喃道："他那样的性子，以后肯定会闯出大祸来，简直无法无天。"她觉得长兴侯府对叶限这么多年的溺爱实在错了。

如今他还羽翼未丰，就敢不听她的劝阻。等到他彻底掌控长兴侯家的那一天，谁还能说他一句？

守在外面的李先槐给他披了斗篷，叶限一言不发。顾锦朝为何平白受别人这样的侮辱，每次两人见面，都是自己邀的。她那样好的人，为什么人人都要非议她几句。自己长姐都这么认为了，别人呢？

想到顾锦朝脸上淡淡的微笑，似乎从不被这些事所扰，他觉得心里隐隐的不舒服。

如果不是完全的习惯了，漠然了，又怎么会不在意呢？

一开始，顾家还想把她嫁给王瓒之流。她也是顾家嫡女，看顾怜怎么养的，再看看她。这些人偏心偏得实在过分。

就算他真的要娶顾锦朝又怎么样，他要做的事，何须别人来置喙。

难不成他不娶什么世家贵女，长兴侯家就要没落了不成？

李先槐在他身侧低声道："世子爷，大理寺少卿张陵那件案子查清楚了。当年运河商船上三十余人并非被盗匪截杀，而是船商贩运私盐被他们发现，把全船的人灭了口。张大人接了私盐商一百两金子，捏造证据把事情压了下来。"

叶限冷冷道："他是王玄范手底下的人，冤案最多是削官发落，光是这个还不够。他既然和私盐商勾结，肯定参与了私盐的输送和交易。你好好追查，找到他和私盐商勾结贩卖私盐的证据，才能让他没有翻身之力。"

贩运私盐的罪行，没有人敢帮他压下来。

陈先槐应了是，挑开车帘请叶限上去。

大年初一这天，顾二爷带了消息回来，户部右侍郎严卯因年事已高，致仕回安徽老家养老。右侍郎的位置一时空缺，上次山西赈灾一事终于缓和下来。顾德昭作为管司庚的郎中，也论功行了赏。这时候户部侍郎的位置空缺出来，他倒是很有可能升任。

曹子衡来信和顾锦朝说，如今户部辖内有户部郎中、度支郎中、金部郎中、司庚郎中四人。户部郎中才调任两年，资历不足；度支郎中在任之内十分平庸；金部郎中冯安元和父亲都有几分可能性。而顾德昭在户部熬了八年有余，若是论资历，自然是他的可能性比较大。

但是顾德昭又有和长兴侯家的关系在，而且他并无什么突出功劳，恐怕也麻烦。

顾锦朝也这样觉得。

官员从郎中做到侍郎不是件简单的事。要升迁之前，郎中一般会先调任扬州知府或是武昌知府，任期三年。若是任期之内能把这两地治理得稳妥得当，即可擢升正三品侍郎。

但是前几年朝政混乱，该有的调任并没有进行。如今的四个户部郎中都没有资历。

尽管如此，冯氏听了也十分高兴。户部郎中到户部侍郎，听起来不过相差一级，但官员品阶却相差了两品，户部侍郎可是正三品的官职。

她不仅叫了顾德昭去说话，又把罗素叫去嘱咐了几句。

她坐在罗汉床上歇息着，茯苓帮她捶腿，小声地和冯氏说话："奴婢怎么看太夫人不是很高兴的样子。"

冯氏叹了口气："虽说顾德昭是我养大的，但不是亲生的，毕竟有些生分。而且当年他和纪氏的事我不同意，他心里是有些恨我的。他要是升任郎中，那可就是咱们顾家官职最高的人，没有一层关系在，我这心里总是不安的。"

茯苓笑了笑："奴婢觉得四老爷十分孝顺您。"

冯氏说："这如何能一样。"她想了许久，"没几月他就要除服了，不如在此之前，把他的亲事定下来。拿捏不住他，我还总拿捏得了媳妇。况且他身边也不能没人伺候，娶了媳妇，不仅能伺候他，还能为咱们顾家绵延后嗣不是。"

茯苓应和道："看罗姨娘身子纤纤，也不像是能生养的样子，太夫人这个主意好。"

冯氏想起罗姨娘那个样子，也皱了皱眉。虽然是漂亮，但太单薄了。

存了这么个心思，冯氏思量了好几天。

等烧了门神纸，祭拜了财神，转眼就到了正月初八，要祭星的时候。

冯氏叫了顾家的夫人小姐去说话，每人分了一碗桂花芝麻汤圆。冯氏坐在罗汉床上，她穿了件大红色寿字不断头缂丝冬袄，头上戴着镶翠眉勒，簪了双

股的婴戏莲纹金簪,头发梳得十分光滑,人很精神。

"刚好今儿是初八,老五媳妇又诞下孩子。咱们今儿就去宝相寺上香,正好我这儿抄了九十九卷佛经,烧给佛祖以示咱们的诚心,不仅祈求来年风调雨顺,还要保佑我新添的乖孙女身体安好。"冯氏笑眯眯地道。

大家纷纷应是,二夫人笑道:"怜姐儿也抄了佛经,正好一并献给佛祖。"

冯氏便看向顾怜,觉得稀奇:"你不是一向觉得抄佛经烦闷吗?"伺候顾怜的管事嬷嬷就笑:"姚二公子开春就要去国子监进学了,咱们二小姐是替姚公子抄佛经,希望他能考中举人呢。"

大家都笑起来,顾怜脸色通红,小声道:"我可还有帮祖母抄佛经呢。"

冯氏连连点头:"你心里有祖母就好,祖母也希望姚公子能中举人,这也没有什么不好意思的。"

两人连亲迎的日子都定下了,这些就不用忌讳了。

顾锦朝听着暗想,顾怜倒是很可能得偿所愿了,凭姚文秀的才学,在秋闱中中举是没有问题的,但是想要中进士,就极其难了。若是没能中进士,恐怕一辈子只能做七八品的小官,这样的事实在是太多,权势尖端的位置就那么些人。

冯氏随即叫众人先回去换了衣裳,丫头捧了点心攒盒、小杌子、披风跟在后面上了马车。

冯氏特地拉了顾锦朝和她坐同一辆马车。路上就跟她说大兴的这个宝相寺,府里的夫人和小姐都是在宝相寺供奉长明灯,顾家每年都捐三百两给寺里拓印经书。他们府的女眷去上香拜佛的时候,便格外善待些。

"也在宝相寺给你供奉一盏长明灯,用白石莲座刻尖拱龛的灯,一年两斤的灯油,一起放在灯楼里如何?"冯氏跟她说,"那更好的,还有汉白玉的莲座。倒也不是觉得贵重,是怕命数压不住。"

锦朝不信佛,信什么都救不了人。

她笑了笑,十分恭敬地道:"都听祖母的。"

和冯氏共乘一车的一向是顾怜。如今换成她,还不是看在父亲有可能擢升的面子上。

宝相寺坐落在大兴和顺义毗邻的远景山上,山下过半里地就是繁华的顺义县城。因修了官道穿过远景山,马车通行十分的便捷。等到了宝相寺门前大家才下了马车,天色却有些昏黑了。

随行的徐妈妈有些担忧:"看天这样子,是又要下大雪了。"

雪要是太大,就要歇息在宝相寺里。不过这也无所谓,宝相寺在旁边专门辟了禅房给香客住。冯氏告诉她,原先祖父刚死的时候,她曾经在这里住了一个月,日日为他念佛颂祷。

锦朝看冯氏并未说什么,就知道她心里有这个打算的。

众女眷上过香,便由知客师父引着去禅房小坐,又奉了一壶热腾腾的香茗过来。

二夫人替顾怜解下披风,笑着说:"宝相寺的素斋可是很不错的,你们祖母最爱吃这儿的酥皮豆腐、金针拌嫩黄瓜,还有白灼菜心。你们一会儿也都尝尝。"

五夫人还在月子里没有过来,顾五爷的两个庶女倒是随行了。顾家女眷加起来就有十二人,要布置两桌子的素斋才够。知客师父听了笑吟吟地念了声佛号,说:"正好庙里来了贵客,师父一大早就让弟子磨了豆浆出来。施主们稍坐片刻,贫僧去取来。"

顾怜怎么坐得住,又觉得豆浆没什么好喝的。求了冯氏说要去外面看看。

冯氏说:"让许嬷嬷跟着,另拨两个侍卫,就在几个佛堂里看看,可不许去别的地界儿。正好你大堂姐没来过宝相寺,你带她去灯楼供奉一盏长明灯吧。"

侧头盼咐管事婆子:"给朝姐儿十两银子。"

这事刚才在马车上就说好了。

顾怜心里不愿意,却又不好推拒,只能带了顾锦朝出来。

宝相寺比适安的灵璧寺大许多,有七楼九阁二十七殿,是座香火鼎盛的大寺。最著名的就是天王殿、大佛殿、大雄殿、接引殿、毗卢阁、齐云塔等。灯楼上众火长明,到了夜里更是显得极美。

跟着顾怜出来就到了大佛殿,顾怜便指了西边的一条青石道,笑着说:"大堂姐不是要去供奉长明灯吗,从这儿过去就是,我和澜姐儿去天王殿,可就不能陪你去了。"

顾锦朝便笑道:"你们看你们的去,我不用麻烦。"灯楼高高伫立着,格外显眼,她也不会走错。

顾怜带着顾澜、婆子、侍卫一群人离开了。

顾锦朝便和青蒲沿着青石道往灯楼走去。宝相寺建造在半山腰上,半路初雪未融,远处山峦银装素裹,天际开阔,格外美丽。她和青蒲边走边小声说话,不觉就有人挡在面前了。

拦下她们的是个穿程子衣、面容冷峻的男子:"这里不准再过去了,你们还是回吧。"

青蒲吓了一跳,这寺庙里怎么会有这样的男子在?她护着顾锦朝退了两步,戒备地盯着此人。

顾锦朝也皱了皱眉,问道:"这位官人,路修着本就是供大家走的,何故不

要我们过去?"

男子还没有回话,就听到一阵笑声:"王淳,你还是放这位小姐过去吧。"

顾锦朝抬头看去,这人穿着件茧绸直裰,四方的脸,虽然笑着却也一点都不温和,正是陈三爷身边的幕僚江严。

江严怎么在这里,他也是来礼佛的不成?顾锦朝再抬头一撇,发现前面几乎每隔一丈就站着个穿程子衣的侍卫,腰间配着大刀,守卫森严。

江严向她作了个揖:"顾小姐见谅,这路没事,您走就成。"

顾锦朝却有点不想走了。

江严拉着男子很快退到一边,又笑眯眯地虚手一指。

前面又没有什么洪水猛兽,怕什么,顾锦朝深吸了口气,加快了脚步,打算供奉完长明灯就赶紧回去。

灯楼就在前面不远,这一路再也没有侍卫敢拦她们,都是对她们视而不见。

不一会儿,天上的灰云压顶,顷刻就开始飘雪了。刚开始还很平缓,渐渐的雪越下越大,还夹杂着细碎的冰渣子,被北风席卷着,刮在脸上生疼。

青蒲忙把斗篷披在顾锦朝身上,望了眼前方的灯楼,急得不得了:"小姐,雪下得这么大,咱们这回也不好回了。"

灯楼还在前面,她们又离大佛殿很远了,连个避风雪的地方都没有。

顾锦朝觉得脸被风刮得生疼,一看青蒲肩上都湿透了。

雪却下得茫然一片。

她正想说还是去灯楼吧,毕竟要近些,却见到刚才那个王淳冒着风雪赶上她们,手里还撑着把伞。

他到顾锦朝面前,低声道:"三爷说,雪下大了,请顾小姐去接引殿暂且避一避。"

外面大雪纷纷,北风呼啸。接引殿里却点了盆炉火,十分的温暖。原本作为宝相寺主殿之一的接引殿却一个香客也没有,周围重兵把守,谁都进不来。

新的银霜碳刚烧起来不久,还没有烧到芯子里去。

"顾小姐请这边坐。"王淳收了伞出去了,江严请顾锦朝坐在炉火旁边的杌子上。

很快有小厮捧了热茶上来。

顾锦朝捧了茶,却凝视了那盆火炉片刻,才抬头往前看去。

接引殿立八根红漆大柱,中间布置莲座高升,一尊高约丈余的佛像金箔贴身,俯首捏指,两旁烛架上烛光熠熠,映得满室金辉。莲座下面放置攒金线莲纹的蒲团,一张长几。陈三爷正与一个高寿的老僧人相对而站,离她有点远,她只能听到老僧人喃喃着佛经的声音，声音平稳又安宁。

佛经使人心性宁静。

老僧人念完了经文，和陈彦允说话。僧人已经老得看不出年纪了。陈彦允低声问他："佛告须菩提，'凡所有相，皆是虚妄；若见诸相非相，则见如来'。住持觉得该做何解？"

老僧人道："佛有三身，法性佛就是心佛众生三无差别的法性。万物因缘所聚合，生生灭灭，都是败坏、虚妄之相。如来者，法性也。法性非能以相来见，法性不生不灭，不垢不净，不来不去，不增不减。百丈怀海禅师所谓'灵光独耀，迥脱根尘；体露真常不拘文字。心性无染本自圆成但离妄缘即如佛'即是法性。若能于相而离相则能见。"

老僧人又道："施主向佛为法性佛，非我释迦牟尼祖。阿弥陀佛，殊途同归，皆为佛也。"

顾锦朝听不明白，陈三爷却低头微笑，左手摸捻着珠串。

老僧人解释完佛性之后，行了合十礼退下，陈三爷也合手回礼。

等住持走出接引殿，陈三爷才向她走过来，让她随自己过来："内室有火炕，比这里暖和。"她一张小脸又是红彤彤的，上次见的时候也是。这次更惨，她和她的丫头都是湿漉漉的。

顾锦朝抬头看他，一时没有反应过来。陈三爷觉得她的眼神又茫然又可怜，像没人要的小动物一样。

陈三爷率先往前走去，顾锦朝只能起身跟上。隐藏在接引殿暗处的十几名侍卫才显出身。

这才是二品大员出动该有的排场。顾锦朝暗想。

释迦牟尼佛左协侍观音菩萨，右协侍大势至菩萨。内室的隔扇开在大势至菩萨右首侧，里头却有热炕，炕上一张炕桌，布置得简单干净。

陈三爷先坐了炕桌的一侧，虚手一指，让她坐在另一侧："不用拘谨，佛门清静之地。这雪一时半会儿停不下来，你可别冻坏了。"

他又叫了江严进来，吩咐他："今天寺庙新磨了豆浆，去取一壶来。"

江严应"诺"而去，陈彦允拿过炕桌上的一卷佛经看。隔扇上糊着的是高丽纸，虽说透光，外面雪下得太大，天色漠漠昏黑，并不亮堂。侍卫点了盏松油灯进来。

顾锦朝更不知道该说什么好，什么都让他说完了。她招手让青蒲也坐下，衣服虽然湿了，但这样的时候一点都不好换，她连斗篷都不敢解开。她想看看外面的雪究竟下得有多大，她要是不回去，冯氏肯定会派人来找的。但是这样的场景，无论如何都说不过去。

陈三爷虽说在看书，却也注意着她的举动。

她好像有点坐不住了，总是朝外面看，表情很犹豫。

他就合了书，温和道："你这时候冒雪回去，衣裳湿了是小，这是半山腰，若是失足跌下去了可如何是好。你不用担心，和谁一起过来的，我派知客师父去知会一声就可。"

顾锦朝小声说了，一会儿就有知客师父撑伞出门。

"知客师父熟悉路，总比你一个小丫头乱走的好。"陈三爷道。

顾锦朝只好不说话。

江严端了壶豆浆进来，又抬了炉火进内室。他把豆浆放在炉火上烤得热气腾腾的，才倒在碗里递给了顾锦朝，然后招呼青蒲过去向火取暖，也给了她一碗。

青蒲浑身湿了也确实难受，就坐在炉火旁边小口小口喝着豆浆。

豆浆里只加了一点糖，却格外香浓。

顾锦朝轻声问道："三爷不喝一碗吗？"

陈三爷抬头看她，道："我不喜欢甜食。"

顾锦朝皱了皱眉，心里有些疑惑。他怎么会不喜欢甜食呢？原来的自己只会做一道糖醋排骨。

不喜欢吃，为什么要吃呢？

顾锦朝想到曹子衡说文大人的事，握紧了手里的碗，突然问他："大人，您原先是不是见过我？"

陈三爷"嗯"了一声："你表哥成亲的时候，我在纪家见过你一次。"

顾锦朝摇了摇头："在此之前呢？您上次问我，是不是真的不记得了，小时候的事我记得不清楚。可能原先见过您，但我没有印象了也不一定。"

陈彦允默然，随即淡笑。

"我见过你两次，第一次是你在荷塘边摘莲蓬的时候。你还威胁你的丫头，要把她卖到深山里给别人当童养媳。不过那时候你应该没有看到我。"

还有一次就是半年后，也是这样的下雪天。她一个人坐在廊庑下，环着手臂不停地哭，周围一个伺候她的丫头都没有。他那时候去和纪家大爷说在保定新修一座庙宇的事，偶然见了。他不知道她为什么哭得这么伤心。

那个时候顾锦朝身上的斗篷就湿漉漉的，和现在一样可怜，没人要一样孤零零的。

如果不是这次再见她，自己肯定也忘了救过这样一个小姑娘了。但这个时候有关她的记忆就在自己脑海里无比清晰起来，她扯着自己袖子，说要卖他去当童养媳。她穿着淡粉洒红樱的对襟褙子，深红绉纱的八幅湘裙，湘裙有一角垂落在水里，主人却丝毫不予理会。

他觉得自己莫名其妙起了恻隐之心。

顾锦朝还记得这事，自己每年夏天会去外祖母家玩，喜欢去那片荷塘摘莲蓬，有一次还失足落水了。那个伺候自己的小丫头也因此被罚去了厨房做事。

她起身打开隔扇，果然外面天色还很阴沉，大雪无边无际地覆盖着。

原来他在娶自己之前，是认识她的。陈三爷确实对她很好，而且是不动声色的好。如果不是存了心思，她根本不会发现。

就像她刚进接引殿的时候，门口新点了炉火。

原来他娶她，也是想对她好的。

顾锦朝闭上眼睛，觉得心里十分难受。

三爷在朝堂上纵横捭阖一生，结果却被她所累。

她转过头看的时候，陈三爷还在看手中的佛经，翻过一页书跟她说："你再看雪也不会小的，回来好好坐着吧。"

她淡淡地道："三爷，文大人四年前就死了。"

陈三爷这才抬起头看她，目光柔和深邃，依旧带着儒雅的笑容。他"嗯"了一声，低头继续看书。

顾锦朝觉得自己也没必要问他为什么帮自己了。陈三爷这样云淡风轻，他一点都不惊讶，也无所谓她发不发现。她有些气恼，低语道："您是故意让我发现的。"

陈彦允不知道她在气恼什么，看了她一会儿，放下书卷招手让她过去。

"也不是什么大事，只是想要帮一帮你而已。但我若是只说我想帮你，你肯定会怀疑的。便是借了别人的名义行事，又有什么关系呢。你不要害怕，就当我日行一善吧。"

顾锦朝不太相信，她觉得陈三爷似乎对她有点不一样，不然不会曾千般容忍她。

要是论起来，她欠陈三爷的还都还不清。他在官场说一不二，自己曾什么都不会，干了许多错事，陈三爷何曾指责过她半句，都默默容忍了。

她就说："您日行一善？我倒觉得您并不是心慈手软之人。您真的信佛吗？"

他当然不是心慈手软之人，心慈手软的人是坐不到他如今的位置的，反而要比别人心硬无数倍才行。陈三爷沉吟片刻，告诉她："我自然信佛，法性佛在我心里，我信我自己，就是信佛了。"

顾锦朝无话可说。宗教不过是个幌子，与虎谋皮，陈大人若是想保全自己就只能韬光养晦。而他心里有个十分强大坚定的自我，不用信佛，信自己就足够了。

过了会儿江严送了件斗篷进来:"三爷,没找着合适的,这件棉布还是寺庙里僧人新制的,您看行不行?"

陈彦允接过斗篷看了看,让锦朝过来:"你换这个斗篷吧,身上那件都湿了。"

锦朝不太想换,她在这里歇一会儿回去,斗篷却换了新的,还不知道要怎么和别人解释。

陈彦允见她不接过去,就站起身走到她面前:"比不得你身上这件貂皮的,不过也没有办法。你要是不嫌弃,倒是可以用我那件灰鼠皮的大氅。"她应该更不愿意,陈彦允说到这里顿了一下。瞧着她一脸沉默,淡淡说:"过来。"

见她还不动,他问道:"我就那么可怕吗?"

锦朝觉得他倒是不可怕,只是这样着实不好。她低声道:"陈大人,实在不必了,我不觉得冷。"

他却没有理会,修长的手伸到她面前帮她解开了斗篷的系带,温热的手指无意轻碰了她的皮肤。顾锦朝有些惊讶地抬头,却看到陈彦允垂着眼眸十分专注,他脸上并没有笑容,动作又轻又柔。

顾锦朝有点不好意思了。

斗篷递给站在一旁的青蒲,陈三爷把棉布斗篷递到她手上。顾锦朝这下不反对了,毕竟反对也没有用,她默默地把斗篷系上了。

陈彦允不动声色地把手背到身后,继续回到大炕上看佛经。

雪一直没有停,直到天色昏黑的时候,都一点没有见小。

顾锦朝已经在接引殿坐了三个时辰了。中午的时候江严送了一桌素斋进来,顾锦朝尝到了二伯母所说的酥皮豆腐、金针拌嫩黄瓜、白灼菜心。但她并没有觉得很好吃,味同嚼蜡。

江严再进来,却附身在陈三爷耳边说话。陈三爷听后说:"不急,张陵不会就此罢休的。看看王玄范要做什么再说吧。想算计张陵的是叶限,此人心思极深,王玄范恐怕会得不偿失。"

"那咱们要不要做什么……"

陈彦允摇摇头:"大理寺少卿这职位要紧,王玄范又和大理寺卿交好。等叶限做吧。"

顾锦朝听到叶限的名字就竖起耳朵,陈彦允却不再说这事,而是问她:"我刚才见你要去灯楼,是去做什么的?"

顾锦朝说要去供奉长明灯,又说:"听说灯楼修得十分好,也想去看个景。"

陈彦允笑了笑:"隔近了看灯楼是不好看的,你过来。"

他打开隔扇走到外面，顾锦朝跟在他身后。这时天色昏黑，远处的灯楼平地而起，其中的长明灯光芒柔和，整个灯楼在深蓝的天际下显得格外孤独，即使大雪纷纷也不扰其分毫。

　　顾锦朝一时被这景色震慑住。

　　陈彦允道："我每月都会来宝相寺礼佛，就住在接引殿的内室里。深夜读书累了就出来看灯楼，若是天上有月亮，映衬得云层淡金，再与楼阁交相辉映，会更加好看。"

　　可惜没有月亮。

　　顾锦朝叹了口气道："我倒觉得宝相寺七楼九阁二十七殿，都不及这一座灯楼有佛性。"

　　陈彦允低头看到她眼眸里映衬着璀璨的灯火，表情却有些怅然。就笑她："你才多点大，就知道佛性了。"他心里却也觉得如此，再多金箔贴身的佛像，气派精致的佛殿，都不如这一座灯楼让人心静。

　　外面大雪纷纷，他侧身挡在顾锦朝身前，落了一肩的雪。

　　顾锦朝心有所动，突然伸手帮他拂去了肩上的雪。陈彦允却下意识抓住她的手。

　　顾锦朝暗想自己怎么就把陈三爷当成顾锦荣了，还帮他拂雪，实在太冒失了。她忙道了句歉想抽手，却纹丝不动。

　　陈三爷拉着她就往内室走，把内室里的青蒲都惊呆了。

　　他没有任何解释，但也放开了她的手，然后自顾自地看书不再理会她了。

　　顾锦朝觉得这事情实在太莫名其妙，和陈三爷共处一室也更不自在了。青蒲从火炉边站到她身边来，并没有说话，却有点戒备地看着陈三爷。她原先还觉得这陈大人是个好人，他不会是想轻薄自家小姐吧？这样共处一室还碰到了手，要是传出去小姐的名声可就完了。

　　陈彦允嘴唇紧抿，觉得佛经上的字一个都看不进去了。他抬头一看，发现她们主仆两个都有些戒备地看着他，顾锦朝的丫头更是不放松。顾锦朝过了片刻才决定下来，小声地说："陈大人，我看外面雪似乎没有刚才大了，不如大人赐了伞，我们就此回去了。"

　　陈彦允的自制力一向好，今天失态实属意外。他只是见顾锦朝的手小小的，突然就伸手握了，后来心里也责怪自己。但是看到顾锦朝避之不及，他突然有点生气，看着她淡淡地说："怕什么？"

　　他也不是什么品行不好的人，当年顾锦朝落水，他要是想乘人之危，大可就此顺水推舟。但当时顾锦朝才十三四岁，他完全没有动过这样的念头。为了不败坏她的名节，连夜就回了宛平。

顾锦朝起身行礼:"大人误会了。小女倒不是怕,只是天色也晚了……"

她自己也觉得有些不自在了,这些事情的发展实在超过了她的预计。陈三爷这样帮她,她不知道拿什么还,更不想因自己拖累了他。

陈彦允道:"我心里都明白,你不用怕。"顿了顿,又加了句,"你怕了也没用。"

他站起来走到顾锦朝面前,瞧着她笑:"你不是想知道我为什么帮你吗,好好想想。你这么聪明,肯定想得明白的。我怎么会平白无故对一个人这么好呢。"

顾锦朝只觉得额头直跳动,她低声道:"大人,天色不早了。"

雪终于小了,等锦朝回到顾家女眷的住处时,还有些心绪不宁。众人却围上来嘘寒问暖,冯氏更是责备了顾怜几句:"让你带你大堂姐去,你倒好……看你大堂姐这身上湿的。"让锦朝和她一起坐在大炕上暖着,锦朝只能当接引殿里什么事都没有发生过,笑着和冯氏说话。

冯氏也没有发现什么异样。

第二天雪过天晴。冯氏让小厮套了马,一行人准备回去。

路上却遇到了一顶软轿,周围重兵把守,气派非凡。冯氏招了许嬷嬷去打听,许嬷嬷一会儿就回来了,语气压得很低:"轿子用的是犀花纹杭绸面帘子,随行的是神机营亲兵,那后面跟着的小厮跟我说,是宛平陈家三老爷的轿子。"

冯氏顿时惊讶了:"陈阁老?"她顿时有些拿不稳了,陈三爷可是顾德昭顶头上司的上司,要是能和他搭上话,那顾德昭晋升户部侍郎肯定更有可能。但是非亲非故的,人家又怎么会理她呢。

冯氏不由得怨怪天气了,要不是这雪下得太大,昨天就能见着陈阁老了,指不定能说几句话呢。

那顾澜的外祖母宋夫人早说过能和陈阁老搭上话,但冯氏看他们家老爷也不见得和陈阁老亲密,帮着递话是根本不可能的。冯氏不想错过这么个机会,想了很久才跟许嬷嬷说:"咱们有好几个糖食果脯的攒盒,你拿去送给陈阁老,人家要是不接,你就立刻回来。"

顾锦朝在旁看着不说话,冯氏这举动其实有点不妥当。

过了会儿许嬷嬷回来了,显得十分高兴:"太夫人,阁老听说我是顾家的仆妇,就把东西接下了。"

冯氏赏了许嬷嬷一对八分的银稞子,和顾锦朝说:"阁老倒也平易近人,可惜不能说上几句话。咱们表示了好意总是没错的,你父亲擢升的事指不定有希望。"

顾锦朝笑道:"还是祖母妥当。"

陈三爷会随便接人家递来的东西?她觉得不太可能,她怕陈三爷觉得是她送的,应该不会吧。

结果回去没过几天,她收到了一幅画卷,画的是墨竹图,笔锋有力,十分潇洒闲逸。还用工整娴熟的馆阁体在上方题了四个字——"以德报怨"。

顾锦朝看了不由得失笑,三爷真以为那盒糖食是自己送的,他不喜欢糖食。她让青蒲把这幅画收进私库里放好,不要拿来挂在外面。

第十七章 继母

第十七章 继母

转眼就过了年。

一大早起来，采芙给她簪了一只赤金嵌绿松石的簪子。

顾锦朝不由问道："怎么用这样的簪子，我平日里用的素银发箍呢？"

采芙笑道："您忘了，今儿是咱们十一小姐的满月酒呢。"

她们原先回顾家的时候，行第是没有重新排的。冯氏没有提过，自然也就没人说。不过从宝相寺回来的第二天，冯氏把她们都叫过去，说如今五夫人也生了孩子，顾德昭一支又归祖，要重新排一次行第。等把行第顺下来，五夫人新出生的孩子就成了十一小姐。

而顾锦朝成了二小姐。

不过各房回各房后还是原来的叫法，十多年的习惯说改也不容易。

冯氏这次重新排行第的行为，才真的让刚归的顾德昭一支松了口气。顾汐曾私下跟她说过："长姐，我原先听着祖母房里的丫头叫我汐堂小姐，总觉得瘆得慌，好像咱们就是来看亲戚蹭个吃喝一样。如今听着就好多了。"她现在排行第八，觉得这个行第很好，感觉能发财的样子。

顾锦朝也明白，她们待在祖家总觉得惴惴不安的，何况平日里冯氏那里走动也不多。

她第二天带着顾汐和顾漪二人去给冯氏请安，冯氏赏了她们一人一对珠花。

"宝坻的铺子把金锁送过来没有？"顾锦朝问道。她原先就送了十一小姐一对金脚镯，怕孩子压不住，再送一只刻了孩子名字的金锁就好了。

采芙说昨个傍晚就送过来了，把东西给锦朝看。

梳整完后，顾锦朝才往东跨院去。

今天是十一小姐的满月酒，不仅和顾家相好的夫人小姐要过来，长兴侯夫人也要再过来。长兴侯夫人带了给外孙女的小袄、褟裤、围兜、手铃等物。翰林院掌院学士高大人，也派了五夫人的舅母过来。一时间顾家来人络绎不绝，马车都停满了前院，丫头小厮忙得脚不沾地。

冯氏从东跨院来西跨院待客，宴息处摆了六桌供女眷们说话。

长兴侯夫人高氏带了张字条过来，跟冯氏说："是瞒儿她曾外祖父先选了个字，亲家若是觉得好才用。"展开给冯氏看，上面是一个"棠"字。

顾锦朝听到这话就竖起耳朵。瞒儿是十一小姐的乳名，曾外祖父说的是如今的掌院学士、礼部尚书高大人。应该是侯夫人央了自己的父亲给十一小姐取了名字。十一小姐是顾五爷的嫡长女，按说也和她一样轮"锦"字辈，应该叫顾锦棠，倒是一个好名字……

不过冯氏未必高兴。

冯氏看不出喜悲，接过字条后称赞了一番，递给了茯苓，继续和长兴侯夫人说话。

一会儿孩子才被乳娘抱出来，养了一个多月，如今是白白胖胖的。女眷们都围上来看这个新生的孩子。孩子金贵，大家都不会随意搂抱，半刻钟就又送回了五夫人那里。

众夫人随即起身去看望五夫人。

冯氏叫了顾家的小姐们一起回了东跨院。

顾锦朝注意到冯氏身后站了个陌生的少女，这女子身量很高，穿了一件茜红色折枝妆花褙子，墨绿色十二幅湘裙，耳朵上戴的是一对金葫芦耳坠儿，绾了个牡丹髻，戴两朵红绉纱的绢花。肤色倒是白净，可惜五官清秀不足，颧骨微凸，下巴尖长，有些刻薄的长相。

顾锦朝听到顾怜小声和顾澜嘀咕："像个乡下村姑进城一般，这是谁啊？"

刚才宴息厅里人多，谁也没有注意到她。

顾怜身边的兰芝小声说："小姐，这是太夫人祖家那边的亲戚。奴婢今儿在前院看礼的时候，有个七旬的老汉骑着驴车进来，这姑娘从驴车上下来，说自己是冯家的表亲。"

顾怜觉得有些好笑，语气更是轻蔑了："该不会是穷亲戚上门打秋风吧。那也该去冯家，到咱们这儿来做什么，咱们府里可从来没进过驴车。"

兰芝继续笑道："可不是吗，那车夫想赶驴车进马厩，驴子发了脾气，扯着绳子死活不肯进去，把看礼的人都看笑了。车夫没办法，只能把驴子拴在马厩外面的银杏树上。"

顾怜和兰芝边说边笑起来。

冯氏进了门坐在罗汉床上，把那姑娘拉到自己身前，招手让她们过来，笑着说："这是祖母本家出来的人，姓程，名宝芝。比你们都要高上一辈，都叫表姑就好。"

顾锦朝看了这程宝芝一眼，她被冯氏拉着手，却并不显得亲昵，忙露出个笑容应和大家。

冯氏的本家只是良乡的一个举人家族，在乡下那自然是头等家族，嫁到顾家之后冯氏觉得自己身份不够，因此才特别持重。后来和冯家的关系就渐渐疏远，并不和冯家来往，更别说冯家的表亲了。

丫头端了菠萝蜜糖、甘露饼、生小花果子油酥等几盘糕点，一个放杏仁、桂圆干等物的攒盒上来。程宝芝看了不由得赞道："还是燕京里头的人家气派，竟然端了这么多吃食上来。"她转头讨好地和顾怜说话，"不知道侄女有没有听过一道名点，叫豌豆黄，听说味道香甜，清凉可口。也不知道我来燕京一次，能不能有口福尝一尝。"

众人听后表情古怪。这豌豆黄不过是燕京里寻常的一道点心，有些底蕴的世家都不会用豌豆黄来待客。

顾怜实在忍不住了，笑着说："表姑好好吃这些。这些点心更难得，宫廷里头皇上都会用呢。"

程宝芝可能也意识到自己说错了话，绞着衣襟有些不自在了。冯氏淡淡道："你要是想吃，让人做就是。不过现在不是时候，只能等到夏时才能吃。"

冯氏又笑着和她们说："你们表姑难得来燕京一次，要多住些时日，你们有空就多陪陪她。她暂时和我一起住在东跨院里。"众人应"诺"，冯氏随即吩咐许嬷嬷去收拾了东跨院的厢房，让程宝芝先过去瞧瞧，有什么还需要添置的就遣人过来跟她说一声。

等程宝芝下去了，冯氏才说："你们表姑是小地方出来的，没见过什么世面，你们可要包容一些。毕竟虽说你们要叫一声表姑，但她今年也不过刚及笄。"她说完之后顿了顿，又和顾锦朝说，"你性子最好，平日多陪陪她。"

顾锦朝应了"诺"。

一会儿满月酒的筵席开了，她随即回了妍绣堂。

妍绣堂里外院厨房的丫头刚提了一篮子红蛋过来，十一小姐满月，府里的丫头都有个红蛋。徐妈妈把红蛋分了，看锦朝若有所思，随着她进书房低声问道："大小姐，您这是……"

顾锦朝是觉得这个程宝芝十分奇怪。

冯氏有个八竿子打不着的亲戚过来住，还要和冯氏一起住在东跨院。听冯氏的意思，没想让她立刻走。宜春程家，她听都没有听说过。冯氏留这么个人在顾家做什么？

顾锦朝想起程宝芝对着顾怜，脸上殷切的笑容。

她对徐妈妈说："这事还不好说。"让徐妈妈拿纸笔过来，她给罗永平写了信好好查这个程家。

她又招了雨竹和绣渠过来："你们去前院的马厩，看看那里有没有拴着辆驴车。和驾车的那个老叟说说话，问他是从哪儿来、干什么的。就说你们是顾家做杂事的小丫头。"

雨竹机灵，年纪又不大，做这事很合适。

雨竹拉着绣渠就去了，外院马厩停着许多马车，一辆驴车实在太显眼了。不一会儿她就回来禀报了。

"小姐，奴婢们倒是找到了驴车，不过没有驾车的老人在，旁边倒是守着个丫头，比我大一点。我把我的红蛋分给她吃了。她说她是程家四小姐的丫头，陪四小姐来燕京准备嫁人的。四小姐的姨母在燕京是大富大贵的人家主母，能给她说一门好亲事。"

锦朝夸了雨竹几句，把篮子里剩的几个红蛋都给了雨竹。

第二天冯氏让顾怜、锦朝等人陪程宝芝游顾家。

程宝芝穿了件大红色织银丝如意纹褙子，八幅绿葛马面裙，头上簪了对嵌红宝石的金累丝发簪，耳朵上戴的却是对粉色的南海珠。她身后正跟着那个穿粉色团花纹棉袄的丫头，比她矮一些，模样清秀，唤作佩环。

顾怜一看差点笑出来了，转过头看着旁边的蜡梅树忍了许久。

程宝芝并不觉得有什么，依旧笑着和顾怜说话："听说侄女和阁老的儿子定亲了，实在显赫不凡。我们那个地界，能见到最大的官也就是我父亲了。"

她说起自己在老家的事，她原是江西赣州人，父亲是丁卯科的进士，没有考中庶吉士，被调到了袁州府做正九品的知事，三年前才升了正七品的知县。这位放开了也是个很健谈的，能说会道，简直会把人捧到天上去。顾怜随即就笑笑："表姑言重了。"

程宝芝更是要捧着她："哪里言重了，表姑想什么就说什么。我们那里可没你们这么多讲究。"

程宝芝一会儿又和顾锦朝说话，笑容就要显得轻一些。边说还边从头到脚把顾锦朝打量了个遍，眼光实在意味深长。顾锦朝被她看得浑身不舒服，放下茶盏笑道："表姑可是觉得有什么不妥？"

程宝芝摇摇头，只是缓缓道："朝姐儿长得好看，想必我未谋面的表嫂是个极漂亮的人啊。"

锦朝道："表姑谬赞，我不过尚可而已。"

听了程宝芝这句话，她简直寒毛直竖。

早上游过园，程宝芝就回了东跨院。冯氏找程宝芝过去说话。

"你和你的几个表侄女相处如何了？"

程宝芝恭敬地道："怜姐儿活泼可爱，别的庶女也对我尊敬，朝姐儿倒是不太爱说话，不过倒真是十分的漂亮。"顾怜等人和顾锦朝一比，立刻就是绿叶衬鲜花的差距，单拎出来是个顶个的美人，和顾锦朝站在一起不过中人之姿。她要是男子，也会喜欢顾锦朝那样的美人。想到这里，她心里有些不舒服。

冯氏"嗯"了一声："你觉得顾家如何？"

程宝芝这次顿了一下，才说："在姨母的操持下，自然是欣欣向荣。院子又气派，连丫头的穿着都比我们家庶女穿得好。姨母昨晚送我的那些东西，我真是见都没见过。"她笑了笑，"就说您送我的这对南海珠，我以前可从来没见过还有粉色的。这对金簪，那也是六两的金子。"

冯氏的嘴角微微抽动，按说程宝芝也是进士的女儿，怎么那么没见过世面？不过这样也好，她自己在顾家肯定是生存不下去的，那还要靠自己才行。这人是好掌控的。

冯氏让程宝芝下去歇息，长长地叹了口气。跟许嬷嬷说话："你觉得程宝芝如何？"

许嬷嬷道："倒是对您很恭敬，和几个小姐也十分处得来，不过家世差了点。"

冯氏说："没办法的事，冯家又没有适龄的女子，不然我也不会在程家选。我那妹妹可没有我的运气，嫁去程家后一连生了四个丫头，让有了儿子的小妾爬到她头上去了。她不服气，四十多的时候还想生，这一胎就断了她的命，程宝芝就是被乳娘养大的。不然再差的小姐，也不会连豌豆黄都没吃过。"

许嬷嬷叹了声："也是个可怜的。奴婢瞧着穿着打扮都不太会。"

许嬷嬷说到这里，冯氏就皱了皱眉不想多说："看得我头疼，你等一下带陈永媳妇去教她梳妆。好好的姑娘，穿得大红大绿的，还拿粉色南海珠来配。装扮好了带来见我，晌午带她去西跨院坐席，也让老四见见。"

许嬷嬷退下去了。

顾锦朝回到妍绣堂不久，罗永平的信就送过来了。

江西来去太远，罗永平在良乡冯家打听了这个程家，先把打听到的情况送过来。等他派出去的人到了江西，再有第二份信过来。

顾锦朝看了信就笑了，让徐妈妈把烛台端过来，徐妈妈十分疑惑："小姐，罗掌柜说什么了？"

顾锦朝边烧信边淡淡地说："祖母一月前派人去了冯家，问冯家现在有没有适龄的小姐。冯家没有，她又问了和冯家有姻亲的人家，最后才选到了程宝芝。这不，十万火急地让人家从江西过来了，说是来燕京游玩看亲戚的，你信不信？"

徐妈妈还有些疑惑："您是说……"

顾锦朝淡淡道:"父亲要是升任户部侍郎了,你说祖母心里着急不着急。那不是怕咱们翅膀硬了她不好掌控吗?赶紧在自己本家找一个姑娘嫁进来。可以用继母的名义拿捏我,还能给父亲吹吹枕边风。她拿捏一个媳妇,总比拿捏我们方便多了。"

徐妈妈听着脸色也不好看起来,那个程宝芝她昨儿个远远见了一次:"这样的人,怎么能嫁到顾家来。太夫人当年连咱们夫人都嫌弃,如今却看得上这个程宝芝了?"

锦朝笑了笑:"进士之女,又受她掌控。这不就是她挑儿媳的标准吗?"

想到程宝芝今天说的那句话,她就觉得浑身不舒服。

徐妈妈很是犹豫,她们自然不想让这样一个人嫁进顾家,还是做锦朝的继母。但是这姻亲的事,父母之命媒妁之言的,她们就是想反对那也没个立场和说法。顾德昭的守制期也要过了,无论怎么说他也是要续弦的。这事不会因为她们而改变。

锦朝也在想这件事,与其让冯氏找一个这样的人嫁进来,还不如她先动手,替父亲选一个继室。不管怎么说,这个继室总不能胳膊肘往外拐就是。她明面上不能插手父亲的亲事,但他自己总可以说几句的。

得先把人选定了才行,但是一时半会儿,她哪里去找合适的人选?

正是这个时候,冯氏派人过来传话,让锦朝去西跨院进午膳。

顾锦朝换了件藕荷色莲瓣纹的冬袄,浅色素面湘裙过去。

女眷在花厅里进膳,顾家几个老爷则在宴息处里。她在顾汐旁边坐下来,看到程宝芝正站在冯氏身后,她这下的打扮好看多了。一件粉底洒朱红碎花长身褙子,深青色素面挑线裙子,乌发绾分心髻,用了一支点翠鎏金的凤纹步摇。脸上也画了淡妆,看上去也算是个美人了。

冯氏和五夫人说话,问她乳娘的饮食可还好。一会儿招过旁边的丫头问:"你看看四老爷回来没有,今天一早就出门了,还没给我请安呢。"

丫头应声去了,不一会儿顾德昭就走进来。他才下了衙门,穿了件藏青色的直裰,头发用檀木簪子盘好,身姿笔挺,眉眼清俊。他进来之后先给冯氏行礼,才向顾锦朝微微点头一笑。

顾锦朝不由看向程宝芝。

她看到顾德昭的时候怔了片刻,眼睛都没移开。冯氏把她拉到身前,笑着和顾德昭说:"这是我本家的表侄女,也算是你表妹了。"

程宝芝这才反应过来屈身行礼,顾德昭并不怎么注意她,如常和她见了礼,随即就告退了。

冯氏看了程宝芝一眼，她已经脸颊通红了。

在场的二夫人和五夫人立刻留了心思，均不动声色地看了程宝芝一眼。

顾锦朝和顾汐说话，帮她夹了块桂花蜜藕粉糕放到碗里。

晌午过后，冯氏回了东跨院睡午觉。二夫人让丫头拿了笸箩、针线、小绷类的东西出来，在花厅的凉亭里摆了桌。五夫人则陪着参加满月酒还没离开的夫人一起看孩子去了。

二夫人递了小绷给程宝芝，笑着道："芝表妹长得清秀动人，想必手上的功夫也不差。针黹女红我倒是不擅长，芝表妹若是愿意，我倒想请教几招。"

程宝芝接过来之后微弯了嘴角。别的就不说了，这女红她是最擅长的。家里几个姐妹就她的最好，继母也觉得她学这个好，不仅请了专门的绣娘教，还特地让她绣了和燕京的小姐相比，说是比那些小姐绣得还好。她笑笑道："二表嫂客气了，我的女红也是三姐教的，并不出彩，绣个花样还行。"

顾锦朝和顾汐打着络子，心想二伯母倒是心思灵活，立刻猜到程宝芝是冯氏想许配给父亲的。她瞧了一眼程宝芝刺绣的针法，就收回目光不再看。

一会儿后二夫人却叫她过去："我记得朝姐儿的女红可是十分的好。我看着你表姑绣的东西觉得也不错，你看看呢？"把手中的小绷递给她。

二夫人在做什么打算？看她是不是满意这个程宝芝？

顾锦朝接过之后看了，绣的是一对蜻蜓，整齐细致，就是少了几分灵动。她温和地笑道："绣得很精致。"

程宝芝在绣艺上那是被人夸惯了，看到顾锦朝的神情似乎没有很欣赏的样子，心里就有些不高兴了。她来之前特地把顾家的事打听了一遍，听说顾锦朝的生母是病逝的，她有个嫡亲的弟弟，人又是骄纵跋扈的。以后她要是真成了顾锦朝的继母，少不得要好好拿捏她。

顾锦朝这可是见她是小地方来的，看不起她？这还得了？

程宝芝随即笑了笑："我是小地方出来的，这点东西也不过是献丑了。既然二表嫂说你的绣艺好，不妨也拿出来看看？"

程宝芝这话不太妥当，锦朝笑而不语。

二夫人听到这话就不吭声了，慢慢地喝了口茶才道："表妹来顾家不久，应该没见过后山有座绿萝院，清幽雅致，十分好看。眼下正是寒梅盛开的时候，不如我带你去看看？"

顾锦朝附和："表姑随二伯母去吧，锦朝就不作陪了。"行了礼退下。

程宝芝起身后走出几步，才听到身后一个小丫头嘟囔："乡下来的就是没见过世面，她是什么身份，还敢让咱们正经的小姐给她看绣艺。"

程宝芝又羞又气，满面通红。

　　二夫人当没有听到，笑呵呵地携了她的手道："朝姐儿的绣艺，那是师承燕京有名的绣艺师傅，更是融蜀绣和苏绣之所长。我这儿倒还有她送的一方锦帕，你看看好不好。"

　　二夫人把锦帕拿给程宝芝看。

　　程宝芝脸色白了白，不再说话。

　　二夫人不动声色地放开程宝芝的手，让自己身边的丫头带程宝芝去周围看看，笑着跟她说："着实不好意思，我这才想起母亲那里还有事，一会儿就过来陪表妹说话。"

　　程宝芝随意点点头，反正她也不太想去看什么绿萝院，索性说自己累了先回了东跨院。

　　二夫人和自己的大丫头走在路上，丫头小声道："夫人，我不太明白，咱们这是要抬举这位程小姐呢，还是要帮着二小姐呢？奴婢怎么看您两个意思都有……"重新排过行第，顾锦朝是老二。

　　二夫人淡淡道："说不抬举她，又是太夫人选出来的。说抬举她，看她眼界狭窄的样子，八字还没一撇就想拿捏顾锦朝。顾锦朝是好拿捏的？就是她以后嫁进来了，那也斗不过顾锦朝。且看着吧，咱们这位二小姐也不是简单的人。"

　　程宝芝回了东跨院之后，就让佩环端了碗茶上来。

　　佩环一边倒茶一边道："再怎么说，您也是长辈，那说话的小丫头太没有规矩了。顾家这么有规矩的人家，说也没说那丫头一句，我看也不是什么好人家。小姐，咱们不然还是回袁州吧。这顾家有什么好，规矩又多，还这样给咱们气受。"

　　程宝芝低声斥责她："你懂什么。"

　　佩环咬了咬嘴唇有些委屈，不明白自己说错了什么话。

　　程宝芝看着皱了皱眉，最终还是说："你去把昨晚姨母送的东西拿过来。"

　　佩环乖乖去捧出了两匹料子，一匹银红色花卉纹缂丝缎子，一匹葱绿底缠枝宝瓶妆花缎子，还有一盒六对的赤金宝葫芦簪，两串颜色各异的水晶珠子。程宝芝指着这些东西，跟她说："咱们要是在袁州，什么时候能有这些好东西。这不过是见个礼，我以后要是真成了顾家的夫人，这些东西还少得了吗？"

　　说到顾家的夫人，她立刻就想到了顾德昭俊秀挺拔的样子。来之前，她还以为自己要嫁的是个半百的老头，心里还很是斗争了一番。结果今日一看，人比她想得好无数倍。她更是笃定非要嫁进来的念头了。

　　她又让佩环去瞧雕镂宝相花鎏金边的拣妆台："今儿下午给我梳妆，那陈永媳妇就拿了螺子黛、青黛、鸳鸯翠三盒眉妆出来，胭脂水粉香味清雅，细腻无比。我就算不认识都知道是难得的好东西。回了袁州呢，程家又拿得出什么好东西来。"

佩环不说话了，过了会儿才问："咱们要留下了，那岂不是要讨好顾家这些人了。怎么我见您除了怜小姐，对别的小姐都不热忱呢，特别是四老爷的嫡长女，以后不是和咱们最亲近吗？"

程宝芝说："我讨好顾怜，那还不是她最受宠，又是姨母心尖上的人，以后要嫁去阁老家做儿媳的。别的庶女，我是嫌她们身份不够，以后我可是要做顾家夫人的，又怎么和她们说话。"她喝了口茶，"至于顾锦朝……我要是现在就服软了，以后嫁进来那还不是要让她拿捏我，惯没有这个说法。我现在不摆点谱出来，恐怕以后也压不住她。何况这也是姨母的意思。要说亲近的话，和谁不亲近都不要紧，关键是和姨母要亲近，有姨母的支持我才能在顾家立足。那些看不起咱们的就随他们去吧，以后总有他们哭的时候。"

程宝芝瞧着那一盒六对的赤金宝葫芦簪，一点都舍不得移开眼。

听姨母说，顾锦朝的外家可是通州纪家，纪家的钱多得数也数不清……

她爱惜地摸着簪子，说："我现在受多少苦都不要紧，最要紧的是以后怎么样。只要我能嫁进顾家，再生下个嫡子，那地位可不是稳稳当当的吗。看那顾锦朝就不像是个安分的，不过幸好是个小姐，以后随便挑个人家嫁了她就是。她还有个弟弟，这才是我最要忌惮的。"

她一定要嫁进来才行，来燕京这几日见的繁华，比她过去十多年见的都要多。这燕京的小姐过的日子，那才是真正的小姐日子。她可不想再回去了。

锦朝从西跨院回来后连夜给纪吴氏写信，把冯氏要把自己侄女许配给父亲的事说了。

看程宝芝那个样子，就知道她真嫁进来会怎么样。顾锦朝自然不想她嫁进来。即便父亲要续弦，那也该是个正正经经、品行端正的姑娘。她想问问外祖母有没有合适的人选。

父亲要续弦，这是她不能阻止的，她只能从中周旋，至少要选个对他们四房来说合适的人。

锦朝叹了口气，其实她是不愿意后母进门，占了原先母亲的一切。她也不想叫别的人母亲……

至少这个人绝对不能是程宝芝。

顾锦朝写完信之后把信纸装好，搁下毛笔的手却一顿。

她突然想起陈三爷说过的话。他说他是见过自己的，还是在她夏天去外祖母家避暑的时候。

但她却不记得这么个人。

锦朝想了想,又拿了一张宣纸铺好,写了一堆别的话,才状若无意向外祖母问陈三爷的事。

第二天锦朝起身的时候,瞧见隔扇外头的雪已经化得差不多了。

采芙一边帮她梳头,一边笑着说:"二月春风似剪刀,您瞧瞧,外头那株银杏也发芽了。咱们后罩房外面还有两株榆钱树,嫩叶都挂满了,等再过几日就能吃榆钱饭了。"

又是一年春来。

锦朝微有些出神。不知不觉母亲去世快一年了,再过三个月,她也该除服了。

佟妈妈从外面进来,她穿着件青色素面绸缎的冬袄:"大小姐,今儿一早太夫人就携了程小姐去宝相寺拜佛了。"

她顿了顿,声音小了些:"太夫人昨儿个让罗姨娘和老爷房里的两位姑娘又续上汤药了。"

锦朝皱了皱眉,冯氏这也太急了些。

她把妆匣子中的簪子一一整理好,问佟妈妈:"这事是谁来告诉你的?"

佟妈妈道:"罗姨娘身边的丫头晴衣。"

下午冯氏就携着程宝芝回来了。

"听道长说的,你和老四的八字十分合得来。这我就放心了。"冯氏拉着程宝芝的手,让她挨着自己坐在罗汉床上,说道,"不过这凡事只有我帮衬不行,你自己也要注意着。平日里多和府里的人走动,与你二表嫂、五表嫂交好些。老四那样的人是好拿捏的,你平日里对他温柔恭顺些,他就吃这一套。"

程宝芝脸色微红地点点头。

她晚上就去西跨院找顾怜说话。

顾怜正和顾澜捣弄从暖房摘来的凤仙花,慢慢染着指甲聊天。顾怜说:"我昨天缠着母亲问,才知道原来祖母想把程宝芝许配给四叔。"她一脸的嫌弃,"那样的人要嫁进顾家,想想我就觉得恶心。澜姐儿,她要是成了你的继母,那可不是要处处管束你。你竟然也忍得下去,要是我的话,早就闹到祖母面前去了。"

顾澜闻言心里自嘲,她又不是顾怜,她要是敢到冯氏面前表达不满,可没有什么好日子过。

她摆弄着捣花瓣的玛瑙春子,轻声道:"这倒是不至于,相反我倒是希望程小姐嫁进来。你想想,就算现在没有继母,我的日子又过得如何,那还不是让长姐压了一头,事事都辖制着我。程小姐嫁进来了,那长姐就找得到人管了,两人相争之下,我说不定还有生存的余地。"

顾怜一想觉得也是:"你放心,今后你有什么事,我肯定会帮你的!不就是个程宝芝吗,那有什么难的!"

顾澜被她一双如羊脂玉般的手拉着,指甲粉嫩鲜红。她看着那样的指甲,心里只觉得艳得刺眼。

顾怜是个靠不住的人,真心待她那是不行的,唯有利用而已。

她笑得十分温柔:"我都明白,又怎么会怪你呢。"

兰芝刚端了碟玫瑰绿豆糕上来,花厅外面就有小丫头禀报,说是程宝芝过来了。

顾怜道:"快请表姑进来。"

程宝芝带着佩环过来,见着她们竟然在染指甲,十分好奇。

这个时候凤仙花还没开呢。

丫头端了绣墩过来,顾怜把水晶盏递给她看:"是暖房里种的,一年四季都开着。表姑要是喜欢,不妨也染了看看。"

程宝芝看她双手纤纤,指甲颜色粉嫩。看了一眼自己寡淡的手,便有点心动。

顾怜立刻吩咐丫头再去摘凤仙花过来:"种了橘红、粉红、大红几个色的,表姑就染了大红吧。"

程宝芝望着装花瓣的水晶盏,还有那价值不菲的玛瑙春子,简直被顾家小姐的生活给震惊到了。

丫头帮她染了指甲包好,程宝芝和顾怜说了几句话,才看了看旁边的顾澜。听说是顾德昭的庶女,长得也好看,柔柔弱弱,我见犹怜的。

程宝芝道:"还没说过几句话,这就是澜姐儿吧?你倒是长得和你姐姐一点不像。"

顾澜回笑道:"我长得像姨娘而已。"

那顾锦朝难不成是长得像原来的四夫人?

程宝芝笑了笑,语气不由慢了些:"我看顾锦朝长得好看,想必我四表嫂也十分漂亮吧?"

顾澜闻言笑着回答道:"长姐那是长得像外祖母,我们母亲不过中人之姿而已,算不得有多好看的。"

顾怜立刻明白过来,接着说道:"这人再好看,一过三十也是人老珠黄了。我看还是表姑好看,正是最漂亮的时候呢。"

程宝芝抿唇一笑,又拐着弯向顾澜打听顾德昭的喜好,问得七七八八了,

这才带着佩环回东跨院去了。

顾锦朝也知道了冯氏带程宝芝去合八字的事。

她笑道:"背着咱连八字都算了,接下去说不定瞒着咱们下聘礼,摆酒席了。"

一般是要请人上门提亲,对方同意之后才能问名算八字的。

顾锦朝想了想,立刻去了前院。

顾德昭正在书房里看书。

他吩咐水莹端了刚熬好的薏仁猪蹄汤上来。"本来想让人给你送过去,现在倒是不用了。你这碗没有放糖,快喝吧。"顾德昭喝猪蹄汤就爱甜的,觉得滋味才好。偏偏顾锦朝不爱吃,他总要先将就她。

顾锦朝接过后小口喝着,顾德昭见她沉默不语,便打趣她:"可是谁给你委屈受了?"想想又觉得不可能,长女十分自立,可不像别的孩子一样受了委屈会和父母哭诉。

她来找自己,那就肯定有什么自己不能解决的事。

顾锦朝顿了片刻,才问道:"父亲,您想过续弦的事吗?"

顾德昭闻言失笑:"你怎么想到这样的事了,可是别人跟你说了什么?你不要担心,我还在给你母亲守制,续弦是决计不可能的。"

顾锦朝抬头直面他:"那要是祖母让您续弦呢?还要让您娶一个她选定的女子,您怎么办?"

顾德昭立刻答道:"我自然是不会答应的。"

顾锦朝笑了笑,继续说:"婚姻乃父母之命媒妁之言,父亲您抵得过祖母的说项吗?祖母要是以子嗣、顾家来压您呢,或者她再以孝道来说,您该怎么办?您毕竟还有几个月就要除服了,到时候还有什么理由拒绝?"

顾德昭一时沉默了,他没想过顾锦朝说的那些事,依照冯氏的个性,他要简单拒绝肯定是不可能的。

从小到大,他就被教导要尊敬嫡母,平生唯一一次反抗她,也就是娶纪氏的时候了。

锦朝是怎么突然想到这件事的?

顾德昭问她:"朝姐儿,你跟我说究竟是怎么回事。是听别人说了什么,还是你看到了什么?"

顾锦朝慢慢道:"您见过表姑吧,便是那个程小姐。"

顾德昭对这个人印象实在不深。

他想了片刻,才问顾锦朝:"这和我续弦有什么关系?"

锦朝叹了口气,淡淡道:"您说一个十多年不来往的亲戚,会突然万里迢迢来看祖母吗？祖母有这么好的性子，对一个穷亲戚这么好，还要亲自介绍给您认识？您再想想您见她的那日，表姑精心打扮，头上还戴了点翠鎏金的步摇，那支步摇可是祖母手头的东西。"

顾德昭这才明白了长女的意思："你是说母亲想把程小姐指给我？这如何可能，我以前连见都没有见过她。"

锦朝听了之后更是无奈了，问他："等祖母问起您的时候，您就要这么回答吗？"

顾德昭一时语塞，和冯氏打交道他一向不擅长，一般冯氏说什么就是什么。

他在书房里来回地踱步，神色黯然："我是不想续弦的。娶个人回来乱七八糟的，还不如不娶。"他站在书房的隔扇前，看着外头刚发出嫩叶的柔柔柳条，想起那年纪氏嫁给他。

她一担担的嫁妆抬进刚置办的院子里。他穿着件大红色右衽圆领袍子，紧张得不知如何是好。只记得满目的红色，还有心里的喜悦，她的嫁妆都抬进他的院子里了，两人从此就是一家人了，无间的亲密感。挑盖头的时候，全福人在旁边说了许多吉祥的话，外头还有人在喧闹，他却只看到纪氏的手里握着颗枣子偷偷塞进嘴里。

他低声笑了出来，等晚上了问她，纪氏小声地抱怨说："为了嫁给你，我一整天都没吃东西。你就不许我吃颗枣子吗？"

她那个时候才十六岁，还有点孩子心性，拧了他的胳膊一下。有点疼，但是麻麻痒痒的，他觉得自己连生气的想法都没有。这样好的人，就嫁给他了，他连生气都不敢，巴不得她多拧几下能解气，免得真的恼了自己。后来自己却这样待她……

顾德昭回过身，看着顾锦朝低语道："朝姐儿，我去和你祖母说，我不会续弦的。反正你有一个弟弟，我便是不娶也无所谓了。"

顾锦朝不信他，她继续说："父亲，我提前跟您说一声，是想祖母说起的时候您要有个应对的心思。别什么事都依了祖母的说法，即便您真要续弦，表姑也不是个可娶之人。"

她知道父亲心里很愧疚，才会说出为母亲守制一辈子的话。

如果可以，她也不想父亲续弦，但这个想法实在任性了。父亲的事总要有人操持着，现在她还在府里，凡事能帮着管一管，等她出嫁了呢？顾锦荣、顾漪、顾汐谁来照管。再过一年，顾漪就要出嫁了，四房没有个能做主的人，这些事谁来料理？靠冯氏当然是不行的。

冯氏恐怕也会以这套说法来游说父亲。

顾德昭沉默了许久。

通州那边，纪吴氏刚接到顾锦朝的信。她看着信思索了许久。

宋妈妈进来后，觉得松油灯光不太亮，轻手轻脚取下簪子挑了灯花。小声问道："太夫人想什么如此出神，连烧到灯花了都没注意到呢。"

纪吴氏放下信封，叹了口气。随即又问她："你去老大媳妇那儿看了，那孩子可睡了，不再成天哭着找赵氏了吧？"

宋妈妈答道："喝了碗红豆甜汤，煜哥已经歇下了。大夫人今天找了两个小丫头陪他玩翻绳，玩得高兴就不记得别的了。晚上和大夫人一起睡的，还缠着要和大夫人睡在一个被窝里。"

这孩子乳名叫乞儿，小户人家的规矩，小名就随便叫了，叫大了反而怕养不活。纪吴氏听了十分不喜欢，逼着纪尧给孩子取了个字。

他很不愿意，听了之后一言不发地离开了，等了好几天才差小厮给她拿了张纸过来，上面只写了"煜"字。

纪吴氏想到孩子那张脸，微微地出神，过了会儿才问："纪尧还是没去看过？"

宋妈妈答道："二少爷回府就去涉仙楼，从来不往大夫人那儿去。"

纪尧心里还是怨这个孩子的，说起怨孩子，他说不定更怨自己。

纪吴氏道："别说他了，我看了那孩子都满心的不自在，总是想起朝姐儿来，但毕竟是纪家的骨肉，总不能让他流落在外。幸好那赵氏还算安分，如今待在田庄里也不敢闹腾。"

宋妈妈笑了笑："看久了也就自在了。我瞧着这是表小姐给您写的信吧，表小姐倒是孝顺，每月给您写两封信，就是冯氏在旁虎视眈眈的，也没有落下的时候。"

纪吴氏说："这信可不是写来给我请安的，冯氏想给顾德昭续弦，找到了自己的表侄女。朝姐儿是想问我有没有更好的人选。若是顾德昭真要续弦，怎么也不能娶一个和冯氏牵连的人。我正考虑着谁更合适呢，身份太差了不行，恐怕压不住冯氏。身份太好了，又怎么会想嫁给顾德昭呢。"

宋妈妈帮纪吴氏掺了茶："太夫人心里有没有主意了？"

纪吴氏点点头："主意倒是有个，而且还是个好主意。给綮哥儿做媒的那个徐夫人你可还记得？她女儿上次还悄悄向巧心问起过顾德昭的事，巧心下来告诉我，当时我也没当一回事。如今想想，那徐姑娘未必没有这个意思。罗泰前不久在那地方弄出了人命，徐家就不敢和罗家说亲了。如今愁得都开始打听香河某个穷举人的儿子了。我觉得徐三小姐未必不可，不过还要写信给朝姐儿说一声。"

穷举人的儿子……未免太不门当户对了些。

宋妈妈咋舌，徐家老爷怎么说也是正三品的通政使，嫡女再怎么也找不到小地方的穷举人儿子身上。

她点点头："奴婢也觉得不错，既然都拿定主意了，您也不必犹豫啊。"

纪吴氏叹了口气道："我是想起晗儿了，心里难受。恨不得顾德昭落个难看的下场，解我心头的怨气。但他又是朝姐儿的父亲，一荣俱荣一损俱损的。"

她让宋妈妈去拿了纸笔、捧了松油灯过来，写了几行字却顿住了。

纪吴氏皱了皱眉，问宋妈妈："你还记不记得当年朝姐儿落水的事？"

宋妈妈点点头，那事情闹得大，她自然记得。

顾锦朝十三岁那年夏天来纪家避暑玩耍，偷偷跑去摘莲蓬，却不小心落了水。跟着她的是个小丫头，语无伦次地来禀报了。等她们赶过去的时候，顾锦朝已经被人救起来了，躺在凉亭里神志不清地呢语。

那小丫头说是个陌生男子让她去喊人，说这里他看着。应该是那男子把顾锦朝救起来的，却看不到人在。

纪吴氏抱着顾锦朝回来，脸色阴沉，发了好大的怒气，把顾锦朝房里的小丫头都赶去了厨房，并且说了谁都不能说出去，谁说就是个死。

顾锦朝被陌生男子救起，那就是坏了名节的事。除了这个男子，她谁也不能嫁了。

纪吴氏问了那丫头，陌生男子究竟是什么模样，但是她说的特征，对了全府的人都找不出来。

纪吴氏猜测救人的那个也不想麻烦，因此才悄然走之。她就把这件事瞒了下来，没有几个人知道。

直到她今日看了顾锦朝的信，心里才隐约有些明白。

顾锦朝说父亲擢升之际，恐怕要多注意着上头的事，问她陈三爷是否和纪家来往频繁。

陈三爷有段时间和纪家来往很多，那时候，两家合力修筑保定的庙宇。

顾锦朝落水的那天，她记得陈三爷是来过的。因为大爷身边的小厮还过来问过她，说是预备一桌好菜，不一会儿又过来说不必了，陈三爷已经先走一步了。

她那时候还觉得奇怪，但是她怎么也没把这事联系起来，毕竟小厮过来说的时候，她还不知道顾锦朝落水了。

纪吴氏脸色凝重："当时把朝姐儿救起来的，很可能是陈三爷。"

宋妈妈差点没端稳松油灯，她睁大了眼："您说的是陈三爷，如今的内阁阁老，户部尚书陈大人？"

这怎么可能呢？

纪吴氏道:"他当时还只是詹事府少詹事。"但是想想她也觉得荒谬,一个是当朝权臣,一个是深闺女子。要是当时陈三爷没离开,而是把这件事认下来了……

纪吴氏倒抽了口凉气,过了好久才说:"陈三爷能两年之内从少詹事做到阁老,也实在是应该的。"此人意志坚定,遇事果断,再加上自身的才学,不崭露头角都难。

她犹豫了很久,还是把这件事写进了信里面。

虽说算不得什么,但顾锦朝知道了说不定有用呢。

程宝芝端了个绣墩坐在冯氏旁边,帮着她捏腿。

虽说不如大户小姐懂得穿着打扮,言行有度,但是她伺候人还是一把好手的。

冯氏半闭着眼睛,听程宝芝小声和她说话:"继母生了个弟弟,更是不把我们姐几个放在眼里。大姐、二姐早就出嫁了,还是三姐拉拔着我。父亲还没当知县的时候,继母每年给两个妹妹制备新首饰,都是赤金的,我和三姐最多是素银簪子。侄女从小就想,要是有个亲生母亲该有多好。听三姐说,您和母亲长得极像呢,如今见着您,才觉得这样的亲切。"

冯氏心里一笑,她可生不出这样破落的小姐。

不过这些都是小事,程宝芝不懂穿衣打扮,不懂主中馈,都是可以调教的。要紧的是身家和恭顺,她父亲好歹是个进士,身家又清白干净,整个顾家就和自己一人沾亲,上好的人选。

何况顾德昭这是要续弦,也不是做宗妇的,听话、能伺候人才是最重要的。

冯氏慢慢问她:"听说你近日都喜欢去找怜姐儿说话?"

程宝芝道:"侄女倒是和怜姐儿颇说得上几句话,因此就去得勤了。"

顾怜喜欢和程宝芝说话,冯氏当然不信。她也没说什么,躺回大迎枕上去。

一会儿小丫头鱼贯而入,端了莲子粥、腌黄瓜、莲蓉酥、杏仁方糕上来,依次摆在了炕桌上。程宝芝又伺候冯氏进膳。

天渐渐亮了,请安的人才陆续过来。

顾锦朝一向来得早。

程宝芝从她进门的时候就看着她,顾锦朝穿了件水蓝提花缎的褙子,白色挑线裙子,用的是粉紫腰带,还挂着个缠枝纹的香囊,缀着一蓝一紫两色流苏。身量纤长,乌发绾了小髻。那双手上却戴了一对颜色青碧的镯子。

这样好的成色,青翠欲滴。程宝芝从来没见过。

她的目光不由得落在了那对镯子上。

顾锦朝现在在守制,穿戴不能太好,她手里还有多少这样的好东西?

程宝芝摸摸自己手上的一只金镯子，悄悄把手腕往袖子里缩了一些。

冯氏和顾锦朝说了几句话，又吩咐她："一会儿怜姐儿她们也要过来，你们几个就在我这儿帮我抄抄经书，二月要抄的一百卷还没动笔呢。我让丫头帮你们多备些点心。"又叫程宝芝，"你以后也是要帮我抄佛经的，一会儿就多看看她们是怎么抄的。"

程宝芝笑着应了。

冯氏让人把杌子搬到了前院的水榭里，丫头们又捧了半刀的澄心堂纸上来，笔墨纸砚的摆得规规矩矩。端了几个攒盒的小食。

程宝芝跟父亲学过几个字，不过连毛笔都没怎么摸过，要抄经书就更勉强了，字她都认不全。她坐在水榭里看顾锦朝抄经书，一边挑拣着攒盒里自己喜欢的东西吃。

顾怜和顾澜先后过来了。

程宝芝拉着顾怜说起话来。

锦朝停下笔之后，往青石径的方向看了一眼。这春寒料峭的，冯氏竟然让她们在院子里抄经书，也不怕冻着。

水榭有一条青石道通向水磨石路，父亲每晨给冯氏请安，都要经过水磨石路，很容易就能看到她们在这儿抄经书。有顾锦朝在这儿，父亲势必会过来说几句，看她的字写得如何。

冯氏这要打什么主意？

程宝芝把自己昨天染好的指甲给顾怜看，笑着道："晚上就让佩环拆了，染得真好。我看别人用凤仙花和白矾染指甲，指甲总是没有光泽。怜姐儿那花汁也不知加了什么，光泽如此好……"

顾怜刚说："不过是往白矾中兑了珍珠粉而已。"

锦朝却听到了依稀的脚步声，等她抬头一看的时候，却没见着人过来，只看到一角茶色直裰闪过，青石道旁边的冬青树微动。父亲应该是看到程宝芝在这里，所以避开了吧。

顾锦朝想明白之后就笑了笑，收敛了心神继续抄经书。

程宝芝和顾怜说得正好，端起茶杯喝水，却发现茶盏已经空了。旁边还有伺候她的佩环，她却看也没看见，随手就把茶杯递给顾锦朝，说了句："帮我沏杯茶过来吧。"

她连个回头都没有，继续问着顾怜如何制出凤仙花汁的事。好像真是随手给了个丫头般。

顾怜的表情有些变了，和顾澜相视看了一眼没有说话。

水榭里伺候的丫头都是冯氏的人，看到这个情景心里明白个七七八八。最

近这位程小姐颇得冯氏宠爱,她们可不敢开罪。一个个大气都不敢喘,更不敢伸手去接茶盏。

顾锦朝有些愕然,除了冯氏,这顾家还没有敢这样指挥她的。程宝芝这是说得太投入了呢,还是迫不及待要给她立规矩了呢?

要是平日,她肯定要回敬程宝芝一番。

想到冬青树一闪而过的茶色直裰,锦朝却放下毛笔,慢悠悠地捧了茶杯,去帮程宝芝沏茶了。

青蒲在旁看得眼珠子都要掉出来了,她们家小姐看上去笑眯眯的,性格却是绝不会吃亏的。程宝芝要她端茶倒水,还是当着众丫头小姐的面子,她怎么可能这么轻易地过去了?

顾澜更是吃惊,心里想着难不成是冯氏和顾锦朝说了什么话,她竟然对程宝芝言听计从了?

还是她想干脆就在茶盏里下毒,把个程宝芝断得干干净净,免得碍眼。

顾锦朝端了杯热茶过来,放在了程宝芝旁边。

程宝芝端起来喝了口,却连忙又放下了,声音不由得提高了些:"朝姐儿,你怎么连杯茶都沏不好,这水也太烫了些。"

顾锦朝心想能不烫吗,她当真用的是滚开的水。

敢喝她端过来的茶,那自然是烫手得很了。

她声音小了些:"表姑,沏茶这事我不惯做的,您要见谅啊。要不,我去给您换一杯过来?"

程宝芝见她态度软和,心想冯氏说顾锦朝外软内硬也不尽然嘛,这不也在她面前服软了。瞧着这一水榭里丫头都看着,顾怜和顾澜也不说话,她笑了笑:"还是算了吧。朝姐儿你身子娇贵,这些事做起来自然不顺手了。下次可要记得好好学一学,别以后连伺候人都不会。"

这说话的语气,俨然她就是以后被顾锦朝伺候的那个人了。

顾锦朝心里都在发笑了,脸上的表情却更是落寞,咬了咬唇道:"谢表姑教导。"

程宝芝和顾怜说道:"这伺候人啊,也不是件简单的事。咱们朝姐儿如此擅长绣艺,又是读书识字的,不也连杯茶都沏不好吗?"

顾怜发出几声笑,别人却都不敢笑。

顾德昭站在冬青树下听到顾怜的笑声,心里只觉得火冒三丈。

她程宝芝是个什么东西,满水榭的丫头不使唤,却要来使唤他的朝姐儿!还端茶倒水,他都舍不得让她做这些。倒茶也就算了,还挑剔朝姐儿沏茶不好,惹得别人嘲笑她。要朝姐儿学着伺候人?朝姐儿是他正正经经的嫡长女,谁敢让她伺候。

顾德昭深吸了口气，才缓步走过去。并笑着道："朝姐儿，在这儿伺候别人也不跟父亲说一声。"

众人看到顾德昭从青石砖道上走出来，很是惊讶。

顾四老爷怎么突然就出来了？

程宝芝听到顾德昭的话，脸色却一下变了，她刚才说的那些话，难不成顾德昭听到了？

她抬头看顾德昭，只见他脸色冰冷阴沉，看都没有看她。

顾锦朝站起身行礼，喊了句"父亲"，又说："只是表姑让我帮着沏茶而已。"

顾德昭笑着看向程宝芝："程家表妹，这满屋子的丫头，你就看不到了，非要朝姐儿去帮你沏茶？沏茶也就罢了，你还要嫌她伺候得不好？"

程宝芝咬了咬唇，在自己心仪的男子前如此失态，她也红了张脸，道："这……我是和朝姐儿亲昵，才不讲究这些的。四表哥可不要误会，朝姐儿只是茶沏得太烫了些，我才说了那几句话，绝对没有别的意思。"

顾德昭想起朝姐儿说过冯氏想把程宝芝许配给他，这才是朝姐儿的表姑，八竿子打不着的长辈辈分，就敢指使朝姐儿伺候她了。那等她真的成了朝姐儿的继母，还得了。

这样的人，除非他死，不然休想进他们顾家的门。

顾德昭冷笑道："程家表妹这是什么话，你怎么会有别的意思呢？你敢有别的意思吗？你不过是顾家的一个亲戚，仗着母亲的面子能在这里吃住。连个顾家主子都算不上，我自然相信你没有别的意思。"

程宝芝脸变得苍白，好像昏头昏脑的时候突然被人打了巴掌，这才清醒过来。

她是个什么身份，她就是寄居在顾家的亲戚而已。

顾德昭心疼长女，肯定对她没有好印象了。

她还想说什么，顾德昭却拉了锦朝说："朝姐儿，父亲今天正好不用上衙门，去陪我下棋吧。"带着她就离开了水榭，看也不再看程宝芝。

锦朝觉得父亲的手温热，他走在自己前面还没有平息怒火，一张脸紧绷着。

她轻吐了口气。

程宝芝和父亲闹了这样的矛盾，冯氏这下肯定不好处理了，不知道她会怎么做。

不到一个时辰，冯氏就叫人来请了顾德昭去。

顾德昭放下手中的白玉棋子，对锦朝道："我会好好和你祖母说的，程宝芝

这种人，真的让她得偿所愿，那还不是要翻天了。"

锦朝对父亲笑了笑，让青蒲帮父亲捧了斗篷过来："您仔细风冷了。"

顾德昭整理了身上的斗篷，慢慢走到东跨院。

冯氏闭着眼睛在西次间歇息，一会儿才睁开，看着程宝芝的眼神简直就是恨铁不成钢。"你有这么蠢吗，拿捏顾锦朝做什么，你以后成了她继母，占了名位上的便宜，还怕收拾不了她吗。让她给你端茶，你嫌在顾家待得太舒服了？"顾锦朝这丫头不好收拾，她早就有体会了。她三番两次想拿捏下顾锦朝，结果都无疾而终。程宝芝才多大德行，敢动顾锦朝。

"你以为她突然就这么好说话了，给你端茶就端茶，还找了借口让你说她，她那是早设好了圈套等你踩进去。你倒好，高高兴兴就送上门去了。"冯氏气得胸口疼。

程宝芝简直浪费她的一番苦心。

程宝芝很委屈，她刚来的时候冯氏和她说话，分明就说过让她帮衬管四房的人。她这可是听她老人家的吩咐，这错怎么全成她的了？她又不敢反驳，只能听着冯氏的话低垂着头。

冯氏不是没有别的选择，只是相较来说她是最好的而已。要是冯氏愿意，她还可以从冯家的亲戚里找到好几个程宝芝出来，她算个怎么回事。

许嬷嬷在旁劝了句："也不过是女儿家几句话的事，您和四老爷说说，未必没有回旋的余地。"

正在这个时候，站在外头的茯苓隔着帘子通传，说四老爷过来了。

冯氏让程宝芝先到西梢间里坐。

顾德昭进来了，给她行了礼。

冯氏露出温和的笑容，让许嬷嬷端杌子过来："你这几日瘦了，母亲看着心疼。可是朝堂上的事太忙了？"让许嬷嬷去端一碗炖的树菇鸭汤过来。

顾德昭接过碗之后放在一边，道："如今户部侍郎空缺，自然凡事要忙一些。不过听说新的侍郎很快要上任了，届时就不会这么忙了。"

冯氏听着觉得不对："这新任户部侍郎，已经有人选了？"听顾德昭这个语气，难道不是他？

顾德昭摇摇头："上头的事，谁也不知道。"

冯氏看着他放在手边动都不动的鸭汤，心里觉得有些不舒服。

她笑了笑："其实母亲找你过来，是想和你说你程家表妹的事。我听说锦朝她们两人有些误会。你还出面说了话的？这姑娘家的事，大可不必较真，端茶奉水只是随手帮忙而已，不必上纲上线。你这样说了几句话，反倒让你表妹心里不安，来我这里巴巴解释了一个时辰。"

顾德昭有些忍耐不住，站起来说："母亲，您别说这些。我还是能分辨出什么是玩笑，什么是嘲笑的。程家表妹要朝姐儿伺候她，实在过分了。"

冯氏让他先坐下来。

"宝芝的事，我也知道。我就她母亲这么一个嫡亲的妹妹，小时候我还带了她几年，就和我亲。这嫁人没嫁得好，嫁过去之后又接连生了好几个女儿，宝芝就是最小的一个。这孩子从小苦，连母亲的面儿也没见着，还是她三姐姐拉拔大的。继母生了嫡子后，日子更不好过了，她是从小没有母亲教养得好，难免行为不注意，但是心性是不坏的。"

顾德昭听着更觉得不舒服。

难不成程宝芝没有母亲教养好，他就要因此同情了？她做的这事就是有理可依了？

看着冯氏自顾自地说着程宝芝的好话，他心里微微一沉，就问道："您是不是打算让程家表妹给我续弦？"

冯氏被他吓了一跳。

冯氏有些不自在，却立刻道："老四，这话你是听谁说的。我怎么想把宝芝许给你了？"

谁告诉他这事的，难不成是顾锦朝？最不愿意顾德昭续弦的肯定是顾锦朝。

顾德昭继续说："您别管谁告诉我的。我跟您说，您要是真想让程宝芝进我家的门，那就让她抱着我的牌位成亲去！我是绝对不会同意的，我堂堂五品郎中，还不至于娶个德行不好的破落户女儿。"

冯氏听得额头直跳，顾德昭这话说得太重了。

她厉声道："老四，你这话有些昧良心了。人家清清白白的姑娘，你要这么说话来作践她不成？还要人家抱着你的牌位成亲，这是你对我说的话吗，你想威胁你母亲不成？你小时候生病发烧，是我日日夜夜守着你，怕你烧糊涂了。我把你拉拔这么大，你中了举人又考了进士，都没有孝敬我几天就搬出去自己过了，你这样没良心我都认了，你摊上延平王那事的时候，咱顾家上下谁不是帮着你。你倒好啊，忘恩负义的东西，如今就敢这么跟我说话了。"

顾德昭被冯氏一番话堵得无话可说。

他是冯氏养大的不错，但他有自己的奶娘伺候，房里嬷嬷丫头也不少，冯氏不至于亲手帮他做什么。他考中举人、进士，那更是自己苦读出来的。冯氏原先也不怎么看重他，等他考中了进士，才惊觉这庶子里还出了个金蛋，张罗着要给他娶亲。他那个时候已经喜欢纪氏了，第一次反抗冯氏的安排离开了顾家。

但是出毒害延平王长子一事的时候，他官位不保回顾家求助，二哥确实帮

了他许多。

他过了会儿才道:"我不敢威胁母亲。但是这就是我的意思,我是不想续弦的。您知道纪氏的死,那是我对不住她,我不想再娶妻了。"

冯氏冷笑:"你如今都要四十了,就这么没有担当?娶不娶妻的话也是随便说的。荣哥儿才十三岁,你还有两个没及笄的庶女。这些事是我和朝姐儿管着。我是半截入土的人了,朝姐儿又要嫁人的,你就是不为自己考虑,那也要为荣哥儿考虑,总不能让你二嫂帮着管吧。这没有娘的人就是教习不好的,漪姐儿倒是定亲了,那别的姐儿怎么办?你这个妻,可不是你任性的一句想不娶就不娶的。"

顾德昭没想过几个姐儿的事,他觉得娶不娶妻都是自己的事。听了冯氏的话,他心里才猛地一惊,想起他长子、庶女来。

顾德昭才明白为什么朝姐儿对他不信任。他这些事考虑得确实不周全。

顾德昭是冯氏看大的,他外硬内软的性子冯氏很清楚,她觉得这样挺好,也没想过改变他这个性子。看到他这个样子,就知道他心里是动摇了的。

冯氏松了口气。

可惜先前出了那样的事,顾德昭对程宝芝抵触情绪太大了。不然趁这个时候提出程宝芝的事最合适了,如今只能慢慢来了。

顾德昭过了会儿才说:"母亲,便是儿子为了几个孩子,要娶继室回来,那也不会是程宝芝。她那样的人,母亲您可别害了我和孩子。"

冯氏冷冷地道:"母亲把你养这么大,什么时候害你了。谁说的这话,你就回去找谁去,我可没说过这样的话。"顾德昭对程宝芝的抵触,有点超乎她的意料了。

冯氏这么一否认,顾德昭却不好发作了。

冯氏又道:"你也别说人家如何,人要相处才能知道深浅。你表妹没有坏心。"

顾德昭咬牙道:"只要她不嫁给我,我自然会觉得她也是好的。"

冯氏哼了一声:"你先下去好好想想再说。下次再这么和母亲说话,可不是这么简单的事了。"男人没个定数,今天不想娶,指不准明天就想了,还是不能逼得太紧了。

顾德昭才行礼告退。

冯氏听到西梢间传来程宝芝隐约的哭声。她招过茯苓,让她好好去安慰程宝芝。她自己懒得费那个功夫了。

锦朝接到了外祖母的信,是通州加急送过来的。

外祖母信中说了徐静宜的事。

顾锦朝看着一盘散落的棋局细想着,当时纪粲大婚,徐静宜是见过父亲的。那个时候,她还觉得徐静宜对父亲有些好感。

如果父亲非要娶一个继室,徐静宜应该是十分合适的。她是正三品通政使的女儿,本身也不是个简单的人,不会随便被人拿捏住。而且她若是真的嫁给了罗公子,只会被婚姻所累,沦落到一个极凄惨的境地,甚至会忍受丈夫的暴虐。要是做了父亲的续弦,自然是能平顺安稳地过日子,父亲虽有过不对,但性情和顺,又是进士,只会温和待她。

却不知道徐家的人会不会同意。

顾锦朝拿开一页信纸,继续往下看。外祖母说起陈三爷的事。

青蒲看到自家大小姐愣住,握着一张信纸久久的没有动作。

青蒲俯下身小声道:"小姐可是觉得有什么不妥的?"

顾锦朝苦笑着摇头:"倒不是,我只是觉得,欠陈三爷的,我恐怕一辈子都还不清了。"

原来,自己那次落水,是他救的。

顾锦朝欠陈彦允两命了。但是,陈三爷官至户部尚书,贵为阁老,有什么用得着她还的地方。

她倒还记得自己当年落水的事,落水的时候她已经意识不清了,不断地往下沉去,然后被人抱住了。这个人不断地在她耳边说话,很柔和很平稳。她记得自己紧紧抓住他的衣袖。

他纵容地任她抓着。

顾锦朝不想这个人离开,她那个时候怕得不行了,她就威胁他,不过威胁的话是什么她记不得了。

她一直以为是府里的哪个小厮或者侍卫,外祖母不想告诉她,她也从来没问过。

原来是陈彦允。

原来他是救了自己,然后才想娶自己。顾锦朝苦笑起来。

父亲很快就回来了。锦朝看他脸色郁郁,就知道肯定和冯氏不欢而散。

她帮着父亲解了斗篷。

顾德昭想了想,说:"朝姐儿,你觉得有个继母好不好?"

冯氏肯定会劝说父亲娶继室,顾锦朝不意外,她想听听顾德昭的想法。

"您怎么想呢?"

顾德昭有些犹豫:"我想为你母亲守制,真是不想续弦。但是你祖母说的话倒也对,现在咱们四房是你帮着操持,你总是要出嫁的。以后让别人来管,别

人怎么能尽心呢。荣哥儿还要读书娶亲,你几个庶妹不能没人照料。如果你觉得可以,倒是可以选个身家清白,德行端重的小户姑娘进来。"

这事要征求长女的看法,他这门继室还真是要为四房考虑,娶谁都无所谓,关键是能照料好四房。

锦朝想了想说:"父亲是不是怕我抵触继母?"不等顾德昭回答,她就继续说,"我确实也不想您娶继室,我也不想叫另一个女子为母亲,但这些都是孩子气的说法。我心里记着母亲,那是谁都不能替代的,荣哥儿也是。一个称呼而已,您不用担心。"

她心里清清楚楚的,活着的人才是最重要的。

顾德昭沉默了片刻,锦朝原来早就把这些想明白了。他回来的路上,还一直在想要怎么跟她说这事。他毕竟之前说过不要续弦的。

顾锦朝问起程宝芝的事:"祖母可向您说了她的身世?"

顾德昭点点头,觉得长女简直料事如神。"说过了,我一听就不舒服了,还反问你祖母是不是要把程宝芝许配给我,她却矢口否认了。"

这也不奇怪,出了那样的事,冯氏还敢把自己的打算说出来才怪。那顾德昭不是更要反感了。

顾锦朝若有所思起来,不一会儿就笑了。

"父亲,这事您别担心了,我有办法了。"锦朝觉得这个办法十分可行,笑着问顾德昭,"父亲,您还记得徐家三小姐吗?"

纪吴氏又接到顾锦朝的回信,看完之后却是哈哈大笑。把旁边抱着淳哥儿的刘氏都惊着了。

她把睡觉的淳哥儿搂紧了些,问道:"祖母如此高兴,表小姐和您说了什么喜事吗?"

纪吴氏想想道:"算不得喜事,鬼灵精的东西。"

随即高声叫了宋妈妈进来,让她赶紧给自己备马车,几盒槽子糕、云片糕,几大盒的响糖,一对大雁,说要去徐家先说项提亲了。

宋妈妈吓了一大跳:"太夫人,这……咱们是替谁提亲去的?"

要是为顾德昭,那轮得到她们去提亲吗?不是说冯氏想把自家侄女许配给顾德昭吗,会让她们去徐家提亲?

纪吴氏只是笑:"快把东西备下了,一会儿你就知道。"

顾锦朝打的就是先斩后奏的算盘。

冯氏找了顾德昭说话,希望他续弦,却否认了想把程宝芝许配给他。那顾德昭还不能自己找了?

不如就托她先去把这门亲事说定了,然后上门去给冯氏说。就说是顾德昭先前跟她提过的，她才找上人家徐三小姐。她又是顾锦朝的外家，这事插手插得名正言顺。

冯氏就是生气，她也不能发作，说好的亲事怎么能毁呢，这不是打人家徐家的脸吗？人家徐家是什么身份，冯氏可不敢说出这样的话。她只能打落门牙和血吞了。

只要徐家那边同意了，这事就没有丝毫问题。

顾锦朝在最后说了句话，只能麻烦外祖母做个恶人。

纪吴氏觉得这个恶人她很乐意做，她巴不得看到冯氏有气说不出的样子。

她坐马车去了宛平宽窄胡同徐家，向徐夫人说明了来意。徐夫人也很意外，这样的事怎么是纪吴氏亲自来的？她想了想，接下了东西请纪吴氏吃过晌午饭，说她们要考虑几日。

纪吴氏把顾德昭的好说了个遍，自己都觉得过了的时候，才坐着马车回通州了。

她有过八成的把握，一点儿都不急。

徐夫人和徐老爷商量。徐老爷想想，觉得这事还十分的靠谱。

"顾德昭这人我见过，"徐夫人一边帮徐老爷整理官服，一边听他说，"上次山西赈灾，出了不少的力。虽说年近四十了，但是看上去尚且年轻，一表人才。他夫人死了近一年，身侧也干干净净，平日同僚请他饮酒都不会去。比起什么罗家长子之流，那是好的不得了。"

徐夫人有些犹豫："但毕竟是续弦……"

徐老爷不赞同："你觉得静宜要是去给人家做正室，能找到这么好的吗？我看此事尚可，不过咱们也问问静宜的意思，她要是不同意就罢了。"徐老爷这方面一向开明。

徐夫人其实是个没有主意的人，平日里做衣裳用什么花样，都要问女儿的意思。在她眼中，丈夫和女儿才是主心骨。丈夫都这么说了，要是女儿也同意，那就没什么悬念了。

徐静宜听后闹了个大红脸，却认真地点了点头："母亲，这人不坏。"

徐夫人得了主意，第二天就去了通州回访纪吴氏，并带了女儿的生辰八字。

纪吴氏去找长春观的道长一合，八字相配。第三天就坐了马车往顾家去了。

第十八章　认下

第十八章 认下

顾锦朝还在和采芙几个做着夏天穿的绫袜，就听说纪吴氏来拜访了。

锦朝吓了一跳："就这么来了？"她写信给外祖母，不是让她谈妥了事情就给自己回信吗？这才三天的工夫，事情就谈妥了？

外祖母也太雷厉风行了。这样直接上门来，肯定已经把事情说好了。果然谁都比不上外祖母办事牢靠。

锦朝让青蒲赶紧拿鞋过来，穿上后直奔东跨院而去。

冯氏还在教程宝芝如何看账目，就听到小丫头来通传："纪老夫人过来了，带好些东西来看您。"

冯氏觉得很奇怪，这又不逢年过节，家里又没有喜事，纪吴氏到这儿来做什么？

来者是客，冯氏在宴息处见了纪吴氏。

纪吴氏一进来，便走到她面前拉着她的手笑道："老姐儿，你们顾家吩咐的事，我可算是办妥了。"

冯氏觉得纪吴氏莫名其妙，她这话什么意思？她吩咐什么事纪吴氏就帮着办妥了？

纪吴氏继续道："老姐儿是要赖我的辛苦了？给朝姐儿找继母的事办妥了啊，你们老四说他相中了徐家三小姐，说你的意思也是如此。我这不巴巴去人家徐家提亲了吗？人家也答应了，这不，我在来的时候顺带连八字都帮着合了，老姐儿要是不信，可以再找人合一次。"

冯氏觉得五雷轰顶。

纪吴氏说的话她好像每一句都听懂了，但是连起来，那究竟是个什么意思啊？

她帮顾锦朝找了继母，还把八字都合好了？谁要她去做的这事！

顾德昭说他相中了徐家三小姐？她怎么不知道什么徐家三小姐？她明明就是要让程宝芝嫁给顾德昭，这样四房才在她的掌控中，怎么就和徐家三小姐说亲了？

冯氏沉着一张脸："纪老夫人，您还是好生把话说清楚吧，我可没说什么徐三小姐的话。"

纪吴氏那是风浪里过来的，冯氏这点怒气她都不看在眼里。跟着她的丫头抬了一张太师椅过来，纪吴氏自顾自地坐下了，不顾冯氏一张黑脸，继续笑道："宛平徐家的三小姐，不是老姐儿先看好的？她父亲是正三品大员通政司使，她是家里的嫡次女，还有个嫡姐嫁给了平津侯家的二少爷。人的品行那也是没得说，徐家书香传世，女孩儿是错不了的，人家徐家已经答应下来了。我这不就来找老姐儿商量了吗？"

冯氏觉得眼前昏黑，正三品通政司使家的嫡女，怎么可能答应嫁给顾德昭做继室呢。

纪吴氏见冯氏不说话，似乎有些惊讶："老姐儿，你这该不会是想反悔吧？人家徐家也是宛平头几个的世家。这亲事，可是顾德昭看准了才跟我说的，我跑前跑后几天才忙下来。"

冯氏听了这句话，想甩脸都不好甩，一口气憋在胸口上不去下不来，心里已经把纪吴氏骂了好几遍了。鬼才想让她去跑，谁说过什么要娶徐家三小姐的话。

她要先冷静下来，想想该怎么办。纪吴氏去说的亲，那能对她有好处吗？她从江西来的侄女怎么办？纪吴氏这么热情，肯定有古怪。

她沉着一张脸，让茯苓赶紧去叫顾德昭过来。随后问纪吴氏："纪老夫人，这门亲事我可没说过话。你给我说说，徐家三小姐既然是通政使的嫡女，怎么会答应给老四做续弦？"

她心里希望这徐三小姐有点什么病，不然她真是找不到说法推脱这门亲事了。

毕竟纪吴氏已经说定了，对方身家一点不差。他们这边要是说出后悔的话，还不被人家记恨了。

纪吴氏喝了口茶，才慢悠悠地说："这徐家小姐啊，那就是通政使的嫡次女。"

冯氏额头直跳："纪老夫人，这个我知道了。我是想问你，这亲事是怎么谈成的？"

纪吴氏瞥了她一眼："老姐儿莫急，我这不是正要说吗。这徐家三小姐啊。性子贤良温恭，人虽说不是顶漂亮，那也是长得干干净净的，体健貌端。这些您不都相看好了吗，怎么还反过来问我呢？"

冯氏忍了好久忍无可忍，才终于说："请纪老夫人在宴息处小坐，老身有事先去片刻。"

纪吴氏笑眯眯地道："无碍。"

冯氏回了西次间后找了许嬷嬷过来，问她这徐家三小姐究竟是个什么样的人。

许嬷嬷这些一向打听得好："太夫人，这徐三小姐说起来也是不错。只是年纪大了点，如今已快二十了。听说是早些年太挑拣，人又长得一般，不就剩下了。现在年龄大了更是不好嫁了。"

冯氏皱了皱眉，年龄大了却也不算大事。顾德昭这还是续弦呢，恐怕不好推脱，而且也不能推脱。

冯氏想起来就恨得咬牙切齿。

徐家肯定和纪家有关系，这事背后要是没个人算计着，她是不信的。谁要她纪吴氏多事去给顾德昭说亲，还说是听了她的吩咐。

顾德昭听了冯氏的召见，很快就到了东跨院。刚进西次间行了礼，就被冯氏厉声道："你给我说清楚，徐家三小姐是怎么回事？"

顾德昭觉得莫名其妙，拱手道："母亲，什么徐家三小姐，儿子怎么听不明白？"

冯氏气得手指尖都在抖，声音更冷了："你那好丈母娘，连亲事都给你说好了，你有不知道的？"

顾德昭还是不明白。

旁边许嬷嬷低声三言两语，向顾德昭解释了纪吴氏上门说亲的事。

顾德昭随即解释道："母亲，您可是误会了。您上次说了之后，我这不就回去细想了吗。不是说要选个妥帖的照顾着四房吗，我想了许久，才想到了徐三小姐。我们当年在纪家吃酒的时候曾有一面之缘。刚好岳母与徐夫人是旧相识，我就问了几句。岳母应该是听了我的话，才去徐家说亲的。"

冯氏冷冷地看着他道："这么大的事，你连商量都没和我商量，就巴巴跑去和纪吴氏说了？背着我连亲事都说好了，你还有什么做不出来的啊。你眼里还有我这个母亲吗？"

顾德昭也十分委屈："母亲，这事我也不清楚啊。我只是问了岳母几句，心想着等事情定了才跟你说，谁知道岳母听岔了，以为这是咱们的意思，就去把亲事定下来了呢。"

冯氏听着血一阵阵往头顶冲，顾德昭这是在打太极呢。纪吴氏把说辞推到他身上，他又推到纪吴氏身上，两个人都和她玩不知道，把责任撇得干干净净。她忍不住骂道："这事能有说不清楚的，老四你没良心啊，合着纪吴氏算计我们顾家。你明明知道我相中了人，就是不满意我老婆子是不是？"

顾德昭更觉得莫名其妙了："母亲，您这话怎么说，您相中了谁啊？岳母把亲事说定了，这不该是好事一件吗，我看您样子怎么不高兴啊。"

冯氏差点背过气去。过了好久,她才深吸了口气,对啊,她相中了谁?她在顾德昭面前矢口否认要把程宝芝许配给他,又劝他还是娶一门继室好。人家回去就相中了徐三小姐,除了年龄大点,样样都没得挑。这亲事说定了她该高兴啊,还要谢过纪吴氏才好。毕竟人家不计前嫌,帮着顾德昭说好了亲。

冯氏从来没这么憋屈过,准备好的话一句都说不出来。

她能说什么,她没有训斥顾德昭的借口,她唯一能做的只是去给人家纪吴氏道谢,然后把这门亲事认下来。

她要是以纪吴氏听错了为由,去徐家退亲,这笑话可就闹大了,徐家和顾家肯定也从此结梁子,人家徐老爷堂堂通政司使,他们也不能得罪。

顾德昭见冯氏不说话,继续道:"这事也是儿子做得不妥当,没提前告知母亲一声。不过既然岳母已经说定了,咱们这事恐怕也反悔不得,我看不如就这么定下来吧。"

冯氏抬眼看他。

顾德昭走之后,冯氏摔了她最喜欢的白釉青瓷菊梅茶杯。过了好久才让茯苓过来,语气阴沉地道:"去请纪吴氏过来。"

顾锦朝到了东跨院,在外面徘徊了一会儿才走进去。

丫头婆子媳妇们站在中堂外面,垂着头看鞋面,大气都不敢出。

伺候纪吴氏的宋妈妈朝她走过来,笑着低声道:"表小姐,都办妥了。太夫人正在里头和顾老夫人说话呢,一会儿就出来了。"

顾锦朝心里松了口气,有外祖母在,果然什么事都不用她来操心。

过了一会儿纪吴氏笑着从西次间出来,说冯氏称病不见人了。

顾锦朝携着纪吴氏回了妍绣堂,好生谢了她一番。纪吴氏捏捏她的鼻子:"你欠外祖母的多着呢,这点事不用谢。"

丫头摆了茶点上来,纪吴氏就和她说自己是如何气冯氏的,冯氏生气得青筋都蹦出来了那都要忍着,最后还谢过了她。锦朝听着笑了笑:"这事还是多亏外祖母了,父亲的婚事,您和祖母说妥了?"

纪吴氏点了点头:"我们先商量了,就请定国公樊老夫人做正式的媒人去提亲,两方先把事情定下来。成亲就等你父亲五月除服之后。"

顾锦朝想了许久,却叹了口气:"虽说徐三小姐嫁进来总是好的,但我想到母亲,心里却还放不下。"但这已经是最好的结果了,总比冯氏选个程宝芝之流的当她的继母好。

纪吴氏握着锦朝的手,轻声道:"静宜这孩子重情义,心性又好,要是嫁给罗家长子恐怕给耽误了。她是个十分成熟,拿得稳的人。要是你以后出嫁了,有她在四房，冯氏也不能把你几个弟妹怎么着了。"她想到纪氏的死，也恨顾德昭恨得不得了，更希望他悔恨而终才解气。但是这些话却不能对锦朝说。

锦朝也是在外祖母面前才能说这样的话。她回握着纪吴氏的手，笑道："锦朝心里都明白。"

纪吴氏笑了笑："行了，只要不是冯氏那侄女嫁进来就好。刚我还看了那程宝芝一眼，着实是个寒碜的。你这丫头也鬼灵精的，竟然想到这样的主意，冯氏这才是有苦说不出了。"

两外祖孙说了会儿话，纪吴氏在通州还有事，坐马车先回去了。

到了傍晚，东跨院来人传话，冯氏让顾锦朝去一趟。

顾锦朝换了件厚实的冬袄去东跨院，眼见着不仅她来了，四房的几个妹妹都在。二夫人正坐在冯氏身边，五夫人怀抱着熟睡的十一小姐，一边轻轻拍着，一边和二夫人说话。

程宝芝站在冯氏的另一侧，双眼通红。

顾锦朝看到她头上少了一支惯戴的点翠鎏金步摇，脸色也憔悴了许多。

冯氏指了绣墩让她坐下，面色淡淡看不出喜悲，数着手里的佛珠说："朝姐儿知道，你外祖母下午来过了。她给你父亲说了一门亲事，是通政司使徐家的三小姐，以后嫁进来，就是你们姐几个的继母了。你们心里要准备着，等你们父亲五月除服，亲事就定在六月份。"

顾澜微有惊讶，看了程宝芝一眼。顾汐和顾漪却看向顾锦朝，长姐才是她们的主心骨。

程宝芝咬着唇不说话，眼泪却先流下来了。

冯氏当没有看到，盯着顾锦朝继续说："朝姐儿，你是四房嫡女，凡事你要多担待着。几日后祖母就要去相看徐家三小姐，你和妹妹们说道说道，继母进门可要恭敬着，不能冲撞了。"

她希望从顾锦朝的脸色中看出端倪，偏偏顾锦朝只在刚开始露出惊讶的表情，却恭恭敬敬地应了"诺"，仿佛她什么都不知道一样。也没有因为她的话而觉得伤心愤怒。

冯氏一拳打在棉花上，心里憋屈极了。

她这个孙女，那还真不是一般人啊。

顾锦朝知道冯氏怀疑自己，但是这事情顺理成章，冯氏就是怀疑也没有用。

她不慌不忙地应对着冯氏的话，冯氏吩咐完也觉得累得很，让众人都回去了。

人走之后，程宝芝却跪下来，抱住冯氏的腿哭道："姨母，您这样决定了，宝芝该如何是好啊？"冯氏突然另外给顾德昭定下亲事，于她来说无疑是晴天霹雳。在此之前，她甚至已经做好打算，等她嫁给顾德昭，成了顾家的夫人，要做些什么事了。样样都是美好的，怎么如今，煮熟的鸭子就要飞了啊。

冯氏让她万里迢迢从老家过来，却让顾德昭另娶他人，这不是耍她吗？她不甘心！

冯氏冷冷地瞥下眼皮，面无表情地看着程宝芝。过了好久才说："你还有脸哭，要不是你做的蠢事，至于落到这般田地吗？"连累她也没脸没皮的。

这个侄女，还真是没选好啊。

程宝芝愣了愣，眼泪更加汹涌了："姨母，您可是我的亲姨母啊！咱们这样的情谊，你不能就这么放下我不管啊，三姐说过，您和我母亲可是最要好的人啊。"

冯氏不耐烦地闭上眼睛。这样蠢笨的人，嫁进来也压不住四房。

嫡亲妹妹都去了这么多年了，鬼才记得她的什么情谊。她早嫁为顾家人，和冯家来往更少，程宝芝还期盼她能大发慈悲不成？

冯氏淡淡地说："你想进门也行，在顾家等着徐三小姐进门，她同意了就可以让顾德昭纳你为妾，或者先收作通房，等你生了儿子抬姨娘，你自己选吧。"

程宝芝终于停下哭号，茫然地看着冯氏。

姨娘……父亲有五个姨娘，在她的继母面前大气都不敢喘。继母想怎么收拾她们就怎么收拾她们。三姨娘生下的女儿，让继母养着，不出一个月就死了，父亲问都没问过。

程宝芝觉得心里一阵阵地冒寒气，她喃喃地道："我不做姨娘，我要做就做正室，不做姨娘。"

等人家徐三小姐进门了，她在这里尴尬地住着，算怎么回事啊。到时候全府的人都要笑话她。恬不知耻地赖在人家家里，就想陪了男的做小。

冯氏不想再和程宝芝说话了，她招手让许嬷嬷过来，跟她说："程小姐明日就回江西，你帮着收拾行李，给二十两银子的仪程。程小姐那里还有些用不着的首饰，一并收回来吧。"

许嬷嬷笑着应"诺"，带着两个婆子去了程宝芝住的厢房。程宝芝忙爬起来，跌跌撞撞地追出去。

两个婆子乱翻她的东西，佩环吓得缩在一边不敢说话。程宝芝厉声喝她们："那对南海珠子明明是我的东西，镯子也是我的。你们这些狗东西，是不是想欺负我啊，狗眼看人低……别拿我的紫瑛手串！"她从婆子手里抢回东西，牢牢地抱在自己怀里，又狠狠地看了佩环一眼，想让她上来帮忙。

冯氏听得头疼，让小丫头去传话："算了，那点东西让她带走吧。再这么闹下去，我可丢不起这个人。"

再怎么贪，也不能贪到不要脸的地步。冯氏突然有点庆幸程宝芝没有嫁进来。

程宝芝第二天就被送出了顾家，一路上哭哭啼啼的伤心不已。

顾锦朝让采芙送了一盒茶点过去："算是我们送过人家表姑了。"

顾家的人连送都没人去送。

顾德昭的亲事定下来后已经是二月初，乍暖还寒的时候。

再有一个月顾怜就要成亲了，冯氏因程宝芝的事心中郁结。本想着顾怜的亲事要好好操办，姚家却派人过来送了信，说姚文秀的姑奶奶去了，他要守制三个月，想把婚期推到六月去。

冯氏觉得不好，跟二夫人说："六月老四续弦，本来一年内府中就不宜两次喜事，放在同一月就更不好了。"让人又给姚家回话，说把亲事推到八月去。

顾怜盼了这么久，自己都开始绣成亲用的帕子鞋袜了，却听到婚期要推迟半年，很是不高兴。伺候她的丫头犯了小错，就被罚跪了整整一个下午。

顾澜劝了顾怜两句，她生着闷气也不想理人，反倒是顾澜自己呛了一肚子的气。顾澜回到书房后想了很久，让木槿拿信纸过来，淡淡地道："姚公子这个姑奶奶，听说是从小带着他的，感情十分的好。他因姑奶奶守制，顾怜闷闷不乐，我总要安慰人家姚公子几句。"

木槿小声道："奴婢还以为您就不和姚公子来往了呢。"自见了姚文秀之后，小姐就和这位姚公子经常通信。姚文秀可是和顾怜定亲了，小姐这样行径要是被人发现了，她们恐怕没脸活下去了。

她望着自己的小姐，自从顾怜及笄之后，小姐人就开始瘦了。如今看上去，她脸如莹玉般柔嫩，瘦削尖尖的下巴，一汪春水般柔和的眼眸，颜色更甚从前几分。

木槿也心痛她们小姐，明明容貌心性强过顾怜数倍，偏偏是个不得宠的庶女。

顾澜心里明白得很，她这样和姚文秀私下往来，被冯氏发现了可不得了。

毕竟，顾怜的婚事是老太太最大的软肋。

顾澜笑了笑："你看顾锦朝如何，她厉害吧？再怎么厉害她也是个闺阁女子，要受到冯氏的辖制，冯氏真的把她许给王瓒了，她敢说个不字吗？顾锦朝都是如此，更何况我了。"

不管对方是个什么样的人，只要对她冯氏有利，她就什么都做得出来。

顾澜继续道:"我不想受她摆布。我自己总要谋划着,以后让她们都瞧瞧,我也是能扬眉吐气的。撑死胆大的,饿死胆小的,怕这怕那的我们还有什么活路。"

她把信递给木槿,让她随着给宋夫人的信一起递出去。

顾锦朝也听说了婚期延迟的事。

她如常给冯氏晨昏定省,就当自己什么都不知道。

户部侍郎的位置还没有定下来,顾德昭最近越发的晚归。年初要春耕了,山西灾情缓解,这一年的赋税却是收不上来了。于是陈大人上了奏章,减了山西两年的徭役赋税。

天色微黑,顾德昭刚从六部衙门出来,同僚度支郎中汪昱和他说着话。

"袁大人这一死可不得了,说是因治理山西灾情过劳而卒。皇上追封了个太子太师,御赐了功德牌坊,就立在袁大人老家蓟州。我看这也算是死得其所,山西的百姓如今还给他修了祠堂。"

顾德昭叹了口气:"虽说死后荣华,但人都没了,却也没什么意思。"

汪昱瞪了他一眼,小声道:"这话你留着回去说。"

他们还没有走出端门呢。

顾德昭心想到袁仲儒生前所受的屈辱,还是无法附同汪昱的话。他摆了摆手道:"算了,也没什么可说的。"他正想问问汪昱金部郎中的事,就见一顶软轿从午门里出来。

汪昱也看了一眼:"好像是陈大人的轿子,应该是从内阁出来的。"

四人抬的轿子,走得又慢又稳,身后还跟着两队护卫。

顾德昭拉了汪昱退到一边,等着陈大人的轿子过去。两人官位比陈三爷低,马车也只能停在承天门外。要是看到三品以上的大员乘轿子马车从午门出来,那是要停下等大人过去,以示尊敬的。

那轿子慢悠悠地过来,到了两人前面,轿子里头却传来一声"停"。

两人受宠若惊,面面相觑之下还是顾德昭先上前行礼,汪昱随后也拱手。

轿子帘被挑开,陈三爷还穿着正二品的绯色右衽官袍,看着顾德昭笑道:"两位才下衙门吗?"

汪昱看了顾德昭一眼,心想他什么时候和陈阁老搭上关系了,平日里不声不响的,难不成还是个有背景的?

顾德昭也觉得奇怪,他随即想到了大兴通仓出事的时候,陈三爷出手帮自己的事。

无论怎么说,人家算是救了他一命,怎么尊敬都不为过。

顾德昭恭敬答道:"承蒙大人关爱,我们是才下了衙门正想回去。"

陈三爷"嗯"了一声,顾德昭和汪昱虽不算是能力出众的,但在户部也是勤勤勉勉,恪尽职守的人。他左手数着佛珠,继续对顾德昭说:"不知道顾大人是否愿意,请我去府上小坐?"

顾德昭愣住了。

汪昱的表情更是古怪了,顾老四这肯定是搭上人家陈三爷了啊。人家竟然主动开口要去他家,这是个什么待遇。有陈三爷的支持,这顾老四肯定能坐上户部侍郎的位置啊。

陈三爷见他呆愣不说话,才慢慢道:"顾大人不愿意就罢了吧。"

顾德昭听到这句话臊得脸通红,他是一时没有反应过来,忙拱手道:"大人肯来,那是蓬荜生辉的事,下官还怕招待不好呢。下官的马车还在承天门外,恐怕要麻烦大人稍等片刻了。"

陈三爷道:"却也不用,你坐我的轿子过去吧。"

陈彦允虽贵为户部尚书,却很少上六部衙门,他们这些郎中就更少见到他了。顾德昭想到要和陈彦允同乘一轿,额头的冷汗就冒出来了。那可是陈阁老啊……

顾德昭张了张嘴,他连说不的勇气都没有,只能和汪昱道别,上了陈三爷的轿子。

陈三爷要去,他请人家吃什么啊。顾德昭心里很发愁,可别怠慢了人家陈阁老。

顾锦朝听到水莹的传话,一口茶水差点喷出来。

她强吞下去之后呛住了,咳了好几声才止住,接过采芙递过来的锦帕擦嘴。然后问水莹:"你可听清楚了,是陈大人来咱们府上了,父亲让我帮忙张罗晚膳?"

水莹穿件茶绿色缠枝纹素面冬袄,生得白净,也算得上是三分姿色。她应"诺"后道:"老爷让您快些去外院厨房,轿子已经停在影壁了。奴婢还要去和太夫人说一声,要先告退了。"

青蒲正在给火炉添银霜碳,又把锦朝明日要穿的鞋袜放在火炉边暖着,闻言小声和顾锦朝说:"小姐,怎么陈大人到咱们这儿来了?"

别人不清楚顾锦朝和陈三爷的事,她可是一清二楚的。

顾锦朝也很纳闷。按说顾家算是长兴侯那边的人,就算陈三爷一时兴起,也不会到顾家来。或者是因为户部侍郎人选的事?

顾锦朝换了件茄花色缎袄,穿了湖色的湘裙,又披了件斗篷去前院厨房。

厨房管事也刚被叫过来,府上各房都是进了晚膳的,如今要再重新张罗。升灶火,熬高汤,他又亲自监督厨子挑了两块鲜嫩的羊排,八只团脐的螃蟹,还有几条四鳃鲈,忙得团团转。

厨房里厨子、婆子、打下手的丫头小厮,个个脚不沾地。

厨房管事见她过来,忙行了礼问安,又说:"二小姐可是要吩咐什么?可要看看菜色合不合适?小的也正想问问大小姐,这上去的酒是秋露白好还是竹叶青好?"

都这个时候了,二房和五房的夫人已经歇下了。管事正好拿不定主意,看到个主子过来自然要多问几句。

顾锦朝本来是想过来帮着参谋,按理说她怎么着也该知道点陈三爷的饮食喜好。如今一看这外院厨房却是头大如斗。

陈彦允喜欢吃什么,她怎么知道?她连他不喜欢糖食都是前不久才知道的。

她身后跟着闻讯而来的冯氏。

冯氏由两个嬷嬷扶着,身后还跟了好几个管事,一下子把厨房挤得水泄不通。厨房众人均行礼请安。管事更是十分吃惊,冯氏不喜欢厨房,觉得厨房里腌臜,今天竟然也亲自过来了。

冯氏皱着眉和厨房管事说:"我怎么见你这儿还磨蹭着,那羊排刚开始腌?这如何来得及。"又嘱咐自己身后几个擅长厨事的媳妇子去帮忙。

"去西跨院叫二爷赶紧去老四那里,老五就不必了……"冯氏一一安排着,生怕有什么不周到的地方。等她终于把晚膳安排妥当了,看顾锦朝还杵在厨房,就对她说道:"朝姐儿你在这儿看着点,我先去你父亲那里。"

顾锦朝愣了片刻才应"诺",冯氏整了整自己光洁的发鬓,带着几个嬷嬷去父亲的住处。

顾锦朝看着窗外皎洁的月亮,才深吸了口气对厨房管事说:"不要上酒,羊排也不必了,四鳃鲈用清蒸的,再加几样素菜。"

别的她都不知道,但是陈三爷不喜欢饮酒她还记得。

除非必要,筵席上的酒他都不会碰。

顾锦朝突然想起,梦里陈玄青考中了进士的情景。他是新科进士,又被皇上钦点探花,她坐在筵席上看着陈玄青被众人簇拥着。少年进士,意气风发。他清秀的脸上微有笑意,那如谪仙疏远的眉眼也变得更温和了。

她目不转睛地看了一会儿,直到陈玄青离席去花厅找俞晚雪。

他淡笑着和俞晚雪说了什么,抬手替俞晚雪擦了擦嘴角,俞晚雪抬头看着他就脸红了。

顾锦朝觉得无比的刺目,她决定恶心恶心俞晚雪,叫了丫头端了碗解酒汤给陈玄青。过了一会儿还觉得不解气，又让留香去叫俞晚雪过来，说她想吃鱼，要俞晚雪帮她挑鱼刺。

晚上回房之后，她发现陈三爷正斜靠在罗汉床上，一边闭着眼数佛珠一边等着她。

屋子里连个丫头都没有，顾锦朝闻到了浓重的酒味。她皱了皱眉，叫丫头进来服侍他更衣。

陈三爷睁开眼，冷冷地看着她，轻声问了句："你不给我熬解酒汤吗？"

顾锦朝行礼道："三爷说笑，您要是想喝，妾身这就叫人去做。"

陈彦允沉默了很久，最后淡淡地跟她说："你是谁，要记得自己的身份。"他不再看顾锦朝一眼，眉宇间却露出几分疲态。他醉得厉害，站起身后一时不稳扶住了高几。他随即叫了小厮进来拿他的斗篷，头也不回地走了。这一走就再也没踏进她的门。

顾锦朝则一直在旁冷眼看着，连伸手一扶的想法都没有。

顾锦朝叹了口气，她欠陈三爷的实在太多。

不一会儿顾德昭派了个小厮过来，和顾锦朝说："四老爷说，先让您做几碟糕点拿上去。"

顾锦朝便让厨房管事辟了地方，亲自做了云麻叶果子糕、豆沙粉团、酥炸腰果几样不甜腻的糕点，想了想，又亲自带着丫头送去了父亲那里。

顾德昭先坐着马车回顾家，刚到就嘱咐了丫头去给冯氏传话。又忙去影壁迎陈三爷过来，到宴息处小坐，并笑着和他说："陈大人稍坐，下官已经安排了晚膳。"

陈三爷听后顿了顿，道："顾郎中不用急，我也不是真的过来吃晚膳。只是和你闲聊几句罢了。"

顾德昭听了觉得头皮一紧。陈三爷和他有什么好闲聊的……

小厮沏了茶上来，陈三爷先接过去，不疾不徐地给自己倒了茶，再给顾德昭倒上。缓缓地问他："顾郎中在户部任职也有八年了。这金部郎中掌权衡度量之数，管理两京市、宫市等交易，你可知道金部郎中一月能经手多少银两？"

顾德昭想了片刻才答道："下官不知。"在其位行其事，他是从不过问金部的事，要是过问太多，同僚之间相互生了猜忌就不好了。

陈三爷这话是什么意思。难不成吃饭是假，考察他能不能胜任户部侍郎才是真的？

顾德昭越想越觉得十分可能，心里不禁有些后悔，他刚才回答得太快了。

陈三爷呷了一口茶，上好的万春银叶。

他不动声色地放下茶杯,继续道:"度支郎中掌判天下租赋多少之数,水陆通途之利。每岁计其所出而度其所用,转运征敛送纳,皆准程而节其迟速……顾郎中以为度支郎中汪昱如何?"

顾德昭这时候慎重了一些,斟酌后说:"汪大人恪尽职守,下官常与其进出,倒觉得是个难得的忠厚之人。度支大小官员也对汪大人十分尊敬。"

陈三爷看着茶杯想了片刻,就不再问顾德昭问题了,而是说到了茶上面:"郎中喜欢喝茶,我倒觉得万春银叶性寒。郎中因心中郁结,如今体虚胃寒,还是饮普洱比较好。"

顾德昭舒了口气,和陈三爷说起话来。

过了一会儿冯氏过来宴息处,看到陈三爷的护卫站在外面。有个紫棠脸色,穿程子衣的侍卫过来拱手跟她说:"老夫人见谅,咱们三爷说了里头不准进去人,不然您在外面小坐片刻?"

冯氏皱了皱眉:"这也实在……"这里可是顾家,不要她进去?这怎么行呢。

穿着正四品官服的顾德元也站在一边,忙拉了冯氏一把,低声道:"母亲,咱们还是去偏厅说话吧。"拉着她走过了抄手游廊,才小声说,"那人是陈大人手下最得力的侍卫,千万惹不得。他让咱们等就得等着,可千万别冲撞了。"

冯氏低声道:"我知道。这不,老四搭上陈三爷,你也去说几句话,不是能露个脸吗。"

顾德元叹了口气道:"可没这么简单。"

顾锦朝带着丫头、婆子到了前院宴息处,丫头们络绎不绝地将菜肴、点心送进去。她站在抄手游廊上看了一眼,陈三爷的护卫将宴息处团团围住,他身边那个陈义正站在门口,叫了送菜的嬷嬷过来问话。

嬷嬷向他行了礼,过来跟顾锦朝说:"回禀二小姐,那位官人说要您换一套银制的碗箸。"

顾锦朝略想片刻,吩咐身边的厨房管事去拿银制的碗箸来。

陈三爷身边的人防备之心都很重。他那个地位的人,也不得不万事小心。

她又招过碧月问话:"太夫人和二老爷过来没有?"

碧月恭敬答道:"二老爷穿着正经官服过来的,但是被那穿程子衣的侍卫拦下了。随后太夫人也过来了,照样没得进去,就和二老爷一起去了偏厅。"

顾德元是穿着官服过来的。锦朝听到这句话轻吐了口气,冯氏打的什么主意实在明显了。

她也没有立刻离开,而是监督着下人把菜都一一上齐了。最后上了清蒸四鳃鲈,让管事把螃蟹端了回去。陈三爷此行很可能是为了户部侍郎人选的事,他们大鱼大肉地上恐怕不好。

一个多时辰后，李管事从里头出来给她回话："陈大人刚和老爷谈论制艺的事，老爷却也不算拘谨。菜只动了几个清淡的素菜，老爷见天色已晚，就请陈大人留宿，陈大人也应下来了。一切都是好的，您就放心回去歇息吧。"

顾锦朝点了点头，想到冯氏还在偏厅等着，她也该过去请个安。便带着青蒲往偏厅去。

宴息处有两侧偏厅，西边偏厅外有一片竹林，通过一个夹道连着前院的西厢房。冯氏和顾德元并没有在偏厅里面，而是站在偏厅外面说着话。旁边还有两个丫头掌着羊角琉璃灯。

顾锦朝听到二伯父的声音："上次大兴通仓的事，我就开始怀疑老四了。"

锦朝皱了皱眉，回头看了青蒲一眼，示意她留在这儿别出声。她则提起了裙角，蹑手蹑脚地往竹林走去，离两人更近了些。

那一众丫头婆子都离得远，冯氏和顾德元迎着月光而站，冯氏的声音隐隐约约的："你觉得老四有什么不对？"

顾德元继续说："您想想，大兴通仓二十多万石粮食的空缺，他就是把纪家搬空了都填不上，不可能是找了纪家帮忙的。咱们求到了长兴侯府上，人家不也没有过多理会我们。老四究竟是找了哪个有通天之能的人，可以轻松填补这么大的窟窿。我问过老四，他却死活不肯说。他瞒着我们的事还多着呢，上次都察院例察，我担心收受府同知银子的事被发现，让老四暗中帮我一把，他却说自己人微言轻不肯帮忙。如今却又和陈大人有牵扯。老四和咱们不是一条心啊，母亲您可要把老四那房的人照看好，我怕咱们以后有求他的时候。"

冯氏犹豫道："德元，你……你是不是私收贿赂了？那府同知为何给你银子？"

顾德元有些不耐烦："母亲，您问这些做什么。您怎么知道这做官的苦，我拿不拿都是个麻烦。何况咱们顾家并不宽裕，又多了老四那一支的人，开销不是更多了？"

冯氏便不说顾德元的事了，而是说到了顾德昭头上："咱们这么对老四，他还敢在续弦的事上违逆我。我辛苦把他养大，竟然是这么报答我的。你放心，以后你要是有事直接和我说，我还不信他能不听我的话了。"

顾锦朝在暗处听着实在气闷，二伯父这话也好说出口。四房虽说人不少，但都是未出阁的女子，能有几个花销。父亲原本那份财产每年进项也有万多银子，这些银子归了顾家，有多少落到了四房的人身上？反倒是二房的人个个都富足得很，顾怜每月有多少衣服首饰，二伯父出去请同僚喝酒一拿就是几百两。父亲那些收益可多半到二房手里了。

他收贿赂是因为四房？这才是令人笑掉大牙的事。

顾德元正要继续说什么,突然抬头盯着竹林的方向,厉声道:"谁在那里,快给我出来。"

顾锦朝这才看到月光下她的影子投在石板上,有竹影掩饰影影绰绰,她一动顾德元就看出了端倪。她想了片刻,还是隐身在竹林里最好,她立刻朝竹林深处跑去,并向青蒲招手,让她赶紧回妍绣堂去。

冯氏道:"看着像是个女子,许是府上的什么丫头。"

顾德元吩咐婆子带几个小厮擎着火把去找:"咱今儿说的这些话可不能让别人听去了。要把这人给我找出来,别让其他人察觉了。"

婆子忙带了人过去找。

她偷听的事要是被冯氏发现了,肯定有大麻烦。顾锦朝四下一看,夹道过去就是西厢房了。

竹林外火光越来越近了。

她咬咬牙,提着裙子踩到栏杆上一跃,落在了夹道上。

肯定不能让婆子追上她,西厢房平日只有丫头来往,她随便找个房间躲过去,再从厢房后面的小径到父亲那儿去,也就没有人会发现了。

顾锦朝打定了主意,随便开了个厢房的隔扇就躲了进去。她站在厢房里注视着外头的动静,还没有反应过来,突然被人抓住手腕一扯反身扣住,随即便被捂住了嘴。

有人在她耳边冷淡道:"你是谁?"

顾锦朝一愣,怎么会有人在厢房里。这个声音……好像是陈三爷。

房间里没有点灯,只有模糊的月光透过高丽纸照进来。

陈三爷一手捏着她的双手,另一手捂住她的嘴。她整个人完全被他控制住,锦朝甚至能闻到他身上又淡又柔和的檀木香。她并没有挣扎,也没有发出声音,而是动了动手示意。

陈三爷来顾家拜访,本就是想试探顾德昭能否胜任户部侍郎一职。两句相问,就能看出顾德昭是个勤勉有余、聪颖不足的人,这样的人实在不适合任大事。顾德昭请他留宿西厢房,想到天色已晚他就没有拒绝。陈义他们就守在厢房的夹道外面。他刚吹了灯准备歇下,没想到这厢房里还有人闯进来。

他的第一反应就是制止此人,原以为是别人派来的高手,却没想是个小姑娘。捂住她嘴的瞬间,陈三爷就认出这人是顾锦朝了,她身上有种淡淡的茶花香味。

这可是顾家,她一个顾家嫡小姐怎么跑到这儿来了?

陈三爷皱了皱眉,低语道:"原来是你……竟然趁着这个时候来西厢房,你也不怕被人误伤了。"

顾锦朝侧过头看他，一双眼乌溜溜的。陈三爷该不会是以为她是特意来找他的吧。这误会可大了。

隔扇外火光一闪而过，陈三爷皱了皱眉，抱着她侧身站到了屏风后面。

动静这么大，守在夹道外的陈义等人很快就发现了，外面传来他压低的说话声："三爷已经睡下了，你们赶紧出去，可别扰了三爷歇息。"

擎着火把来找人的婆子小厮才知道扰了大人的清净，吓得忙道"奴婢冲撞了"，退出了西厢房。

等人都离开了，陈三爷才放开捂着她嘴的手，有些意味不明地道："还以为你是来找我的，倒是我想多了。你在自己家里也像贼一样被追着？"

顾锦朝想了想，跟他说："三言两语无法说清楚，还要谢大人相助。您先放开我，我这就退出去不打扰您休息了。"陈三爷还捏着她的手。

陈三爷却好像没听到般继续说："下次来见我，可不要这样出现了。我是认出你了才没有伤你，不然你可不能这么安稳。"他语气淡淡的，放开了顾锦朝的手后取下高几上的灯罩，点亮了烛火。

烛光跳动片刻，才渐渐亮起来。陈三爷的背影映照在烛火里，显得十分高大。他仅穿了件单薄的直裾，刚才两人身体相贴，她能感觉到陈三爷身上很暖和。顾锦朝毫不怀疑，陈三爷要是用力，肯定能掐断她的手。难道他是习过武的？

顾锦朝胡乱地想着。又打量着西厢房的布置，茶色宝杵纹杭绸的帐幔，隔开一个次间，次间放置一张雕五福献寿纹的梨花木长几，几张杌子。帐幔里就是多宝阁，一架彩绘大理石围屏，里头是张黑漆的拔步床。西厢房的布置还是十分不错的。

陈三爷拿了烛台过来，指了指旁边的杌子对她说："先坐。"

陈彦允又给她倒了杯热水，让她捧在手里暖和着："刚才无意碰到你的手，似乎有点凉。"

那是无意碰到？

顾锦朝把茶杯放在长几上，硬着头皮说："大人，小女就不坐了。一会儿别人要是发现我不见了，恐怕会说不清楚。大人为官廉洁，自然不能和这样的事牵连了。"

陈彦允看了她许久，才道："没关系。"

什么叫没关系，这能没关系吗？

顾锦朝觉得自己也忍不住，脸颊有些发红了。她觉得说什么都不好，行了礼打算退出去。

陈三爷的声音在她身后悠悠响起："我救你父亲的时候，你曾说过若我有需

要,你会倾尽全力帮我。不知你这话还作不作数?"

锦朝脚步一顿,陈三爷这话的意思,是想让她帮忙?她能帮他什么?

锦朝没有犹豫地答道:"自然作数。"

过了好久他又接着问了句:"上次宝相寺我说过的话,你可明白了?"

顾锦朝闭了闭眼,才看着他笑道:"锦朝似乎不太明白。天色太晚了,先行告退。"

陈三爷愣了片刻,直到她不见了才笑出声来。

婆子们在外院搜罗无果,回去禀报了冯氏,还把她们不小心进到陈大人休息的厢房的事说了。冯氏听完很紧张,直问她陈大人有没有生气。婆子道:"陈大人没有出来,奴婢也不知。"

冯氏躺回了罗汉床上,望着放在长几上的更漏不语。

等第二天陈三爷离府的时候,冯氏赶紧就去送别了。

"昨个晚上惊扰了大人,实在惭愧。"顾德元笑着拱手道。

影壁四下立着陈三爷的护卫,顾德元、顾德昭、顾德秀几人皆来相送,也都穿着公服。

陈三爷却穿了件灰蓝色直裾,披了件黑色杭绸斗篷。他整了整衣袖,淡淡问了句:"你们顾家守卫如此不森严,连盗贼都能闯进来?"

顾德元一愣,忙笑道:"是盗贼闯入了,所幸财物上没有损失。"

"那人可抓到了?"陈三爷继续问。

顾德元觉得有些奇怪,陈大人怎么会如此关心这事,他只能说"已经抓到了",免得陈大人以为他们顾家办事不力,连个盗贼都制服不了。

陈三爷便不再说什么,上了轿之后脸色却不太好看。

不论顾锦朝是因为什么闯到他房里,她在顾家必定过得不太好。顾家这几个人,顾德元是惯会虚与委蛇,人前人后两张脸的。顾德昭太懦弱,凡事又习惯墨守成规。那个冯氏昨晚还想闯宴息处,可见平日在府里被人捧惯了,有点不知轻重。

他又想起自己偶然听过的话,顾锦朝年过十六还没有定亲。他们家差点把她许给一个破落皇商的儿子,那人还打死过自己的丫头。

陈三爷面无表情地直看着轿子青色的细布帘子。他这样护着她,别人却敢轻易欺负她。

听说陈三爷走了,顾锦朝松了口气。

她放下绣了一半的绫袜,望着窗扇外刚长出细长花苞的垂丝海棠怔忪。

陈彦允的话她没有想过,也不敢想。

他们的交涉实在是不多。直到现在，她抛开了一切的樊笼，才开始正视三爷，但是她依旧不懂他。

顾锦朝觉得心里烦闷，难不成她真要和陈三爷有牵扯吗？她觉得自己是在害他。

说不定他也只是这么一说而已……

顾锦朝只能这么想了，她想再多别的也没用。

顾锦朝叫了采芙进来收拾这大小的笸箩和针线。一会儿冯氏让她们陪顾怜去宝相寺上香，因为亲事延迟，顾怜最近心情不佳，冯氏让她们都多担待、多安慰她。

半月之后朝廷的封诰下来了，新任户部侍郎并不是从户部选出的，而是湖广常德知府调任。消息传到了顾家，冯氏听后很是失望，心里却又舒了口气，找了顾德昭过去说了好一会儿话。

很快就到了十一小姐的百日酒，这次府里来的人比上次还多。十一小姐的名字也定下来了，就用了翰林院掌院学士高大人所取的"棠"字。百日酒上顾锦朝送了十一小姐一对赤金的摇铃，刚解了襁褓的孩子被乳娘抱着，这里想动那里想抓的，十分活泼。

上次没见着孩子的夫人都围着夸她，说长得白里透红，小脸秀秀气气的，像极了五夫人。

顾锦朝坐着喝了会儿茶，就看到冯氏把顾澜叫过去说话。

冯氏在花厅里赏新开的海棠，锦朝则坐在廊庑下，倒是能看到花厅的场景。

冯氏身边坐着个陌生的妇人，穿了件绛紫色妆花褙子，绿色襕边璎珞纹马面裙。手腕上戴着个颜色赤红的鸡血石手镯，头上戴着南海珠子发箍，镶翠眉勒。年约四十，一双细长的凤眼。

冯氏对顾澜说："这位是保定郭夫人。"

顾锦朝闻言心中一跳，放下了手中的茶盏，安香郭夫人……她知道这个人，北直隶里有名的会做媒。她丈夫是保定府同知，双亲俱在，生有一对儿女，也经常被人请了做全福人。

顾澜却没有听说过这个人，笑着向郭夫人请安。

郭夫人面上笑眯眯的，从头到尾把顾澜看了一遍，看得顾澜有些不安。

她正想说什么，冯氏却道："我看厨房刚做了红豆山药糕，你去替我端一碟过来。"

顾澜犹豫片刻后只能应"诺"去了，冯氏就小声和郭夫人说起话来。

"澜姐儿人十分温顺，《女训》《女诫》也熟读了，样貌更是不差的。郭夫人也想想，有没有咱们澜姐儿合适的。眼看着怜姐儿都和姚公子定亲了，我这心里也惦记着她的两个姐姐。"

郭夫人过了片刻才说："人是不错的，可惜是个庶出的。不过顾三小姐如今都没有人提亲，倒是奇怪了。听说原先是跟着你们家四老爷住在适安，不是在老夫人跟前长大的吧？"

冯氏笑笑："是有人提过亲的，是我觉得不合适才耽搁到今天。四房回顾家眼看就要一年了，这孩子秉性还是十分不错的，以后沾着她妹妹的光，总不会太差了。"

郭夫人却笑着不再答话，而是端起茶杯喝茶。

冯氏这是想给顾澜说亲了。

顾锦朝暗想着，也不知道冯氏能给顾澜说个怎么样的婆家。

郭夫人又开始说话："你们顾家小姐都生得好，我记得二小姐还没出嫁吧？"

怎么说到她头上了，顾锦朝朝花厅看了一眼，冯氏和郭夫人都背对着她看海棠花。

冯氏想起上次来给顾锦朝提亲的王夫人，摇头说："这丫头确实没有说亲，不过她父亲帮忙看着，倒不用我操心。"顾锦朝的婚事是顾德昭打过招呼的，冯氏想管都不好管。

郭夫人就不问顾锦朝了，而是说："你们家三小姐的事，容我回去细想，等有合适的人选再跟你说。"

冯氏谢了她许久，让茯苓捧了一匣子的南海珠送给郭夫人。

等到了开筵席的时候，冯氏就请众女眷去了西跨院。

锦朝还有两个月才除服，先回了妍绣堂练字。等到了下午，叶限才带着他的护卫过来了。

女眷们都凑起来打马吊了，五夫人房里就剩下几个丫头，他径直就走进去了。五夫人拉着自己的弟弟说话："你能有这么忙？外甥女的百日酒也来得这么迟。"

叶限看着在小床上动着手脚咿咿呀呀的外甥女，皱了皱眉说："她还流口水呢。"

五夫人笑他："这不还是孩子吗。"让乳娘把孩子抱过来，要叶限抱抱他的外甥女。

叶限躲闪都来不及，哼了一声："我才不想抱她。"手却只能把这团软得不像话的孩子接住，姿势僵硬地抱着她。看到孩子还咿咿呀呀地张望着，并没有觉得难受，叶限才松了口气。他觉得对付这个孩子比那些晦涩的案卷难多了。

片刻之后他就把孩子重新递到乳娘手上，跟五夫人说："我去找顾锦贤说会儿话。"

五夫人脸色就有些变了，低声道："去找贤哥儿就罢了，你可别再去见顾锦朝了。"

叶限笑了笑不说话，出了五夫人的院子后往妍绣堂去了。

五夫人气得眼泪都在打转："这样的性子，真是要气死人了。"

顾锦朝轻吐一口气，收笔之后细看着自己画的墨竹图。她练了小半个月，始终画不出竹的苍劲。她让采芙去把陈三爷那幅墨竹图找出来，对着看了一会儿，有些泄气："实在差得远……"

她的书法还过得去，但是书画就逊色多了。锦朝也是想练出一手画墨竹的本事，还特地移植了几丛墨竹种在书房的窗扇外面，练了几天却画得不成样子。她想找名家的画先临摹着，找来找去都觉得不合适，就开始临摹陈三爷送她的那幅墨竹图了。

陈三爷再怎么说也是两榜进士，而且是钦点的榜眼，当年压在他头上的仅有个袁仲儒而已。

陈三爷的画中修竹数枝，高低错落有致，挺拔清秀，用笔遒劲圆润，竹骨纯用淡墨，与竹叶浓淡相映，妙趣横生。再看她自己的，格局倒是有几分意思了，不过竹骨始终不挺拔。

他画的墨竹实在清逸，这究竟是怎么练出来的？

顾锦朝正在沉思的时候，青蒲进来通禀，说长兴侯世子爷过来了。

锦朝让采芙把画收起来，吩咐青蒲："让世子爷先在花厅小坐吧。"

青蒲回答道："奴婢请过了，不过世子爷说他就几句话，说完就要走了，让您不用备茶给他了。"

顾锦朝嘴角一抽道："让他去花厅，就算不想喝我的茶，也不要站在院子里吹冷风吧。"

青蒲忍着笑去了。

叶限站在花厅里等她，他身边那个李先槐就站在不远处护着。

看到她过来了，叶限摊开手里的东西给她看。

"送给你的。"他言简意赅地道。

锦朝请他坐下来，并让青蒲上茶点来。她看到叶限掌心躺着一枚叶子，颜色红嫩，样子很别致。

"这是什么？"锦朝问道，他平白无故送自己什么叶子。

叶限道："我刚才走过西跨院的小池榭，看到这片叶子长得奇怪，别的都没有这个颜色。"鲜红又柔嫩，不知道是什么新叶。叶限觉得顾锦朝挺喜欢这些奇怪的东西。

锦朝哭笑不得:"多谢世子爷好意。"

他为了摘这片叶,还特地绕去了小池榭里面。他淡淡地道:"我是来告诉你一件事的。今年六月,我就要升任大理寺少卿了。"

锦朝这才笑着道:"恭喜。"

叶限笑着看她一眼,顾锦朝好像一点儿都不惊讶。

她当然不惊讶,叶限今年升任大理寺少卿,顺利的话,他就能做到大理寺卿。这擢升的速度会让人瞠目结舌。想来任职兵部,成为皇上近侧红人也是早晚的事。

她正色对叶限说:"世子爷以后要为天下苍生谋福祉了。"

叶限垂下眼帘看着她,语气懒懒的:"事事都为苍生考虑,我得多累。"他顿了顿,很认真地加了句,"苍生又和我没关系。"

顾锦朝还没有说什么,他就指了指放在桌上的叶子:"你好好收着,以后可以用它求我办一件事。我有求必应。"

他抬起斗篷的帽子,低声道:"走吧。"暗处随着他的护卫拥着他走出了妍绣堂。

顾锦朝轻轻吐了口气,叶限这样的人,走上歪路实在太容易了。不过现在,一切都在往好的方向发展,他应该不会走上歪路了吧……但愿。

春日刚暖几天,陈三爷就只穿了白纱中单,外头再穿一件绯色盘补服。他刚踏上马车闭目休息,江严就在他旁边小声说话:"首辅大人这次发了好大的火气。王大人原先任职大理寺的时候,说大理寺最是清廉不过了,结果他手底下的张陵却被查出与私盐贩勾结,还一手捏造证据妄图包庇这些人。首辅连个分辨的机会都没给张陵,让刑部郭谙达直接将人收押了。您看王大人刚才连话都不敢说。"

陈三爷淡淡地道:"郭谙达是长兴侯府的人,首辅不发脾气才怪。这下大理寺少卿的位置空出来了,你说谁最有可能升任。王玄范连叶限都斗不过,亏他在大理寺混了这么多年。"

江严就看向陈三爷,有些疑惑:"那您想……"

陈三爷继续说:"我和王玄范争斗,是张大人愿意看到的。张大人往年提携我,现在想用王玄范来制衡,我却觉得浪费精力。"他皱了皱眉道,"王玄范眼界太窄了。他上次和姚平密谈的事,你查清楚没有?"

江严"嘿嘿"笑了两声。

陈三爷睁开眼看他,觉得江严有些奇怪。

江严拱手道:"这事实在好笑,说起来还和您有关呢。您上次去大兴和王大人喝酒的时候不是看到顾家两位小姐吗。还有宝相寺那次,您接了顾家的东西。"

这事传到王大人耳朵里，就认定您看上顾家那位小姐了，就是和姚平嫡子定亲的那个顾怜。王大人十分高兴，以为这就拿捏到您的错处了，去找姚平告密，说您看上他儿媳妇了。姚平哪儿敢得罪您啊，您看上的人，他是打死也不敢动啊。不过他也是半信半疑的，叫了人去顾家推迟婚事。"

陈三爷笑着摇头，王玄范那一肚子的风花雪月，还编派到他身上来了。

"因为这事，姚大人就和王大人走得近了些。还去刑部给张陵说了几句好话。"江严又说。

陈三爷听后若有所思。

马车到了宛平陈家。陈三爷刚到住处不久，就有小丫头过来传话，是陈老夫人想见他。

陈三爷换了件石蓝的直裰去陈老夫人住的后罩房。老夫人喜欢清静，后罩房还连着陈家的小佛堂，种了许多的西府海棠，开得粉白一片。往后就是个青石甬道，曲径通幽的，连接着大片的荷池。

陈老夫人坐在堆漆螺母罗汉床上。她穿着件寿字不断头檀色褙子，头发梳了圆髻，只簪了柄番青石簪。老夫人年事已高，人就不太爱动弹了。幸好家中几个儿媳都是十分懂事的，二房的秦夫人是宗妇，陈家的事事无大小，都料理得十分妥当。

陈老夫人的日子过得轻松而惬意。家里几个儿子都是光耀门楣的，她在陈家列祖列宗面前也是抬得起头的。这样的日子就该安享晚年，偏偏她还放心不下她最心疼的儿子。

其实，陈三爷才是陈家的嫡长子，陈二爷是陈老夫人的陪嫁丫头所出。

陈老夫人嫁到陈家几年肚子都没动静，陈老太爷虽然没说什么，待她一样的好，她心里却觉得过意不去，主动让自己的陪嫁丫头给陈老太爷做了通房。这丫头没多久就怀孕了，生了对双生子，结果生的时候难产，后来又血崩，没一个月就去了。双生子中的老大刚出生的时候被脐带缠住脖子落了病，没活到一岁。

陈二爷是陈老夫人带大的，视如己出，教养得很好。等陈二爷六岁的时候，她才怀上了陈三爷。

陈三爷从小聪明懂事，待哥哥也很尊敬。不过实在太懂事，反而让陈老夫人心里不安。

后来她偶然听陈彦允问过乳娘："你说我是母亲亲生的，但我看母亲待二哥最好。二哥有个头疼脑热，她都十分紧张，饭吃得少了点也要过问。我样样都做得好，母亲偏偏不喜欢搭理我。上次二哥的文章得了先生的夸奖，她做了斗篷送二哥。我得了先生的夸奖，母亲什么都没说过。"

她听着觉得十分心酸，这孩子想什么都埋在心里，自己一个人不痛快。

她以后就注意着多疼惜陈彦允。但是陈彦允和她疏远的性子却改不过来了。他又很自立，从不要她担心。

陈彦允读书很有天赋，十四岁那年中了举人。她做主给陈彦允定下了亲事，娶了杭州江家的大小姐，他也没说过自己喜不喜欢，娶人进门之后两人相敬如宾。江氏前年病逝，他还夜不解衣地守了好几天。江氏死的时候曾对他说："你不要愧疚，我什么都知道。不怪你，都是要去的人了。你待我已经很好了。"

她第一次看见陈彦允哭，握着江氏骨瘦如柴的手不说话。

办完江氏的丧事之后，陈彦允来找她说话，他要为江氏守制两年。

陈老夫人本来想劝他的，但也没有说什么。

看到陈三爷进来了，陈老夫人就笑着指机子让他坐："三天两头见不到你，今天终于可以好好和你说话了。"

陈三爷向陈老夫人行礼问安，然后才道："老六家几个侄女不是每天来陪您吗？您要是还觉得闷，不如让二嫂陪着去上香透气。"

陈老夫人笑着摇头："我是要和你说话，你提别人做什么。"

她长长地叹了口气，目光落在隔扇外的海棠上："瞧着花开得多好，不知不觉的……"她看着陈三爷摩挲着茶杯不语，继续道，"你房里也该添个人伺候了。我看近身伺候你的还是书墨、书砚两个小厮，这又怎么能伺候周到。你娶了新人进门，老婆子也找得到个说话的。"

"你不如瞧瞧谁合适，瞧准了咱们就找人上门提亲。"陈老夫人想了想，试探般地问他，"你觉得武定侯家的嫡女如何？"

陈三爷不说话。

陈老夫人就换着问："你要是不喜欢这些世勋贵族的，咱们就再看看……"

凭她儿子如今的地位和权势，想娶谁娶不到？

陈三爷笑了笑："母亲，这事您不用担心，我心里自有度量。"

他不再说什么，起身后随侍的书墨给他披上披风，他告退离开了陈老夫人的住处。

江严很快跟上来，低声问道："三爷，那姚平和王大人的事，您打算如何处置？"

陈三爷看也不看他，边走边道："将计就计。"

将计就计？这是个什么意思？

江严一头雾水。

陈三爷却停了下来，闭了闭眼睛低声道："这事实在不好。"

江严怀疑自己听错了，陈三爷刚才说什么事不好？

江严再看陈三爷，想揣度他的心思的时候，却见他嘴角露出一丝无奈的笑，但语气却下定了决心般豁然开朗。

"你去把陈义叫过来。"

第十九章 心思

第十九章 心思

江严回到外院专门给幕僚住的鹤延楼里,从一楼廊庑走过去是个亭榭。亭榭里摆了八仙桌和长杌子,另几个人起身向他作揖道:"江先生回来了,咱们正巧吃饭呢。"江严看过去,八仙桌上摆了只腊鹅,一碟切片熟卤牛肉,几盘花生蚕豆。

冯隽笑着向他举酒杯道:"坐下来喝几杯吧。"

江严摆摆手说:"算了,我还要去宁辉堂找陈义呢。我看你也别喝酒了,说不定三爷过会儿有吩咐。"

几人纷纷放下酒杯,问他究竟怎么了。

江严也说不准,但想到陈三爷那几句意味不明的话,他心里就觉得忐忑。肯定有什么大事要发生了。

他没有和冯隽等人多说,匆匆往宁辉堂去了。

陈义连忙带了一众护卫往三爷的住处去。

陈三爷正在书房里练字,书房伺候的人一点声音都不敢出。他凝神静气,笔如游龙,连眼都不抬一下。江严却看得眼皮直跳,陈三爷只有在抉择很艰难的事情时,才有练字的习惯,而且不准有人发出声音。

一会儿冯隽也带着人过来了,一帮人就站在外头候着。众人都知道陈三爷的习惯,谁也不敢先开口说话。

等到金乌西沉,他们额头都细汗密布了,陈三爷才放下笔,让书砚把字收起来。他端起茶杯喝茶,吩咐道:"陈义,你将我倾心顾家小姐的消息传到王玄范的耳朵里,并说我有意要娶她。"他指了指书案上的字继续说,"怕他不肯全信,你将这幅字送到顾锦朝手上。要无意让王玄范的人发现,让他以为我是送给顾四小姐的。"

陈义面露疑惑,陈大人这番作为是为了什么?上次陈大人还让他往顾家送过一幅墨竹图呢。

江严试探性地小声问道:"三爷是想将计就计,用和顾家的亲事离间姚大人和王大人?"

陈彦允"嗯"了一声。

冯隽道:"王玄范知道了这事,肯定会去告诉姚平。不仅如此,他还要把这

事说到张大人那里,夺同僚的儿媳,您这可是值得他拿捏的荒唐错处。到时候他可才是偷鸡不成蚀把米了。"

江严闻言沉默了,陈三爷如果想除王大人,大可不必这样大费周章。他肯定还有别的想做的事。

陈三爷继续说:"办好了就回来通禀,我再告诉你该如何做。"

江严和陈义对视了一眼,均从对方眼中看到讶异。三爷做事虽说不喜欢多说,但却不会这样让人一头雾水。他究竟还要做什么?

等人都退下了,江严却站在原地低着头,咬牙说:"属下实在想不明白,还请大人明说。王大人既在张大人面前提及,您就是驳了他这件事,却不能置王大人于死地。这样大费周章又成效不大的事,您是不会做的。属下想问您一句,您真正想做的是什么,免得属下领会不当办错了事。"

江严没听到陈三爷说话,心里更是紧张。他就算不抬头,也能感觉到陈三爷落在他身上冰冷的目光,他觉得有些腿软,但硬着头皮不肯退让。

他继续说:"您做这些事都和顾家有关,和顾家那位小姐有关。去年通仓出事,您出手救了顾家小姐的父亲。上次在接引殿,您破例请顾家小姐过来避雪,这次的事……"

他还有话没说。户部侍郎考核,陈三爷几个户部的郎中都接触过,却独独去了顾家。这于他来说,是非常没有必要的事情。

陈三爷的语气很平淡:"我的事你也敢多问了。"

江严也觉得自己胆大包天,但是他不得不问。

他还想说什么,却听到陈三爷一句微有倦意的话:"你先下去吧。"

江严愣了一下,等他抬起头对上陈三爷的视线——十分的冷漠无情。他才觉得脑中"轰"的一声,意识到自己干了什么不得了的事情,他竟然敢过问陈三爷的事。等到他出来的时候还浑身是汗,只想到要是三爷一个不高兴,他以后的仕途可就全完了。

陈三爷确实脾气很好,几乎从来不会发火。但是他最可怕的地方也在于此,做什么事都无声无息的。上次有个幕僚偷偷和睿亲王府的人联系,出卖陈三爷的消息,他知道后什么都没说,仅是将茶杯反扣在桌上,然后送了这个幕僚出府。后来这个幕僚客死他乡,死前还因为偷盗被人毒打。

陈义在外面等他,看到江严出来忙急急地迎上来,江严摇头不语。

江严走后,陈三爷靠在了东坡椅上。

他也觉得自己有些荒唐。

实在是不应该啊。

他有些自嘲,没想到自己也是要美人不要江山的人,这原本是他最看不起

第十九章 心思

的一种人。

他一向喜欢权力，觉得自己面上再怎么温和，骨子里也该是个冷漠无情的人。

顾锦朝应该很赞同这话的，她每次见到自己都有些害怕，不仅仅是因为他的权势。她对他的反应也很奇怪，意外地容忍。

陈彦允原先两次见她，却也不过是怜惜。和这个小丫头越是接触，倒还真是越喜欢她了。明明一张绝艳的脸，她却好像嫌弃一样不在意，性子沉静却很有趣。

想到她盯着自己，像是惊讶又像是责备的神情，陈彦允淡淡一笑。

他想护着她，把她纳入自己麾下，或者经常看到她。

她也应该是喜欢自己的吧，还特意送他糖食。那顾家外院厢房数间，她偏偏闯进了自己那间房。陈三爷愿意相信这些事，觉得这小丫头对自己还是有些特别的。

他做这些事就是本能地想护着她，做完之后自己都觉得不可思议，却没有想反悔的念头。如今想到顾家那家子人，想到他自己的事，他心里就有一个很奇异却非常好的想法。

不如让顾锦朝嫁给他好了，她就由自己护着，谁都欺负不了。他也很喜欢她，偶尔欺负她也甚是好玩，只要不过头了就好。以后有他做靠山，顾锦朝肯定能在顾家横着走都没人敢拦了。锦朝的性子太静了，她这样的年纪，本该更活泼一点才对。就像他第一次见到她一样，敢伸手去摘莲蓬，恐吓自己的丫头，说要把她卖到山沟里去当童养媳。

陈彦允很愿意去做这件事，他想娶她。

但这却不是一件简单的事。顾锦朝的家世和他相差太远，就算有他相劝，陈老夫人又是个通情达理的，也不会嫌弃顾锦朝什么，但是陈二爷却是个麻烦，顾家的背景也很麻烦。

原本他要娶亲，也应该是家世一等一的女子，才不至于对他的仕途有影响。而顾家也算是长兴侯势力的人，他要是想娶顾锦朝，不将这些事谋划好了，恐怕会后患无穷。

怎么消除张居廉的戒心，没有人比他更懂了。等他把这些都谋划好了，再去找顾锦朝把这事告诉她，她应该不会不答应吧。

陈彦允想到这儿心里有些犹豫，他毕竟不年轻了。要是顾锦朝嫌弃他年纪大呢？

他苦笑了下，自己竟然患得患失起来。

这些事顾锦朝还不知道,她第二天收到一幅字,一看就是陈三爷的笔迹,写的是首咏竹的词。她看到卷轴上还盖着陈三爷那枚"九衡"的印章,细细读了好几遍,觉得很惊艳,陈三爷写竹林说"风动竹响,愈喧愈静"。她喜欢,觉得写得很好。自己也写了这几个字裱在书房里。

海棠花一开过,就到了除服的时候。四房的人齐哀期服满,府里举行了除服的祭礼,在家设灵位供奉。本来还要去适安西翠山祭拜的,冯氏觉得不妥,跟顾锦朝说:"既不是服斩哀,大不必这么隆重。何况府里不久又有喜事,怜姐儿不久就要嫁进姚家了,冲撞了神灵就不好了。"

顾锦朝没有说什么,只在小佛堂里为母亲诵念了一天的经文。

姚平很快从王玄范那里知道了陈三爷准备娶顾怜的事,他大为吃惊。

"怎么偏偏就看上她了。"姚平觉得顾怜有些高攀了陈三爷。他在书房里团团转,想这件事该怎么办才好。陈三爷是肯定得罪不得的,他如今可是张居廉前头的红人。他的势力隐隐被架空了。他念头几转,觉得不过是个女子而已,先去退了亲再说,免得冲撞了。

他立刻找了姚夫人过来。

姚夫人听后十分震惊:"顾四小姐原本是咱们文秀先看上的,我们都觉得顾家有些高攀了,怎么会让陈大人看上了。"

姚平道:"你先把亲事退了再说,还要对人家恭恭敬敬,客客气气的。免得顾家以后扬眉吐气了给咱们难看。可定要隐隐透出另有高枝的意思。"

这些姚夫人都知道,她是心疼自己儿子。于是回去找了姚文秀过来说话,告诉他这门亲事可能成不了了。

姚文秀"哦"了一声,却有些心不在焉的。

姚夫人也没有在意,匆匆去了顾家。

顾锦朝在倒座房里伺候她那些茶花,选了春日开花的品种出来,给父亲那里送了去。她又指了盆白粉双色的山茶,吩咐青蒲:"中午去祖母那里请安,把这盆茶花搬上。"

前几日冯氏正式请了媒人去通州徐家请期,把亲迎的日子定在了五月二十八。这些日子冯氏就常找她过去说话,多半是叮嘱徐静宜嫁过来之后的事。她还找过父亲过去商量聘礼。

徐妈妈私下和她说:"太夫人说,续弦的聘礼也不宜太多了。府上毕竟马上又要有一门亲事了,还要准备着给怜四小姐的嫁妆,就准备二十担的聘礼即可。"冯氏很看重顾怜的亲事,生怕两门亲事有了冲撞,父亲这边都压制着。

毕竟顾德昭和徐静宜定亲的事还硌硬着冯氏,她又一心盼着顾怜能让顾家扬眉吐气。

顾锦朝就和徐妈妈说:"聘礼太少了恐怕会让徐家觉得咱们不尊重,您去和父亲说一声,就算仅仅有二十担,那每担上的东西都要考究好,一定不能怠慢了人家。他要是没钱,就从我这儿支。"

徐妈妈去和顾德昭说了,顾德昭随即就过来找她。

他眼下青黑,这些天应该没怎么睡好。"父亲怎么能从你这儿支银子。"他很坚决,"你的银子是你母亲留给你的,以后都是你的嫁妆。父亲就是再苦,都不可能动你的东西。"

锦朝反问他:"那您打算怎么办,您现在收益都在祖母手里吧?手头最多就千余两银子,置办两尊上好的玉佛都不够,还要用金如意压箱呢。你要去找祖母说项吗?"

长女对他的账务还是很清楚的,顾德昭红了脸,说:"你祖母也难,这么一大家子人都指着你二伯和我们这房的收益吃饭。不如我卖了良乡那边的一个小田庄凑银子,那田庄收益又不佳。"

锦朝笑道:"二伯的俸禄?二伯一月二十四石,禄钞一百贯,养活二房都勉强。眼看着怜姐儿要成亲了,祖母手头的银钱都用在给怜姐儿置办嫁妆上了。"她想到上次无意听到冯氏和二伯父说话。

"二伯父说咱们这一支进来后,开销多了许多。但光您手头的收益,每月都是两千多两银子,这些钱可都在祖母那里,咱们四房的人,汐姐儿、漪姐儿,哪个不是十分俭省的,能有多大的开销?眼下仅是那些银钱置办聘礼,就拿不出来了?"锦朝笑了笑。

顾德昭听到锦朝这么说沉默了。他一向在锦朝面前维护冯氏,是不想锦朝和冯氏的关系不好,但是冯氏有时候确实偏心,最好的东西总是二房的。因为有个官位更高的顾德元,还有能嫁入阁老家做儿媳的顾怜,甚至冯氏对顾锦潇的期待也是最大的。

顾德昭问锦朝:"你二伯父说过那样的话?"

锦朝却只说:"我也不想管您,但总不能让人家徐家脸面无光吧,您想了法子解决这事。不过田产、房契的东西是在您手上,轻易动不得的。"父亲手头有这些东西才有说话的底气。

顾德昭就去找冯氏谈话。

冯氏那天动了很大的气,十分激动:"我这怎么是偏心你二哥呢。你想想,怜姐儿嫁去姚家风风光光的,以后姚家待咱们也好,受益的可是咱们顾家一大家的人,你可不能目光短浅。"

顾德昭道:"您说的我都明白,那些收益交到您手上,我可曾说过半句话。

您要给怜姐儿置办嫁妆可以的，但是给徐家的聘礼也不能太少了，您要是觉得钱不够，不如我卖了要留给朝姐儿的东西，先给怜姐儿做嫁妆。"

冯氏被他堵得说不出话来。卖了给朝姐儿的东西，给怜姐儿添箱，这话传出去怎么听。

冯氏冷冷地道："徐家小姐还没嫁进来，你心里就已经向着她了，生怕我在聘礼上委屈了她，你眼里还有我这个母亲吗？"想到顾德昭和徐静宜的事，冯氏就气得肝痛。

这两人背着她把亲事都定下了，她只能把程宝芝送回江西，不然这些聘礼怎么落得到外人手上。以后徐静宜嫁进来了，也不知道服不服她管教。

顾德昭说："我心里自然是有您的，只怕您心里没有我而已。"

他说完就出了东跨院。

冯氏生了半天的气，才把二夫人又叫过来商量，将给徐家的二十担聘礼改成了三十担。

事情定下后，她许久没和顾德昭说话，直到聘礼送过去，冯氏心里才渐渐好起来。前不久姚夫人还特地为了顾怜的亲事来了一趟，虽说亲事延迟了，但待她却更尊敬柔和了。冯氏见了姚夫人之后心里舒畅不少，四房的这些小事她就不怎么放在眼里了。

也不知道徐静宜进门后是个什么场景。

锦朝停下剪花枝的剪刀，徐静宜的性子是没话说的，也不会亏待了她们，又是个很有主意的人，她不用担心以后四房没人照看了。

锦朝叹了口气，把剪刀放在了黑漆大方盘上。

吃过了午饭，她带着茶花去冯氏那里。

结果刚走到路上，就看到佟妈妈疾步朝她走来，似乎正要回妍绣堂的样子。她行了礼向锦朝低声道："小姐，出大事了。"又和她耳语了一番。

锦朝听后十分震惊，连忙往东跨院去。

宴息处里气氛不好，冯氏握紧手中的茶杯，刚才差点一不小心摔了。

她把茶杯重重地放在桌上，声音冰寒："姚夫人，这事可不是随便说说的。"

姚夫人穿着件银红色缂丝襕边褙子，戴着对葫芦金簪，白净丰腴，颧骨微高。姚夫人是不太看得起顾家的，一向都是盛气凌人，如今却对冯氏笑笑，柔声说："老夫人，您可别生气。这退亲的事啊都要怪我们，是我们考虑不周。谁知道文秀那孩子又看上别家姑娘了呢。"

冯氏只觉得额头抽抽，一阵阵地犯恶心。

她满心的怒火，对着姚夫人却根本发不出来。姚夫人是什么身份，有得她发火的？

但是这样的亲事就作罢了，冯氏简直就想跳起来指着姚夫人骂。

这叫什么事啊。

看上顾怜也是姚文秀说的，看不上也是他说的，有这样的吗？

他姚家还是书香世家，定下的亲事就以孩子看上别人为由推脱？说出去不怕别人笑掉大牙啊。

她给怜姐儿准备了这么多嫁妆算什么，怜姐儿平白被人退亲，这事怎么说得过去。

冯氏只能咬着牙说："姚夫人，话还请您说明白了。原先说亲事延迟，咱们家也认了，但是您现在直接来退亲，就太说不过去了吧。这事传出去，可对咱们两家的声誉都有影响。"

煮熟的鸭子都能飞，冯氏呕都要呕死了。

姚夫人早料到冯氏会不甘愿，她这儿要不把事情摆明了说，恐怕冯氏不会作罢。

姚夫人就道："此事实在太大，老夫人您先屏退左右，我们再详说此事。"

冯氏闭了闭眼冷静片刻，才挥手让宴息处的人退下去。

姚夫人坐到她身边来，以手掩唇，小声对冯氏耳语："这事牵扯太大，咱们家老爷也只对我透了个风声。老夫人可知道宛平陈家，陈三爷？"

冯氏点了点头，陈三爷陈彦允的名号谁能不知道。

姚夫人接着柔声道："你们家怜姐儿，可是个有福气的，竟然被陈大人瞧上了。"

冯氏愣了片刻，不可置信地看着姚夫人。姚夫人就又加了句："老夫人您别惊讶，此事千真万确。"

冯氏震惊得差点下巴都掉下来。这事也太荒唐了，陈大人怎么看得上顾怜？那可是户部尚书，堂堂的东阁大学士。

冯氏有点手抖。

要是顾怜能嫁给陈三爷，就算只是续弦，那也是他们祖上冒青烟的幸事。

难道姚夫人说谎，就是为了推脱和怜姐儿的亲事？

冯氏看着姚夫人的样子，觉得这个想法是不可能的。姚夫人可从来没有对她这么尊敬过。

冯氏越想越觉得这事有迹可循。陈三爷明明不认识他们，上次去宝相寺却接了他们的食盒。他还借由顾德昭，亲自到顾家来吃晚膳。如果不是有心思，这些事又何必呢。

冯氏过了好久才反应过来，立刻吩咐婆子去把二夫人找过来。她心里十分激动,这事一定要趁早办好,怜姐儿要是能嫁给陈三爷,那姚文秀算什么东西。

顾锦朝到东跨院的时候,二夫人已经过来了,姚夫人却被请到了花厅里喝茶。

小丫头给她端了杌子过来:"二小姐您稍坐,太夫人一会儿就说完了。"

顾锦朝坐在廊庑下面,看到紧闭的西次间隔扇,心里却很疑惑。

佟妈妈说姚夫人这是过来退亲的。姚家要退亲,对于一直盼望两家亲事的冯氏来说,无疑是个很大的打击。但是冯氏把儿媳叫去密谈的反应,实在不像是愤怒的样子。

顾锦朝看了一眼外面站着的姚家丫头婆子,一改抬头挺胸的高傲之态,显得十分低顺。

这事肯定有地方不对。

等顾德元从都察院回来,冯氏立刻找了他过去说话。顾德元从东跨院回来的时候,心里除了震惊,还有种眩晕的不真实感。他对冯氏说:"这事母亲一定要保密,姚家的亲事先暂且放一放,等陈家那边有动静了再说。"

他非常的慎重,心里还有压抑不住的喜悦。成了陈三爷的岳父,以后他在都察院都可以横着走了。

这事要保密冯氏自然知道,她对顾德元说:"母亲这儿都知道,你别担心。"

姚家退亲的消息,却很快就传遍了整个顾家。

一时间服侍冯氏的丫头人人自危。谁不知道冯氏一向看重这门亲事,这下突然被姚家退亲,不知道要羞恼成什么样子了,大家伺候她的时候都战战兢兢的。

结果过了几天才发现,冯氏非但没有心情变坏,反而十分的好。伺候她的翠环,不小心打破了冯氏最喜欢的青白釉豆绿色花瓠,冯氏也只是轻描淡写地说了她两句,连罚跪都没有。

不仅如此,冯氏还把顾德昭找了过去,很温和地跟他说:"给徐家聘礼的事,是母亲做得不对,不如把聘礼加到三十六箱,再备四柄赤金如意压箱,你觉得如何?"

冯氏一想到能和宛平陈家结亲,心里简直是飘飘然了。一点小钱而已,给徐家就给吧。

顾德昭都被冯氏这个样子给吓到了。

而二夫人听说姚家退亲的事,心里却很复杂。冯氏悄悄把内情告诉她了,让她千万不要外传。能和宛平陈家结亲固然好,而且顾怜一嫁过去就是正二品诰命夫人的身份，如此荣华，比什么姚阁老的儿子强多了。但是嫁给陈阁老，那再好也是续弦啊。

姚文秀他们知根知底。这个陈阁老呢？为什么偏偏看上他们顾怜了？

最要紧的是，顾怜可是一心喜欢姚文秀的。从定亲开始就盼着嫁给他了。

想到冯氏答应姚夫人时毫不犹豫的样子，二夫人心里就止不住发冷。

顾怜知道姚家退亲的事，果然如同遭了晴天霹雳。

她瘫软在炕上，拉着二夫人的衣袖喃喃道："母亲，姚家怎么会退亲呢？他怎么会喜欢上别的女子呢？母亲，我不相信。"她呜咽地哭出来，"我要见他，把话问清楚。我一直盼着嫁给他，凭什么就这么不要我了。我一定要问清楚了，他怎么忍心让我如此丢脸呢？"

二夫人看着顾怜失魂落魄的样子，既心疼她遭受如此羞辱，又有些怒其不争。

女孩就该自尊自爱，她这个样子到姚文秀面前，人家也是要厌烦的。如果真是因为姚文秀看上别人，要和他们家退亲。顾怜还是这样的表现，可会让别人看了笑话。

二夫人看到顾怜哭得上气不接下气，也只能叹息了一声，将她紧紧搂在怀里。

顾怜抱着母亲的脖颈，哭得更厉害了："母亲，受这样的侮辱，我还怎么在别人面前抬得起头。我和别的姐儿比，还有什么强过她们的。"她一直持重自己的亲事，对顾锦朝之流不屑一顾，觉得两人的前途就不一样。如今这唯一的优势就要没有了，她心里又慌又恐，生怕就被顾锦朝踩到头上作威作福了。

二夫人拍了拍她的背："傻孩子，你这是不懂事啊。你祖母答应了退亲的事，那就是想给你个更好的啊，你只会有更强过她们的。"

顾怜只觉得天都塌了，母亲说的话她也没明白，揪着母亲的衣服哭了一会儿，跟她说："母亲，我要去和祖母说话，我要见见姚公子，把话都说清楚。"

想到顾怜一向听她祖母的，二夫人便点头允了。冯氏总会劝好顾怜的。

顾澜听说这件事的时候，已经是第二天早上了。

一铜盆的水，加了四、五滴香露就香得不得了，顾澜喜欢用这样的水洗脸。洗后一整天她都是满身的幽香。她刚打开缠枝纹青花细颈瓷瓶准备加香露，就听到木槿说起这件事。

她差点打翻了香露瓶子。

"此事当真？"她觉得不可置信。

木槿道："千真万确，奴婢从东跨院洒扫的婆子嘴里听来的。"

顾澜扶着高几,慢慢坐在大炕上。

木槿看自家小姐魂不守舍,有些疑惑:"小姐,您怎么了?"

顾澜摆摆手:"你去帮我端碗水过来。"

知道姚家退亲了,她除了震惊,心里自然是欣喜的。但是细想来她却也有些不舒服,姚夫人说退亲是因为姚公子看上了别人,他看上谁了?要喜欢到为别人退亲的地步。

顾澜紧紧抓住绣帕。姚公子上次回信给她,还谈起自己在国子监读书的事,和他同窗的监生是成亲了的,他娘子每月都要给他捎东西过来,而给他捎东西的却是她。

她当时看了还脸红不已。

顾澜觉得姚文秀对自己不可能没有情愫,但要为这点情动闹到来顾家退亲的地步,却是根本不可能的。她要是想跟了他,必定要自己谋划好。如今顾怜要和他退亲了,她是不是也有机会?

顾澜胡乱想了会儿,喝了木槿端过来的水,往冯氏那儿去服侍了。

还没等到天完全亮,顾怜就来找冯氏了。

顾澜本以为冯氏待顾怜会不如原来亲热,谁知道冯氏立刻拉了她坐在罗汉床上,十分怜惜地道:"怜姐儿这双眼都是肿的,可怜我孙女了。"她把顾怜搂进怀里,吩咐顾澜道,"你去小厨房拿两个煮好的鸡蛋过来。"

顾澜应"诺"去了,心里却觉得奇怪了。冯氏这样子怎么像是更看重顾怜了。

顾怜看到顾澜出去了,就和冯氏哭诉起来。

冯氏安慰地拍着她的背,柔声道:"傻孩子,你去找他又有用吗?他不娶了,咱们自然还有更好的。祖母是看着你长大的,最是心疼你了,不可能把你推进火坑的。"

顾怜茫然地看着冯氏,小声道:"祖母,我受这样的屈辱,怎么还会有更好的?以后锦朝堂姐也要看不起我,我没人提亲了,肯定也要落得和她一样。"

顾怜果然是年龄还小不懂事。冯氏叹了口气,解释给她听:"姚家要退亲,用的理由却是对姚家不利的。而且姚夫人来咱们府里,一点谱都不敢摆,你知道这是为什么吗?"

顾怜怎么知道。

冯氏笑道:"这是有隐情的,有人压着他们呢。你听祖母的就没错。祖母肯定让你嫁得风风光光的,而且嫁得比姚家更好、更富贵。你这孩子啊,还不懂呢,以后你在顾家……别说顾家了,以后你在任何地方,那走路都是带风的,谁都不敢不尊敬你。"

顾怜更是不懂了，冯氏继续道："姚文秀也未必好，他如今连功名都没有，以后要是做不成官呢？那姚家还有好几个嫡亲的兄弟，姚大公子已经是两榜进士了。以后姚文秀要是中不了举，他在姚家就什么都不是，你嫁过去也是吃苦。还不如就嫁个有功名的……"冯氏劝了顾怜好一会儿，告诉她嫁谁不是最重要的，要紧的还是身份和荣华。顾怜听着就渐渐止住了眼泪。

顾怜从来没有想过这些，也从没有人和她说过。

她是喜欢姚文秀，但也不是没了他就要死要活的。

但想到不嫁姚公子了，而且还是以他看上别人为理由，顾怜心里总是伤心的。如今听祖母的话，似乎是说她能嫁得更好。她不由问道："祖母，我要是不嫁姚公子又能嫁给谁呢？"

冯氏摸着她的发笑道："自然是比他好无数倍的，你尽管宽心了，以后你只有更好的。"

祖母总不会害她的吧。

顾怜心里有些犹豫了。

顾怜现在想想，突然觉得祖母的话也没错，谁就能保证以后姚文秀一定举业有成呢。

不知道祖母是想让她嫁给谁。

春末难得下起一场大雨，紫禁城笼罩在雨雾之中。

陈三爷站在楼阁下看着茫茫大雨，他身后就是皇极殿的红漆铜铆钉殿门，每两步就站着个金吾卫侍卫，肃穆而威严。胡荣拿着一件斗篷，忠诚地站在他身后，大雨倾盆，天风吹来。

汉白玉石阶很高，能够俯瞰到更远的武成阁、文昭阁。内阁次辅何文信正拾阶而来，他身后有幕僚撑着把油伞。何文信年过六旬，他原先治旱有功，先皇加封他少师衔，他穿仙鹤补子盘领右衽袍，配玉革带。还没等走近，就先向陈彦允拱手笑道："陈大人好雅兴。"

陈彦允也向何文信拱手，笑着道："无事可做罢了。"他说话很慢，却给人一种说不出的压迫感。

何文信想到陈彦允刚才高高站在石阶之上，背手而立，沉默又从容。才三十二岁而已，他已经快要登上权力的顶峰了。

何文信觉得，如果他是张居廉，肯定也会深深地忌惮这么一个人。即便他性子再柔和，脾气再好，也不能掩饰他是如何一步步踏着尸骨走上来的。

何文信觉得自己已经老了，和这些人争不动了。他虽贵为次辅，在内阁却

被孤立。但无论怎么说，他是一点都不想得罪陈彦允的。何文信道："那老夫先行一步了，陈大人随意。"

陈三爷笑着虚手一请，何文信整了整自己官服的衣摆走进了皇极殿内。

这时候陈义从远处走过来，披蓑衣戴斗笠，走到陈彦允身边后他微低下头，低声说："三爷，事情都办妥了。派去大兴的马车已经上路了，王大人的心腹恐怕正往这儿赶过来。"

陈彦允"嗯"了一声："先去武成阁候着吧。"他顿了顿，才提步朝皇极殿内走去。

今日是五日一朝的时候。

鸣鞭数礼，鸿胪寺官唱奏事，各衙门以次进奏。

陈彦允乃是文官，自右掖门进。如今朝中有三孤三公加封的大臣不多，几个年老体衰的也免了朝。陈彦允站于文官右侧第二列，前面是文渊阁大学士张居廉，武英殿大学士何文信，与他同列的仅有谨身殿大学士王玄范。

小皇帝尚且年幼，坐在龙椅上还精神不振，但腰背挺得笔直，冕服也穿得一丝不苟。朝臣所奏不多，几句言语后鸿胪寺官唱奏事毕，鸣鞭驾兴，待圣驾退后，百官亦退。

小皇帝移驾乾清宫书房，由宫人服侍着换了常服，才出来见几位大臣。

朱骏安今年虚岁才十二，长得清秀干净，细声细气地唤了张居廉一声"张大人"，说："我前几日读《史记》，就以此来练字了，您帮我看看可好？"

张居廉笑道："皇上勤于学是臣等的幸事，自然什么都好。"

朱骏安让服侍他的宫人去找了练字的册子出来。

司礼监秉笔太监冯程山小声道："圣上，要听政事了。"

内阁决定下来的事，要先给皇上过目批红才能实行。

朱骏安却笑着道："今日就算听过了，我要多和大臣们说说话，好几日没见过张大人和陈大人了。"

两人先后做过他的老师。

冯程山退到一边不再说话。朱骏安让张居廉看了字指点过，又饶有兴致地和何文信说："前不久我从母后那里听说，长兴侯夫人进宫探望太妃，想要求娶你的孙女。"

先皇壮年时死，只留下朱骏安一个孩子，他仅有个妹妹，也在三岁的时候死了。朱骏安从小被宠溺，心性远不如一般孩子成熟，又对大臣的家事十分感兴趣。

张居廉听着皱了皱眉。

何文信也一时尴尬，笑着囫囵道："老臣倒是不知了。"

朱骏安也意识到自己说错话了，紧张地望了陈彦允一眼。陈彦允便暗中指了指他放在案上的一卷书。他如获至宝般捧起案上的书，对张居廉说："张大人，《论语》中这句'躬自厚。而薄责于人。则远怨矣'我倒是读不明白，您能不能帮我看看……"

陈彦允望着多宝阁上放的一个景泰蓝花瓠，心中叹了一声。

朱骏安竟然能怕张居廉到如此地步。

从乾清宫出来，几人就去了内阁议事。事毕后在偏厅进午膳，喝过几盅酒，王玄范和何文信说起话来："何大人的嫡次孙女，在京中一向名声很盛，也不知何大人有什么打算，可真要和长兴侯家结亲？"

何文信笑了笑："无知妇孺而已，算不上什么。姻亲的事还是她祖母说了算，我是不会管的。"

王玄范看了张居廉一眼，张居廉微微笑起来："说到这儿来，长兴侯世子人才出众，要是人家真上门提亲，你倒是可以斟酌一二。"

何文信眼皮一跳，叶限娶了他孙女，那他可就和长兴侯家脱不开关系了。

他一向远离两派争斗，不想被划入任何势力之中。

何文信顿了顿，说："世勋贵族，规矩太多了，我倒是怕她不能适应。"

姚平随即就笑道："何大人的孙女才情好，想必一点规矩是无妨的。"

姚平怎么帮着王玄范挤对起他来了？

何文信不动声色地放下酒杯，模棱两可地说："倒是不急这事。"

张居廉和梁临说着湖广巡抚调任的事，王玄范接着看了陈彦允一眼，他慢慢吃着菜不说话，似乎也不想理会这茬。他向陈彦允敬了酒，笑着说："说起提亲的事，陈大人的好事也该近了吧。我听说你看上了大兴顾家的四小姐，还送了墨宝给人家啊。"

大兴顾家的四小姐？

梁临笑了笑："这顾四小姐，不是早就说亲给姚大人的儿子了吗？"难不成陈大人还干得出这样的事，夺同僚儿媳？这说出去也够不好听了。

姚平摇头道："你这是怎么听来的，这门亲事早就退了。"

张居廉闻言眼皮一跳，见陈彦允听了王玄范的话脸色立刻难看起来，心里觉得疑惑，这样荒唐的事可不像陈彦允能做出来的。却也笑着对陈彦允说："你身边没个人伺候也是麻烦，早日续弦的好。"他也是陈彦允的老师，一直在官途上对他有所提携，也很关心他的私事。

张居廉继续道："究竟是个什么样的人，你和我说说。"

顾家和长兴侯家是姻亲关系。

他早就知道上次大兴通仓出事的时候,陈彦允出手帮过顾家。他还怀疑陈彦允是想帮袁仲儒。难不成其实他想帮的不是袁仲儒,而是顾家?

陈彦允这才站起来,面有愧色,无奈地笑了笑:"这事竟然也被王大人知道了。不过王大人可是听岔了,我对顾四小姐可没什么印象。说起来也是惭愧,我是与顾郎中的嫡女相熟,不过也不到要提亲的地步。毕竟也有顾虑……"陈彦允顿了顿,他这指的是顾家和长兴侯家的渊源。

姚平听到这里脸色一僵,暗中看了王玄范一眼。

陈彦允看上顾怜,可是王玄范和他说的。他还怕得罪了陈彦允,让夫人去顾家退了亲。

原来人家看上的根本不是顾怜,这王玄范和他说的话算怎么回事,算计他好玩?

王玄范心中一惊,他打探到的消息,可都是陈彦允看上了顾怜。他还因此劝说姚平和顾家退亲。怎么可能不是顾怜呢,那顾郎中的嫡女又是什么人?

王玄范强笑着说:"陈大人,这不对吧。你今天不是还派了马车去大兴……"

陈彦允笑容不变,语气却冷了:"王大人这话从何说起。难不成你还在暗中监视我的动作?"

王玄范才意识到这话说得不对,他还要说什么,张居廉却摆了摆手示意他别说了。

张居廉让陈彦允坐下来,脸上带着轻松的微笑:"既然已经相中了,那你去提亲就是。也别顾及什么别的东西,你还年轻,这些儿女情长的也是重要的。你随我过来。"

陈彦允恭敬道是。

张居廉和陈彦允从偏厅走出来,看着内阁外的文华殿,张居廉和煦地说:"老师这些年看着你一步步从翰林院熬到如今的地步,也不容易。你要是因为长兴侯家的关系不去提亲,大可不必,老师还没有这么心胸狭窄。毕竟顾家对于长兴侯家来说也没什么用处。你坦诚和我说,"他眼睛微眯,声音却冷了下来,"上次大兴通仓,你是不是因此帮了顾德昭?"

陈彦允叹了一声,道:"什么都瞒不过老师……她求到我面儿上来,我实在是推诿不过了。不过学生也想好了,运送去的粮食可在三河动手脚,绝不会坏了您的谋划。学生没有别的心思,要是老师因此责罚于我,我也是认了的。"

他帮顾德昭,除了因为顾锦朝,自然也有几分想帮山西百姓的意思。

他承认下这件事,张居廉不仅不会怨他,反而会很高兴。

张居廉叹了口气说:"你坦白就好,这事便罢了。"随后语气又柔和了些,"你尽管娶这人就是,老师也要给你送一份礼的。这是喜事,回去你也和陈老夫人商量一番吧。"

等两人再落座的时候，张居廉还特意给陈彦允添了酒，王玄范看得眼皮一跳。

他恐怕是着了陈彦允的道了。

从内阁下来，陈彦允在午门外上了马车，嘴角却带着一丝淡笑。陈义越想越觉得十分不解："三爷，您让我做这些究竟是为什么？您承认下通仓的事，为何张大人还不怪您呢？"

陈彦允慢慢道："张大人戒心一向重，我仕途又走得太顺，他最近是越来越忌惮我了。上次通仓的事，他怀疑我是想帮袁仲儒，一直对我颇有防备。出了这样的事，他反倒会对我放心了。"

陈义想了一会儿才恍然大悟。

陈彦允轻轻地道："我这也是要给她一个帮忙的机会……"

给谁帮忙的机会？陈义满头雾水，陈三爷要别人帮他的忙？

胡荣在外驾马车，探头进来问了陈义一句，陈义才转头问陈彦允："三爷，咱们接下来去哪儿？您还要去四喜胡同喝茶吗？"

陈彦允却看着窗外出神了一会儿，才笑着摇头道："回宛平，我有要事和母亲商量。"

陈义觉得三爷的心情非常好，但却不知道为什么。他好久没见到三爷这样眉眼带笑的样子了。他应了"诺"钻出帘子，去告诉驾车的胡荣了。

姚平回府后找了姚夫人过来说话，面色阴沉。

姚夫人看着心里有些不安，让丫头把熬的老鸭汤放在炕桌上，小声问道："老爷，您这是……"

姚平摆摆手问她："文秀下学没有？"

姚夫人说："老爷您记岔了，文秀如今在国子监，要月末才回来呢。我怎么见您面色不太好看呢？"

姚平咬咬牙不说话。内阁大臣中他的官位是最低的，仅是礼部侍郎正三品。他知道自己人微言轻，平日也很注意不要拉帮结派，做好自己的事即可。王玄范来告知他陈三爷的事，他虽然知道王玄范有政治斗争的考量在里面。但要是陈三爷出手来推脱两家亲事，姚家更讨不到好处，所以就主动去顾家退了亲事。谁知道王玄范也是个不要脸的东西，竟然用这种手段打压他。

他用来给姚文秀退亲的理由算是荒唐的，但只要陈三爷上门提亲了，很容易就有人猜到他是为了避让陈三爷。对姚家的声誉一点损坏都没有，但现在陈三爷想提亲的根本就不是顾怜……

姚平觉得心里一阵阵发冷。要是以后顾家和陈家结了亲事，这意外退亲之

事顾家肯定会怀恨在心的。

姚平把这事告诉了姚夫人,姚夫人听了也是大惊。

儿女亲事但凡牵扯到官场政事,就不是她们妇道人家能解决的了。

她压低了声音:"老爷,那……那咱们怎么办?"

姚平深吸了口气说:"这事不能这样算了。趁着陈彦允还没去顾家,你赶紧去顾家重新把亲事定下来,就当咱们被打了个巴掌,别的什么事都没有。"退亲的事才过了几天,消息都没有传开,现在补救还来得及。他又继续说:"等姚文秀回来了,让他去给顾四小姐道个歉,就说是个误会。"

这又是悔亲又是重新定亲的,不是让顾家的人看笑话吗?姚夫人脸色微白:"老爷,不如和顾家的亲事就算了吧。再去和顾家议亲,我这脸往哪儿搁……"

姚平骂她妇人之见:"以后退亲的事传开了,咱们才是闹了大笑话。"

姚夫人脸色一阵红一阵白,应"诺"退下,准备明天就往顾家去。

宛平陈家。

丫头给陈老夫人捧了碗牛乳莲子羹上来。

陈老夫人却让丫头先把粥放在一边,笑眯眯地捡起水晶小碟里的核桃仁放进嘴里:"你今儿心情这么好,还闲得过来给我剥核桃,遇到什么喜事啦?"

陈三爷坐在杌子上,拿过攒盒里的两个核桃一捏,轻巧地捏开外皮,取出干净完整的核桃仁放在水晶碟上。伺候的绿萝在一旁看着很惊讶,老夫人喜欢吃的这种小核桃极为坚硬,三爷却能轻巧捏开。倒是看不出来,三爷一向读书写字的,手劲却出奇得大。

她们剥核桃都用小锤,难免会将核桃仁敲碎了。老夫人最喜欢三爷来陪她说话,给她剥核桃,剥出来干净又完整。但是三爷朝事繁忙,也不经常过来。

陈三爷笑道:"我过来陪您而已。"

陈老夫人无奈摇了摇头,让丫头把烛台端过来,和陈三爷闲话:"老六媳妇昨个哭着来找我,老六也太荒唐了些,和别人出去走个马,竟然看上了城西九斤坊一个卖炊饼寡妇的女儿。都在外面养了小半年了,人家哭着闹着要进门,他才回来跟老六媳妇说。老六媳妇不同意,他还闹着在九斤坊住下不回来了。

"老六这人一向泼皮,就随了他那个生母。我昨下午去了九斤坊,拿拐杖揍这个小畜生,他满地打滚耍赖,气得我好歹。他从小也就听你的话了,你得空去把人领回来。咱们陈家丢不起这个脸。"

陈三爷放了一把核桃仁在水晶碟里,说道:"您打他没用,他不吃那套。您把陈玄玉带过去,让他去喊老六回来,他肯定会回来。"

陈老夫人半信半疑："这不好吧，能有用吗？"

陈三爷道："蛇打七寸，他最怕的就是带坏玄玉了。不然也不会把人养在外面。"

陈老夫人这才神色一松，继续说："怕带坏玄玉，还做这样的腌臜事。"她想到老六就觉得恨铁不成钢，又抓了两颗核桃仁放进嘴里，却听到陈三爷轻轻地道："母亲，我想让您请郑太公家的常老夫人替我提亲。"

陈老夫人愣了一下，差点被核桃仁给呛住了。端起旁边的牛乳莲子羹就喝了一大口，丫头又忙着给她拍背。她用汗巾抹了嘴才说："什么？这什么时候的事，你怎么没和我商量。是哪家姑娘？"

陈三爷把核桃盘子放到一边，擦了擦手。

"这不就是和您商量吗。您要是同意了，就请常老夫人明天去提亲吧。"

等陈三爷把这件事说清楚了。陈老夫人凝眉沉思了一会儿。

这顾家二小姐名不见经传的，究竟是个什么人啊，能入她儿子的眼？

陈老夫人说："既然你已经拿好主意了，我也不好说什么。"陈彦允做出的决定是最坚决的，不容许别人改。他小时候就是这个性子，如今位高权重更是如此了。

不过明天就找常老夫人上门，她恐怕今日就要去和人家说清楚啊。

陈老夫人又说："那姑娘你可看好了，母亲也不耽误你的事，品行端正、知书达理就够了。"

陈三爷想到锦朝的样子，不由含笑："她来了您就知道了，人是十分好的，别人说的您不要信，眼见为实。"

陈老夫人不由得对顾二小姐感了些兴趣，还没听儿子这么维护过一个人。

她很少看到儿子如此高兴。不管是谁，能让他高兴就好了。

陈老夫人笑道："今天过来给我剥核桃，原来是为了这事。行，为了这几个核桃，娘也得为你走一趟。"儿子要娶亲，这是大喜事。别人信不过，她总信得过自己儿子的。

陈老夫人眉开眼笑，心情舒畅，下午就去了郑太公家里。

锦朝正在读陆羽所著的《茶经》，松油灯的灯芯被烧得"噼啪"几声响，窗外有几片海棠花飘进来，落在窗边的长案上。锦朝抬起头对青蒲说："我这左眼皮老跳，总觉得要出什么事了。"

青蒲想了想，就说："人常说左财右灾，小姐您这是有财运了。"

锦朝失笑摇头，还发财呢。

吃过晚膳，冯氏又请她过去说话。

"亲迎的日子就定在半月后了，聘礼已经送过去了。这边你二伯母的宾客名单也拟定好了，你也过来看看，有没有什么添减的。"冯氏把一本红绸册子递给顾锦朝。

虽说锦朝还未出阁，但四房如今也只有她能管些事了。

锦朝接过后仔细看了，并未觉得有什么问题。

冯氏笑眯眯地继续道："郭夫人今儿来过了，她替澜姐儿看好了一门亲事，说的是宝坻赵举人的儿子。郭夫人说富贵算不上，但人家如今也有秀才的功名了。长嫂如母，澜姐儿的亲事，我也问你一句，你觉得如何？我已经和你父亲商量过了，你父亲是觉得不错的。"

宝坻赵举人的儿子？

顾澜最是好面子了，要她嫁一个没什么前途的举人儿子，肯定是不愿意的。

锦朝不想多过问顾澜的事。

"祖母拿主意就好，这些事我哪里懂。"

冯氏觉得最近这日子简直过得顺风顺水，两个孙女的亲事都有着落了。特别是怜姐儿的事，简直就是天上掉下来的金子，砸得她晕头转向的。笑着点头应了，又和锦朝说她的事："你父亲说给你找个合适的，但我看他没什么动静。要是实在不好，不如也让郭夫人帮着说亲。那些个高门大户不行，你像澜姐儿一样嫁个清白人家也不错，祖母再多帮衬你一点嫁妆，日子就好过了。"

冯氏觉得顾锦朝也就这个造化了，翻不出大浪来。以后嫁个寒门小户还不是要受夫家拿捏，因此待她更亲和了，更多是怜姐儿攀上高枝让她心里舒畅。

锦朝笑而不语，冯氏如今心情舒畅，待谁都亲和。

一会儿顾怜过来给冯氏晨昏定省，她穿着件荔枝红缠枝葡萄纹妆花褙子，腰间挂着个白玉坠儿，头发绾了分心髻，鬓上戴了金累丝嵌红宝石石榴簪花。

这几日顾怜的打扮都十分娇艳，衬得她是人比花娇，十分动人。

顾怜瞥了锦朝一眼，顾锦朝正低头喝茶。

她心里有些不舒服。

顾怜随即坐在罗汉床上亲热地搂了冯氏的胳膊喊"祖母"，说："伺候我的小丫头慧芝毛毛躁躁的，打碎了我那个鹤鹿同春的花瓠，我想换几个听话稳重的丫头。"

冯氏握着她的手，不由细看了一眼，一双手凝脂般的柔美，蔻丹娇艳，年轻动人。

她道："这些小事不用问我，都随了你的意愿。"

顾怜玩着冯氏手上那串不离身的菩提珠，笑着柔声道："我看锦朝堂姐房里的采芙就不错。"

采芙今儿陪着锦朝来东跨院，听了顾怜的话采芙连忙跪下，十分惶恐。

怜四小姐怎么会突然开口说要她，可别让小姐误会了。要是小姐以为她和怜四小姐私底下有往来可怎么办？采芙希望小姐能回头看自己一眼，知道这可不是她的心思。但是小姐却没有动作。

锦朝微一挑眉，慢慢盖上茶盖说："怜姐儿看上我房里的丫头了？"

顾怜笑着说："锦朝堂姐不愿意吗？妹妹没向你要过什么东西，这点要求都不肯啊。锦朝堂姐以后就要嫁到别人家去了，怎么用得着这么多丫头呢。还不如拨给我使唤呢。"

冯氏微微皱眉，顾怜这孩子唯一的不好，就是心性太狭窄，容不下人。她是家里最小的嫡女，谁都宠着她，什么最好的都一定是她的，根本不能容忍别人爬到她头上去。

但以她如今的前途，冯氏却不好驳斥她。

采芙跪在地上，手都在抖。要让她离开小姐到怜四小姐那里去，还不如杀了她。

她小心抬起头，看到怜四小姐冷冷地看着锦朝，而冯氏正打量着她，眼神冰冷又无情。

她们握着她的命，就像握着条蚂蚱，想怎么玩儿怎么玩儿。

冯氏淡淡地道："怜姐儿，祖母这儿倒也有稳重的丫头。你二姐的丫头都是从适安带过来，一直跟着她的，去了你那儿你也使唤不惯。"

顾怜搂着冯氏的胳膊继续撒娇："祖母，我以后嫁人了，就需要聪明懂事的丫头。从适安过来的正好，我没去过适安，她可以和我说话解闷呢。"

采芙满头大汗。

只能牺牲顾锦朝了。冯氏无奈地看了顾锦朝一眼，柔声说："朝姐儿，你看不如就把采芙先拨给怜姐儿使唤着，她也就几天的热度，你那里要是少使唤丫头，不如从祖母这儿挑人过去……"

顾锦朝压制着心里的怒气，让采芙过去给她解闷，亏她说得出来。

她淡淡地道："怜姐儿，如今已经重新排过行第了，你该称呼我一声二姐才是。"

顾怜笑容一僵。

锦朝继续说："至于怜姐儿喜欢采芙这丫头，这是采芙的不对。丫头要是不能忠心侍主，这是大忌。我可不敢把人给怜姐儿，要是以后采芙给你闯了祸怎么办，可不是连累了怜姐儿的前程吗。采芙，"锦朝说，"这是你的不对，还不快给四小姐赔礼道歉。"

采芙这才忙道："奴婢愚昧，不配伺候四小姐，四小姐饶了奴婢吧。"

顾怜的脸一阵红一阵白。

顾锦朝在这方面一向强硬,这样的话都说出来了,冯氏就不敢多劝了。逼急了顾锦朝,她可什么都做得出来。她背后有顾德昭有纪家,不是能随意拿捏的。

冯氏打了个哈欠,说:"既然采芙也不愿意,这事就算了吧。我乏了,你们先退下吧。"

顾锦朝行了礼带着两个丫头退下,走到一丛黄槐树前,顾怜叫住她。

"刚才没向二姐行礼,妹妹这厢补上了。"顾怜屈身道,"免得二姐时刻惦记自己的身份。"

顾锦朝回过身,笑道:"怜姐儿担待,怎敢劳烦你行礼呢。"

她这架子都快顶到自己脸上来了,真沉不住气啊。

"姚家退亲,我还以为怜姐儿要多伤心呢。原来怜姐儿也不甚在意。"锦朝继续说。

顾怜却像被踩了尾巴的猫,狠狠地看着她:"姚家退亲干你何事!你就是目光短浅了。要不是有更好的,你以为祖母会答应退亲吗?"

顾怜嘴角又浮出一丝冷笑:"担心我的亲事,你还不如想想你自己呢。澜姐儿都要嫁人了,你也好意思。"

有更好的?难怪冯氏最近喜笑颜开的。

顾锦朝笑了笑:"自然不劳烦你费心。"

她不再理会顾怜,带着青蒲和采芙往妍绣堂走去。路上却听到采芙在背后小声地哭。

夜沉如水。

到处都没有一点声音。

周围的灯笼都点得明晃晃的,陈老夫人脸色铁青地坐在太师椅上,顾锦朝被人扔在地上。她不想哭,不想被人看笑话,但是眼泪止也止不住地往下流。陈玄青就背手站在陈老夫人旁边。婆子要过来压她,她用力挣扎,陈老夫人的斥责,陈二夫人的冷笑,陈四夫人的面无表情。她心中的恐惧和惊骇,简直是噩梦一样的场景。

不知怎的所有人都不见了,所有的声音都消失了,陈玄青的皂靴稳稳地立在她面前。

他的声音凉凉的:"感觉怎么样……"沉默了片刻,似乎觉得有些惊讶,"你竟然在哭,你有什么好哭的,你也配哭吗?你伤害别人的时候,就没有想过今天的下场吗?看到你我就觉得厌恶,和你虚与委蛇更让我觉得恶心。"

他又长叹了一声:"幸好都结束了,顾锦朝。"

她努力抬起头想看一下,陈玄青究竟是什么样的神情。

但身在梦里,所有的东西都失真了。她只记得湿冷的柴房,从自己脚上爬过的一只老鼠。她吓得尖叫,缩成一团,觉得这一切都如此绝望。

锦朝从睡梦中惊醒过来,看到旁侧的葛黄幔帐,才忆起那不过是一个梦。如此荒诞的场景,她竟然再度梦到了!

听到她醒了,青蒲一行人捧着衣裙和铜盆进来,采芙笑着说:"奴婢算着您也该醒了,小厨房的豆浆都热好了。"

锦朝随即笑了笑,她曾反复梦到过这个场景,其实早就没有什么强烈的感觉了。

她接过湿热的细布帕子抹了脸。一会儿喝了咸豆浆去冯氏那里请安,回来后搬了大绷出来,准备绣一扇围屏。

既然临摹不好,锦朝打算还是用她擅长的绣艺算了。

第二十章 提亲

第二十章 提亲

外头阳光从廊庑的檐下大片大片洒进来，院子里种了几株栀子花，芬芳氤氲。

青蒲在旁帮着递顶针或是剪刀锦线。

外头却开始人声鼎沸了，锦朝抬起头看了一眼，对青蒲说："应该是有什么要紧的人来拜访了，不然动静也不会这么大。你去垂花门看看。"

青蒲应"诺"去了，一会儿回来跟她说："郑太公常家的常老夫人来咱们府了，听说是来提亲的。太夫人亲自出来迎接，众星捧月的，现下去了东跨院。"

锦朝不由得想到顾怜昨晚说的话。

郑太公常家的祖上跟着太祖闯下江山，子孙后代就一直受浩荡皇恩，荣宠不倦。相比长兴侯叶家在武将上的兴盛，郑太公家却是出了很多有经纬之才的人，常老夫人更是受人尊敬，出了名的德才兼备。

能够说动常老夫人来说媒……这究竟是怎么样的人家？

锦朝觉得左眼皮还是跳得厉害。

难不成，这常老夫人是来给顾怜提亲的？而且提亲的还是个极为显赫的人家，甚至超过了姚家，而冯氏早就知道了这事，所以姚家退亲了她反而高兴？

那这来给顾怜提亲的究竟是谁啊？有这么大的面子。

顾锦朝想着摇摇头，顾怜嫁什么人和她什么关系，还不如把她手上的墨竹图绣好。她不信绣不出竹骨的挺拔出来！

冯氏携了常老夫人去东跨院宴息处，吩咐了丫头赶紧上新出的太平猴魁来。

常老夫人年过七旬，走路都由个婆子搀扶着。她穿了件檀色福禄寿纹长身褙子，戴皂色镶翡翠眉勒，银发整整齐齐地梳了个髻。

她笑着道："顾老夫人不用客气，老身不会品茶，饮了好茶也是浪费。"

知道她是为陈三爷来提亲的，冯氏哪里敢怠慢，忙请了常老夫人上座，也笑着说："总是要招待好您的，咱们坐下慢慢说。"

冯氏又让婆子上了云片糕、山楂藕粉糖糕等几样点心。

等丫头奉了茶过来，她亲自接过递给常老夫人。

常老夫人已经借此将顾家打量得差不多了，郑太公家和陈家是世交，常老夫人和陈老夫人更是有一层表亲的关系在里头。陈老夫人昨个拜访她，提出想让她帮忙说媒的事，常老夫人满口答应。不过这顾家却有点不配陈家的身份。

顾家在燕京那最多能算个二等的世家，恐怕还要略逊一些。从她进门开始看，顾家的格局摆设、丫头的穿着都实在局促。冯氏过来迎接她，还特地换了件缂丝祥云纹的长身褙子，一点褶子都没有。

恐怕是早就备下了，常老夫人暗想。

她接过茶之后品了一小口，就将茶杯放到一边，笑着说："和顾老夫人素日来往不多。难得登门拜访一次，倒是招待得妥帖。我便也不和老夫人绕圈子，我这来啊，是要给贵府小姐提亲的。"

冯氏心中一喜，果然是来给陈三爷提亲的。

"老夫人且说，我这厢听着呢。"她把自己手上的茶杯也放下了。

常老夫人和蔼地笑了笑，说道："昨儿陈老夫人嘱托老身前来提亲，今儿我就过来和你说了。说亲的是陈家的陈三爷，您也是知道的。如今的户部尚书、东阁大学士，原先的陈三夫人江氏两年多前就没了，陈三爷替江氏守制两年，那也是有情有义之人。顾老夫人觉得没甚问题吧？"

冯氏既然早有准备，那应该是知道这事的，常老夫人也就不和她打太极了。顾家能攀上陈家，而且是陈家头一份的陈三爷，那简直不是"高攀"两个字可以形容的了。他们这是要全家一起飞黄腾达了啊。

常老夫人觉得顾家怎么也不会拒绝这样一门亲事，说话就轻松了许多。

冯氏简直恨不得握住常老夫人的手立刻答应下来。

她镇定了片刻，直起了身子微笑道："陈家看上我们家姐儿，也是我们的福分，这事不如等我们思量几日，再给老夫人答复，您觉得如何？"

这是自然的，当面就应允了岂不是显得人家女孩儿太轻贱了。

常老夫人点头笑道："老夫人尽管斟酌着，我这就要回去了，等定下来了就派人到降香坊告诉我一声。不过你也要叫你们朝姐儿先知道了，心里有个准备，可别贸然问姑娘的想法。"

这是陈老夫人叮嘱过的，一定要和顾家说清楚，还要问了人家姑娘愿不愿意。

冯氏笑着点头："这是自……"她脸色一变，不对吧，常老夫人说的是朝姐儿。这和朝姐儿有什么关系？

冯氏试探性地问："常老夫人，这……这和朝姐儿有什么关系？难不成有什么要我们朝姐儿做的？"

常老夫人觉得莫名其妙："老身来说亲的就是你们顾二小姐，顾锦朝啊。看顾老夫人早有准备，我还以为你知道呢。"

冯氏愣了半天没回过神。

怎么会是顾锦朝呢？姚夫人明明说过是顾怜的，她还因此退了和顾怜的亲事。

怎么可能是顾锦朝呢？陈三爷怎么看得上她？

冯氏又是震惊又是混乱，脸色一阵青一阵白，只觉得眼前一阵阵发晕。她一向看不起顾锦朝，觉得她能嫁个寒门小户的秀才或是举人就不错了，待她也比顾怜轻慢。

冯氏的手紧紧攥着汗巾，什么话都说不出来。

常老夫人觉得她神色不对，柔声问道："顾老夫人可是觉得有什么不妥？你想什么都尽管和老身说了，老身也好回去和陈老夫人商量。"

冯氏这才回过神来，连忙笑道："没有不妥的，只是想到别的事而已。眼看着日头都高升了，常老夫人不如留下进了午膳再走吧。"

常老夫人笑笑："可不敢多留，老身还要去和陈老夫人说一声。"

冯氏几番挽留无果，才起身送了常老夫人出门。

回来她就瘫软在罗汉床上，茯苓吓了一跳，连忙伸手扶住她。

"太夫人，您这是怎么了？"

冯氏觉得自己额头发冷，手一摸竟然全是汗。她过了好久才镇定下来，低声道："赶紧去把老二媳妇给我叫过来。"

二夫人很快就到了东跨院，和冯氏好一番密语。人出来的时候脸都白了。

冯氏又派了人去请顾锦朝过来。

不是晨昏定省的时候，冯氏请她过去肯定是有事的。顾锦朝让采芙把针线收了，心想常老夫人才来过，难不成冯氏想和她说顾怜的事？不过这样的事冯氏可从来不会找她的。

她心里怀着疑惑到了东跨院，冯氏正坐在西次间的罗汉床上闭目养神。她向冯氏行了礼问安，冯氏才睁开眼看着她。

锦朝从来没见冯氏这么看过她，好像是第一次认识她一样，眼神也十分古怪。

锦朝心想自己今天穿的是件湖色折枝纹的褙子，一条素色湘裙，石蓝色的腰带……没有穿错的吧。

冯氏却招她过去坐在自己身边，拉着她的双手仔细端详，笑着说："我今天倒是第一次注意到，咱们朝姐儿长得真是国色天香。"

冯氏以前不看重顾锦朝，只晓得她好看，却没真的在意过。如今从头到尾地看她，才惊叹果真是美人。如果只是容色上的娇艳也就罢了，偏偏她气质澄净如水，平和温柔，一种十分极端的好看。

冯氏觉得自己真是被鹰啄了眼睛，以前竟然这么对顾锦朝。早知道她能有

今天的造化，她怎么着也得把这人捧在手里啊。现在也只能尽力补救了。

顾锦朝听到冯氏夸她，心里更是觉得古怪。

怎么夸到她的长相上来了，以前冯氏再怎么夸她，也不过是聪明、懂事这几个词。

冯氏柔声和她说起话来："今天常老夫人来咱们府上了，是来说亲事的。祖母想问一下你的意思。"

顾怜的亲事，问她什么意思？

"宛平陈家你知道吧，常老夫人是替陈三爷来给你提亲的。等你父亲下了衙门，我再找他商量，你们要是都觉得可以，这亲事咱们就定下来了。祖母也算是看着你长大的，还真是舍不得你出嫁。不过这是一门极好的亲事，实在是咱们占便宜了。虽说是续弦，但陈三爷如今才刚过而立之年，又是户部尚书，内阁阁老……"冯氏说得自己都觉得心惊，这样的官职，压死顾家都没问题。

顾锦朝差点以为自己听错了。常老夫人是来给谁提亲的？陈三爷向她提亲？不是顾怜吗？

冯氏见她不说话，笑着问道："朝姐儿觉得如何？祖母倒是觉得不错，陈家还有陈二夫人，如今是宗妇。你嫁到陈家，既不用主中馈，也不会被人轻看了。"

顾锦朝只觉得心乱如麻，她一句话都说不出来，冯氏也没有勉强，让茯苓送她出去，让她好好歇息着，想清楚了明天再来回禀她也不迟。

顾锦朝坐在书房里想练字静心，却看到书案上还放着她正在临摹的墨竹图。陈三爷的画中修竹数枝，高低错落有致，挺拔清秀。用笔遒劲圆润，竹骨纯用淡墨，与竹叶浓淡相映。

她还是想不通，陈三爷为什么向她提亲？娶她对陈三爷来说实在没有好处。

她想起陈三爷对她说过的话："你这么聪明，肯定想得明白的。我怎么会平白无故对一个人这么好呢。"

他这样的人，不会平白无故对一个人这么好的。

顾锦朝一字没写，笔尖却晕开一团墨。

她苦笑了一声。如果按照她如今的立场看，能嫁给陈彦允绝对是最好的，他不仅能护着自己，还能护着四房。

但她的顾虑也很多，她最不想看到的就是陈玄青。难不成还要嫁给陈彦允当他的继母吗？况且她对不起三爷的地方实在是太多，这样会不会再度害了他？

顾锦朝索性丢了笔，轻吐了口气道："青蒲，拿小绷过来。"

一个字都写不好，还是练刺绣算了。

冯氏却根本坐不住，吩咐丫头去影壁守着，顾德元回来了就赶紧让他过来。又站起来走了一两圈，还是觉得不稳妥，对茯苓说："算了算了，服侍我换衣裳，我亲自去等着。"

顾德元一下马车就看到冯氏在影壁前头踱步，吓得好歹："母亲，您怎么到外头来了？"

冯氏懒得解释了，拉着他边走边把事情说了。

顾德元听后也觉得不可思议，脸色很不好看："怎么会是顾锦朝？那姚家又是干什么，为什么跟我们说是怜姐儿？"

冯氏摇头，她也觉得这事古怪。

"和怜姐儿退亲，对他们也没好处！我估计也是稀里糊涂听错了……"冯氏有些踟蹰，"如今四房是有造化了，我看常老夫人的样子，恐怕陈三爷早就看好这门亲事了。"

有了这门亲事，四房今非昔比啊。

顾德昭回来之后立刻被叫去了东跨院，连官服都没来得及换。

想到冯氏从未如此急迫地叫他过去，应该是有急事的。他走得很快，等到了东跨院，冯氏却招呼他坐着喝茶。顾德昭也是渴得很，揭开茶盖就喝起来。冯氏趁此机会把陈三爷向顾锦朝提亲的事说了一遍。

顾德昭一口茶水喷出。

冯氏忙拿了汗巾给他："你慢点喝。"

顾德昭茫然地看着冯氏问道："母亲，是……陈三爷？您没听错？"

冯氏含笑："这种事能有听错的，还是朝姐儿有造化啊。"

顶头的上司想成他的女婿？

顾德昭只觉得自己想冒冷汗。虽说他比陈三爷大了十岁，但人家地位超然，他在人家面前大气都不敢喘，说话都要小心翼翼地，如今就要翻身做陈三爷的岳父了……

不对……他怎么就想到岳父上面去了，他还没答应呢。

顾德昭终于镇定下来，觉得自己还是不要把茶杯放下比较好。他咳嗽了一声才说："母亲，这事咱们要从长计议。陈三爷虽然很好，但这事着实古怪啊。他怎么就看上朝姐儿了，两人可见过面？凭着陈三爷的身份，想娶谁不行呢，何况还是续弦，我不想朝姐儿去受这个苦。"

冯氏觉得这儿子榆木脑袋不开窍："怎么苦了？嫁了陈大人就有人护着，还不用主陈家中馈。陈大人如今有两子一女，俱都年岁大了，更不用她抚育幼子。以后若是陈大人有功于朝廷，还能为她请封诰命。这何等荣耀的事，岂不是比你找那些个寒门子弟靠谱多了。"

顾德昭皱了皱眉。他已经对不起纪氏了，绝不能害了他们的女儿。

"母亲，这事我就不说什么了，都看朝姐儿的决定。朝姐儿要是同意我就没意见，她要是有一点为难，这亲事我也坚决不同意。"顾德昭十分坚决。

冯氏心中气闷。顾老四就是个木头，老二还眼巴巴盼着呢，落到他头上了，人家竟然还一副不稀罕的样子。

"你怎么也不想想，陈大人可是户部尚书，你不过是户部一个小官。你这样驳了人家的面子，以后能讨着好吗？咱们顾家能讨着好吗？"冯氏气得手发抖。

顾德昭想到陈三爷在大兴粮仓的事上帮他甚多，甚至救了他一命，心中也有一丝愧疚。虽说是要报答，但是他可以赴汤蹈火，却不会把女儿送出去。他说："您不用劝我，也不要威胁朝姐儿，就等朝姐儿自己做决定。她怎么说我都觉得好。"

顾德昭说完就离开了，冯氏气不打一处来，觉得这四房的人个个都不正常。

在顾家提完亲的常老夫人则乘着马车去了宛平，陈老夫人请人进了西次间说话。

常老夫人笑眯眯的："老姐儿别担心，且没问题的。顾家能攀上这门亲事，就是造化了。"

陈老夫人闻言心中一松，留了常老夫人吃晚饭。

等儿子下了朝回来，陈老夫人就带了丫头去他那里。

陈彦允则在听陈义说姚家的事："姚平和王玄范如今是闹僵了，退亲的事没传开，传开了对姚家来说就是个笑话了。姚大人就想叫姚夫人赶在咱们之前去顾家，再把亲事说好，当成什么都没发生过。姚夫人却在路上被事耽搁了，常老夫人今晨去顾家了，一切都好。"

陈彦允解下斗篷放在横枨上，看到窗外夜色刚起。

她知道自己提亲，不知道是个什么样的神情……

陈彦允柔声道："继续盯着顾家。"

陈义应"诺"，他心里很犹豫。想到被陈三爷调去保定监督修祠堂的江严，他觉得自己不该多问。陈三爷做什么自然有他的道理。他过了片刻才道："冯先生说陕西送来密信，要江先生过目。不知三爷何时让江先生回来？"

陈彦允没有说话，过了会儿伸出手："信呢？"

陈义却没反应过来，陈三爷要信做什么？

陈彦允仍然笑着，语气十分平淡："江严不在，信我亲自来看。"

陈义吓得冷汗直冒："哪能由您亲自来看，冯先生一会儿就过来了。"他再也不敢多说，告退后出了书房，却遇到了正迎面走来的陈老夫人。

陈义行了礼道"老夫人安好"才退去廊庑。陈老夫人颔首后整了整褙子，慢悠悠地跨进了儿子的书房。

陈彦允正在给远在陕西的二爷写信。

如今大理寺官员擢升贬黜的很多，王玄范在大理寺的势力被打压得很厉害。大理寺卿郑慈和王玄范是同科进士，向来关系亲密，而郑慈则是陕西临潼人。要把王玄范的势力从大理寺拔出，还要从郑慈入手。不过郑慈掌管大理寺七年之久，恐怕会有些棘手。

陈老夫人见儿子正在写字，就坐在一旁等着，书砚忙去给老夫人沏茶过来。

等陈彦允放下笔了，陈老夫人才笑眯眯地道："事情我给你谈妥了。等顾家回了话就可以议亲了。我倒见你不慌不忙的样子。"她还迫不及待来告诉儿子，倒显得她剃头挑子一头热了。

陈彦允却道："您要是真为我谈妥就好了。"

陈老夫人觉得疑惑："凭咱们陈家，凭你的身份，难道他顾家还会不同意？"

陈彦允笑着摇头："这怎么和您说清楚，我明天要去顾家一次，到时候才知道。"

陈老夫人觉得儿子是不是患得患失了。

陈彦允心里却很明白，凭顾锦朝那样的性子，不逼她是不行的。他还是要去和她谈谈，她的看法当然是重要的，总不能罔顾了她的意愿。不过这事容不得她任性，她以前如何敷衍他都算了。

陈彦允觉得他虽然很好说话，但这事是绝对不能谦让的。

顾家今晚却没几个人睡好了。

常老夫人来顾家提亲，这可是大事一件，比姚家退亲的事还传得快。没多久就传到了顾怜的耳朵里，她觉得十分不可置信，又很是不甘心。顾锦朝是个什么东西，怎么就攀上陈家了。她自己在房里想了好一会儿都觉得不对，下床跋了鞋去二夫人的娴雅堂找她，二夫人则在屋子里和顾德元说话。

顾怜走进了西次间，见西梢间的门关着，就知道父亲和母亲肯定在里面，门口还守着母亲的贴身丫头。她眼珠子一转，对那丫头说："母亲说今天炖了川贝乳鸽汤，你去外院厨房替我端过来。"

丫头犹豫片刻，二夫人吩咐过让她守在门口的。

顾怜冷冷地看着她："你还愣着做什么？"

想到那个打碎顾怜花瓠的小丫头最后的下场，这丫头福身行礼出了西次间。

顾怜让另两个二等丫头先到外边候着，这里有她看着。等人一走，她就把耳朵贴到了门扇上。兰芝小声道："小姐，咱们这样是不是有些不妥啊。"

顾怜挥手让她退到一边去。

房中传来二夫人的声音："本来是要说给怜姐儿的，这下可好了，竟然是听错了人。姚家把亲都退了，这边人家陈三爷想娶的却是顾锦朝，唉，咱们怜姐儿该怎么办啊？"

又听到顾德元咬牙切齿的声音："这事不能怪我们，还不是那姚家惹的祸，自作聪明。"

"你放心，那姚家也没好处，他们恐怕是不想得罪陈家，才找了姚文秀相中他人的借口，要是陈彦允真是提亲的怜姐儿身上，别人自然能懂。现在他们弄得里外不是人。"

顾怜听到这里已经愣住了。

她后退了一步，她就说觉得不太对。明明是她能攀上更好的亲事，怎么落到朝姐儿头上去了，原来是姚家听错了人！她这边亲事退了，人家陈家想娶的却是顾锦朝。

顾怜觉得自己气得心肝都在痛，本来荣华富贵是她的，怎么变成顾锦朝的了。

顾怜的脸色十分难看，她一向觉得自己比顾锦朝好，比她名声好，比她地位高。这样一个处处都不如她的人竟然踩到她头上去了，而且还是夺走了本来属于她的东西。

如果没有错，陈家提亲的不应该是她吗？结果不仅不是她，还把姚家的亲事也说黄了。

兰芝也把话听得差不多，吓得小脸煞白，小声地说："小姐，这该怎么办，怎么会弄错了呢？"

顾怜拉着她走出西次间，才狠狠地瞪了她一眼说："你问我，我问谁去。"

过了会儿，她又想通了一般笑起来。

"就算她能嫁一个阁老又怎么样，那还不是个续弦而已！那陈三爷既然能当上阁老，年龄也该很大了，给一个糟老头子做续弦，这有什么好的。"顾怜哼了一声，"我还应该庆幸不是我才对。"想到那陈三爷指不定是什么大腹便便的半百老头子，顾怜心里舒服了不少。

要不是个糟老头，怎么会看上顾锦朝呢。嫁了这样的人，再多的荣华富贵又有什么用。

锦朝还以为自己会辗转难眠，结果反倒睡了个好觉，什么梦都没有。

醒时看到隔扇外已经天亮了。

她起身后唤了一声青蒲，挑幔帐进来的却是徐妈妈，她把幔帐用雕镂牡丹

第二十章 提亲

的银钩挂好，身后跟着捧衣裙的小丫头。锦朝看了一眼，放在大红漆方盘上的是件锦缎茜红宝相花纹提花褙子，石蓝色十二幅的月华裙，紫罗兰色嵌米粒大珍珠的腰带，另一个大红漆盘上还放着对紫蓝双色流苏白玉坠儿。

徐妈妈笑眯眯地道："我来服侍小姐穿衣吧。"

锦朝静默片刻才说："徐妈妈，八字没一撇的事，不要着急。"

穿得这么奢华，是马上就要嫁了吗？

徐妈妈走到她面前服侍她起身，继续笑着说："这也是太夫人连夜盼咐过的。小姐您今后的装扮要慎重，太夫人还特地派了陈永媳妇过来，一会儿伺候您梳头。"

顾锦朝不再说什么，任由丫头帮她穿好了衣裳。徐妈妈又特地帮她系玉坠儿，柔声说道："奴婢半截身子入土的人了，伺候夫人半辈子，如今就盼着小姐出嫁了。"

徐妈妈是母亲的乳娘，在通州还有一子，丈夫早几年死了。儿子前些年娶亲，还是母亲帮着张罗亲事。徐妈妈年纪也大了，到了该安享晚年的时候。锦朝心中暗想着，徐妈妈的儿子还在纪家的米行里做事，如今都要做上二掌柜了。

锦朝叹了口气，徐妈妈自然是觉得这门亲事十分不错的。这是想劝她答应，但她又怎么知道自己的顾虑。

一会儿陈永媳妇果然进来了，替她梳了个垂髻分心髻，髻上用两只赤金莲花纹的簪子，又替她选了对玉兔耳坠。锦朝瞧着镜中的自己，她为母亲守孝，这一年都穿得素净，除了服也没有改过来。明知道自己是适合明艳打扮的人，偏偏还要穿得素净。如今却像是所有压抑她的东西都没有了，人也轻松了几分。

这样打扮也没什么不好的，锦朝心中暗想。她整了整衣服起身，回过头时却连陈永媳妇都看惊了。

锦朝让采芙打赏陈永媳妇两个八分银裸子："麻烦媳妇替我梳头，你先回去禀祖母吧。"

陈永媳妇有些结巴："二小姐客气，这是奴婢的福分。"她接过银裸子退下了。

锦朝进了早膳后去冯氏那里请安，一看大家倒是难得来得齐，二夫人、五夫人、顾怜、顾澜，甚至还有二伯父家的两个庶女都来了。

她走进去后，众人不约而同地停下来，朝她看过来，表情俱是惊讶。

锦朝觉得奇怪了，就算她穿得明艳些，相比顾怜今天穿的水红色织金丝海棠花褙子还算素净吧。个个都盯着她看，平日也不知道见了多少，有什么稀奇的。

冯氏咳嗽了一声，笑着让她到自己身边坐。

顾澜才笑着称赞："长姐今天真好看，妹妹看到都觉得好呢。"

以前都是众人捧着顾怜，她在一旁看着不说话。现在个个都要夸她几句，让她觉得哭笑不得。

陈三爷……果然谁都不会小觑。她和陈三爷扯上关系，别人都要高看她。

五夫人的表情却很古怪，手中锦帕攥得紧紧的。过了会儿就说十一小姐该饿了，表意要离开，冯氏就让她先回去。

等五夫人走了，二夫人就携着顾怜的手，笑着跟锦朝说："以前怜姐儿不懂事，说话就直了些。朝姐儿也知道，你这个妹妹，从小就让咱们给惯坏了，做事没个分寸，但是心眼不坏。"二夫人又笑着拉了顾锦朝的手，"这儿要让你怜妹妹给你赔个不是，以往的那些，都是她的错。"

顾怜咬了咬嘴唇，想到昨晚母亲叮嘱她的话，过了好久才说："二姐，是我不懂事，你可要担待。"

顾锦朝原先不和她计较，现在自然也不想和她计较。不过做错事用一句不懂事就掩盖过去了，却也让她不知道该说什么好。

但看众人的样子，似乎这门亲事已经是铁板钉钉了一样。锦朝心里苦笑，对顾怜说了句："我自然不怪你。"

二夫人和冯氏的神色都松下来。

冯氏还要和顾锦朝说什么，许嬷嬷却挑了帘子进来通禀："太夫人，陈大人拜见。二老爷接了拜帖，让您赶紧去西跨院宴息处。"

尽管知道陈家肯定会来人。冯氏听到也觉得实在太早了，有些不可思议，她问了句："是陈阁老陈大人？"

许嬷嬷点了头。

冯氏忙让许嬷嬷服侍她换衣裳，又让其他人先出去，只留下顾锦朝。

"一会儿你就在宴息处幔帐后面等着，也好见见陈三爷是什么样子。"冯氏觉得顾锦朝没见过陈三爷，见了说不定就同意这门亲事了。陈三爷那样的人，恐怕很少会有女子不动心吧。

他竟然亲自过来了，不是政务繁忙吗。

锦朝心里滋味莫名，一想到要见陈三爷，一想到他竟然向她提亲了，她就想转身跑掉。

她最后自然被冯氏带去了西跨院。

顾怜和顾澜走出一段路，越想越觉得很不舒服，就跟顾澜说："不如咱们偷偷去西跨院看看吧，我还没见过那陈大人长什么样子。"

顾澜心里早就想去看看了。其实她在得知顾锦朝被陈家提亲的时候，就恨不得去看看究竟是个什么样的人，怎么就想娶顾锦朝了。听顾怜提出了，还要犹豫一下："要是被祖母发现了怎么办？"

顾怜才懒得管冯氏发现不发现，拉着顾澜就去了西跨院。

宴息处里。

顾德元正笑着同陈三爷说："上次陈大人来寒舍，也没顾得上说话。难得能再见，我仰慕陈大人才学已久，要是时间合适，可要多问问您学问上的事。"

顾德元坐右一的位置，顾德昭坐右二，陈三爷则坐在顾德元对面。

他穿着件有襕边的蓝色直裾，乌发用竹节纹玉簪绾起，宛如寻常的读书人装扮。反而让顾德元的一身正四品官服显得太隆重了。陈三爷靠在太师椅椅背上，端起放在高几上的茶品了一口，闻言微笑道："有时间吧。"却突然对顾德昭说，"顾郎中说，这茶是新的黄山雾茶？"

顾德昭突然被问话，忙道："是新的，不敢用陈茶招待您。"

说完才意识到自己说了什么，都恨不得扇自己两巴掌。连忙又说："黄山雾茶性暖，比别的茶更养生。"

陈三爷觉得这个岳丈冒冒失失，心眼却不坏。他这是来提亲的，怎么会给老丈人找不痛快呢。自然也要帮他圆场了，就笑着说："上次我说了一句，您竟然就记住了。"

听到陈三爷说这句话，顾德昭突然反应过来。人家陈三爷今天连官服都不穿，这是上门来提亲的，要是提亲成功了，他可是陈三爷的老丈人，他可不敢驳自己的面子。无论怎么说，他也该拿出点款来。不管锦朝满不满意这门亲事，他也别在这上面给她丢脸了。

顾德昭坐正了，咳嗽了一声道："说起来，我还是先你一科的进士。陈大人一会儿说完了正事，不如陪我去喝两杯，也好多谈论谈论你说的事。"

陪我去喝两杯……

顾德元听得额头直抽抽，直想抹汗。

陈三爷不喜欢喝酒，不过既然老丈人都发话了，他也没有不从的道理。便点了点头："随您所说。"

顾德元把脸转过去忍了片刻，再回过头才恢复了正常。

外头终于有小厮通传，说顾老夫人过来了。

趁着冯氏和陈三爷说话的片刻，顾怜已经和顾澜躲到了另一边的幔帐下。

顾怜有点不相信自己的眼睛。

"那个就是陈阁老？"顾怜喃喃地道，"都是阁老了，那不应该知天命了吗？"

顾澜不知道她是不是在问自己,她也说不出话来。

宴息处外还站着两个穿程子衣的护卫。那男子身材高大,穿了件襕边蓝色直裾,长相极其俊朗,却又有几分模糊年岁的儒雅,嘴边笑意淡淡,眼神却犀利深沉。读书人身上自有风雅气度,却也不少沉稳。

男子要是一坛酒,他就是因为年岁渐长,越发的温醇深厚。

顾怜越看心里越难受,怎么看上去最多三十的样子,他不该年纪很大了吗?

里面冯氏却笑着说:"既然是来商量朝姐儿的事,不如陈大人稍坐,咱们慢慢说着。"

陈三爷看了看一边垂落的幔帐,笑着道:"老夫人这倒先不急,我想和朝姐儿说几句话。您可信得过我?"

冯氏愣了愣,这是不是有点不合规矩?

对于陈三爷来说,却也没有什么规矩了。

顾锦朝站在另一边幔帐后,心里很犹豫,他要和自己说什么?

在那场梦里,提亲的时候,仅仅是陈家请人来提亲了,父亲和宋姨娘一合计就同意了下来。她被顾澜劝了几句也同意下来。怎的现在却好像完全不一样了?记忆中的陈三爷本来是模糊,也因此变得越来越清晰,仿佛是从壁画中缓缓地浮现了出来,真的变成一个生龙活虎的人。

两人在花厅见,冯氏派了丫头在不远处的青砖路上站着。

陈三爷背着手等她走过去。

锦朝咬了咬唇,才低声说:"您不是应该很忙吗?"

陈三爷笑着"嗯"了一声:"婚姻大事,不敢马虎了,所以自然是很忙的。"

锦朝听了深吸口气,这时候才不能被他三言两语占去了先机。事情要说清楚才行。

她指了指石墩请陈三爷坐下,很认真地开始说:"陈大人应该知道的,我坊间名声不好,又是丧母长女,家世地位更是不能和您相配。我不知道您是怎么决定的,但是我觉得您是不是决定得太仓促了。"

陈彦允脸上的笑容淡下来,好像叹了一声:"你说的我都知道。"

"您不介意吗?"顾锦朝直看着他,即便那目光再怎么深邃,她也得稳住了,别被他看退。

陈三爷却不再说话了,他手指扣在石桌沿上,静默了片刻才说:"你是不是嫌弃我年纪大了?"

锦朝摇摇头:"自然不会。这是绝对不会有的事。"

这都哪儿跟哪儿，她怎么可能嫌弃三爷年纪大呢，她是觉得自己配不上他。

他比她大了十五岁。即使他看上去再怎么年轻，这也是不能改变的事实。锦朝却没有明白他说的那句话。

陈三爷抬起头看她，淡淡地道："既然你也如此，我怎么会在意那些呢。"

他站起来走到锦朝身前，背手立着，声音却压低了些："大兴通仓之事有人知道了。"锦朝还没有说话，他就继续道，"两个后果，我如果说是因袁仲儒而帮忙，必定会被张大人摒弃。但我说是因你，却不会有什么。"他目光微沉，声音轻柔，"道理你可懂得？"

凡篡夺权力者，无不怕后起者夺人之权，所以古时才有宋太祖杯酒释兵权。

陈三爷是因为帮她而被拖累，不然以他谨慎的性子，是不会做这种虽说符合道义，却不符合权谋的事。

锦朝点点头。

陈三爷继续说道："何况你说过要帮我一个忙的。我觉得以后我也无甚让你帮的，不如现在你就帮了吧。"他想了想，温和地对她道，"既然你不嫌我年纪，那就没什么可嫌弃的了。"他说得很有底气，面色淡定从容，相当自信。

锦朝被他堵得无话可说。

她说过要帮陈三爷一个忙，但她可没想到陈三爷要她帮这个忙。锦朝其实都想好了，反正三爷也没有要她帮忙的地方。要说她唯一能帮到他的，只有四川剿匪一事，她可以告诫他终生不去四川。但是三爷要她嫁给他。

他步步铺陈，不疾不徐，把局势都算计好了。

如陈三爷所说，她现在要是不答应，岂不是成了嫌弃他年龄大，又不守信义的人了？

花厅开着西府海棠，粉白如云雪堆积。

锦朝看着盛开的海棠，心里盘算着这件事。

其实除开陈玄青的因素，她能嫁给陈三爷绝对是一桩极好的亲事。何况她心里对陈三爷也有点说不出的感觉。

其实陈三爷想娶她，大可不必询问她的意思。姻亲的事乃父母之命媒妁之言，只要冯氏答应了，父亲答应了，她能说什么呢。但他还要特地来询问自己。

锦朝叹了口气："陈大人，我原先做过些荒唐事。"

陈玄青的事实在不好说，虽然她也早对此人没有任何感觉了。如今知道这件事的仅有她和顾澜，还有适安已经疯癫的宋姨娘。顾澜没这么傻，这事要是说出来，除了会害了她的名声，还会连累顾家众女眷。到时候她也别想落了好下场。

想了许久，锦朝才下定决心说："不过以后无论如何，你要信我。你要是答应了，我就嫁给你。"她说前面的时候很慢，说到"嫁给你"突然就轻快了，有点孩子气。

陈彦允听得心里一软，有种时间凝固的感觉，觉得"嫁给你"三个字从未曾这么好听过。

他点头道："既然你都说以后了，我岂有不遵从的。"

锦朝心里松了口气，朝他笑笑："那就这么定了。"

她笑容淡淡，面如桃花。

陈三爷嘴角微翘，宛如安抚孩子般："好。"

陈三爷略整衣袖，继续说："顾家的人似乎待你不是很好，我怕他们亏待了你。你随我一起过去吧。"

其实锦朝和男子相处的经验极少。她僵硬地跟在他身后往宴息处去，远远离了他一段路。锦朝看着陈三爷站在自己身前的背影，高大挺拔，儒雅清然。他步子放得很缓，似乎在将就她。

宴息处里众人都喝茶等着他们，顾德元和冯氏低声交谈着，却心不在焉。

等了一会儿才见陈三爷跨门而入，冯氏忙笑着走过来："陈大人话说完了？"

陈三爷笑而不语，却回头虚手一招："来。"

他身后跟着缓缓走来的顾锦朝，锦朝能感觉到所有人的目光都停在她身上。她略一低头跨过门。等她坐下了，陈三爷才和冯氏说："老夫人不用担心，一切尚好。"

锦朝却感觉到两道锐利的视线，等她抬起头时，只看到左边晃动的幔帐，还有幔帐下一闪而过的水红色织金丝海棠花褙子。

这样的场合本不该她坐下的，锦朝坐了片刻就向冯氏说了声，回了妍绣堂去。

一会儿后青蒲过来跟她说："陈大人走了，没留下吃午膳。太夫人派了茯苓过来，请您过去。"

冯氏肯定要和她说陈三爷的事，锦朝并不惊讶，收拾片刻去了东跨院。

东跨院里，冯氏正在沉思。陈三爷来就说要和顾锦朝谈话，冯氏心里顿时就明白两人之前是见过的。

丫头隔着新换的湘妃竹帘传了话，顾锦朝才挑帘走进去。

既然已经决定了嫁给陈彦允了，锦朝言语之间就不再避让了。

冯氏知道这亲事多半是没有问题了，心里松了口气，却还有淡淡遗憾，要是陈三爷看上的是顾怜该有多好。顾怜从小就听她的，而顾锦朝却是个她把握不住的人，就算是嫁入了陈家，恐怕也不见得对顾家有多好。

冯氏不想这些事，和锦朝说起嫁妆："你母亲留下的东西，祖母分毫不动。你要拿多少给锦荣，你自己决定了。这等大喜事，我也派了人去国子监告诉他一声，你外祖母那里，也是传了话的。应该没几日就要过来了，等陈家再来人，我们才说亲迎的事。"

看到陈三爷对顾锦朝慎重的样子，冯氏也不敢怠慢了顾锦朝。她的嫁妆冯氏更不会插手了。

正说到这里，许嬷嬷却挑帘进来了，附身在冯氏耳边低语几句。

冯氏脸色微变，回头对锦朝笑道："祖母这儿还有点事，你先回去歇着吧。"

顾锦朝应"诺"后退出了东跨院，却看到姚夫人由丫头婆子围拥着远远走过来，随后进了东跨院。

姚夫人过来做什么？

前几日她过来退亲也十分古怪，退亲之后冯氏还很是高兴了几日。

锦朝回了妍绣堂后想了片刻，姚夫人亲自过来，肯定还是为了顾怜的亲事。联想到顾怜前几日对她的态度，锦朝心里隐约有些明白，冯氏肯定以为有更好的人家要来给顾怜提亲。常老夫人过来的时候，她以为是来给顾怜提亲，却没想到是来给自己提亲的。

锦朝想了想，还是先去书房给外祖母写信，她要把这门亲事先给外祖母解释好。

至于顾怜的事，自有冯氏和二伯母等若干人替她兜着，也用不着她过问。

姚夫人携了两盒带骨鲍螺进西次间，冯氏就坐在罗汉床上喝茶，见着她便笑笑："这不是姚夫人吗，快过来坐。"让丫头搬杌子进来。

姚夫人脸色一僵，如今顾家攀上陈家了，自然是今非昔比，冯氏待她也不如原先客气了。

要不是因为大儿媳的事耽搁了，她也不会现在才过来。

姚夫人把两盒带骨鲍螺递给旁边的茯苓，笑着道："听说老夫人喜欢带骨鲍螺，刚好老大从江南回来给我带了两盒，特地给您送回来。"

冯氏垂下眼笑："你有心了。"

姚夫人面不改色继续道："本来昨个就该过来的，不过是老大带着儿媳从江南回来了，大儿媳又是水土不服，生了场病，这才没赶上来。陈家的事我也听说了，是我们听错了，才错退了亲事。"姚夫人叹了口气，"好好的一桩喜事，竟然因为误会弄成这样。"

冯氏才不着急，姚家来退亲的时候姿态放得低，如今有姚夫人委曲求全的。

冯氏多精明的人，一猜就知道姚夫人过来是想把亲事再圆回来。不然他们

儿子那名声传出去也不好听。不过凡事也不可太过了，等人家反感了可就不好了。

等姚夫人说完，冯氏顺着杆子就下来了。

她也长叹一口气："我这儿倒还好说，就是怜姐儿伤心得不行。姚家也是书香传世，怎么闹出这样的事情来。如今你想重结亲事，我自然没意见，不过怜姐儿那儿恐怕不好说。"

姚夫人在心里把冯氏骂了好几遍，当初是谁听说了陈三爷的名头，就迫不及待退亲的。现在还要拿顾怜来说事，冯氏说这些，不就是想让她在聘礼上多出点血吗？

想到姚大人的叮嘱，她只能忍气吞声地道："我也怜惜姐儿受苦了，等回去打几副头面送过来。"

冯氏心里很是满意，姚家服了软，以后也不会随意拿捏顾家了。

亲事重新定下来，对两家都没有坏处，她要好好把二夫人找过来说一说才行。这可是大喜事，顾怜那丫头应该正伤心呢，听了这事指不定就高兴了。

事情已经过去三天了。

李先槐在叶限的书房外徘徊，轻轻地吐了口气。

书房外站着长兴侯府老侯爷的亲兵，八个身材高大穿胖袄的铁骑营兵，将书房团团围住。

知道的明白书房里面是世子爷，不知道的还以为里面关了个犯人。

李先槐轻手轻脚地走出廊庑，巡夜的护卫看到了，向他拱手："李护卫，都二更天了您还不睡呢。"李先槐随意点头，心不在焉。巡夜的接着说："咱们这儿正要换班了，左兄弟买了两挂卤肥肠，不如您和我们去喝两杯酒吃个菜。"

李先槐不耐烦地挥手："一边儿去，就你们喜欢吃这么腥的东西。"他伸长脖子朝书房看，那几个黑影纹丝不动。他又往廊庑里走去，抬头看到黑夜里虚浮的星辰，心里猫爪一样的不安。

这事应该很重要才是，无论如何都要和世子爷说一声。

李先槐走到门口，又被几个铁骑营兵给拦下来了。两把寒光凛凛的大刀竖在他面前，说话也冷漠无情："老侯爷吩咐，闲杂人不能进去，你快躲开。"

铁骑营兵都是从刀尖上滚过来的，最不怕的就是杀人了。李先槐虽然身手好，但那是江湖讨生活练的，轻易不敢和这种人对上。一个练来保命，一个练来杀人，这可是不一样的。

李先槐笑了笑，等走出几步远才低声用川话骂了句"龟儿"，觉得心里无比烦闷。

就算是铁骑营老侯爷亲兵，也没必要这么目中无人吧。

他往书房旁边看了看。

世子爷的书房周围遍植修竹，从后罩房过去有一个被销死的透气高窗，里头放了一架多宝阁。从厢房侧过去，却是个夹道，很显眼，但是那里的隔扇从来不打开。因为世子爷喜欢在那里布置弩箭，不明所以的人偷进了长兴侯府，恐怕很难活着回去。

擢升大理寺少卿后，世子爷忙了不少，前几日又刚审了湖广贪墨案，从巡抚到知县，上上下下牵连五六十人。官官之间包庇纵容，腐朽程度令人触目惊心。这批人刚从湖广押送到京，大理寺、按察司、刑部都被震动了。世子爷在大理寺待了小半个月，回来还要在书房里忙。

最古怪的就是老侯爷了，还派了铁骑营的亲兵来守着。连送饭都是侯夫人每日亲自来的。

这是在长兴侯府，保卫还不必如此森严。

李先槐想了一会儿，趁着天黑侧身进了竹林里绕到了后罩房，他把短褐衣下摆扎进腰带里，往手上抹了吐沫，纵身一跃抓住了竹干。竹干长滑无分枝，很难支撑住，李先槐又不敢惊动了外头的人。随即轻轻一跃，抓住了屋檐下一只榫卯，脚踩在仅有一尺宽的窗沿上。

他额头细汗密布，却不敢伸手去擦。如此危险的地方，轻功再好的人都不敢轻易尝试。

李先槐稳住身体后从袖中摸出一把雪亮的匕首，匕首削铁如泥，很容易就挑开了高窗销死的木条。他轻轻一推窗扇，一脚踩到了书房里的多宝阁上。

李先槐轻轻吐了口气，把头也钻进去，小心地掩上窗扇。但他随即就愣住了。

穿着皂色襕衫的世子爷正坐在太师椅上，举着把弩箭对着他。

李先槐压低声音笑了笑："世子爷……"

叶限手中的弩箭还没有放下，淡淡地看着他："要不是看到短褐衣，你现在命都没了。"

李先槐"嘿嘿"了两声，从多宝阁上跃下来小声道："走不得正道过来，您书房外头守了八个人呢。小的也不知道算不算得要紧事，不过着实古怪。"

叶限起身关隔扇，问他："究竟找我何事？"

他书案前面还摊开着许多案卷。

李先槐就道："您不是一直让我看着姚阁老的动静吗。前大理寺少卿被抓后，姚阁老和王玄范走得很近，还去刑部为之递了话。如今姚阁老又莫名和王玄范交恶了，您肯定猜不到是因为什么事。"

他也没卖关子,把来龙去脉讲了一遍,又接着说:"姚平和王玄范都被陈彦允给算计了。这陈彦允也是个老谋深算的人。谁都不知道这陈阁老是哪根筋搭错了,怎么就去给顾二小姐提亲了。现在这门亲事整个燕京都传开了,着实让顾家好好风光了一次。小的看着觉得太古怪了,您又和顾二小姐有往来,您看看这究竟是为什么?"

叶限坐在太师椅上,撑着下巴都快睡着了。闻言倦倦地抬起眼皮:"顾二小姐关我什么事?"

顾锦朝那个不成器的堂妹,他连看都没仔细看过。

李先槐挠了挠头:"啊,那我白冒险进来了。我还以为您挺关心她的亲事呢,上次顾二小姐表哥向她提亲,您还让我去查人家祖上。"

叶限这才完全睁开眼,皱眉:"顾二小姐……"顾家重新排过行第了,顾二小姐,李先槐说的是顾锦朝。

叶限差点从太师椅上跳起来,一把抓过李先槐的衣襟:"你说清楚,陈彦允和顾二小姐,顾锦朝定亲了?"

李先槐被世子爷吓到了,不知道该说什么好。

"这……小的也纳闷。两个八竿子打不着的人,陈彦允怎么看上顾二小姐的。"

叶限也觉得自己失态了,松开李先槐,自己在书房里踱步起来。

陈彦允,一想到此人,他印象最深的就是那张笑眯眯的脸,还有此人看不透的眼神和堪称冷酷无情的心性。这样的人,怎么会想娶顾锦朝呢,对他无益的事他是不会做的。

他不是死过一个老婆吗,还有个儿子,去年乡试还考了北直隶的第三名。那娶顾锦朝就是续弦了。顾锦朝又怎么会答应呢?

叶限紧抿着嘴唇。难怪,这些天李先槐不能进来,每天给他送饭的都是母亲。他揉了揉眉心,一阵心烦。他最近太忙了,连这点小事都没看出来。

"把我的斗篷拿过来。"叶限对李先槐说,拿起了弩箭。

李先槐拿了世子爷玄青色的杭绸斗篷过来,叶限把小巧的弩箭纳入袖中,低声说:"你还从高窗出去,在外面找好我们的人,把马车备好。"

他则跨过围屏,打开了书房的门。

门口果然立着铁骑营的兵,看到世子爷出来,为首的拱了手道:"世子爷您出来了。"又偷偷向旁边的护卫递了个眼神,让他赶紧去给老侯爷通传一声。

叶限笑了笑:"谁让你们守在这儿的?"

为首的忙回道:"您最近公务繁忙,我等奉老侯爷的命令相护。"

叶限嘴角带着笑容直盯着他,明明精致秀丽如女子,目光却变得阴沉。铁骑营的护卫都在睿亲王宫变那天亲眼看到叶限如何救长兴侯爷，又是如何毫不留情地杀了萧游的。再被他如此目光一看，不由得冷汗直冒，腿脚发软。

叶限慢慢地道："是护我还是软禁我？你们胆子也太大了，别忘了，以后长兴侯府是我当家。谁得罪得起谁得罪不起，你们分得清楚吗？"

他不再理会此人，整了整衣襟径直往外走。为首的侍卫鼓起勇气再次拦住他："世子爷，老侯爷说过，您不能擅自出去。您可怜小的一次，您要是出去了小的会没命的。"

"我现在就让你没命如何？"叶限笑了笑，手中的弩箭指向了他的脖子。

铁骑营的人终于让开了。

李先槐已经准备好了车停在影壁，叶限豢养的死士将车团团围住。他从小就喜欢培植自己的势力，这群人都只听他一个人的。等叶限到了影壁，立刻吩咐李先槐去大兴顾家。身后老侯爷才带着人追上来，还跟着一脸焦急的高氏："叶限，你给我站住！"

"祖父，孙儿有要事要去做。您有话等我回来说吧。"叶限说。

老侯爷气得发抖："闭嘴，我还不知道你竟然如此糊涂，你姐姐把什么都跟我说了。上次我就觉得奇怪，你还特地去找高敬尧，让他把香河的通运权给罗家。孽障，你看看你做的什么事情。不管是陈家还是顾家，你都不准插手。为了一个女子，你要置长兴侯府于何地？"

高氏接着道："母亲已经请媒人去何家提亲了，你这时候不要出岔子。怎么就不听母亲的话呢，那女子还迷了你的眼睛不成。"

叶限点点头："为了不让我知道此事，您还特地找铁骑营看着我。"他又转向高氏，"难怪我最近总觉得嗜睡。您每日送给我吃的饭菜，应该加了点安神的药物吧。"

高氏说不出话来。

叶限又对老侯爷说："祖父，父亲躺在床上重病不起的时候，您就说过长兴侯府是我来担当了。既然是我担当，就按照我的方式来，我还知道自己在做什么，谁都不要多嘴。"

长兴侯府欠顾锦朝一份大情。要是没有顾锦朝的那几句话，恐怕如今长兴侯府都灰飞烟灭了。

叶限说完后就挑开帘上了马车，车随即驶出了长兴侯府。几百把长刀指着，那些死士都毫不畏惧。

老侯爷长叹了口气。

和陈家的亲事定下来之后，锦朝大部分时间就用来做女红了。

那日姚夫人过来之后,就像什么事都没有发生一样,两家的亲事照旧。

锦朝再看到顾怜,心里却很明白,她终归是没有那么开心了。

"眼看着天就要热起来了,再给大家做一身夏衣吧。"锦朝把徐妈妈找过来说,"白芸的年纪到了,也该寻摸着合适的婆家,你暗中留意着,等找到合适的就和我说。"

白芸这丫头虽然不聪明,但胜在不惹是生非。不过白芸都过十六岁了,再伺候她难免耽搁了。在她嫁去陈家之前,最好就能定下来,免得去了陈家还要再适应。

徐妈妈应"诺",说:"白芸姑娘也是您贴身的丫头,我寻摸着该嫁个掌柜儿子或者田庄管事。"

锦朝又握了她的手:"还有您,伺候我母亲半辈子了,也该到了享清福的时候。等把白芸的亲事操持了,您就回通州养老吧。我在通州给您置一座两进的宅子,地契您亲自拿着,让您儿子、儿媳也搬来同住照顾您。我每月派人给您送米面过来,您觉得如何?"

锦朝事事都考虑了,徐妈妈哪有听不明白的。

她最近是觉得身体没有以前好了,咳嗽反反复复好不了。而且自己在通州的儿子也快两年没见过了。她和自己的儿子疏远,却是看着顾锦朝长大的。除了主仆之情,更多的还有怜爱。

徐妈妈要跪下谢顾锦朝,锦朝忙拦住她。

"您也别跪我了,母亲要是还在,肯定也不会亏待您。"

明天,就是徐静宜进门的时候。

徐妈妈叹了口气,只屈身行礼:"还是要谢过小姐。我年老体衰,能得小姐庇护就是有幸了。"

等徐妈妈走出去了,锦朝就让青蒲把装针线的笸箩收起来。该午睡了。

隔着竹帘却传来绣渠通禀的声音,顾德昭过来了。

锦朝只能打起精神,在花厅见父亲。

"明天就是亲迎的时候,恐怕府里会很忙。"顾德昭说,"在这之前,我想和你说说嫁妆的事。你母亲留给你的东西全部是你的嫁妆,你什么都不用留给顾锦荣。父亲这里,还有东西要给你,八十担嫁妆,父亲肯定给你置办得整整齐齐的。"

顾德昭数给她听:"红漆描金瑞兽拔步床,大理石彩绘围屏,象牙妆奁……"再小到梳子、镜子的样式,顾德昭都说得出来。锦朝听着父亲絮絮叨叨地说着,好像要给她什么承诺一样。

"父亲在适安有两家南货行、一家造纸的作坊、两家布行;在宛平有一个五百亩田庄在宣武；一个八百亩田庄在石景山，这些都给你。"总的加起来，少说也有八千两。

顾锦朝道："父亲，宛平两个田庄可以给我。适安的几家铺子还是留给锦荣吧。"这些东西给了她，父亲的财产就去了小半了。顾锦朝手里就握着近两万两的财产，根本不怕嫁妆不够。

顾德昭摆摆手："你都拿去，荣哥儿以后可以自己挣。"但她一个妇人，怎么去挣呢？还不是一切要靠娘家和夫家。陈三爷那样的家世，嫁妆不够就更没有底气了。

他的声音低了些："都是你母亲辛苦经营得来的，自然该给你。"他深吸了口气，眼眶却慢慢变红了，"我一辈子对不起她。"也一辈子都不敢忘了她。

要是原来，锦朝肯定会反问父亲，您对不起母亲，就要以此缓解您的愧疚吗？但看到父亲微红的眼眶，锦朝什么也没说。等她同意把东西收下了，顾德昭才慢慢站起身走出去。

第二天就是亲迎，徐静宜就要进门了。顾家前几天府里就开始张灯结彩，准备要办一场大宴。还有顾家的各类堂表亲，自从锦朝和陈家确定婚约之后，想和顾家往来的就更多了。

这些事都有冯氏和二夫人帮忙打理，她是待嫁之身，不好帮着操持。

顾德昭跟锦朝说完了这事，还要去给冯氏说。

冯氏听了他说的嫁妆眼皮直跳。

现在那些东西可不完全算是他的，也该算是顾家的了。竟然将这么多给顾锦朝。冯氏不好说什么，只得温和地劝道："朝姐儿手头是相当阔绰的，你给她的八十抬嫁妆也完全够了。犯不着再加上这些铺子，她以后又怎么去经营这些地方。"

顾德昭很坚持："母亲，有管事帮忙看着，怎么会有问题。朝姐儿是要嫁给陈三爷的，本来地位就差很多了，要是嫁妆上再不如，以后可还有地位可言？"

一想到和顾锦朝定亲的是陈三爷，冯氏就什么反对的话都说不出来。

只能眼睁睁看着顾德昭把房契、田产拿来给顾锦朝陪嫁。心里却痛得不得了，这些东西的收益可都是她这儿管着。

等到了下午，冯氏又找锦朝过去说事，去的时候，顾怜和顾澜也在冯氏的西次间里。冯氏让丫头端了笸箩给她们做针线："我和郭夫人也都说好了，澜姐儿的亲事等八月再议。对方听说了咱们的澜姐儿，也没有犹豫就答应了。"冯氏拉着她的手说，"眼看着都是要嫁人的了，都不如你沉稳。我拘着她们多做些针线，也好练练性子。"

锦朝笑笑不说什么。

其实到现在为止，她都觉得自己决定嫁给陈三爷像是做梦一样。这可是陈三爷……她好像还没准备好，嫁给他以后该怎么办？她对陈三爷的感觉很复杂，那陈三爷对她呢？

听别人提起她的亲事，她还是觉得有些不安，不知道自己嫁过去会是什么样子。

顾澜在旁听着，收边的针刺得密密麻麻的。

她心里在冷笑。别人是不知道，但是她却知道的。顾锦朝和陈玄青的荒唐事，她对陈玄青的深情。顾锦朝嫁给陈三爷着实让人觉得莫名其妙，顾澜听了之后也是不舒服了很久。但是一想到陈玄青，她心里却释然了。

顾锦朝嫁过去才有得她心烦的。她就不信顾锦朝已经忘了陈玄青，毕竟她曾经那么喜欢陈玄青。

她怕受牵连，这个秘密一直没说过。她也不傻，这事虽然能伤害到顾锦朝，但是对她的影响也很大。亲事要是告吹了，顾家女眷的名声就全完了，到时候谁都没得逃。而且冯氏也肯定不会放过她，父亲更会恨她入骨。顾澜才一直把这事深埋心底。

如今想想，她还不如静观其变。顾锦朝嫁到陈家固然是好事，但是有个陈玄青就未必了。

说了会儿话，冯氏就要和锦朝去西跨院，看给徐静宜新装出来的宅子。等人一走，顾怜却再也坐不下去了，把手里的小绷塞到顾澜手里，压低声音说："好澜姐儿，帮我把这个也绣了吧。"

顾澜道："一会儿祖母回来，又该说你了。"

顾怜哼了声："她现在心头就一个顾锦朝，能说我什么。做女红又有什么用，还说要养性子，那还不如写字。你帮我做了就是，反正你闲着也没事。"她也想去西跨院看看。

听说自己这个新的四婶婶长相不太出色，年纪又大了些。也不知道究竟是什么样的人。徐家还派了婆子过来布置新房，指不定就能看到徐家的人。

顾怜带着丫头去了西跨院，留下顾澜一个人在东跨院做给冯氏的绫袜。

她心里充满了不甘。顾锦朝能嫁给陈三爷，顾怜和姚文秀的亲事也都是好的。唯一不好的只有她而已，竟然要嫁给一个举人的儿子。

要是她就这么嫁了，以后恐怕才是永远翻不了身了。

旁边的木槿看到顾澜的手，低呼了一声："小姐，可别把顶针握得太紧了。"忙把她的手掰开，但是血已经流出来了。木槿忙掏了汗巾帮顾澜包住手指，叫外头伺候的小丫头进来。

顾澜看着给冯氏做的绫袜浸上一抹血色，突然觉得有种奇异的美。

她嘴角微微一弯："不用麻烦包扎了,小伤而已,包扎了反倒动不了手了。"把血擦干净,顾澜道,"见血了就不吉利了,你另外给我拿一段绫布过来。"

她要是再不做点事情,可就要任别人鱼肉了,她肯定要做点什么才行。而且是大事,无关痛痒的小事,冯氏现在是根本不在意的。

叶限的马车到顾家时,已经是第二天一早了。顾家来往的宾客很多,张灯结彩,锣鼓喧天。

叶限脸寒如冰,十分的阴沉。顾家这分明就是在办喜事了,难不成顾锦朝今天就出嫁?那他岂不是来得太迟了。

看到是长兴侯家的马车,小厮就单独迎了进来。众宾客只看到里头下来一个穿皂边玉白襕衫,面如冠玉清秀的少年。少年由众侍卫围拥着,一脸阴沉地往顾家内院去了。

一看之下不由十分惊艳,众人再问别人才知道这竟然就是鼎鼎有名的长兴侯世子爷,谁都要感叹一句"英雄出少年"!虽然年轻,但实在太出色了。

锦朝此时正在西跨院正堂偏厅见客。

纪吴氏携着大舅母宋氏、三表嫂刘氏,以及四表嫂陈氏过来了。

许久没见外祖母了,锦朝也很想念她。向宋氏、刘氏行了礼,看到陈氏的时候却有些犹豫。陈暄是她表嫂,却要喊三爷为三叔,她这要怎么称呼好。

纪吴氏就笑着拉过她的手:"告诉你个喜事,你四表嫂已经有身孕了。"

锦朝向陈氏道贺,她脸都羞红了,映衬着鬓边嵌宝石的福寿鬓花,显得格外动人。

一会儿二夫人过来,她今天整齐地穿了件绛红色双喜纹杭绸褶子,先给纪吴氏行了礼,又请大舅母几人去花厅。定国公府、永阳伯府都来了女眷,正好能凑起来打马吊。

大舅母带着两位表嫂去了。纪吴氏则让锦朝陪她出去走一会儿。

锦朝扶着外祖母的手,两人走在西跨院曲折的回廊上,后面丫头婆子拿着杌子等物簇拥着。纪吴氏则长叹了一声,跟她说:"你和陈三爷究竟是怎么回事?"

锦朝沉默了片刻,却不知道该怎么和外祖母说这事,只能道:"原先见过,觉得也合适。"

纪吴氏继续道:"外祖母接到你的来信,可是吓了一跳的。陈三爷是怎样的人,你究竟知不知道?你还年轻,他却官居户部尚书,虽说看上去也是儒雅温和的人,但实则心思深沉,狠得下来,我怕你吃亏了。何况陈三爷比你大了许多,家世地位更是远胜于你。"说过来说过去,纪吴氏是放心不下锦朝。

她捧在手里，满心宠着的孩子这就要嫁人了。

只可惜，她护得了锦朝一时，却无法护她一世。

原本还想她能嫁给纪尧的，却没想出了赵氏那样的事。纪吴氏又想起那天，听说锦朝的亲事后，纪尧沉默了许久，却只道了一声："她喜欢就好。"纪吴氏看着他长大，怎么不知道他心里的难过。

纪尧书房的烛火点了一晚上，第二天一早就动身去了蓟州处理货行的事，现在都没回来。

锦朝想了想说："外祖母，这些我都是考量过的，您不用担心。您要信得过我啊。"

纪吴氏笑了笑说："自然信得过你，你过得好外祖母就心满意足了。只要三爷对你好，是不是继室也没什么。我原先也是见过江氏的，贤淑温柔，和陈三爷相敬如宾，却有些疏远。陈三爷那样的人责任感很强，即便不喜欢，只要你身上有他的名号，也会一辈子护着你。"

两人边走边说着话，锦朝还想带外祖母去妍绣堂坐坐，后面却有人气喘吁吁地追上来。

锦朝回头看去，来人是采芙，追上来之后匆忙行了礼，低声道："小姐，世子爷要见您。"

锦朝皱了皱眉，叶限过来做什么？

"他可说了是为什么过来的？"

采芙摇摇头："为什么不知道，世子爷就在妍绣堂坐着等您，带来的护卫都拿着兵器。迎他进来的小厮都吓着了，跑去告诉太夫人了。"

锦朝心里一沉，吩咐采芙先陪外祖母去花厅，她带着青蒲回妍绣堂去。

他大张旗鼓地过来，这分明是想告诉别人他和自己有关系。锦朝有些头疼，他怎么就一点儿都不顾虑别人呢。

等锦朝回了妍绣堂，果然看到门外站着群腰间佩刀的侍卫，个个人高马大，面无表情。进去后白芸正焦急地张望着，见到她回来忙走过来："世子爷在中堂。"

锦朝道："你跑一趟东跨院，把这事告诉太夫人。"不论怎么说，她这里也要告知冯氏一声。

白芸应"诺"去了，锦朝才提步往中堂走去。

叶限坐在太师椅上喝茶，阳光明亮，他的脸淬玉般莹白。

听到声音后他转过头看，锦朝穿着件白底淡青竹叶纹的褙子，湖色湘裙，眉宇之间并无不同，看着他的眼神却有些责备和不解。她走进了中堂，向他行了礼:"世子爷安好,府上正在办喜事,您可是来观礼的?那该去西跨院才是。"

叶限站起来走到她身前:"我以为要出嫁的是你。"

锦朝笑着摇头:"是父亲续弦,一会儿徐家送亲的就要过来了,不如您随我去西跨院吧。"

两人要是再在这儿待下去,可才是真的说不清楚了。顾家的人并不知道他们相熟。

锦朝先走出一步,想请叶限去西跨院说话。他却突然伸手抓住她的手。

这和他想的不一样。他以为锦朝要嫁给陈三爷是别人逼迫的,顾家、陈家,谁都会给她施加压力。她应该过得很可怜才是,他是来救她的。但是锦朝脸上的神情,却十分的轻松镇定。

顾锦朝被世子爷吓到了,他原先再怎么不拘小节,也不会做这样的事。

"世子爷,你放手!"她挣扎几下叶限的手却纹丝不动,有些恼火,"这要是被别人看到了,我要怎么分辩。我都是定亲的人了,您不能再这样了。"

叶限稳稳地抓着她的手,低声问:"你和陈彦允定亲了?"

这和他有什么关系?

锦朝狠狠地瞪着他:"世子爷,您要是来参加筵席的,尽管去西跨院就是。您可不能这么害我。"

叶限静静地看着她说:"你不能嫁给陈彦允。你知道他是什么样的人吗?他连自己的手下都可以拿去送死,对自己同胞的兄弟都狠得下心断路。你这么笨,嫁过去怎么和他斗?"

锦朝真是有些生气了,低声道:"叶限,你可别耍无赖。我的事和你没有干系,陈三爷是怎么样的人,我自己会看,也用不着你来告诉我。"

叶限却笑了。她的事和自己没干系,是啊,顾锦朝帮了他一次,他觉得这是顾锦朝的恩情,以为顾锦朝是受了别人的欺负,想帮她推脱这门亲事。但是知道这门亲事是她愿意的,心里却更不舒服了。

他究竟想做什么?不管不顾抓着她的手,似乎心里还有种"别人看到就看到吧,看到了反而好"的想法了。女子的名声不能坏了,那他究竟是想做什么?

他闭了闭眼睛,再睁开的时候一片清明:"陈三除了地位高,别的还有什么好。"

他继续淡淡道:"你要是想嫁给个地位高的,那不如嫁给我。侯夫人的地位不低吧?以后有我护着,谁也不敢欺负你。"

叶限觉得这个主意挺好的,反正他也要娶亲了,娶顾锦朝多好,她又那么有趣。

冯氏刚进门就听见这句话,吓得差点脚底打滑。

世子爷这是什么意思，看上顾锦朝了？

一个顾锦朝，陈三爷来求娶还不够，这下连世子爷都来了，她究竟有什么造化啊。

顾锦朝听到声音，逼急了就在叶限手上咬了一口。他吃痛地低呼了一声，顾锦朝趁机才脱开手。

冯氏咳了一声，脸色却是从未有过的严厉。立刻吩咐许嬷嬷合上院门，在这儿守着不要别人进来。她带着茯苓走上来，笑着说："世子爷难得过来，怎么就往朝姐儿这儿来了。她一个女子，没见过世面，怕招待不好您。"说着走到了顾锦朝前面。

无论怎么说，顾锦朝都和陈三爷定亲了，这时候再折腾出事情来，她的名声可真就完了。

就算这人是世子爷，那也是一样的。

长兴侯世子爷，顾锦朝招惹不起。

叶限把手纳入袖中，她那一口咬得又急又重，他手都疼木了。他再去看顾锦朝，她却把目光转向一边看着一盆绿萝，理都不想理会他。

他这才好像被人打了一耳光清醒过来。顾锦朝分明是被他逼急了。

他刚才说的那句话是不是过分了。

锦朝深吸了口气，叶限的任性妄为她是有见识的，但却没有像今天这样深刻。她对冯氏道："祖母，我有几句话对世子爷说。"让她先避出中堂。反正话她是要说明白的，也不在意别的东西了。

冯氏看了顾锦朝一眼，欲言又止，却还是退了出去。

锦朝想了想，对叶限道："世子爷，您在想什么我不知道。您是世子爷，世俗的东西在您眼里算什么呢。但是我不一样，我是个女子，而且就将要嫁人了，我还能怎么办？"

叶限看着她许久，才开口说："有我护着你，你怕什么，我看谁敢把你怎么样？"

锦朝要被他气笑了："您是不怕，但是我怕。您要是真的为我好，就不要来找我了。"

锦朝屈身行礼："就当是，我帮过您的回报吧。"说完走出了中堂。

她只当他是一时兴起吧，心中肯定还恼怒他做事莽撞。

叶限垂下眼帘不再说话，好像这所有的一切，都是一场闹剧一样。他带着死士从长兴侯府出来，想来救她，顾锦朝却嫌他是个麻烦。

叶限所有强压的疲惫都涌上来，他已经很久没有休息了。

他走出中堂之后站了许久，顾家到处张灯结彩，能听到一墙之隔外热闹的声音。冯氏还站在一旁,似乎想和他说什么,叶限却摆了摆手,低声对李先槐说:"回府吧。"

他说过有求必应的。不能肆意妄为,害了她。只要这事是她愿意的,他没有理由插手太多。而且锦朝也不愿意他插手。

叶限的手紧紧地握着,被咬的伤口隐隐地疼起来。

——未完待续——
敬请期待《良陈美锦·终章》

图书在版编目（CIP）数据

良陈美锦：全2册/沉香灰烬著. -- 南京：江苏凤凰文艺出版社, 2022.8
ISBN 978-7-5594-6902-1

Ⅰ.①良… Ⅱ.①沉… Ⅲ.①长篇小说 – 中国 – 当代 Ⅳ.① I247.5

中国版本图书馆 CIP 数据核字 (2022) 第 095253 号

良陈美锦：全 2 册

沉香灰烬 著

责任编辑	周颖若
特约编辑	代琳琳
营销统筹	刘雪华
装帧设计	吴思龙
责任印制	刘 巍
出版发行	江苏凤凰文艺出版社
	南京市中央路 165 号，邮编：210009
网　址	http://www.jswenyi.com
印　刷	天津鑫旭阳印刷有限公司
开　本	680 毫米 ×970 毫米 1/16
印　张	34
字　数	575 千字
版　次	2022 年 8 月第 1 版
印　次	2022 年 8 月第 1 次印刷
书　号	ISBN 978-7-5594-6902-1
定　价	69.80 元（全 2 册）

江苏凤凰文艺版图书凡印刷、装订错误，可向出版社调换，联系电话 025-83280257